那一片水土山河

宗信 著

江苏凤凰文艺出版社
JIANGSU PHOENIX LITERATURE AND ART PUBLISHING, LTD

图书在版编目（CIP）数据

那一片水土山河 / 宗信著 .— 南京：江苏凤凰文艺出版社，2018.5（2023.5重印）

ISBN 978-7-5594-1895-1

Ⅰ.①那… Ⅱ.①宗… Ⅲ.①散文集—中国—当代 Ⅳ.① I267

中国版本图书馆 CIP 数据核字 (2018) 第 078966 号

书　　名	那一片水土山河
著　　者	宗　信
责任编辑	胡　泊
出版发行	江苏凤凰文艺出版社
出版社地址	南京市中央路 165 号，邮编：210009
出版社网址	http://www.jswenyi.com
印　　刷	三河市双升印务有限公司
开　　本	880 毫米 × 1230 毫米　1/32
印　　张	11.375
字　　数	250 千字
版　　次	2018 年 5 月第 1 版　2023 年 5 月第 2 次印刷
标准书号	ISBN 978-7-5594-1895-1
定　　价	69.80 元

立心天地　立命“三农”

——序宗国平《那一片水土山河》

徐　风

国平先生的新书《那一片水土山河》问世了，这是他继《让汗水流淌》之后出版的第二部文集，多年沉潜磨砂、含英咀华之功，于字里行间焕发出淡定、从容、沉静之光彩。

国平先生与我同年，我俩既是挚友，亦是兄弟。他早年耕读艰辛、奋斗有加，欣逢改革开放，江南大地、广袤乡村，多番历练，稳健硬朗；无论躬耕田野，还是身居庙堂，无论主政一线乡镇，还是执掌市级机关，他都始终不移本色、不忘初心，情系“三农”、讴歌“三农”，敦厚周慎、淡泊求真之气溢满心胸。两年前，一部浸润着他多年心血的自传体纪实文集《让汗水流淌》的出版，让我追随他的文字再一次触摸历史、回顾人生、感悟反思、温故知新。我深深地感到，在那些静美的深流里，有着那么多生活的遗珠、尘封的往事、刻骨铭心的故事，它们记述着江南乡镇的巨大变迁，见证着共和国历史的斑斓沧桑。于无声处，惊雷轰响，历史如潮汐一般在我心头漫过，留下一串串清晰的印痕。

如今，一部近 25 万言的《那一片水土山河》又一次映入我的眼帘。相比较于上一部文集，这部文集时间跨度更大，乡村笔墨更多，典型人物更集中，举凡儿时同伴、乡间长辈、江南草木、山河水土、远逝岁月，斯时斯地、斯情斯景，皆一一诉诸国平先生笔端，文字和思想，穿越了时光和成长链条中的窟窿、裂缝，以及所有的困苦、梦想和爱恨，渐渐汇聚成一条条漫漶的南方河流。国平先生倾情地关注江南农村那片汪洋恣肆的世界，以农村发展各个阶段亲历者的身份，带领我们重返历史的现场，向着江南农村那片深沉的土地和无边的精神世界慢慢逼近，深情地诉说农村改革之艰、农业发展之难、农民生存之痛。全书洋溢着对母土的眷念，对亲情、友情、爱情的歌颂，既有对往事的追寻，又有对历史的反思，既有对“三农”的思考，又有对生态环境的叩问与追思。

长期以来，我们目睹了作为地理意义的江南农村，湿润、广袤、质朴、深情，这是一种成为定势的美。而作为精神意义的江南农村，激越、灵异、坚韧、忠贞、诚朴，这是一种不离不弃、坚忍不拔的故土家园、人间大美。小乡村里大乾坤，国平先生显然深谙此理，他的这部《那一片水土山河》，既有血脉偾张、也有心意酽浓，一己全力摹画着悲喜民间，状写着江南胜景，构筑着精神故园，引领我们自觉地唤醒乡村复兴的意识,重新认识乡村文明的价值与使命。

古人云：“为天地立心，为生民立命，为往圣继绝学，为万世开太平。”作为江南宜兴世代农民的后人，国平先生有着对时代的准确把握、对生命的深刻理解、对社会责任的自觉担当。纵观全书，他不惧渺小，于微观审视宏观，于宏观反思微观。将生活的体察、生命的体验以及对时代的思考、对社会的拷问自觉融入写作背景，贴着大地飞翔，贴着人物心跳，情节充满律动，文字力透纸背，足堪成为一部浓缩版的江南农村现当代史。

三载春华，秋实累累。国平先生一贯秉持“敏于行而慎于言”、“先行其言而后从之”的气度和风范。坚信此书的出版，必将成为他文字生涯的一大亮点，国平先生也必将不倦探索、秉笔春秋，为文学农村的长卷奉献自己更为精彩的华章。

（2017年11月6日）

徐风，中国作家协会会员，国家一级作家。江苏省作家协会理事、江苏省散文工作委员会副主任，无锡市作家协会常务副主席。宜兴市作家协会主席。出版著述16种，400余万字。

自说自话

我的祖辈是地地道道的农民。

民以食为天，农以地为本，农民是社会的衣食父母，是社会的牢固基石。可先辈们却轻薄着自己的命，他们见着读一点书的或从城里来到乡下的人，总是会殷勤起来。我从小就无数次地受到了这种殷勤表情的感染，这种殷勤的表情，既是先辈们几千年原始、敦厚的延续，又让人感觉到乡外有着不一样的世界。

感恩这个时代，让祖祖辈辈的命运到了我这一代有了改变。我这个农民的后代，能上学读书，又转为城市户口，吃着“皇粮”，还当得比芝麻小些的官儿。转眼几十年，世事沧桑巨变，静下心，细细回想，我现在觉得，先辈们过去年月里那些殷勤的表情，是那样的慈祥、酸楚和无奈。

人生已届耳顺之年，行将退休，我常扪心自问：自己做了哪些事，又做成了哪些事？内心的一个声音毫不含糊地答曰：“耕耘。”是的，我从来没有停止过耕耘，我还是一个农民！我既是那个承前启后、流淌着世代农民血液的后辈，又是那个刀耕火种传统农业几乎样样拾得起、放得下的普通农民。这样的作答，让我觉得最是真实而贴切。

自问自答，如接水和泼水一样轻松。有时，我也不免受到这样的质疑：“你当的农民，干得太初级，劳动下地的时日实在太少，你根本算不得农民！”每每此时，我总是低头无语，默默思考，内心却有一个声音在义无反顾地反驳：倒不是因为我干得初级，而是时代颠覆了几千年的传统沿袭；不是我下地劳动的时日太少，而是自己压根儿就没有离开过这一片水土山河；我没有离开农民兄弟，我一直生活、生产、工作在父老乡亲之间。回顾起来，一路走来，自己初心未改、本色未变、定律未移啊！

60年，一花甲。

头20年，紧随着父母及长辈，在他们拾掇的旧山河里，走上社会主义集体化道路，耕种着生产队的田地。

幼年，家住一间薄瓦屋和一间草屋，全家五口人刚刚开始住得宽敞些。大伯父领着一家搬出，在村口西的河埂内侧搭建起草房另立门户；小叔父经上海大姑妈介绍，迁徙到很远很远的西京内地谋生。

从小起，生产大队允许贫下中农每家每户饲养限量的家禽家畜。我便得到长辈的吩咐，承担起照料这群牵动着家人每根神经的生命的任务来。清晨第一件事，便是抽开鸡窝门的木板，五六只鸡、三五只鸭子一窝蜂地往农村的社场上飞奔、分散。鸭子的姿态是一年四季固定不变，它们头也不回地向着门前那条大河冲锋陷阵。白天，鸭子几乎是不用主人喂主粮的，“鸭胃如麻袋，要吃河里寻。”偶尔，鸭子天黑回到窝前，主人须添少量瘪谷稻待夜。家鸡同样全天散放在野外，让它们自主觅食。鸡在外觅食，可没有鸭那么容易，饿急了的鸡，时常跑进开着的家门，跳台陆灶（宜兴方言，意即跳到桌上或灶上）。主人一边赶，一边也会顺手从封得严实的麻袋或缸甏里抓一把谷稻撒在地上。母鸡红着脸在鸡窝上方的草篮子里下蛋后，一会儿便“咯咯哒！咯咯哒！”地高声叫个不停，直叫得得到一把谷稻或米粞的奖励为止。

放得学，我赶紧甩下书包。那只黑白相间的大花狗紧围着我转西跑东，迫切地等着我和它一起分享父母留给我的一小部分点心米饭。之后，它随着我取竹篮、镰刀，一路奔跑，在侦察过的河边地头，伴着我蹲下身子，或涉着河水，和我一起去寻找嫩绿的叶草。

割到足量的鲜草，才能满足家中那安静无声的白兔整日不停的啃食；那些长出的纯白顺长的兔毛，就能换得来油盐酱醋和学习用的橡皮铅笔。

天真快乐的童年，常常是与鸡鸭鹅、猪狗猫、兔羊牛相作伴、相牵挂、相依靠的。它们的健壮，同样带给我无尽的欢悦。一旦它们丢失，便会引得父母一阵责骂。它们的快活成长，似乎同家庭氛围的欢快实时相伴。童年的那种欢悦、那种烦心，其实是相当短暂却又无限美好。

小学五年制，初中二年制。上世纪 70 年代，适逢着依靠精神力量存活的年代。那时，以阶级斗争为纲，与天斗、与地斗、与阶级敌人斗，其乐无穷；人定胜天，农业学大寨，苏南农村“二熟制”种植改为“三熟制”，种“双季稻”。生产队社员个个靠挣集体的工分拿口粮。母亲因自小长在街边，又力单体薄，农村活实在难扛。从十二岁起，我便担当起挣生产队工分的任务。学校不上课，我便整天泡在田头地间，忙着为生产队跑腿、割草、拾粪、撒肥、插秧、耘稻、捉虫、撒药、刹稻……尽可能早地自食其力，养活自己。

上中学起，经历过沿村沿街游行，高呼革命口号；参加过忆苦思甜，接受传统教育；参加过批斗大会，相互检举揭发。“以学为主”的黄金岁月，一头被“抓革命”的阶级斗争占着，另一头被“促生产”的学大寨精神牵着。与其说是学生，还不如说是无知无觉的平民。生产队体力劳动繁重，父辈们在四季轮换里言传身教，稚嫩的我，学着应对大自然的狂风暴雨和电闪雷鸣，烈日酷暑和天寒地冻。经历了社会多面性和大自然多样性的复杂磨炼，当高中毕业时，我几乎学会了生产队田间劳作的全部本领。

中学毕业，我没有任何选择地回到农村，这样无缝无隙地对接，使我从一个“知识青年”成为一名名副其实的生产队社员。于是，“让汗水流淌”的现实生活便正式开启。

中间的 20 年，是社会大变革的年代。

1978年，全国恢复高考制度，废止了贫下中农推荐上大学，全国统一高考择优录取。接着，农村推行家庭联产承包制，改革人民公社“三级所有、队为基础”的公有制生产核算和分配方面的“一大二公”制度，全社会掀起一场“实践是检验真理的唯一标准”的大讨论……一项项涉及中国农村和中国命运的改革如春风拂面，提振着国人的精气神。大江南北的欢呼，如春雷声声，响彻大地山河。

我终被唤得醒来。起初，我并没勇气复习参加高考，不敢放下锄头镰刀，破釜沉舟大胆一搏。要面子，怕误工……诸多顾虑占据于我的脑海。但是，年轻的我又心有不甘，只是清醒着，警觉着，默默观察。第一年，全公社仅有三位年龄相差极大的农村青年转走户口，走进大专院校。同龄人无不用羡慕的目光盯着那几个成功“农转非”后跳进“龙门”的幸运儿。

社会上开始对有文化的“知识青年”高看一等，社会全面鼓励当时的高中生放下锄头镰刀，选择拿起书本拼搏。我仍然没能下得狠心，却被当时的公社抽调，从事季节性半脱产事务。白天驻村，或协助外调；夜晚纂印，或整理文稿。一边沉浸在公干的快乐之中，另一边，家中在联产承包制初分的三亩责任田，我也不忘起早摸黑地进行耕种。

恢复高考的第二年，大概是国家招录大学生的人数有所增加，或是苏南农村在全国同等教育水平居于领先，那些放手一搏的同龄人，成倍地被大中专院校录取。一石再激千层浪。

凭着年轻气盛，借着光辉的时代，我在家承担着耕种三亩责任田的全责，用练就的技能，靠一双茧手和双肩，将田种得还算漂亮。农闲时，我被抽调到公社大院，展现着一脸光鲜。受到几个同学被大学录取的触动，我也悄悄地从新华书店里购买了一本《中学生手册》，虽厚倒也随手可带，里面有常用的成语，有数理化公式，还有英文单词等。那时的我，超负荷地在打拼。那时的我，可谓一心在三用。而每一件、每一桩，干起来却又都是一心一意、全神贯注。

在人前，不是在田间劳作，就是奔波在去公社上班的路上；在人后，深夜，却是一头扎进这《中学生手册》的背诵和深化理解上。终于，在那个并不一定是在同一起跑线上竞争的年代，我翻烂了那本《中学生手册》和其他一些书籍。这一过程，终于让我有了走出农门的机会。先是在全县的招录国家干部考试中胜出，将农民户口转到了县机关部门。两年后，又通过考试进入南京农业大学农业经济学专业读书，让我有机会成为一个有知识的农民。在南京农业大学，我系统学习掌握了农业基础知识、中国农业简史、农业经济理论，也逐渐开始了解中国几千年农村变革、农业进化与农民命运。

大学毕业，回到生我养我的那片水土山河，不再沿袭传统的拿镰抡锄，泥土沾满裤腿。我的脚步不停地穿梭于乡村田间；我的双眼总在观察农民的表情；我的脑海不停地在思考、比较，纵横古今，农村、农民、农业一直被折腾，“三农”实在是太苦、太累、太难了！于是，我背起书包，时常奔走于农户和乡村田头……手攥紧着笔杆，认真地写着那片水土山河上的丘陵山区、低洼圩区、平原河网，那些产业门类、粮经作物、水利农机……

当再次走进乡村，走进农民，我温故而知新。在故乡的故土上，有时也挑起泥担，相伴着农民挖土、挑泥、填低、复耕；有时还拿着铁钎做埂开沟，保肥理墒，进行丰产示范；有时又用广播喇叭提醒农民兄弟保时节，抢栽种，抓植保，防病虫，巧施肥；有时登上主席台，宣讲政策，鼓励大办工业、典型引路、招引资才，传播正能量，建设新农村。奔跑忙碌在那方水土上，从县城到乡村，从机关到基层，可谓从中到西，到南，至北，巡回轮转，屈指一算，哦！当着的“官”，是想着、帮着农民的官。二十几年，主政一方竟有十六七年。

最近 20 年，赶上跨世纪，社会包容开放，生活五彩缤纷，正所谓实践着中国梦。

在历史的长河中，60 年弹指一挥间。新中国成立六十几年来，中国从一个农业国，转变为生产力大发展、农民变富裕、乡村变美丽、理念变先进的强国，这着实不易。农村、农民、农业从贫穷落后到实现温饱奔小康，归根结底是党的政策好，实事求是的精神好，尊重群众、以人为本的风尚好。

乡村在变，那人间江南，山清水秀。那片壮美山川，那片梦里水乡，地灵人杰。古阳羡，今宜兴，这个连太阳都羡慕的地方，就是我越变越美丽的可爱家乡。

农业在变，田头机械化，场头家庭电器化，禾苗管理科学化，农产品经销市场化、国际化。不再见到农民“面朝黄土背朝天，刀耕火种看天脸”。古为今用，洋为中用，如今，种植业旱涝保收，养殖业科学精养。“五谷丰收，六畜更兴旺”不再是梦。

农民在变，吃讲营养，穿讲漂亮，住讲宽敞。家家有存款，户户小轿车，人人有保障。城里住着乡下人，乡下游着城里人。乡下人，城里人，分不明，说不清，难辨真，皆光鲜，都幸福。

感谢、感恩这个伟大的时代，让更替的岁月丰富多彩，让躬耕的农民吐气扬眉，让流淌的汗水值得赞美！

又是同年兄徐风先生，不停地鼓励我写写“三农”。我便一再沉下心来，气定神闲地延伸着思想的触角，将那些散落在往日岁月里的人与事，重新拾掇起来、串联起来，将农村经历归纳为永远不变的水土山河模样，将农业归纳为被人们切割、改造利用的水土山河，将农民归纳为永远永远活着的一方水土山河。历史的车轮滚滚向前，那些不变的水土山河，永远在诉说着他们的前世今生。

我执笔写下这些文字，也算是一种重复的诉说。但愿人们能够永远善待那片水土山河，让他们永远和谐安详。

目录

第二部　农业

第三部　农民

第一部

农村

卷首语

据史料记载，太湖流域的江南，两千多年来，地壳地貌未曾有大的变迁，一片山河水土极其稳固。

宜兴南部一片大山，仍然叫铜官山、龙池山、太华山……近县城那片丘陵，仍然叫龙背山脉。

横贯东西的那条河流，千年不变，为荆溪河。串联在中间的三颗“明珠”，为西氿、团氿、东氿。

不变的湖泊、河荡、平原、洼地、山丘，星罗棋布，纵横交错，构成家乡博大辽阔的山水画卷。

家乡那不变的名字叫农村。躬耕的祖先，一代一代，前赴后继，用他们的血肉之躯书写着天下最淳朴的诗篇。他们从不祈求传世扬名，只是希冀自己的汗水能够变成哺育苍生的食粮。稻香与麦香，是他们的最爱，也是他们留给子孙最大的欣慰与希望。

一、脚下的土地

一个人初来到这个世界，脚够不着地，心魂却无限澄澈，躺在母亲温暖的怀抱里，受到加倍的呵护，然后慢慢睁开眼睛，试图看清这个新奇的世界。最先见着的，大多是母亲温柔的脸庞，脸上荡漾着微笑，这是一种发自内心的甜蜜微笑。喝饱了，睡足了，婴儿便跟着母亲一起微笑。慢慢地，侧过脸去看周围，隐约中发现，这个世界除了新奇，父亲和母亲的脸上似乎还带着愁容，带着匆忙……

孩子被驮在父母的肩背上，见着的世界是五光十色的：头顶是日月星辰，父母的身后是山川河流，满地奔跑的是鲜活的动物，奇妙无比的是四季变幻……这些对世界最初的认识，随着时间的流逝，却越发模糊起来。慢慢成长，被父母从肩背上放下。一旦，脚踏实地站在那片土地上，就再也离不开、忘不掉。走过的那些泥路，令我记忆深刻。记忆中的那些路，如此清晰，如此真实……

天空有飞鸟，我从阳羡的大地一路走过，淳朴的农人的心像这片土地一样厚实。我感到，自己从来就没有离开过这片土地。

当双脚还未踏着这土地时，我便无知地被父亲的大手抓托着，站在他的掌心上。“停停定！停停定！养了个田螺精！”空中，我在父亲的祈盼声中开练站立，然后，便在薄瓦屋的泥地上慢慢站稳。有一天，父亲开始用“斩脚肋”的传统仪式，用那双坚实有力的茧手，并拢着笔直的五指，刀一般地斩向我不肯起步的脚底，嘴里还不停地念叨着“斩断脚肋，走出家门”。接着，让我在地上站稳，

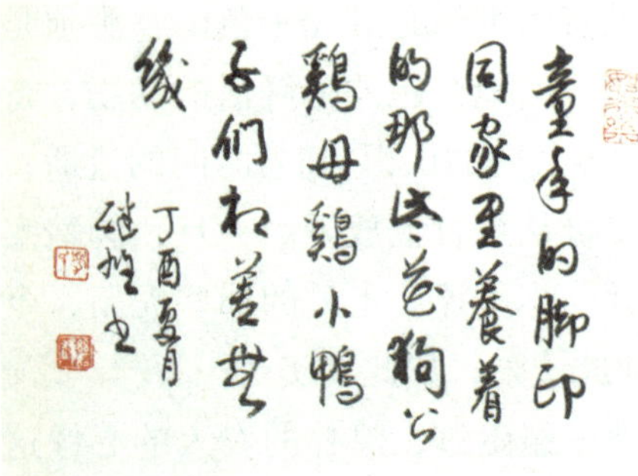

放开扶我的双手，鼓励我起步。开启最原始的步伐，双眼并不敢看脚下的土地，毫无表情地看着前方的景物，在一声声鼓动般的吆喝声中，我终于凭借那颗无胆无识的心迈开了第一步。成长的本能，终于起步，随着一连串的碎步，跌跌撞撞地走向前方，一家人在旁边乐得大笑。这一刻的笑声，便唤得真正迈步，我终于踏上了那片真实的、向外延伸着的无边无垠的土地。

童年的脚印，同家里养着的那些花狗、公鸡、母鸡、小鸭子们相差无几。门前的石阶路，门前的社场，门前的那条大河，门后的那块菜园地、小壕沟，村后一大片被四周沿河的高高田埂围在里头的田地，都留下了我深浅不一的脚印。

跨出门槛，是三块青石板，被脚掌不停地打磨，变得光可鉴人。横穿各家各户门前的青石板路，翻侧向内的是石板面上堆积着的泥水，翻侧向外的是光洁的石板，下雨天极需小心脚下打滑。几块长长的青石板底下，隐藏着阴沟，挨家挨户从瓦脊和草房顶上落下的雨水，汇集后从一条条阴沟里流出，流向门前的那条大河。整个村庄，村民们或相互走访，或走出村庄，或到河埠上洗衣淘米、上船划行，都得行走于这条青石板路，人们清楚地计算着这些公产公用的实际模样。

村前的社场，是三个生产队打谷晒粮的地方。从东向西，一、二、三个生产队社场几乎面积平分着，但并不是简单地分为三块，有些地方被过水的阴沟和上河埠的青石板块自然切割，划分着它们各自的功效。

每年，秋收后的社场，门前近着石阶路的场地被空下来，靠着河沿相对高的地方，生产队堆起了几座形似草房的四方形稻草堆。在丰收的年景，还会见到并不太大的圆锥形稻粱堆或稻壳堆。凭借四方形和圆锥形的大小，即能判断出一个生产队的丰收与否和粮草的殷实程度。整个冬春，人们端着饭碗，聚集在温暖的太阳底下，闲谈着丰收的年景，攀比着谁家更为殷实。孩童们如那些鸡鸭鹅猫狗一般，在社场上狂野，在草垛旁穿行。

无声的寂静里，村野有着一种“静听水无声”的空旷。童年的深冬，门前那条大河总会结着厚厚的冰凌。满河封冻后，孩子们便壮着胆，尝试着在冰面上行走，有时还能走出丈远。整个冬天，在村后的濠河上，孩子们在冰面上轻便地跳绳玩耍。草垛和整个社场也封上了一层厚厚的白雪，“稻草屋”檐上也挂着粗长的冰凌，麻雀们成群结队地集聚到草堆侧面，胆子大一些的会探头探脑，一次又一次飞到社场上。大部分小孩子双手紧缩在粗糙的破袄袖子里，狂奔在雪地上，赶追着麻雀等飞鸟，不倦地嬉笑。有些小孩，看准那些饿急的飞鸟，在沿河边社场的雪地里，扫出竹筛大小的一片空地，由一根细木棍撑起一半的竹筛，底下撒一些谷稻。一根细线，一头系紧在木棍底端，一头连着智慧的小孩。在麻雀等飞鸟成群在竹筛周围飞跳欢唱时，小孩把握最佳时机，将细线用力一拉，三五只麻雀就会被罩在圆筛下，狂窜，乱飞，乱叫。逮着了这些鲜活的小飞鸟，那冬天的枯燥，也就被赶走了一大半。

整个漫长的冬天，整堆稻草不知不觉地被人们从四周剥去，牛吃人烧，还田淹草。几个小圆锥形小堆，也被分散利用，加工饲料，分转口粮，转移进仓。冬去春来，回暖立夏，大麦麦穗开始见黄，家门前的那片社场又将被彻彻底底地腾出，变得空荡。天晴的清晨，生产队社员先用小锄小耙将清爽的土场倒翻出一层细土，让五月下旬的艳阳将其晒照得干湿得当。第二天午后三四点钟左右，社员们再次聚集起来，个个挽起裤腿，光着双脚，从河里挑来一桶桶水，浇向那场地上的干碎泥土。紧接着，用稻耥混合着泥与水加工，经过充分的混合，泥烂而水不流，社场变为平整而紧实的泥水场。

夕阳西下，全村庄上那面社场，成了一片清洁平整的泥水场。沿村的那条青石板路便是一条界限，社员们见着鸡们、鸭们、狗们、猫们踏上这泥水场，都会将它们一一驱赶。若是有人误闯社场，也会受到责骂甚至挨打。第二天清晨，中午……也依然如此，直到社场表面泥水被风吹日晒得光脚上去不粘泥，穿鞋行走也不滑不陷。这时，社员们乘着最佳时机，在社场表面撒上一层薄薄的草木灰，接着，邀集人们，肩并肩、脚挨脚地站成一排排踏场，尽踏得泥水往同一水平线上固定。然后，组织几个壮劳力抬来石碾砣，用麻绳拉着两头杂木圆心，在偌大的广场上来回有序滚动。

三个生产队的场景几乎一模一样，大家一起为夏熟作物登场打理社场。

家家户户门前的场园，宣告一律优先归生产队集体，称为社场。社场一直被维护着，直到秋收结束。夏日是空当，家家户户门前的社场，一边成为无界但有限的晒场，一边分户到各家清扫打理。夏日，日落而息的夜晚，家家户户门前均会搁上木门或竹床，人们边纳凉边吃晚饭。社场上聚集着全家老少、邻里乡亲，大家在一起摇着蒲扇，仰望着星空，时而讲着银河星系、牛郎织女的传说。风吹来远处星空里的呓语，又把它们吹去，暗香在空气中、在社场上快乐地奔跑。

小学四年级那年，脚下的土地，开始延伸。我背起绣着红五星的黄色布书包，跨过村西头那条湍急的河流，去一所七年制学校读书。起初，这个学校好像只有五六名老师，在并不太在意学校究竟有多大、老师究竟有多少的过程中，不知不觉地，学校逐渐增添了好多老师、班级和学生。

从住的那个小村庄到上学的课堂，若沿着大道，就要沿着河埂一路向西再往北走，跨过那条河的最狭处上架起的桥梁，沿着河埂反方向往南走，再转向西行。这是一条弓形的弯道。一年四季，我和其他上学的孩子大部分时间走着这泥泞而弯曲的远道。

秋收秋种结束以后，农村田地与道路并无太多差别，我们上学的路径便会明显缩短。出得村西，远望着拱形的石桥，往西北方位的土地一路走去。越过石桥，就会瞄准着学校那两棵挂着晨钟的百年松柏，往西南方位的土地一路走去。一冬一春，出村口向西北的麦田和石桥两头桥堍下的麦地上，明显地留下了孩子们走过的痕迹。直到麦苗拔节、油菜抽薹，所在生产队用芦竹、草绳拉起田地保护屏障，隔断着田地与路的接壤时，我们才自觉地继续走着那弓形的道路。

我和一群孩童每日重复着在弓形弯道上奔跑。清晨上学，总在无形中比着谁能先行到校；中午放学，带着饿急了的情绪；就连下午上学、放学，也似乎在相互间比试着赛跑。天热的时候，顽皮的男生们，厌倦了弓形弯道的可望而不可即，多半会偷着脱下单薄的衣裤，一手抓紧衣裤顶在头上，仅凭另一只手维持平衡涉着湍急的河水，然后迅速登上河对岸，炫耀起战胜河路阻隔的勇敢。一群稚嫩的少年，几乎每天都在比试着背书、读书、计算，比试着力量、智慧、胆量，在没有人做裁判的光景里，天天自觉地开展着竞赛。

经过几年的重复奔跑，几年的读书、计算比试，仅有五分之一的优胜者留了下来，脚下的那条路仍在延伸。

高中在公社驻地附近，离村庄有七八里地。原先的弓形弯道是上高中的必经之路。沿路不光这一道弓形，似乎还有好几处弓形的弯道要经过。有些弓形，在村庄的深处；有些弓形，在偏僻的旷野。粗犷的弯道，丛生的植被，深深地震撼着我，深冬和早春的每一个晨暮，旷野如同禁地，让人不敢越雷池半步。弓形的路，在村庄上穿行，虽并不全是泥路，但高低不平的路面，路上的瓦砾、碎片和杂物，客乡陌狗的吠叫，会让你行走时总要保持警觉。每日的行走，无法任性。空间的距离，用双脚丈量着步数。那四季的更替、气候的变幻，逼迫着你无法悠闲慢走。黎明即起，草草地扒完碗里的那些粗细米粮后，肩挎着书包，手拎着装着生米的饭盒，再夹上一点小菜，便匆匆离家出庄。

深冬和早春，昼短夜长，高中生们总是摸着黑离家出庄。冬春雨量集中，寒气逼人，出村口是一路泥泞，烂泥带着薄冰。几个拎着饭盒的后生，睁大着眼睛前行，将封得并不严实的薄冰烂泥先行踏碎。脚下那胶补过几层的浅帮雨鞋，那厚度，绝比不上烂泥和雨水的厚度。其实，当摸黑出庄刚走过第一道弓形弯道，那雨鞋必定已经开始打滑；那满身满背的汗，已将混穿着的衣绒衫渗透。随着天色透亮，伴着满身散发着的热量，心定起来，几个人控制着步履的节奏，沿着村庄、河埂，穿行于桑林、田野，冷风自然地降着周身的热量，白天的光亮照着雨鞋的鞋帮。我们越走越爽，越走越轻。不一会儿，那片泥泞终于被甩在身后。来到学校围墙外，在河埠的青石台阶上停下，大家开始清洗雨鞋，整理乱发，淘洗生米，开启一天的念书辰光。

白昼一天天拉长，黑夜一日日缩短，春天来了。还是那些弓形的弯路，我们仍是穿行于那片旷野和村舍间，却不需要再裹着那些混穿的绒衫，脚上也不再需要那双形式上的雨鞋。几个人轻装上阵，步履轻快。亮着的天灯，让我们不再惧怕路途中的黑暗。那些脚下的弓形路，那些旷野、坟地、桑林、村舍，那熟悉着的土地，不再成为前行途中的困难。

延伸在脚下的那片地，从小学到初中再到高中，各两年时光就匆匆被走完，上学赶路的时光被时代终止。重新回到了孩童时代那被高高的圩埂围着的那片田土。那片田土，留着芳香，是祖辈活命的保障。在这片田土里，分不清哪里是田，哪里是土，哪里是路。大概是土上长草称为土，土上种庄稼谓田，土让人走叫作路吧！

回到集体生产队劳动，人们日夜奋战在那片田、土、路上。

那围在里头的水土是十分宝贵的。种下的麦苗、油菜，不喜水浸，社员们便开沟垅，将夹着泥的雨水排到河里。而秧稻的苗又喜爱在泥水中生长，秧稻生长的大部分时间离不开烂熟的泥和薄薄的水。有些田埂因为受到风雨侵蚀和黄鳝蛇虫的爬钻，水田里的混浊肥水并不能全部安分地留在禾稻田里，却流入了河中。在农闲的冬季，勤劳的社员就会用工具，将那些不知是从何处流入河道里的烂泥，一船船地挖起来。挖的泥带着河水被甩到田头，等日晒风吹得半干，再用铁钎切成块，装在泥担里。脚踏着田埂上的泥，肩挑着从河底里捞来的泥，一担担地将它们挑到远处近处的田头，让地带着肥泥，让田土有增无减。重复着那泥水顺河而下又将烂泥还到田头的路径，庄稼人才养得田地水土，才有得年年粮食丰收。

我行走在那片土地上，行走在生产队社员的行列，肩膀上时常压着超百斤的重担。一年四季，大部分时间是光着脚行走在那片土地之上的。每当放下重担，天生的乐观精神、青年心境重上心头，时常放松得高歌起来。那年月，是革命样板戏全民哼唱的年代，那京腔提振着精气神。这放喉高吭，完全是在为打破重复行走在田野上的沉闷，为了放松心情。

炎炎夏季，午后下地，暑热满地蒸发。毒日暴晒，满路的烂泥愈发坚固，光着脚行走，脚下的路，恰似故宫雕刻着的石阶脊面的龙背。我忘乎所以，企图用“朔风吹，林涛吼，峡谷震荡。望飞雪，漫天舞，巍巍丛山披银装，好一派北国风光……”样板戏的片段来压一压这烈日高温，战一战这脚下的锋利土刀。殊不知，刚抖擞起精神，哼得正起劲，右脚第二根脚趾头就被锋利的土刀狠狠一刮，顿时鲜血直流。京腔戛然而止，半跑半跳地跟着出发的人流，继续向前走。表皮的血流，在尘土的沾拌下，很快就止住了。紧张的农事开始，那点皮外伤痛，不一会儿就被忽略忘却。直到日落收工，一日的劳作即将结束，京腔的样板戏才再一次响起：“朝霞映在阳澄湖上，芦花放，稻谷香，岸柳成行……全凭着劳动人民一双手，画出了锦绣江南鱼米乡……”

不停地流淌着汗水，间隔着擦破皮肉，流着鲜血，我和其他社员一起，每天日出而作、日落而息。双脚踏进禾稻田的烂泥里，拔草，施肥，治虫，防病。双脚上，冬春里长出的汗毛被带着刺的稻叶刮得干干净净，反复受伤的几根脚趾头，留着累累伤痕，被泥水浸蚀着，发着黑。粗壮的手脚，在无数次干干湿湿、湿湿干干中变得越发粗糙。

三个月后，终于迎来了秋收的欢愉。

弯得下腰背，一头钻进笑弯着腰低着头的黄澄穗头，呼吸着混合着泥土和谷粒味的芳香，开始刹稻、和稻、挑稻、轧稻，确保颗粒归仓。接着又开始翻土秋种，指望着那泥土地里长出来年的希望。

这种鱼贯而出、鱼贯而入、一窝蜂的生产队社员集中劳动，讲究的是形式场面，消磨的是劳动时间，耽误的是农时季节，维持的是艰难日月。那些水土，受到翻来翻去、搬东放西的折腾，最终形成了低效率、低产量、低效益。这种大生产方式，存续了三十年，终止于 1980 年。

仍然在那片被高埂围着的田土里，按人劳比例，全家分得三亩责任田，水田分为大小五块，占着百分之九；旱田两块，为三分地。那分得零零碎碎的七块地上，不再有一窝蜂的生产，而是留着我一个人匆忙而凌乱的脚印。

正是集体化大生产时流淌着的汗水，流着的血，有些是被折腾的血汗，那些多流的汗水，那些付出的代价和学费，在家庭联产承包制过程中，给我带来无尽的收益。

全家合法合规有了三亩地，以“上缴国家、适留集体、多产归己”的政策指引，我不会无端地在那片土地上任意消耗着宝贵的体能和宝贵的时间，也不会让肥水肥土无端流失，更不会盲目蛮干、违背科学精神，不会误时节、过施肥、不选种、乱投工。

在那七块水土上，布局着秧田大田、夏熟秋熟、水稻旱作，满足国家公粮、集体上缴、自给自足，真正实现了“五谷保丰登，六畜保供应”。我沉浸在“耕者有其田，农以地为本、民以食为天”的快乐之中。

分田到户的七年，不再机械地日出而作，日落而息。人们时刻靠心维系，我也一样。忙时不分昼夜抢收种，闲时离土不离乡，为社会分忧公干，帮得社会，挣着外快。脚下的那些田土，既不会搁荒，也没乱翻乱垦，做到了“不违农时，不误季节”，连续七年实现大增产、大丰收。人民公社的社员，个个步伐轻快，肚皮填饱，面带微笑，体现着的正是再苦再累心也甜。

仅仅七年，我便告别了成长的小村庄、门前的社场、上学脚下的那路土，连围在高埂内的那七块田土，也被转给了本生产队的其他农户。

那片水土，曾留着祖辈们改造过它们的痕迹，曾留下我无数的脚印，这些脚印，从朦朦胧胧到踏踏实实。那里，蓝天白云，艳阳高照，日丽风清。我曾在那片天空下，观雨听风，曾在那旧瓦屋里，早起晨读。那片水土的四周，有奔流不息的浪花，也有成片成块的芦荡。在那里，眺望南山，巍峨青翠。

那些远山近水，那些青山绿水，构成了江南好时节。

二、山河水土

在浩瀚的银河系，人类赖以生存的地球，只是一个小得几乎可以被忽视的小颗粒。

地球的表面，十分之七是海洋，十分之三是陆地，而表面层海洋底下还有陆地，陆地底下还有水。日月星辰，造成水土。风霜雪雨、电闪雷鸣、天摇地动，造就山河水土。

山河水土是自然界大美，山河水土是大自然赋予人类的最大财富，山河水土是不可再生的重要资源。我对山河水土的认知，大部分从农村起步。

（一）

已经无法考证我的祖父、太祖父，抑或再往前辈的祖先，是何时从何地迁居至我出生的这个小村庄的。这里大致也是分布着七分河荡的水、三分瘠薄的地，水与地的比例，竟然同地球表面海洋与陆地的比例如此相似。

这座小小的村庄，正是从我7岁那年开办有史以来第一所学堂的。教室设在一座瓦房里，青砖墙门，八字双开大门，厅堂为教室，堂前墙上挂着黑板。老师由本土一位高小毕业的青年担任。我永远都不会忘记入学后的第一本课本与第一堂课。第一节识字课，内容是“山、石、田、土”。老师打开大门，先让我们观察远处的南山，接着回到黑板前，他用教棒指着黑板上的字，开始高声领读：“山，山，南山的山！”十七个学生，其中年龄最大的已经十二岁了，大家一齐跟着老师朗读。他又带领我们学习另外几个字，“石，石，石板的石 。”“田，田，种田的田。”“土，土，土地的土。”……琅琅的读书声，清脆而齐整，响彻整个村庄。

开门见到南山，便会写“山”；跨出家门，踏上石阶，便会写“石”；看着父母种田，便会写“田”；身边碰到土墙，见衣裤沾着泥土，便会写“土”。孩子们所上的识字课，真是十分接农村的地气。第一本课本里，还有内容关于“鱼、虫、蜻蜓、狗、猫”等的识字课文。

从此，孩子们的心里，便记着了这些山、河、水、土，记着了靠山河水土养育着的许多生灵。

（二）

山河水土，养育着人类，孕育着生灵。

电视里一期又一期的《动物世界》栏目，直接揭示了动物的生存本能与一些自然原始法则，也诠释和解答了人类社会在初级状态下，有着适者生存与愿为夺取山河水土展开你死我活斗争的原始本质。

上个世纪相继爆发了两次世界大战，各国间争端不断。自欧洲最早的航海家哥伦布发现新大陆起，欧洲国家开始开疆拓土，开始侵略别国，不断开辟新的殖民地。直到现在，国与国之间的争端似乎从未间断过，有些国家或种族依然利用各种手段对别的国家进行渗透与侵害。在中国历史上，可歌可泣而又鲜血淋漓的内战与抗击外部入侵似乎从未间断过。令人难以解释的是，中国历史上几千年的封建特权阶层，他们对大自然馈赠给人类共有的山河水土，总是那样肆无忌惮地通过各种掠夺与盘剥，将之占为己有。

站在阶级立场上来分析这样的历史，中国长期所处的封建半封建社会，形成了少部分特权阶层，他们占有了大部分的山林、草场、田地与水域江河。这种侵占，在华夏大地延续了几千年。

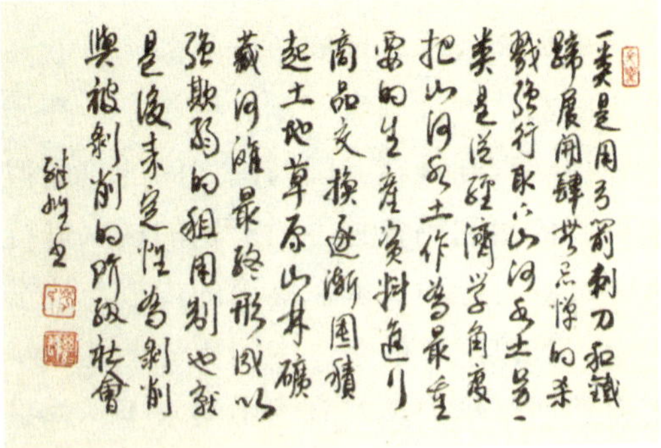

这种侵占，分为两类。一类是用弓箭、刺刀和铁蹄，展开肆无忌惮的杀戮，强行占有山河水土；另一类是潜移默化地从经济学角度，把山河水土作为最重要的生产资料，与牛羊马匹一起当作商品进行交换，逐渐囤积起土地、草原、山林、矿藏、河滩，最终形成以强欺弱的租用制。清晰的阶级社会，往上追溯已有几百年，模糊一点的，若细细追溯，绵延已有上千年，甚至数千年。

新中国成立了。在这片大地上，新民主主义革命取得了胜利。这场胜利，成功开创了这样一种模式，山河水土这一大自然留给人类的重要生存资源，属性被定为国家所有。人民是国家的主人，山河水土归全民所有，彻底废除了以往仅为少数人所有的模式，每个人都成为中国960万平方公里水土山河的主人。如此一来，为争夺这山河水土所有权而起的争端就此可以结束。

于是，一种新的有关经营权归属而起的争夺，一些由生产产品之间分配矛盾而起的争端，慢慢开始孕育。

新中国建立之后，在历次轰轰烈烈的土地改革运动中，地主富农的自有土地，包括山林、荡滩、河流、道路，被强行没收，田地被还之于民。以郡县为基础，建立起了一个个的人民公社，再在人民公社里建立生产大队，并把大队划分成若干个生产队。人均占地在一个公社、一个大队之间尽可能平均。土地改革得到广大被剥削的草根阶层的大力支持与拥护，并取得了空前的成功。

国家根据社会主义建设的五年计划，按照军队用地、行政用地、医院、学校、事业用地等具体用途，在这片山河水土上直接建立起了国营农场、林场、桑场、畜牧种子繁育场、渔场等，性质均为全民所有，并分为国有和集体两大类。

国有部分为全民所有制，完全享受着国家补贴。全民所有制部分职工之间有分工不同，却没有贵贱之分，各自的报酬是按工龄、职业等来定级的，收入分配低标准，相互间差距不会很大。

集体所有制在农村，是以队为基础的。农民拥有集体土地后，按照“统一布局，统一种植，以粮为纲，统一劳动”的要求，按劳取酬。按照“核实粮食总产量，交足国家平价粮油，留着集体饲料粮”的先后顺序，最后分配到社员。在具体分配中，按年龄等级划分劳动力与非劳动力，分配口粮。一种维护生产队集体利益，或通过维护大队利益来确保生产队得到实惠的利益观，牢牢地维系着人民公社社员。

而集体与集体之间，常常为夺取滩涂、河流、飞地起争端，也常常为放牧、捕鱼，为抢开垦、抢种植、抢养殖而大动干戈，直至惊动到上级“包公”，最后才以服从上级判定为准。

集体所有制模式下开展的农业大生产，制约着农民自主生产的积极性，导致粮食歉收，农民生活水平难以提高。为此，迫切需要进行进一步的农村改革，从分田到户，开展联产承包责任制三十年不变，到目前的土地、山林确权发证，所采取的措施是进一步将最最重要的土地生产资料经营权下放给农民，以实现“耕者有其田”，让耕者能自主安排生产劳动。

从改革土地的经营权属，到解放剩余劳动力，农村不再“以粮为纲”，农民的收入来源不再局限于土地。这一浪潮，在中国是前所未有的。初期，农民对分得的土地情感深厚，对种地怀着一种空前的积极性，可谓“寸土必争，寸土不让，寸土不荒”。相邻的农户对界限划分十分认真，甚至为此起纷争。在抢季节种植的季节，抢水、抢机械时有发生。农民们学习农业技术、掌握农技知识，如痴如醉。因此，粮食生产连年丰收，农村改革让农民解决了温饱问题。

随着农村改革的深入，农村开始实行工业化发展，一度，粮食取得丰收，粮价却下降了。农民种粮的收入与离土不离乡搞工业化的收入形成“剪刀差”，有不少农民开始弃耕抛荒。这段时间里，农民手中大量的土地被廉价征用，用于建设水利、创办工业、兴建学校医院，甚至被国家征用，用于重要交通、机场、电力等重大工业项目建设。在《国土法》和《土地补偿条例》的指导下，国家逐步提高农民土地补偿标准和补偿价格，这使田地经营权与分配权又一次得到了农民的重视。一次接一次的征地，一场又一场的交锋，农村地区在抓发展机遇的同时，农民也在抓“发财机会”。上访、集访、越级访时有发生，争夺山河水土的“战争”再度重演。

不断加快的工业化和现代化步伐，打破了每一寸山河水土的宁静与安详。建设现场尘土飞扬，建造过程质量粗放，生产过程乱排乱放，选择项目高耗能量。似乎“有钱便可任性”，那越是安详之地，越是风水宝地，越是鱼米之乡、旱涝保收的高产田地，越容易被手握大把金钱和手有大项目的客商盯上。

以发展为由的一场场山河水土之争势不可当，迅速席卷整个中华大地。

（三）

山河水土越原始，越广阔，越显其自然特征。人类通过劳动，利用其生产出人类生存、生活所必需的各种食物和衣布，通过开发大自然，利用自然资源，获得日常需要的各种原材料，生产出各种各样的生活必需品。

从单一农业社会发展到商品社会，农业自然资源是分等级的。通常，自然条件优等的区域，人口密度也大；反之，自然条件变差，人口密度相应减小。人均占有资源随着等级变高而人均占有量减少，人均占有土地面积较多的地区，土地相对贫瘠，耕作条件也相对恶劣。这是数千年来形成的一种自然平衡。

中国社会，绵延几千年，是以农业化社会形态存在的。

在我所在的那个仅有几百人的小村庄里，人均占有的土地，连河滩、洼地在内并不少。但由于地势低洼，常遇水患，加之人们抗击自然灾害的能力十分有限，所以农作物的歉收是常有的事。当时，为了改善生产条件，提高抗水灾能力，每年都投入相当比例的人力、财力和物力，却不足以抵挡江南雨季汛情的袭击，特别是夏熟的三麦、油料作物歉收、绝收屡见不鲜，用"十年九荒"来描述也绝不为过。

生长在这种偏远乡村的村民，生产条件又是如此恶劣，大多只能在原始生产条件下苦苦挣扎。凡出生于此的女孩，长大后普遍嫌弃这个经济来源飘摇不定的地方，也常常为一年到头高强度劳动低收入回报而产生抱怨。这些女孩大多从小就开始酝酿如何离开，长大后往往都选择了远嫁。

爷爷辈里几个姑姑几乎全部选择了远嫁。

大爷爷家的姑姑嫁至张渚南部的山区去寻求自己的未来。那里有大片的山林和大片的坡地，雨季里缓缓流淌的山涧水到了晴天便呈干涸状，隐隐约约的小村庄，山里人大多都是单门独户居住，山区与姑姑自小生长的圩区差别很大。媒人上门说亲时，把山里说得只要人有力气，便满山里是茂密的竹木，这些竹木正是圩区里紧缺的财富。只要人勤劳，大片坡地可以种高粱、地瓜、板栗、茶叶……这些也都是圩区人眼里的稀罕物件。我12岁那一年，去远嫁山里的姑姑家做客。姑姑家离娘家很远，平日来往一趟十分困难。姑姑和姑父见到我这个内侄涉水跋山地远道而来，喜出望外。他们用尽热忱招待我这个“小贵客”，在物资极度匮乏的年代，居然为一个小孩单独做了鸡蛋炒饭。走的时候，他们还煮了两个鸡蛋让我带着在路上吃。其实，姑姑、姑父在山里住的是两间草房，家中两张床上挂着的是两顶发黄的蚊帐。草房中，灶堂跟住房、厅堂都是互通的。夫妻俩艰难地拉扯着三个孩子，草房内除了农具、柴火，一眼看上去，既没有箱柜，也没有复杂的生活用品。普通山里人家，生活条件跟圩区百姓相比，并没什么差别。运气好时风调雨顺，若是遇上老天发威，出现山洪或干旱，这里种着的庄稼到最后一样是颗粒无收。

我的亲姑姑，被媒人说去了东乡。一过马公大荡滆湖往东面，宜兴的西乡人统称那片水土叫“东乡”。姑姑嫁至“东乡”的太滆平原，这里地势高，又紧靠滆湖，大片粮田有旱涝保收的优势，种植粮食的条件属上等。生活在太滆平原上的百姓，居住的房屋普遍比较整齐。1949年以前，这片地上的地主，收得的租粮标准也是最高的。从古到今，这片土地上出类拔萃的人才也是最多的。亲姑姑嫁到“东乡”，父辈们觉得她是“老鼠跳到白米囤里”，认为姑姑从此便可以过上好日子了。姑父是村里最勤快的人，并且是个最讲情分的人，他恋家爱子，重亲顾情。记得我小时候，姑父、姑姑常不远二三十里，来到娘家，看望长辈，照顾后生。逢年过节，他俩总把娘家一大家子接去招待一番。其实，姑父和姑姑的生活也并没有宽裕到什么田地，因为生养子女多，他们一年到头虽是种菜、养鸡养猪地勤俭度日，但日子仍是稀粥烂饭、布衣补丁的很是拮据。姑姑、姑父俩，只是在农村里顾着大场面、爱面子而已。

还有小爷爷家的姑姑，以及村上同样命运的姑娘，她们凡嫁出村庄之后，普遍地是过着为活命、为繁衍子孙牺牲自己的辛苦日子。她们用热切地期盼，巴结着新建家庭的未来。

新中国成立之后，农业社会存在的形式，是集体所有制。全国搞公平分配，平地权，平分配，平贫富。人们的生活富足到什么程度，或要比较、权衡出谁高、谁低，很难。大部分农村状况相差不大。现在想来，那时的生活，叫“捆扎在公有制里，一起穷”。

上世纪 80 年代开始，全国开始实行家庭联产承包经营责任制，分配上在交清国家平价粮、农业税，上缴集体“三上交”之后，留下的粮食和出卖的余粮款归百姓自有。这一伟大变革，不但解决了农民温饱问题，也逐步改善了人民生产生活的条件。

接着是思想解放，改革开放。农民耕种承包土地，不再上交农业税，也不再交公粮。种植不再“以粮为纲”，农民可以从工，从商，也可以从事运输、建筑、服务业，国家允许一部分人先富起来，农村发生了翻天覆地的变化。

现在的农村，人口比例在快速变动，从事纯农业工作的人口数量在缩减。农民，实现了从“耕者有其田”到“居者有其屋”的理想。相当一部分农民，奔走在乡村和谋生的城市之间。一条条硬化的水泥路连接着农村大部分的村庄，有的道路两旁还栽种上了花草。许多农村房屋的外墙，隔几年会粉刷一新，考究点的地方，还会刷上一些宣传孝道文化、励志思想的宣传画。这就是现在的新农村。在农村空荡荡的房屋里，整日守着这片水土的，常为老人、妇女、小孩，被称之为“九九”、“三八”、“六一”部队。这些守候山河水土的人群，至今仍然在为生存挣扎，仍然在盼望着能把山河水土以外的财富与快乐带进村。而那些远在他乡的青壮年，又何时能适应与农村不同的环境。当离开固有的山河水土，服水土者虽有，而只能是少数；能致富者虽有，也只会是少数。

（四）

在整个地球村，目前人口约为80亿。拥有着960万平方公里领土的中国，人口有近14亿，约占世界人口的六分之一。铁定的自然规律，人类社会，生与死随岁月交错轮回。每一天都有新生，每一天都有死亡，有生必有死。

伴随着新生命的到来，是欢喜与快乐；而死亡，却是令人痛苦与悲哀的。逝去的先人，成为了后人的祖先。人类社会逐步进化，追溯这个漫长的发展历程，人类正是在与大自然的不断搏斗中谋得了进化与发展的机会。

中华民族都是炎黄子孙，我们都有着共同的祖先。有一次，我去宝鸡市出差，虽行程很紧，但我仍抽出时间，赶赴半小时车程，来到一个当地已被确认为炎帝陵的小山冈上，虔诚地祭祀炎帝。还有一次，我在去延安的途中，专程来到黄帝陵，祭祀黄帝。炎帝和黄帝，是国人心中共同的祖先。作为炎黄子孙，即使浪迹天涯，但仍会深深记住，身上流淌的是中华民族的血脉，华夏文明是中国文化源头之根。现在的黄帝陵和炎帝陵，松柏苍翠，肃穆幽静，接受着无数华夏儿女的祭奠与敬仰。

中国是一个有着5000年历史的文明古国，许多名垂青史的帝王将相，他们现在去了哪里？其中，只有极少数经考证，能在山冈土丘中寻找到他们的坟墓；而其中的绝大部分，早已在后人的谈笑中灰飞烟灭。

秦始皇，统一六国，指挥修筑万里长城，可谓一代枭雄，而今他又在哪里？陕西省西安市东郊的一片高坑土丘，经过千百年风霜雨雪的冲刷，同其他土地已无异样，现今全种上了大豆和高粱，经考证，土丘下是秦始皇的陵墓。明代朱元璋，在中国历史上也是赫赫有名，经考证陵园在紫金山麓。和别的山丘相比，除了满山的樱花、野草松竹，仅多了两排石人石马和大阶石路而已。

一代女皇武则天，活着时惊天动地，争皇宠，握皇权，行皇道，死后所葬的陵墓设计也算别出心裁。在距陕西西安向西约两小时车程的江汉大地上，陵墓设计建造者山水就势，以一山为头，二峰为乳，高垅为身，辅以人工凿修手脚，为武则天建成了一座不凡陵墓。从陵墓的恢宏气势来看，足以感受到陵墓主人的霸主之意。这座陵园的建造，是让一代骄皇死后仍形象地仰卧在中原大地。那骄皇，死后仍奢望与天地同在，与山河同春。那中原正是中华民族农耕文明最早、最发达的地方。

还有如洛阳、北京等几个古代曾作为都城的城市周边，以及许多将相的家乡，和有名的“风水宝地”，都散落着一些陵园墓地，陵墓主人很多都是曾叱咤风云的“大人物”。随着历史的变迁，这些陵墓似有似无，最终从有到无。

新中国成立后，国家曾为在抗日战争、反帝反封建斗争和解放战争中牺牲的英雄，以及遇难烈士同胞，在就近山河水土里刻名立碑，以示纪念。

新中国成立后，很多共产党员，其中不乏周恩来、邓小平等伟人，死后直接将骨灰撒向了江河大海。

共产党历来将人民利益放在首位，视人民群众生命为最重。那些在南京大屠杀中死难的同胞，那些在唐山大地震、河南大水灾中不幸罹难的百姓，党为他们立下纪念碑以示纪念。在 2008 年的汶川大地震中，又是几万生灵顷刻间被夺去生命。2010 年，在甘南和川北交界地的舟曲，大量泥石流伴随着暴雨从天而降，两千多名百姓一下子被深埋于白龙江岸水土。中华大地举国哀悼。灾难过后，我曾赶到汶川和舟曲。看着曾在地震前去九寨沟途中，自驾车在汶川转向西北方向而迷路的汶川，山摇地动过后，满目苍凉，废墟一片。而在舟曲，踏在这深埋着两千多遇难同胞的泥石流上，久视着蜿蜒前行的白龙江里那奔流不息的江水，我思绪万千。同胞，你就是脚下的那片山河水土！

我还到过西藏，在那里，除高僧大德喇嘛圆寂后用蜡封藏佛殿宫外，藏民死后一律上天台天葬，或在水台水葬。

生活在贵州省雷江县西江苗寨的苗族同胞，他们信奉“生也一棵树，死也一棵树”，后人想念祖先，便对着树寄托哀思。他们相信，人死后灵魂和躯体都会与树林山川丘陵浑然一体。这种对于死的看法，也正应了陶渊明《拟挽歌辞》中的那句诗：“死去何所道，托体同山阿。”

自人类社会形成以来，各地流传着程度不同、方法不一的各种祭祀祖先的方式。从2500年前孔子时代所沿袭下来的儒家思想、孝道文化，更坚定了这种对先祖的孝道，千年不变，万年延续。从祖父辈开始传教，清明上祖坟扫墓、农历七月十五中元节和小年夜行祭祀仪式、年前上坟种火帮祖宗热脚等等，这些传统祭祀仪式在我们这些农村小庄子里都做得很恭敬，这些似乎也是在检验着后人们对先人是否孝尊。不行者，长辈会咬牙切齿地骂着：“不肖子孙，没有出息。”

从小跟着祖父、父亲参加祭祀活动，到带着儿孙行祭祀仪式，能祭祀到的祖先，有坟位的祖先，也就是太祖父辈、太太祖父辈。更多的祖先，他们在哪里？在文明的迁徙中，在兵荒马乱的铁蹄下，在饥饿逃难的过程中，他们早已经被磨去了踪迹，无从考证，他们同样变成了山河水土。

（五）

日月星辰造就山河水土，山河水土养育着万物生灵。作为万物生灵之首的人类，通过双手把山河水土修凿得更加美丽。人类祖先和万事生物的祖先用血肉之躯滋养着万物生灵，一代接着一代。

日月星辰延续着山河水土，恒久不变，这是有形的自然大美。大自然博大、精深，人类却永远也无法完全揭开它的秘密。其中有些奥妙即使已经为人类所揭示，但那也是凤毛麟角。

记得童年时候，国人对自然的了解比不上现在。庄子里的人走夜路，黑漆的夜间，微风之下，走到有坟场的地方，经常会遇上“鬼火”。“鬼火”，也就是磷火。当人跑得快时，“鬼火”居然会随风带动，追着人走。那些夜间抓鱼捉鳝、夜行在阴森田野里的人常会遇到。当遇上“鬼火”，有经验的人便会不慌不忙地点上一支香烟，以旺自身之火，压阴邪之光。只是这夜间，这旷野的田头，本不该是孤身独影的地方，还是趁早离开为好。

还曾听庄子里长辈讲，春天发大水，桃花盛开后，河边会出现一种美艳的花。这种花离河岸很近，漂在水上。见着千万不能用手去摘采。因为当你渐渐靠近时，它就会慢慢远离，和人若即若离。有一年村庄里被淹死的那个人，正是受这河怪引诱。这话当然仅是传说。

正月十六，是江南一带的火把节。庄稼人通常会用稻草、芦苇扎成火把，点亮，在自家田地里跑上一遍，说是过年后种秧没有吸血的蚂蝗，收成也会变丰。儿时的我，在火把节时总是举着火把带劲地奔跑于田野之间。长大后，兴致逐渐减退。而1976年的火把节，我记忆尤其深刻。正月十六那天夜晚，满天星斗，月亮挂在东方。参与火把节的人都亲眼看到天空中飞流着流星火雨，田地里不远处不时冒起火星。我定睛站在田野，确定亲眼看到这个夜晚，天地星火飞行。夜空下的人们纷纷展开议论，并形成各种猜测。那一年，中国发生了唐山大地震，几十万生灵在山摇地动中失去生命。那一年，周恩来、朱德、毛泽东三颗巨星相继陨落。

人们敬畏着这些染红了的山河水土，敬畏着大自然，也敬畏作用于山河水土的天地、日月、神灵祖魂。种种节日里纪念，场场追悼与思念，座座碑文和祭词，在山河水土、日月星辰之间久久回荡。

三、三山二水五分田

天造山河，人治水土，历史变迁。人类社会不停向前发展。近百十年来，我的家乡宜兴，这个太湖西岸的小城，三山二水五分田的格局广为世人称颂。现在的宜兴，百业兴旺，生态立市，宜居宜业，百万人民在这里快乐地生活。

追溯过去，远至5000年。认识当今，变迁60年。

（一）

4000年前，整个太湖的水位要比现在高得多。整个太湖流域，还是一片荒蛮，宜兴南部的山区在一片泽国之中独领风骚。沿丘陵地带的先民们，组织农耕，开辟制陶，尝试建城。从纯大自然的角度，应当尊重和顺应。无论是经过推算还是从翻阅记载资料得知，这一带的先民文明起步应是起源于南部山区丘陵地带。

南山往北部，除了宽阔的荆溪河，只有阳山、屺山、都山、郎干、安乐山等几座小山丘，这些山包带着丘陵和高坑地，孤零零地分散着，或矗立或瘫软在这一片泽国当中。一年到头，大部分的时间，这里的众多水土都是汪洋一片，直到华夏大地出现了一位名叫大禹的治水英雄。大禹来到江南，带领部落先民开始治水。古书《禹贡》中曾这样描述："三江既入，震泽底定。筱簜既敷，厥草惟夭，厥木惟乔。"大禹治理太湖，立志用疏通的办法，将太湖水引向大海。经历若干年艰辛而不懈的努力，才将三条江河之水引入东海，太湖之水初获安定。太湖之水，经三条江河，自西向东，通流大海，太湖水位便自然下降。在这一过程中，原先不计其数的沼泽地、低洼浅滩露出水面，渐渐成为可供人类栖息、繁衍的陆地。

自这一时期开始，阳羡地界的人类先民，将农耕文明时代相对集中在南部群山之阴的大片丘陵地带依托着阳山、屺山、都山、安乐山等独立小丘和高坑地带上分散的初始农耕现状，逐步扩展，向着开始露出水面又宽广肥沃的冲积平原上慢慢传播。由此，在太湖流域，由万千年依靠山水、单一的渔猎文明，逐渐过渡，变为陶瓷文明和农耕文明并进前行发展。

经过几百年、上千年的进化演变，太湖西岸这片土地上，人口不断增多，平原不断开垦，山水逐渐滋养，这里成了鱼米之乡。

自然的进化，人类的进步，一直在继续。大约到了2500多年前的春秋时期，这个长江流域因冲击而生长着的平原，一方面古荆溪河因胥堰开拓，另一方面太湖下游河流经常淤堵，受长江水影响而水患不断，因此水位持续升高。据宋代单锷《吴中水利书》记载：“吴王阖闾用伍子胥之谋伐楚，始创之河，以为漕运，春冬载二百舟，而东则通太湖，西则入长江，自后相传，未始有废。至李氏时，亦常通运……自是河道淀塞，堰埭低狭，虚务添置者，十有一堰。往来舟筏，莫能通行，而水势遂不复西。及遇春夏大水，江湖泛涨，则园头、王母、龙潭三涧，合为一道，而奔冲东来，河之不治，愈可见也。”也就是说，这一段历史时期，荆溪河中下游连带着整个太滆平原，受江水泛滥、河道淤堵影响，水患严重。太湖上游一带水土田地经常被淹。这种状况，一直延续至唐代[①]。

以上所描述的古阳羡格局，并非三山，也非二水，更无可耕之五分田。

直到2200年前，秦始皇统一六国，开始推行郡县制。决策者们将太湖西岸岸线往西，将近百里方方正正的土地划成一县，叫阳羡县，于是便开始了县治。

当时的阳羡县，其地域之地势，南部是连绵的山峰，北部一望无际以平原良田为主，中间隔着一条宽阔的荆溪大河，河上串着“三氿”明珠。在县南部，创造了制陶文明的先祖聚在一起，群落已经发端，当时已建有县城。而可供人类耕作的大片肥沃田地，却被荆溪“天堑”分隔在中北部。在当时生产力条件十分原始的状态下，从县城中间地带穿越而过的荆溪大河，滔滔河水奔流不息，水涨水落，变化无常。这境况，给实行县治之后在氿南聚居地的人们向北扩展和发展生产，带来极大的不便。同样，这境况也阻碍了想入县城的氿北河北部生产者。这里的祖先勤劳聪慧，在汉献帝兴平二年（195），一位叫袁玘的县令，组织大家集全县之力想办法征服荆溪河，并成功地在这条奔流不息的急流上建起了一座当时被认为很长很长的桥梁，史称宜兴“长桥”。这座桥，现址在宜城人民中路，经改造，目前已成为了一座很不起眼的平桥。

县治，造桥。先祖向农耕文明、陶瓷文明又迈进一大步。

（二）

在浩瀚无边的宇宙里飘浮着的那颗小小地球，大致的格局是七分水、三分陆地。这仅有的三分陆地，又被大量的崇山峻岭、黄土高坡、极目沙洲占据着。可供人类生存，能播撒种子长成谷粮的宝贵之地也就占陆地的十分之一左右。

家乡宜兴，得到了上苍的厚爱。从空中俯瞰宜兴，在这片山河水土，不仅有肥沃的五分田地，还有着深浅落差不大的二分水域，宝贵的三分丘陵山地。在二分水域里，涵养着丰富的水生植物，除了勤劳的宜兴人民人工养殖的许多高产的淡水鱼、虾、蟹外，还天生自繁自育着许多水产生物。河道纵横交错，有交通航道，也有便于农业生产积肥运粮的通道。看宝贵的三分山地，以丘陵居多，这里茂林修竹，植被丰富，随四季变换而风景或郁郁葱葱，或翠绿为主、七色点缀，或五彩缤纷，或白雪皑皑。这里还蕴藏着一种胜金甲泥，名叫紫砂，为世间仅有。

古阳羡，今宜兴，位于北温带上北纬 31° 07′ ~ 31° 37′，东经119° 31′ ~ 120° 03′ 的位置。这里属亚热带季风气候，四季分明，气候宜人。这里三山为富，二水灵秀，五田谷丰。这里物产丰富，宜居宜业，从古到今，被称颂为是一个人杰地灵的好地方。

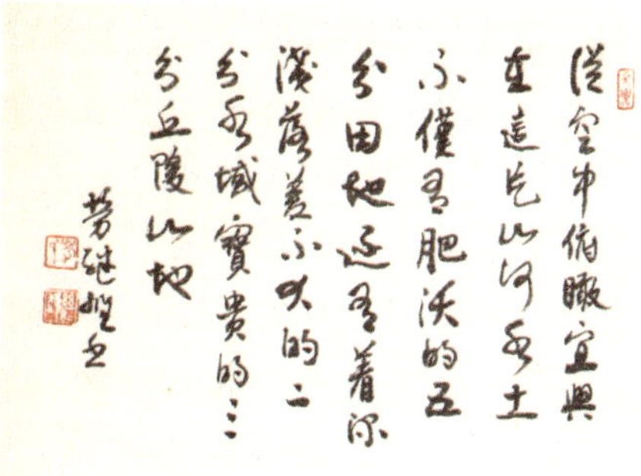

春天，这里春风和煦，带着绵绵细雨，滋润着复苏的万物、怒放的百花、遍野的翠绿，宜兴大地一派生机盎然。夏日，日照充足，禾稻欢快地生长。秋天，充盈的谷粮正待归仓，饱满的果实全面登场，丰收的景象令人们喜气洋洋。冬季里，它不似极寒地带那般寒冷难耐，不厚的冰霜，正为起身前的麦油冬眠积淀营养，也正好把危害作物的昆虫冻僵。

日月温和，天地皆好，神奇自然。在这片丘陵地带长成的毛竹，比产自福建、浙江、江西的毛竹要密实，是合适的纬度让其变得坚硬。且毛竹的生长，由南及北，到此为止。再往北，真正的毛竹便踪迹难寻。越过长江，所有的竹，最多是一些山竹罢了。那毛竹竹根上生产的笋，与别的产地的笋相比，也最为鲜嫩，是美食行家的最爱。

北纬31°上，在太湖西岸，由多条河港流入太湖冲积而成的这片平原，被称之为“渎区”。这里的土地十分神奇，白天土壤干而松，夜间却湿而润，当地人叫它“夜潮地”。“夜潮地”最适宜生长一种既可炒菜又可药用的百合。渎区所产的百合，色泽白而润滑，外形像紧裹着的莲花，味苦中有甘。它不同于甘肃兰州百合，可用以熬粥，可用来清煮汤，也可磨成粉，或炒为菜，有多种食用方法。它补心肺，降“三高”，养容颜，有“太湖人参”的美称。这独有的地方名品，是老少皆宜、人人喜欢的上品。

宜兴的茶叶，也是历史贡品。宜兴特有的纬度，使得这里土壤酸碱度、大气的温湿度、空气的纯净度都很适宜茶树的生长。这里东有太湖风润，西南部有天目山条条溪流，这里生长着的茶鲜叶，嫩绿且富硒，制成的茶叶味道纯正且数量稀少。历朝有先民进贡先皇，唐代诗人卢仝曾作诗句：“天子未尝阳羡茶，百草不敢先开花。”这充分说明了阳羡茶在当时的至尊地位。当今宜兴产的绿茶、白茶，研制科学，配方合理，价位上乘，广受好评。精制的红茶，被当今中国权威媒体正式命名为“宜兴红”，其口味醇香，远销全世界，是欧洲、美洲客商心中的抢手货。

适宜的纬度，使得宜兴丘陵成片的青梅园生机勃勃。春季，这里所形成的梅花海令人赏心悦目，青梅园内常游人如织。结出的青梅果，也是令人无法抗拒的健康果。日本客商在青梅园附近办起独资企业，将采摘的鲜青梅加工成青梅汁、青梅丸、青梅精，这些产品不内销，全部返销至日本、韩国、新加坡。

宜兴的经济林果不光全省著名，在全国也是有一定名气的。宜兴山区产有一种稀有的小树种，它生长缓慢，其叶打碎取汁，白糯米若是浸泡其中，一夜便成青褐亮色。用其煮成的饭，色泽乌黑，有一种奇异的清香，地方俗称“乌米饭”。它还有一个雅号，叫“孝子饭”。当地有这样一个典故，古代有一孝顺儿叫目连，他的母亲生前作恶多端，死后被打入十八层地狱，没有饭吃。孝顺的目连为母亲送饭，可要到十八层地狱得经过一道道关卡，所送的饭每次都被守关卡的小鬼吃光。目连急得嚎啕大哭，哭声惊动了山神，山神感动于他的一片孝心，就指着一种灌木的嫩芽，教他做“乌米饭”。目连如法炮制。第二天，目连去给母亲送饭，守关卡的小鬼看着这黑不溜秋的饭，谁也不敢冒险去吃。从此，目连的母亲不再挨饿。为纪念目连的孝心，宜兴百姓在每年的农历四月初八，家家都会吃一顿“乌米饭”。这乌米饭味道香，据说还有强筋益气的功效。

宜兴山林有有益于人体康健的松林 1.06 万公顷，毛竹 1.2 万公顷，杉木林 300 多公顷，阔叶林 1.4 万公顷，茶园 0.5 万公顷。果园以产板栗、青梅、桃、李、银杏、杨梅等居多，面积有数千公顷。花卉苗木、稀有树种、经济作物交相辉映，所形成的万紫千红，让人赞不绝口。美哉！山河！美哉！水土！

先叙宜兴三山。

宜兴南部、西南部为山区丘陵地带，域内面积为 681 平方公里，山体属安徽、浙江天目山延伸的余脉，山势起伏重叠，绵延数十千米。宜兴海拔 300 米 ~600 米的山有 29 座，最高山峰在茗岭，主峰叫黄塔顶（葡萄岭），高 611 米，为苏南最高峰。宜兴其他著名山峰有太华山、龙池山、离墨山、铜官山等。这些山峰形态各异，高低起伏，身披绿装，内藏密室。

宜兴的山峰，无论低岭还是高丘，皆上通天气，下接地脉。从上观下，无不显奇；举目远眺，百态千姿；从东至西，周身显贵。千百年来，这些奇，那些贵，皆恩泽施惠于子民。

何谓上通天气？山中有池，池中藏龙，有龙池名山为证。山山有溪，岩岩有潭，有玉女名潭为证。山中有泉，四时不绝，以金沙泉著称世间。山下潭，泉相接，正是能让日月相应。

何谓接地脉？山山相连，别有洞天；洞中有洞，洞中划船，以“洞的世界”著称于世。岭岭间有岕，岕溪声潺潺，如千百活龙，蜿蜒游动其中。高丘缓平，土地肥沃，一年四季，色泽缤纷，茶果飘香。

何谓身显贵？这里曾是古代名流汇聚之地。陶公范蠡绝色西施荡舟隐世于此；东坡居士遍访宜兴山水；将军岳飞在此与金兵大战百余回合，以少胜多……其名“阳羡”，意为此地是连太阳也羡慕之地，岂能缺贵？

宜兴相连着的山脉，由西向东，如巨龙盘卧。那龙头似目眺太湖，龙身护着那丰富的矿产资源，迄今为止发现27种之多，并以非金属矿产为主，总资源量达10亿余吨。其中尤以陶土最具优势，市域内矿藏陶土按颜色和用途可分为白泥、甲泥和嫩泥，其中甲泥中的紫砂泥，在全世界范围内，仅为宜兴地区所独有。难怪古人说“人间珠玉安足取，岂如阳羡溪头一丸土”。这“一丸土”指的就是紫砂土。这陶土为上苍恩赐，为人类所用，它福泽利民，因此，宜兴一直被冠以“陶的古都”之美称。

再述宜兴二水。

宜兴地域东濒太湖，境内库塘密布，河流纵横，湖氿集中，共拥有三级河道3699条，总长3242公里，有湖荡29个，水库18座，水域面积近580平方公里。主要湖泊，属区域内的太湖，面积280平方公里，滆湖76.25平方公里。市域内拥有东氿、团氿、西氿这“三氿”。列入水域保护的有“五荡”，即临津荡、马公荡、徐家荡、莲花荡和阳山荡。

宜兴山连水，水映山，山水交融。山水城乡，有东方水城之愿景。水之美，可概括为湖灵秀，河灵动，库灵验，塘灵通，氿灵活，水灵透。

宜兴占太湖西，占滆湖南。两湖早被世人称江南秀，传唱天下美。那“三氿”的“氿”字，在《康熙字典》里确定为“宜兴专利”。“三氿”相通，活水径流。

境内3699条河流，顺西东流，南北间调匀速，纵横交错，条条流动。除新中国成立后开拓的几条人工河流，其余皆为自然天成。这些河流蜿蜒曲折，楚楚动人。水流有缓有急，生生不息，哺育着千万生灵。

境内拥有大小水库18座。至2005年，总库容量1.53亿立方米。近年又添油车水库0.35万立方米。集水面积226.04平方千米。灌溉及居民生活用水6599.8万立方米。勤劳聪慧的宜兴人民科学规划，精心修筑，水库质量一丝不苟。水库为安全度汛起到了重要作用，且有效灌溉良田面积666.67公顷。近年，宜兴又将境内上世纪五六十年代修筑成的江苏省库容量最大的横山水库，改名为“云湖”。台湾佛光山的高僧星云大师，小时候在宜兴的白塔寺出家，数年前，他来到横山水库边重修祖庭，就是现今的大觉禅寺，水库也易名为“云湖”。五年前，市政府又在湖汊境内修筑油车水库，油车水库离清乾隆下江南寻父所到的古刹崇恩禅寺不远，后油车水库直接改名为“阳羡湖”。此“两湖”，乃圣湖、天湖也。人间佛教，护佑一方百姓；水库利民，山水和谐，一方百姓永享太平。

水灵透。来得上游天外来水，流得山明丘绿。那历朝历代的水，在没有农药、化工污浊的年代，水之秀，令各种水生动植物自繁自育，茂密盛长。现当代，一度乱炸山乱开垦，盲目过量使用农药，毁得部分山体千疮百孔，一些生灵大量死亡。近年来，人们停止采石炸山，并且重视山水治理，经过几年的环境整治，目前已初见成效。未来的宜兴，山水湖河，必定重视昔日的秀丽身姿。

最后讲宜兴五田。

民以食为天，农以田为本。2038平方公里的区域内，有五分田地，确是十分宝贵。田地能种出粮食和各种蔬菜。这片锦绣山河，是实实在在的宜居宜业之地。这里正是有着五分田、三分山、二分水，才称得上“黄金比例”。宜兴南部是山区，东部是浩瀚的太湖，北部是江南水乡共有的水土田地。宜兴的田土，田字成格，方便灌溉排涝。在这片田地上的先民，人口密度虽高，但生存有空间。农民、渔民、山民共同生活在这片山水之间，各自互通有无，实现优势互补。这一切，都让农耕文明、自给自足的生活丰富精彩。

（三）

接着这些话题，不妨回顾一下新中国成立65年以来这三山二水五分田的变化历程。

一、由分散所有权向单一集体化大生产方向发展。新中国成立初期，土地从地主、富农、自耕农手里，被集中到集体手中。全国学习苏联经验，从建立初级社开始，建立高级社，直至全面成立人民公社。这初期，实现的是耕者有其田，从事的是“一大二公”的公有制经济，一度时期实行着的是“放开肚皮吃饱饭、鼓足干劲抓生产”。高举着“总路线”、“大跃进”、“人民公社”三面红旗，带来的后果是愿望与事实相背。相应刮起了浮夸风，开展大生产的“大呼隆”、生活吃“大锅饭”，效率和效能十分低下。这导致粮食产量虚假，最终造成全国出现大规模饥荒，宜兴这“鱼米之乡”，即使黄金比例，照样仍未幸免于难，还是让成千上万的百姓挨饿受饥，甚至活活饿死。

二、在党的领导下，总结人民公社初期的经验教训。在伟大领袖毛主席“农业的根本出路在于机械化”指引下，农村的电气化、机械化发展推动了整田平地，格田成方，整修机耕道路，新建水渠、水利防洪等群众运动。这是一场惊天动地的人民战争，从反对封建迷信开始，老百姓把农村里所有分散埋葬着的世代祖坟，一律进行集中迁徙，随后对土地进行挑高填低，最后格田成方成块。还在间隔着一定距离的田间修上机耕道路。被树为典型的大队和公社，机耕路两侧还统一种上水杉等植物，做得最好的南新西锄村至今还留着格田成方、道路笔直、参天水杉成行的模样。为利于农田灌溉，一条条大小沟渠和一个个电灌站，如雨后春笋般的建了起来。圩区的防洪围堤也受到了重视，利用冬春闲暇，大家战严寒、冒风雪，靠着人定胜天的精神，不停歇地高筑堤，广积粮。

三、按照“一个粮食，一个钢铁，有了这两样东西，一切事情就好办了”的指示，农村一场“以粮为纲”战斗全面打响。在“农业学大寨”的思想指引下，这里也开始拼命地开垦。为提高种植粮食面积，宜兴的丘陵进行旱改水，引水上山，为能多种植稻谷，山区的太华、茗岭、湖㳇也修筑了小梯田和山水库，还动员上山毁果、毁茶，落实“以粮为纲”方针。宜兴北部的水乡开始向湖荡要粮田，并在滆湖、五荡滩地、三氿周边全面开展围湖围圩造田运动。人们盲目蛮干，同大自然展开了一场无畏却无知的战斗，把一些原自然生态和泄洪蓄水的滩涂围垦种上了水稻，堤坝上栽种了桑树，以便于养蚕放畜。凡围垦着种植上水稻小麦的所谓“粮田”，都在低于上海吴淞水位2.5米以下的区域，抽水排涝花去的成本，远远大于种粮的收益，且十年九荒，大自然就这样无声无息地惩罚着愚蠢的人类。

人们一方面想办法增加种粮面积，另一方面开始在提高复种指数上下功夫。位于北温带的宜兴，历史上是稻麦或稻油，夏秋二熟。“以粮为纲”，连山河都不肯放过，又怎肯沿袭传统二熟的种植方法呢？于是，“三熟”制在宜兴开始推广。当夏熟作物三麦、油菜、红花草收割后，推行二熟水稻，叫“双季稻”。一般为一熟早籼稻，二熟晚粳稻。人们为“三熟制”争分夺秒地抢收抢种抢季节，既不核经济账，也不算劳动力。这种不惜成本、不顾季节、不考虑轮作让田地休耕的种植方式，让“以粮为纲”达到了登峰造极的地步，上头也80%、90%、100%下达双季稻种植面积。这时期的水土，被折腾得地力下降，产量不高。劳作着的人们精疲力竭。

四、因地制宜，开展农业区划。实践，认识，再实践，再认识，实践是检验真理的唯一标准，人们在教训和挫折中认识到单一“以粮为纲”的追求反而达不到吃饱饭、丰裕生活的目的，只有坚持实事求是，坚持因地制宜，才能使宜兴三山二水五分田的不同地块地貌产出更多人们所需要的东西。上世纪80年代初期，县政府成立了一个叫“农业区划办公室”的机构，专门对宜兴的山河水土种养开展研究指导。

开展农业区划，尊重自然条件，要综合考虑地理位置、当地气象、土地养分、传统特色等诸多要素。宜兴的山河水土，被初步划分为宜兴南部山区、宜南丘陵区、西北高坑平原区、中部平原区、太滆平原区、低洼圩区和太湖渎区这七类。全境内2038平方公里被还原成山是山，水是水，田是田。这踩在脚下的山河水土，被还原得清晰、完美。这样的研究，为宜粮则粮、宜渔则渔、宜林则林、联产承包、丰衣足食提供了科学参考。

五、推行家庭联产承包责任制，再一次将集中生产、集中经营转为分户种植，分散经营。三十几年“一大二公”的集体生产经营模式，虽然在科学决策、正确指挥、科学种养、科学管理上存在着弊端，但在开展农田基本建设，推广机械、电气化，改善生产条件等方面发挥的作用也是不可完全否定的。平整的田地，网格的机耕道，配套灌溉的大小沟渠、电站，为家庭联产承包、分户经营奠定了良好的生产基础，这些都是一家一户难办也难以做到的。

六、单一农业向工业化、城市化、现代化迈进。这一时期已经延续了三十几年。

解放思想，改革开放。农村从家庭联产承包的改革中尝到了甜头，农民开始迅速吃饱饭，穿暖身，还欠债，解决温饱。进一步解放思想，是从以集体所有制的乡村办工业，使农民离土不离乡，亦农、亦工、亦商开始。工农收入的“剪刀差”，又让苏南一部分农民彻底从田地里跨出来，走向工厂，走向商场，走向城市。

无论是初创立的乡村工业，还是目前农村的民营企业，随着工业开发区、集中区范围不断扩大，宜兴的山河水土不停地被重新分配用途。城市化和现代化的进程也在跑步式地快速推进。宜兴是苏南经济繁荣发达地区的第一方阵之一，也是太湖西岸交通枢纽要塞、高压电力走廊。纵横交错的高速公路、高铁线路、高等级航道、高等级输变电站线四通八达，现代化的高楼大厦、商场、商品房鳞次栉比，学校、医院、公共绿地、公园、旅游名胜点缀其中，三山二水五分田格局慢慢在变化。

黄金比例，传统意义上的概念，在招商引资、提升地位的宣传过程中，发挥着重要的作用。三山二水五分田的概念，没有多少人会在意它的精准程度。任性发展，在过去被无知地扩充田地，到今朝无度地竖起一栋栋由钢筋、水泥、混凝土浇筑而成的建筑。随着时代进步，随着历史变迁，随着人类需求的变化，天地自然将永远不停地处在变动中。

（四）

我的家乡宜兴，当下的宣传广告语是“中国陶都，陶醉中国”。不仅在国内，陶瓷历来是闻名于世界的。宜兴人介绍家乡的美丽富饶，常用“陶的古都，洞的世界，茶的绿洲，竹的海洋”来形容；介绍家乡的人文环境，常用“教授之乡、书画之乡、生态之地、文明之邦”来形容。宜兴的大自然，山虽不高却秀，岭虽不大却奇，丘虽平缓却富，湖、氿、荡虽不及海却为易近，河流虽不宽不长却条条蜿蜒灵动，遍野纵横……

每当我飞过大洋大海，穿越大漠大草原，跨渡大江大河，翻越名山大川，游历名胜古迹，心中常为之惊叹。可这惊叹大多是短暂的，那真正驻留心中的还是这片从小生我养我的山河水土，虽然它在中国的版图上很小。

纵观上下 5000 年，无数的诗人大家，都对这片山河有过描摹。

阳羡第一人物周处（242—297）这样定论：“阳羡邑者，盖吴郡之名境，原则平垣高阜，冈若伏龙也。其地理则三江之雄阔，五湖之腴表。阳羡县东有太湖，中有包山，山下有洞穴，潜行地中，云无所不通，谓之洞庭地脉……”[②]

唐代诗人李白曾写下《铜官山醉后绝句》：“我爱铜官乐，千年未拟还。要须回舞袖，拂尽五松山。”

唐代诗人李商隐写宜兴西溪：“怅望西溪水，潺湲奈尔何。不惊春物少，只觉夕阳多。色染妖韶柳，光含窈窕萝。人间从到海，天上莫为河。凤女弹瑶瑟，龙孙撼玉珂。京华他夜梦，好好寄云波。”

北宋文学家、诗人梅尧臣（1002—1060）写东溪：“行到东溪看水时，坐临孤屿发船迟。野凫眠岸有闲意，老树着花无丑枝。短短蒲耳齐似剪，平平沙石净于筛。情虽不厌住不得，薄暮归来车马疲。”

唐宋八大家之一的苏东坡在阳羡也作下千古绝唱：“买田阳羡吾将老，从来只为溪山好。来往一虚舟，聊随物外游。有书仍懒著，水调歌归去。筋力不辞诗，要须风雨时。”

还有白居易、王昌龄、苏辙、陆游、岳飞、沈周、唐寅、文徵明、陈维崧、康有为、郭沫若等一大批文豪巨匠，都曾亲临宜兴，或描摹过宜兴山水，或赞美这里的人情，或歌颂这里的风土。

我的大学老师、诗人，南京农业大学单人耘教授，在80高龄那年，也就是2005年，曾游历宜兴，他为这里的山水叫绝、感叹，并写下了《南山绿》一文。

附：

南山绿

单人耘

（2005年）

“荆溪三日观难足，南山先绣迎宾绿。”荆溪之美语难详，南山青翠照我裳。

南山之寿人皆羡，南山之绿令人一见一生一世不能忘！

其宏伟也在于高：半空青苍，南插湖㳄，下有千村万厂之繁昌。其逶迤也在于长：连绵不断，北接铜官，包孕画溪、二洗氿鲸塘秀可餐。其旖旎也在于远：眉黛数痕，东衔太湖，风帆点点，七十二峰为之桨。其幽窈也在于深：西藏善卷，灵洞九叠，干霄耸壑，间以流泉飞瀑响潺潺。其富饶也在于厚：竹海、松林、茶场、禾田，堆锦砌绣，千壶万态，归于浑沉，默默兮食括四面与八方。

要之，其至美也在于气势磅礴，蕴藉多姿，朝迎丽日兮暮曳斜阳，晴倚云天兮雨晕烟光。春则染嫩汁，夏则掠秾鬟。秋则缀微紫，冬则披银装。若裙、若裾、若屏、若障、若梦、若幻、若图、若画、若诗、若赋，更若有韵有声交响大乐章。对之何须饮酒，酒醴不如山色浓；亦不须饮茶，茶清不如山色淡；不必摄影，纵有滤色镜，对此徒兴叹；不必作画，调板哪有群山色味之天然？若是录音录像，室内放映怎及置身其境受感染？噫嘻美哉！南山之绿扑我面，浸我肺，透我心，涤我肠，灌我灵魂，洗去尘俗百斛千钧又万丈。伟哉南山！南山之绿绿且腴，多情在人天，庄严呈宝相。山是大宝库，蕴矿藏，荣经济，富家乡。山是大文章，育人才，创事业，织理想。山是大疆场，砺将士，驱敌寇，镇邪顽。山是大妙想，亲万类，宜后代，慰羲皇。代代高举岳飞戟，奋挥悲鸿笔，更令培源立教坛。维崧主词坊，延我中华民族之寿比南山。

南山青，青苍苍。我爱南山寿无疆。南山绿，绿盈盈，千秋万代要待世人吟。

我因工作之便，也因兴趣使然，几乎游走了宜兴 90% 以上的山乡村庄。我爱着家乡这片山河水土，同样为那 7000 年制陶史、2200 年建城史而感到自豪，为这座历史文化名城的灿烂辉煌感到骄傲。据记载，延续着的 2200 多年以来，宜兴一带地壳和地貌未曾发生过较大变化，这也是天地对宜兴百姓的大恩。

这是一片固活着的山河水土。展望未来，但愿能人顺其然，尊重自然，百姓永安。

注：

①参录《陶都》杂志 2016 年第 3 期《千古虾虎今何在》一文。

②录《名人笔下的宜兴散文卷》。

四、马公大荡

很小的时候，每天清晨，解下门闩，打开大门，举目远眺，映入眼帘的便是门前百米宽的大河、一片红柴滩、一个大荡和远处一座座隐隐的青山。它们在蓝天白云的映衬下，总是显得那样和谐美丽，那样宁静端庄。

彼时，“大千世界”目之所及，正如一幅幅美丽的山水长卷，由近及远，无限扩展。其实，它比名家笔下的画卷更真实、更美妙，它正是正对我家大门的不动资产。

悠悠南山。一年四季。景象神奇。南山在天空给予的光亮度中，有时清新悦目，有时披上薄纱，显得若隐若现，有时也会和大荡、天空一起，演变成一致的白茫色，让你看不清它们的真面目。那时的南山，在我的心里，非常遥远，它只能让你看到，却无法触摸。而南山里的许多真假故事，尽有长辈给后生们编造，我也常会睁大眼睛静静地聆听。

近水却截然不同，门前奔流不息的河流，以及一年四季变幻色彩的红柴滩，以及大大小小的芦苇地，以及一望虽有边、却似海的马公大荡，以及所有的近水，都是我们倚靠着的命根。对于它们，我们不仅天天都能看到，而且时时需要与之打交道。近水与我们，不容分离。大荡四周密布着的港口是船只门户，近 20 个港口门，每天的船只进进出出，流淌出许多动人的乐章。那水上漂流移动着的风帆小舟，那水面忽隐忽现的成群野鸭、天鹅，那水下不下百种的游动物体……都恰似一个个灵动的音符。

（一）

宜兴境内，“二湖三氿五荡”资源独特。

作为“五荡”之一的马公大荡，它位于宜兴城一箭指向西北约20里之处，其大小位列“五荡”之二，呈不规则圆形状。马公大荡水域面积约有3.5平方公里，平均水深不足两米。大荡四周，被片片天然葱绿的芦荡、柴滩所环绕，任凭风浪四起，大荡里的水总是在绿蓝色之间变换着身影。那成块而不规则的芦苇荡和柴滩深处，是有近20个港的河口，这一方水土上的百姓，利用河口所提供的便捷，川流不息，进进出出，或捕鱼，或打柴，或放牛，或养家畜……

我的家，坐落在马公大荡周围的北边缘，是沿这个“不规则圆周”边沿最近的一个小村庄。这是一个四周都被河道所包围的“独立世界”，外称“小台湾”。在信息闭塞的传统农耕时代，在这里依靠大自然生存繁衍的人群，无法离开那片宽广的水域泽地，自然而然的，人们也就将这片水土视为自有家园。

家门口那条百米宽的大河，在我未曾见过大江大河之前，便是我眼中最大的江河。在很小很小的时候，我就开始跟着大人下河戏水、追鱼、拉船，大人也有意识地让我亲近河水、触摸水性、领悟水性。小时的我将整个瘦弱的身子置身于河水中，不知疲倦地划水、蹚水，一番“手舞足蹈”，很快便学会了游泳，这经历同所有临水而居的庄子里的小孩没有两样。9岁那年，我便和同村的兄弟小友，计谋着横渡这江河，并一举取得成功，实现了我们所谓的“解放战争”的伟大胜利。

一群连走路都在跑跳的野孩子，当有了能横渡江河的本领，那自然是胆壮心大，难以安分。暑假热天，我们便有了向红柴滩、芦苇荡、马公大荡纵深挺进的计划。这群生长在本来就无人顾及的天外庄子里的野孩子，长辈们信命，大部分完全放任着他们自由闯荡，而我和另外三位却不敢过分狂野，被叮嘱着要有两三个以上结伴方可进入这些禁地禁区，耳边还会听着许多唠叨不完的注意事项。诸如：河深潭里面有一种怪物，叫“水獭猫”，水性好，活力强，平时躲着人，有机会就爱挖人的眼珠子；河滩里面有大蟒蛇，头部长，口大，背部黑褐色，能捕食各种禽兽，连牛见着它也会直打哆嗦；除蟒蛇之外，很多其他种怪异蛇类大小不一，毒害都不小；还有一种平时人看不见，只能听到其叫声的鹫鹰，它常常发出怪声，在你看不清它的踪影时，凶狠地叼走小孩……

怀着各种各样的畏惧，我们处处敬畏自然，处处小心留意。

隔河相望的红柴滩，看似百步之遥，实则千里之远。这是常常去放牛的地盘，当时每个生产队养着耕牛，每村有大有小的耕牛均为五只上下，各生产队不会派正劳力大白天放牛，这些牛只能是由十岁左右的小孩轮流着过河或沿河滩、河埂边放养。牛肚皮后上部凹塘因吃草逐渐变平，这时，牛才能算吃饱，放牛的孩子方可牵着牛赶回集体牛栏。

这种放牛的方式，我经历过好几次。起初，觉得这是最美不过的差使，能驾驭这么高大的水牛，本身就值得自豪与激动！比我年岁稍大一点的野孩都能行，我就迫不及待地想一试身手，一比高下。当时的我，仿佛一头初生的牛犊，何惧江河，何惧怪兽！

放牛的要求得到应允，第一次的任务是放生产队的一头壮牛和一头小牛。于我，放牛是头一遭。比我大 5 岁的亚军带着我一起去。牵上牛，亚军教我用口令让牛“低角”。牛很领意，十分顺从，大概也是习惯成自然了吧！两人骑上壮牛的牛背，小牛跟在后面，很快便下了河。记得到河中心，我是站在牛背上过的，长辈们目送着我们骑着牛游过大河。牛并不急着上红柴滩，而是在半过牛膝的水里一路向东，直到滩上嫩草茂密，牛才右转登滩。我按照亚军的指令跳下牛背，让母牛和牛犊轻松愉快地进食。牛用那大舌和一口平整的牙齿，熟练地、飞快地把嫩叶绿草卷进嘴里，不停地咀嚼。我和亚军拿上随身带着的镰刀与草绳，向滩的纵深挺进，我们准备去割一种更鲜嫩、更粗壮的叫“藨草”的牛饲草。为着喂饱能帮社员耕田犁地的牛，我俩乐在其中。母牛带着小牛享受美餐，熟手带着新手割着牛草，我们劳作在那茫茫的红柴滩上。

天气逐渐转热，牛却是天天要放的。牛上午犁地耙田，下午下河上滩。我被编排在轮流去放牛的序列。

放牛这活看着容易，但牛绳牵在手里，就会遇到许许多多意想不到的情况。“六月的天，小孩的脸。”夏日的天气一时三变脸是常有的事。烈日当空，湿热为主，放牛的孩子常常骑在牛背上，胯下的两条大腿内侧因受牛皮细菌直接侵蚀，会形成许多的红斑，使人奇痒难受。一路喜欢紧跟着牛追逐的牛虻、苍蝇、蚊虫等见着小孩子肉嫩皮薄，尤爱欺弱，最是可恶。在这种境况下，放牛便成了一项艰巨任务，需要有一种随时耐蚊叮虫咬和耐真菌蟊贼侵蚀的毅力。当天空中突然乌云压城，卷起狂风时，瞬间就会电闪雷鸣，风雨交加。这时，连村庄周围的大人也迈着急急匆匆的步子就近找地方躲避。而在那片红柴滩地里，没有避雨的港湾，那放着牛、割着牛草的一群野孩子，这会儿只能听天由命，大家用自认为最安全的方式，就近蹲下，用割着的仅有的几捆芦苇草料，在上风头搭起飘动着的风雨小墙，压低竹凉帽，观察着天象。这时候，只要你有胆，便是睁大眼睛看老天发威发怒最佳的时光。在害怕和好奇之间选择，终究好奇战胜了害怕。野孩子们其实是最早、最直接观察到齐黑云之下之时的龙卷黑柱子风的，那时十分想看清楚大人们很早就讲过的“龙吸水”，甚至想亲眼一睹风卷人物上天的奇异景象。接着是远近都有、出现那闪亮在天空的放电，吸引了野孩子们的眼球，看最远处是一簇簇的光亮，略近一点的是比火球淡却向四周放电的许多弯曲光线，而越发近处见到的就是一根粗直向下的耀眼光柱，上部还连着粗细各异的尾巴。伴随着由远及近而来的是一声声沉闷鼓声，那急鼓重敲声，听起来最近最强烈的声音是在见到耀眼光柱的瞬间，那才是新锣一锤被敲破的撕裂响声，这巨大声响震得地动山摇，荡水冒泡。空旷的红柴滩上，只有几头牛伴着几个野孩子。牛也似乎被这景象吓破了胆，不停地弹着脚，无法安心吃草。野孩子们的脑海里浮想联翩，时而也会想起上些年被雷公闪电劈死的那些人，传说中遭天打雷劈的大多是不孝顺之人。心绪一阵紧一阵松，眼睛睁着，又闭上，再睁开。似乎雷公有眼，野孩子们个个是幸运的孝顺之人，雷不劈，天不收。任凭着狂风在身边怒吼，倾盆大雨毫不留情地向躲也躲不开的野孩子们全身泼去。一阵电闪雷鸣、风雨交加过后，霞光照亮大地，一道彩虹挂在天空，天地开眼啦！牛与人共同经受了一场洗礼，此时变得格外放松，也格外自豪起来。

红柴滩上，时常会聚集起周边的陌生野牛。碰上这等局面，放牛娃的心中是最为害怕的。遇上势均力敌的公牛打斗，凭放牛娃瘦弱的身子一时是无法拉开红了眼的斗牛的。领着放牛的任务，放牛娃们早就知道重任在肩。双方来自不同的大队、生产队，牛是极大型的生产工具，在斗牛的过程中，谁家牛伤着都无法交代。唯一的办法就是机灵地拿起身边尽可能长一点的竹竿、扁担向挑衅的公牛高声吆喝，并打开它们。也会用长绳中间捆扎牛草，向斗士拉去，以便吓跑它们。用尽一切办法，扔泥巴、点火把、追牛绳，直到强拉开为止。而最为难缠的是遇上发情的公牛满滩不放追赶母牛，那母牛在慌乱中百般狂奔，说不准也会逢河过河，逢滩跨滩。陷入这种险景，就得牛主双方集中骨干力量，各显奇招，追上数小时，方能领回各自耕牛。

这座红柴滩，曾经是我观测马公大荡的一个重要观测点，也是后来能够深入大荡的一个驻脚点。只要家门一开，便会见到自西向东不息奔流的大河，和那随四季变色而充满奇趣的红柴滩。

（二）

那几十个红柴滩、芦苇、草滩内侧，几乎是千篇一律的一条条清澈的河流，而滩荡之外，便是马公大荡。就是这许许多多的河滩围绕着大荡，组合成这样一块得天独厚、滋润水土、鱼丰人欢的自然光景。

大荡美景，造者，只能是日月星辰。2200 年，山河未曾大改。而在当地，“土著”百姓倒是汇编织造过许多来历故事。传说当地百姓在马公大荡中央，民国二十三年大干旱那年，曾有见石阶、古井、瓦砾、陶罐、砖石……因此，马公荡由古城池演变来的那些猜测，往往在人们下水触碰到这些陶罐、瓦砾时，便会联想和讲述起这些故事；这些故事，在夏日纳凉的晚上，长辈会在小孩面前一番炫耀，广而开讲。大致内容是讲很久很久以前，城池里有 72 个半边胡须、82 个满脸胡须的神仙，同时用脚跺三下，这片城池立即下沉，这就是今天大荡的来历。这些故事，让后来人感觉这大荡还真是历史悠久，来历不浅呢！

马公荡平均水深不足两米，最深处一地是在红柴滩南侧呈狭长形的部位，约长几百米，宽百米光景。另两地是在西南、东北角。这三处，自然水生植物是长不出水面的，非但小孩子们不敢轻举妄动地深入，就连大人们也很少去那里积造肥料。这三处，恰恰是冬天里大鲤鱼滚深潭的温暖厅堂。

大荡里，不同于这三个深处的其他水域，长着马皮草、偏莲草、野荷、野菱等不下几十种的水生草本植物。这些植物，在清澈见底的水中显得尤为茂密别致。水越浅，水生植物越长得堆积。水越深，越是几种水草独生，也越不愿意丰长。疏密相间，鱼虾繁衍，那是小生命的绝佳天堂。

在北温带上，四季分明的气象，使马公荡鱼、虾、贝壳类资源十分丰富。早春，桃花水来了；暮春，黄梅雨来了。那“老虎作窝要选山，鲤鱼产籽要拣滩”，大自然的景象丰富多彩，奇异无比。鱼类最远选滩也就一个圆周半径长度。可到深浅不一的滩地、芦苇，找到任何一种可将籽寄托的浸在水里的旱草、芦苇，以及马皮、偏莲，野荷、野菱，开始产籽。植物的多样、地域的特殊、水质的优越，那正是天赐仁爱，让这些本能性快繁快育快长的生灵，欢天喜地，不离不弃地在这片荡滩快乐求生、永生。

天地有大美而不言。而大美自然又偏爱着人类，也给予这一生物丰富的物产拉长着生命。这里的百姓，虽远离城市，远离本不在这里的祖宗，但在这泽国渔村，人们依靠着农耕生活，凭借着大荡丰厚的资源浸润心肺、滋补大脑、强健四肢、催生繁衍。

这一片大荡、大河、大滩，许多人与大自然和谐相处的美好，被永远地定格在那个年代，定格在那美好的记忆中。

春天里，沉睡一冬的阳光和雨露遍洒江南，大荡深处和中央的所有大小鱼种，早已悄悄地向四周荡滩靠拢。连几十斤重的鲤鱼也向草滩靠近。鲶鱼和鲫鱼最爱门前这个红柴滩，尤其喜欢在瓢草里散籽。鳜鱼喜好在靠岸边的杨柳树新根须上、带着刺开着白花的刺米里产籽。无法计数的大小鱼群都在等着相亲，结合繁衍。

只等春雷一声，只等天外来水。河水开始上涨，那春天注定无法寂静。有时，一条十多斤重的大婆头鲤鱼会受到几十条雄鱼的紧追不舍，鱼群一会儿跃出水面敢想上天，一会儿追到浅滩不惧搁浅。这野性，那本能，闹得跟牛沉塘似的，一时惊天动地，浪花四起。那一群群鲶鱼，头碰着头，尾挨着尾，在瓢草里打起转来恰是风卷葵、龙卷风。那数不清、遍及全滩的鲫鱼真有着一股不要命的劲，似乎全在参加游击战。黎明前的热闹场景可让你目不暇接，噼噼啪啪的水声不绝于耳。在这个时节，只要有心，沿荡周边的人群，仅凭一些原始办法，就能实现餐餐有美食！

夏天如期到来。目光所及，皆是绿色，在荡中，在滩上，在田里，在树头……彼时，农民会到荡里去割水草，甚至在浅滩河沟连根带泥挖水草，他们积肥造肥，为肥田打粮奔忙。此时，荡河里的鱼虾也是最见长的时候。每当农民割去水草的老叶，新叶很快就会长出，这正是食草的草鱼和鳊鱼最喜爱的食物。依着大鱼吃小鱼规则的黑鱼、鳜鱼、黄鲇（淡水鲨），任凭它们长。食足粮丰，那些幼小生命长得膘肥体大。在夏季，人们向荡滩普遍索取的美食并不是鱼，而是贝壳类生物，如正鲜嫩着的蛤蜊、螺蛳等，有时也会用竹笼装捕一些籽虾、黄鳝和青蛙。

初秋，大荡里的鱼因为春夏充分进食，长得悠闲自得，便开始分层漫游。一群从太湖边上赶来的“贵族”渔民，驾着几条被桐油油得发着黄金光的新船来到马公荡驻扎。两三条船组成一小组，看天色，观风向，竖起桅杆，扯起浅棕色的风帆，在上风上水处撒下那半浮半沉的细眼网，熟练地将风帆扯高拉低，控制拉网速度，用船只之间的距离调整着网兜的弧度。蓝天，白云，棕色的帆点，不紧不松的网纲，不快不慢的节奏，一切都显得有条不紊，风景甚是绝妙。这是捕捉银鱼的好时节。这些有着特殊色泽的棕色风帆，似乎是信号弹、鸡毛信，一在荡上出现，就被很远处村东头从太湖边船上远嫁来村的五婶看到，她们一家便开始忙碌起来。“贵族”渔民收网之后，气派崭新的渔船必定停泊在村东平静的小港湾里。一群人热热闹闹地庆贺，安安详详地过夜。

这场景，年年会有。小村庄上似乎都习惯了。

马公荡上的棕色风帆几经来回，捕捉到的银鱼足足有几百斤。满载着喜悦早早收工，金黄色的渔船十分灵巧，渔民扯足篷帆，轻舟满舵，借风一瞬船便靠村了。又是久别重逢，船上老少出动，忙招手招呼；岸边早站着有意早收工的父老乡亲，大家脸上都挂着笑。这时，五婶是最为吃香和最为幸福的人。船主远亲，安顿停下，一切皆听五婶做主。村庄上的许多乡里乡亲，有的手里攥着几角钱，有的拿来两捆柴，有的带上几碗豆，来换新鲜银鱼。五婶笑着说：“别急！别急！都有！都有！”一时心存感激，一番热热闹闹，此时皆大欢喜。接下来，便是家家忙碌，户户尝鲜。

深秋初冬，芦花绽放，稻谷飘香。马公荡周围的绿色渐渐褪去，青中透蓝的河水也从荡滩边沿下撤。秋种结束，锄头空挂，庄稼人

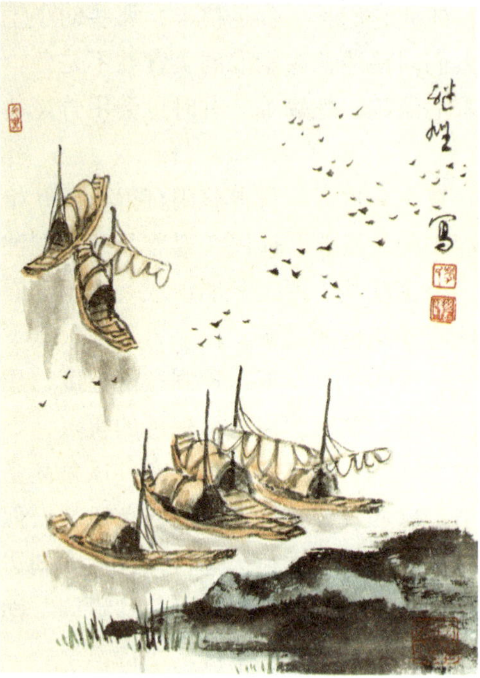

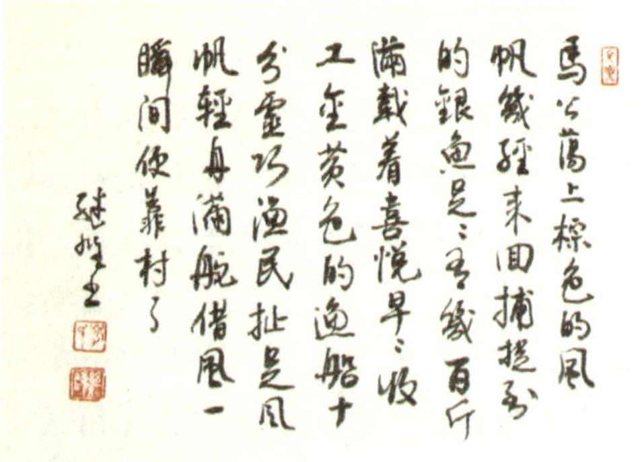

的闲季到来了。勤快的男人，又开始向荡滩里进发。

收割红柴、芦苇。红柴秆壁坚厚，密密地长在草滩上，根连着根，老根与新根编织在一起，足有五寸厚实。从春长到秋，柴秆着实满心，刚刚收完谷粮、种上小麦的老农，尽管已满手厚茧，对付那种特殊老柴也并非易事。必须选购含钢量足的柴镰，打磨得锋利无比，下镰时刀口和柴秆尽量垂直，吃镰还不能太贪心太深，方能奏效。红柴是所有柴草中的极品，热值度高，煮饭炖老肉特别鲜香。

芦苇，又是庄稼人可用土法上马制作各种晾晒席、床席的好材料，用芦苇编织的芦网可以盖房，也可作菜地围栏。芦苇的收割讲究时节，若是过早，气温虽高，湿地也便于作业，但因其尚未长足而不成材；若是过晚，等来年气温回升收割，芦苇被冰水浸泡、寒风吹蚀，制成的成品不再耐用，且对新芦生产不利。只有在那秋风扫过几遍、初冻严霜时收割的芦苇，方为上品。收割想成为编织材料的芦苇，需齐根平割，越长越好，整齐捆扎，不让曲折，按材分类处置。收割芦苇，尽是顶着寒风，咬着牙，耐着力，忍着性在劳作。

沿马公荡四周，河滩水退，形成的大小滩塘、浅水、青苔水草杂草里躲着许多自繁自育、自生自灭的一年生、二年生的鱼虾生物，普通的有棍子鱼、小鸡郎、鳑鲏、痴虎、小鲫鱼、糠虾、泥鳅……这些，正是咸菜伴烧鲜、冻菜的冬令时鲜。

一年四季，这大荡里有取之不尽的物产供应着岸边的乡民。乡民们的生活格外踏实、丰盈。

（三）

从上世纪 60 年代后期开始，大荡、柴滩、芦荡、入港河流……渐渐变得不再自然。

农村集体化，农业学大寨，贯彻“以粮为纲”的浪潮席卷全国大地，大荡、柴滩、芦荡、入港河流和周围的人群，跟着时代浪潮大踏步前进。

马公大荡作为国家资源，国家把散落在周边河荡上面四处漂泊、捕鱼为生、脚下无寸土的渔民集中起来，让他们成为这一片水域的主人，并负责看护，以此谋生，这些渔民成为新集体组织的一员，也体现出了党好、党是再生父母。渔民们在附近荡滩地块上改造，渐渐实现有地、建村、造房、繁育、永生。

三平方公里的荡，大小港门、港口有近二十几只，每只港门水路通外面的都得用毛竹、网片、竹栏拦着，港门因河深浅、开阔之宜设计和建造，目的是为了做到既能方便农业生产和人民生活，又能确保大荡里的群鱼不流窜外逃。依靠一种集体化的力量，一方智慧的人群如期做到了。

起初，港口多，渔民少，船只装备条件简陋。统筹安排后，在河宽、水深、水急的港门才能安排一船一渔户专门看守，形成固定点，周围小港口、浅水，南北水流水平缓处实行就近代管。挨着我儿时村庄的三个港门都设有专船专户，渔民大多朴实、信天、本分，也愿意和庄子接近。

偌大的一片水土，丰富的自然资源和优美的环境，仅由这几条船与船上的几户渔民看护。一开始，看护得非常粗放。他们的首要任务是管住受不了大力冲击的拦河网、栏，防止人放天养的鱼群迁移；船户每户只能用规定的钩类，在荡河以捕鱼为生，而动用网捕则是集体权力；擦亮眼睛，注视周边是否有破坏渔业生产、偷捕“国家”“集体”渔产的人。这些船被固定在河道相对狭窄的河道上，尽可能是前不靠村、后不着店，独立行使权利。

在村庄东北港门，船户户主至今未知是姓甚名谁，只记得大家都叫他“老羊只”，大概是“杨氏”。这个“岗哨”离我们村子约摸有两里地，“哨兵”一家大小六七口，看上去总是热热闹闹，和和睦睦，健康快乐。自从有了这道岗，我们庄子里百号老小，往东北方向赶集、走亲、办事，几乎不需再绕道远行，无论白天、傍晚还是深夜，只要隔着河岸高声呼喊：“老羊只，请行个方便！”即刻便会有“哨兵”将停在河边上的小舟划到你身边，停稳，叮嘱着：“慢，小心，坐稳。”再后会说，“不要紧，有事就来，大家都在一块水土上。”“老羊只”的回答，嗯嗯呜呜，幽幽如同牛叫。村庄上有记着好的明理人，有时也会顺便给“老羊只”一家捎上几棵咸菜、几把豆角和几捆柴火。鱼捕多了，“老羊只”也会还礼送上几条嘴馋吞钩的鲜活鲫鱼杂鱼。这个“岗哨”，历经几年，就这样为我们庄子开辟特许通行。

村庄西北河港守门的船户姓周，大家叫他“老虎”。“老虎”捕鱼本领特硬，娇妻很少登岸，也很少下荡。家里一个水灵俊俏的闺女，十七八岁左右，圆脸红润，长辫红绳，眉清目秀，身材窈窕灵巧，仪态端庄，性情和顺。伴着父亲这只“老虎”，她早晚会划着船桨，沿村河到大荡布钩、收鱼。烈日当空的中午，陪伴着亲娘在居住船上理钩线、穿诱饵。村上的几个年轻单身壮汉，心绪常被搅乱，狂跳的心总惦念着这固定在水上的住家点，早晚间，会盼着这“红头绳”从眼前摇晃经过，直到走远，直至消失。

岸上庄稼人看船上，觉得生活平静、有序，却无助。而船上客，这位姑娘看岸上，会觉得生活热闹、丰富、稳固，却辛苦。双方各自会把对方的无助和吃苦忽视，都会想着对方的好，追逐着差别造成的神秘感。日复一日，周复一周，月复一月，年复一年。一种神奇的力量，让岸上的一位叫育东的小伙子和船上“红头绳”见上了面，说上了话，打通了心思。这个时候，两位年轻人唯有在家在生产队听话，用好劲，多干活，唯有乖巧让爹娘开心，才能偶有机会择得时机约见。这样的机会虽然很少，然而，年轻人一旦成心想见面，还是千水难阻隔，岁月难留空，秘密难相守。半载一年后，村民们都知道了这不易的姻缘，船主人做梦也没想到女儿的心已被穷小子牵走。强拆是无望的，这一家人只能开始半农半渔，开启了一半固定、一半漂移的生计。

村西这条港门里是郎君才貌双全，女主斯文白皙，二人育有一双“罗汉”，家庭幸福温馨。大儿子即达学龄，“小罗汉”刚会走爬。一家人男主外、女主内地平静地生活着。附近百米之外，正是当地一所小学。主人不畏辛若忙碌，哺育后生成才。夫妻双双心中窃喜：祖辈流动着、漂泊着，无寸土，无书读；风水轮回转到当下，新生一代终于能背上书包，能识字、记账，未来即将登上岸，成为脚踏实地的地球人，行走于四方。

美好的未来，两代人生共有的规划，一切向好的方向努力。一对年轻夫妻努力地在荡河劳作，一边收获着喜悦，也有心地关注起这飘扬着五星红旗下的小学。学校有几个住校的外地老师，有男、有女，人数寥寥，但老中青结合。这个岗哨点，学校老师离得近，村庄的村民离得远，这些老师一有空闲，就改善伙食，而取得鲜鱼，是“楼台近，月先得”。船户这对佳人本来就想着能与学校交往，能与老师认识。学校取得鲜鱼这项美差顺理成章地交到了数学（算术）老师兼总务身上。男总务老师三十七八岁，两趟碰面，便成了船中常客，“大罗汉”便以“寄爹”相称。寄爹喜在心间，孤立于外的小学，远离着五六里地的家，孤独的生活中，居然有人在叫爹，虽有“寄”字，但虎头虎脑的寄儿子自己没福生到，权当儿子也尽能带来欢乐。船主人寻思能有个贴心老师帮帮，大儿子上学顺顺当当不是问题。女主人自然是见到文化人十分敬仰，怎么看这老师都觉得文质彬彬，他怎么讲都十分愿意听，尽觉得知识渊博，句句在理。双方都有感觉，待在一起既乐又美。生活中的单调和寂寞被暂时赶跑。才半年之后，一次“大罗汉”在亲爹从荡河里捕鱼回来时，反复地说：“寄爹来了！寄爹来了！”亲爹忙着回应，知道了，知道了。“罗汉”接着说，寄爹爬在娘身上打了娘。这话一下子让这年轻的亲爹蒙住了，他再也无心干手中的活，也无力应“罗汉”的话。不久，这岗哨就换主了。

沿着马公大荡还有好几家船户，我大略只听说过红星、广发等名字，不熟悉，也未曾了解这些渔民的本领和故事。

那些柴滩、芦荡，归于邻近的几个行政村分割，人们集中在冬春闲季，将滩荡四周高筑堤，堤上栽桑养蚕，河沟放养四大家鱼，滩中心便格田成方，开荒种粮。一场人与自然的博弈，马公大荡四周的自然得到全面改造。年年的抗洪防汛，隔岸要粮，不计成本的残酷斗争，在天不怕、地不怕的精神指引下展开着。

五、不变的世界

这个世界，看似每时每刻都在变化，其实人们心中那种追求幸福、捕捉希望的企盼，却是永恒不变的。

尤其是，生活在农村的草根，他们的精神是不变的世界，宛若那些春风吹又生的离离原上草。

（一）

时间回溯到60多年前的1949年。解放军跨过长江，全国迎来了解放。江南的一个小村庄里，土秀才替一位刚出生的男孩起了个名字叫“解方乐”，解方乐的父亲、壮汉解春才甚是高兴。小村庄上，但凡有新生儿降临，起名几乎都要先听听这位土秀才的建议。所有姓起土名字，皆大欢喜。解春才的长子出生，大家一起庆贺：“解放了！解放了！解家添个解方乐！”解春才喜在心田，乐在脸上，家里舍外、河边田间如有春风拂过。解春才身材魁梧，浓眉大眼，鼻直口方，熊腰虎背，双肩宽平。在临大河靠大荡的小村庄上，他既农耕，是种田能手，又守捕，是下河荡的捕鱼捉虾强人。当时，年轻力壮的他无所不能。在他眼里，天不怕、地不畏。在他心里，敬天敬地敬父母。解春才的日常生活里，几乎没有日出而作、日落而息，因为他只知道日出一定得做，日落不一定息。人勤春来早，人勤地生宝，若是有财有宝从河浪里漂来，也得起得早才能捞得着。

解春才力大身壮，人勤家宽，得到全村公认。

解方乐出生在这样的家庭，成长于这个小小的世界，这个世界，几乎处在封闭或半封闭的状态。每天，映入解方乐眼帘的是一方并不太大的山河水土，父亲像不知疲倦的机器一般勤劳。解春才作为顶天立地的男子汉，是家中的顶梁柱，他为长辈分忧养老送终，他帮家里为娇妻挣得四季的柴米油盐，他盼儿孙满堂，香火兴旺，他求儿孙出息，光耀门庭。当添得头丁方乐，解春才自然劲如泉涌，他自然而然地将心手合一，眼心一体，一心为家室妻儿。

种田人，庄稼汉，利用自然，改造自然，同大自然周旋，只要身体条件具备，生活着落基本能有保障。解春才盼望着能让渐渐长大的儿子方乐读上书，可这并非易事。隔河千里远，隔河如隔江，隔河如隔洋。这个小村庄，解春才只能让儿子跟着村上那个能识得几个斗大字的先生，写写读读，画画唱唱。

父亲的向往，父亲的开明，使方乐的童年有了寻求快乐的极大空间。

（二）

解方乐生长的这个偏远的村庄，祖先不知是猴年马月从何方迁徙定居于此。这里没有通往外界的路，四周遍布河荡、芦滩、港湾。这里的村舍，看起来更像是渔家；若说这里是渔家，村民又以农耕为主业。在这里生活，虽算得居有定所，但是世事常战乱，遍地闹饥荒。部分处在初级生存状态下的流动先民，饿逼为盗，寒迫成贼。这种僻静的村舍，自然常常会遇着抢匪盗人。

在这个村庄，很久前就使用上了铜锣和响鼓。大家约定，凡遇盗贼，锣响为令，击鼓为号，村民齐心协力，不分男女老少，都得抄锄拿刀，整齐出击，直至将入侵者赶跑。凭着铜锣和响鼓，村民取得了一场场的胜利。这个“独落圩”，虽是一个独立世界，但远近闻名。岛庄，就是一个像岛一样的独立家园。

在很早以前，锣与鼓就在这个村庄里形成独有的文化，却至今仍没有被正式命名。可延续了几百年的锣鼓文化，确实存在。这种文化，源于自然，源于先民，具有独创性，是无人挑战的一种原创。时代的变迁，逐步地丰富着它的内涵。那声声锣响，能敲得人们跟着时代向前，那阵阵击鼓，能唤起无数愚公排除万难，奋勇前进。

不大的一方水土，锣鼓声响，四季不停。它唤得百姓精神，充实百姓生活。为防止外来入侵，这里的先民，在这锣鼓上花足了劲，用尽了心。农闲淡季，他们将青壮年集中起来，编排成组加以训练，既为强身健体、强筋硬骨，也为以备用兵。这些青壮年，利用矛与盾的原理，一组执棍，一组执盾和大刀。棍结实应手，似长缨之矛；盾坚硬而灵巧，挡得住棍矛，并以大刀攻防。数十番锣鼓，变换着松紧节律。阵阵战鼓，催动着棍矛进攻；声声锣铲，指挥着盾刀躲闪反击。训练场上，好一番惊心动魄、气壮山河之势。

那盾牌，在中国，乃至全世界，可能发端于这个防贼防盗的僻静村庄吧。一字对打，每组人数可多可少，便叫“一字阵”；变换节律，穿梭转打，称“地雷阵”；盾刀引诱，棍棒追打，谓“金钩之阵”；六人三组，三角形变打，是“三角阵”。男棍矛，女盾刀，混合编组，还有捉盗拿贼，齐声呐喊，全员参战……好一番威风赫赫，好一派千钧雷霆，惊天动地。

那盾牌舞，内振村民士气，外扬名声威风。新中国成立前后，小小村庄，被传颂有“小台湾”称号。

（三）

新中国成立，盾牌舞为一种民间绝技、民间舞蹈，名气和历史久远程度，虽比不上调狮子、舞龙灯，然而阵势威武程度却并不亚于龙灯狮舞。论文武内涵，它皆在民间武（舞）术（艺）一类之列。

解春才是盾牌舞队长，他执得头棍，带队领喊，俗称“虎王”。

解方乐从小便被这铜锣声响深深吸引。清晨听得鼓响，小小年纪的他便迅即钻出被窝，循声跑步而往。雨天，他废寝忘食，经常待得半日不肯离开。夜晚，他也必定陪着父亲同回旧屋。年幼的方乐，见着盾牌上的虎头和停打后的大刀，听得那声声敲锣打鼓，总是如痴如醉，不停地手舞足蹈，跟着节奏呐喊。大人们似乎也习惯了他的加入，方乐的那种童心、天真、痴迷，常常引得大人们捧腹大笑。那阵阵笑声，正是场场对战后，人们小歇时消除疲劳的最好作料。

上世纪 50 年代的新中国，百废待兴，人民需要改变落后面貌，需要精神鼓舞。在公有制的社会主义大旗下，社会均了贫富。平等的生活基础，捆在一起劳动的背景，使得人民迫切需要文艺。于是，一场高规格的民间文（武）艺汇赛将正式上演。小小的村庄，盾牌舞绝色技艺便得到了关注。大队、公社、县里领导一致认为，荣誉面前，必须争得上游。一场本是防贼防盗的攻心阵势、实用武术，一番本是农闲时光、百姓自编自演自乐的小敲小打，突然间变成了要登大雅之堂接受检验的文（武）绝技和文化比拼了。

对于这么一个偏僻边远的村庄里的一群泥腿子，这算遇着了前所未有的大事。这真是急喜交加，喜上加喜。

在上级的关怀下，公社派人现场指导排练。庄子上脸黑心红的青壮年接受挑选，日夜操练。小锣旧鼓得到更新，黑脸旧衫重新设计，队形节律、动作在规范变换。总的目标，就是要整齐、协调、利落，反映出核心内容、故事情节，并通过演出，让文化、文艺、武术、舞蹈交织在一起，体现出精、气、神、韵！

这个偏僻村庄，整个冬季，锣声、鼓声、铲声和男子汉呐喊的吼声，响彻云霄。整个村庄那气场，上通天际，下接地脉，满村遍野地弥漫。年长者、弱劳力全部主动下田地，让庄稼不荒。女劳力充当男劳力，既下得地，又包揽家务。被挑选参赛的青壮年，心无旁骛，专心致志精练武艺。

荣誉，为人类追求的最高境界，何况未见过世面的世代农民。千百年，小锣小铲小鼓敲得再响，甚至就是被敲破，这声响也出不了庄。这回，祖宗发明的防盗捉贼的锣鼓声要走出小村庄，要敲得响彻云霄。这荣耀，恐怕连先祖也始料未及，盾牌舞，光宗耀祖，盾牌舞，出人头地被外界惦记上。盾牌舞让亲邻个个脸上有光闪耀，精神的动力在升华，精神的世界在扩展。

这个村庄上居住着近百户人家，从中挑选出30多人组成的盾牌队，锣一遍比一遍响，鼓一阵比一阵紧，铲一声比一声准。盾牌队越练越有头绪，盾牌舞越排越觉得带劲。

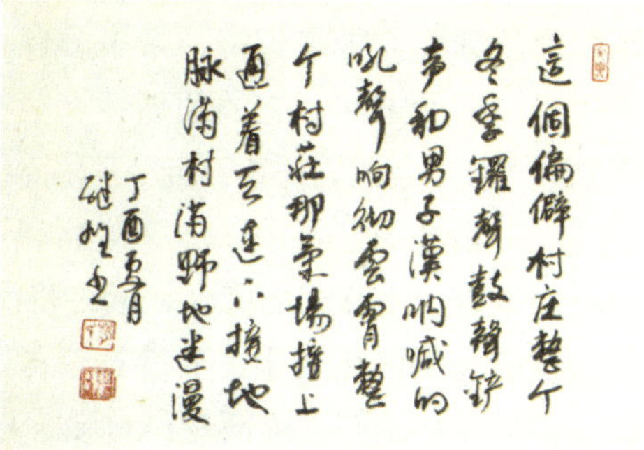

盾牌队分为三组，按“精干、合理、高效”有序搭配。声配为一组，主要负责敲锣、打鼓、响铲。分别挑选三位经验丰富、精力充沛的长者，并能任指挥，胜任领队。凡声配人员皆头扎金黄色头巾布，身着虎色花纹紧身背心，全副装扮展现抖擞的精神。声配组一番战鼓一经擂响，便催得“勇士们”聚起精神，进入状态，难解难分。第二组，便为棍矛组，一律挑选个子高挑、身材匀称、跨步大步流星者，共十几人组成。这一组头扎红色巾布，身着白底红色线条衣裤，展现飘逸的灵动。棍矛组组员一律昂首挺胸，左手高举起长棍，似乎要直入云端，一副高举高打架势。右手手臂舒展，两眼紧盯“敌方”，高傲之气，藐视之情，大有棍矛无坚不摧之意。第三组，则是盾刀组。这一组组员都以灵活小巧为主，需要身轻如燕，齐地扫风，若隐若现。人数与棍矛组相当，对等对打。组员头扎蓝色巾布，身着白底蓝色线条衣裤，展现健壮而灵巧的敏捷。这一组队员身强脚稳，蹲得深，跳得高，转得快，上窜下跳，活灵活现，他们左手紧握虎头图案盾牌，右手操起大刀，左挡右攻，攻守兼备，大有坚不可摧、无畏无惧、无往不胜之意。

一遍一遍地编排、操练，队员们即使练上千遍也都不厌其烦，并且越练越精，越打越熟。

一场又一场的汇赛，盾牌队从区到县，从县赛到地区。盾牌舞给观众给评委们带来惊奇，带来震撼。它让观众们、评委们感到见所未见，闻所未闻。它的独创性、独有性、独到性，自觉地感染着观众和评委，令他们纷纷跷起大拇指，个个为盾牌舞点赞，亮出高分。

在一场场的汇赛中，盾牌舞顺利晋级华东大区比赛，这帮浑身上下散发着泥土芬芳的穷人，最终将昂首挺胸，奔赴上海。

在一场场的比赛中，盾牌舞获得了一次次的好评，以前那见不得市面的泥腿子们，逐渐变得自强、自信、自省起来。

小村庄上沸腾了起来。无论男女老少，大家对视着，对讲着，对笑着，无限憧憬着“梦里寻她千百度”的大上海，村庄已无法安静。

（四）

初春的一个早晨，一帮泥腿子组成的队伍，就这样循着梦境，坐着庄上的农船，从所在的小村庄出发。

一路划橹撑篙，河行十里，换得商业轮船，队伍赶往常州。常州曾乃知府之地、轻工业起步之城，见惯了田野、土地的泥腿子们，在这里见得更多的是瓦房、洋楼、马路、汽车，多种颜色在交织，在变幻，耳畔响着的是许许多多难以分辨的新声音。泥腿子们见着的是全新的世界。

略加休整，队伍到达常州火车站，当人生第一次听得火车的鸣笛声响，见着那庞大的“巨龙”，泥腿子们那种期盼、兴奋之情溢于言表。大家你争我拥，你叫他呼，指手画脚，场面无法自控。队伍登上了飞驰的列车，跨过河流，穿过村庄，飞过田野。

盾牌队顺利到达大上海，以解春才为首的这支队伍，满眼的新东西让他们眼花缭乱，目不暇接。这支队伍很快被拉到了上海苏州河入黄浦江口的外白渡桥堍的上海大厦。

上海大厦，是当初上海市最高建筑之一。它共有 24 层，外观呈棕色、咖啡色，洋腔洋调。当解春才他们来到上海大厦面前，昂首数着楼层数时，平日里在田间低头劳作的村民们头戴着的帽子都从后脑勺掉落在地上。住惯了茅草屋的泥腿子们，接下来将入住高耸入云的 24 层高楼房，那简直是连做梦也未有做得的待遇。

环顾四周，大上海，流淌的苏州河，奔涌的黄浦江，富丽外滩的洋建筑群，公园、雕塑、建筑群、外白渡桥，车水马龙的人流、车流，洋轮的汽笛声，大小汽车的喇叭声，泥腿子们无法一下知晓、听清、看懂的光景，眼睛顾不过来，耳朵辨不清楚，嘴巴无法讲得出来，连脑袋也无法再装进这许许多多的新奇。

解春才他们一群人，后来回忆起那次经历，记着的仅仅是上海大厦高入云端，他们住过，他们想看上海大厦的顶端，帽子掉在了地上。这段佳话，一直被他们讲给家人听，讲给后人听。这段佳话，被讲了几十年，被骄傲地重复讲了上百遍、上千遍。

汇赛在上海大世界举行。上海大世界，大得让解春才他们无法也不便独自转悠。上海大世界大得也不知道有多少内容，电影院、歌舞、百乐门、戏剧院、餐饮……应有尽有。上海大世界周边十分繁华，南京路上到处都是百货大楼、钱庄，侨汇商店……解春才他们仅仅是来汇赛和表演的，线路、停留时间、往返都有严格的规定。他们来到大上海，其实心里也只装着村庄里外的期盼，他们一心只想着表演好，赛出优异成绩。沿路见着闪烁的霓虹灯，鳞次栉比的建筑群，一路叮叮当当的有轨电车，还有高鼻梁、蓝眼睛、黄头发……各色人群早就让他们眼花缭乱，一下子无法辨清，无法记住。

农民的这种专注、淳朴，令他们完全遵守着规矩、纪律。带着这种纯洁，表演汇赛取得圆满成功。

那赴上海的比赛之行，那幢 24 层楼高的上海大厦，后来成了这个小村庄上人人会讲、世代传颂的美妙故事。

（五）

一番热闹、一场兴奋过后，人们瞬间又回到了现实的生活之中。上世纪 50 年代末期始，时代遇上三年困难时期，时代遇上集体开大灶、吃食堂，时代遇上以阶级斗争为纲。天灾、人祸，人们受到双重夹击。

村庄上那曾经威风的锣鼓、舞动的彩巾彩服，村民们一下子无心顾及，便不再启用。这一时期，盗贼虽几乎绝迹，物质条件却也几乎没有改善，人们都无心眷顾精神世界，全在为活命奔忙，为逃难找出路。

解春才的生活很枯燥，他活在人民公社大家庭里，白天参加集体劳作，夜间捕鱼充饥补给营养。一家人倒还算得是“无病无痛便是福”。寂寞了，解春才拿出家传的一把旧二胡，拉着几首新老歌曲。“东方红，太阳升，中国出了个毛泽东……”“苦菜花，黄又黄……”“北风那个吹，雪花那个飘……”那几首新老歌曲被解春才拉得如诉如泣。儿子解方乐跟着父亲习文弄武，一家人活在封闭着的自家世界里。

这个年代，小村庄上锣几乎不敲，鼓也几乎不响，铲也被扔到了墙角。参加汇赛的衣服、巾头，也因长久不用，被风化老化得经不得触碰。

这个时代，锣鼓声停歇，日子沉闷了有好几年。当方乐长到十七八岁时，锣鼓终于可以再次敲响，这次，锣鼓是为红色宣传而敲。

有心者抓机遇，有志者事竟成。在这个村庄上，不再需为防盗防贼而敲锣击鼓，眼下急需的是为红色宣传重敲锣，再击鼓。近朱者赤，新生一代的方乐自然而然地成为了全村毛泽东思想宣传队的首领。方乐，又是为当上“头棍”、“虎王”而努力，时世终将造“英雄”。

在江南水乡，有一句谚语，叫“邻水美人多”。而这个小村庄，正应着这句谚语。小村庄上，面若贵妃西施、形似貂蝉昭君的年轻姑娘，有好几个。毛泽东思想宣传队，急需一批年轻貌美的青年男女。唯有青年男女，方能堪当宣传之大任。

宣传队在上级的号召下，从无到有，开始建立。从田头里走出，跃跃欲试的青年男女，带着矜持、羞涩，走到了一起。小村庄上，能闯得过关，不畏登台的，仅有十来个青年男女而已，出众的，更是凤毛麟角。

小村庄上的宣传小分队，在方乐永不言败、永不气馁的坚持中，人尽其才，各尽所长。宣传队既有对口词节目，“东风劲吹红旗飘，革命形势无限好。人民群众热情高，多打粮食立功劳……”又有男女对唱，“阿爸呀，快快走。”“女儿呀，等等我，看看农村新面貌……”还有三句半。宣传小分队将自编自演自成体系的节目和优秀宣传队员组织起来，合并到大队的宣传队里。宣传小分队成了大队宣传队中一支十分重要的骨干力量。村庄虽小，历史上曾经以盾牌舞出名，现在，毛泽东思想宣传小分队照样在大队有话语权，拥有重要一席之地。头功自然在方乐。

方乐天生就很有文艺细胞。方乐几乎就是为这唱唱跳跳、热热闹闹的场景而生。参加毛泽东思想宣传队，对一个近 20 岁的男性青年来说，这比看盾牌舞更有吸引力。方乐既是参与者，也是领导者，更重要的是村庄上的几朵含苞待放的金花——阿香、阿芳、阿云、阿琴等，颇具吸引力。她们都是宣传队员，个个如花似玉，活力四射。

方乐奔忙着，白天参加生产队劳动，夜晚丢下饭碗便沿村挨家挨户把宣传队员叫上，带领大家赶到三里路远的大队部集中，参加文艺节目排练。有时，雨雪天、大冷天的夜间，他便安排宣传队员在本村单独排练。方乐既带头演节目，又指导排练，更重要的是他对锣、鼓、铲、二胡等通俗乐器都不陌生，并且还能拨弄一番。宣传队的人员无一不被他的热忱所感动。为此，方乐更是乐此不疲。

在农村百姓心中，包括其他宣传队里的农村青年男女心中，他们之所以参加毛泽东思想宣传队，是因为可借这个平台展示一下自己，让大队干部、生产队长重视自己。还有就是能得到和异性青年接触交流的机会，家里家外都好讲，名正言顺。当双方借助宣传队这个平台，获得对方好感后，说不定就能暗中谈得恋爱，与知己终成夫妻。青年男女们来宣传队的目的非常明确，那就是展示才艺，寻求前途，表现自己，寻求异性对象。

方乐参加毛泽东思想宣传队，到了痴迷的程度。他白天在生产队劳动，心里也在想着宣传队，夜晚更不用说，从组织人员到废寝忘食最晚回家，他毫无怨言。这在村里老百姓看来，反而觉得他是不务正业，觉得方乐是个花花公子，以后不会有太大的出息。整个大队，从领导到群众，都当面在表扬他、恭维他，而背地里，却都在议论他、看轻他。而方乐全然不顾，自我感觉一直良好。

每天夜晚，大队部里排练节目，锣鼓喧天，歌声阵阵，一群青年男女吹吹打打，唱唱跳跳，嘻嘻哈哈……排练完毕，接下来就是就近一场场地演出。从小型文艺节目，到革命样板戏《红灯记》《沙家浜》《智取威虎山》片段，有时还到临近大队相互交流演出，宣传队为大队争先，为广大贫下中农丰富了业余文化生活。

这个村里，跟着方乐一起参加宣传队的阿香、阿芳、阿云、阿琴，都已经分别与大队里宣传队的男青年谈上了恋爱，有的已经准备结婚。方乐很纳闷，心想：要说关心，没有哪个会比自己更关心她们、讨好她们；要说相貌和才能，自己也不在其他几个男青年之下。偏偏自己就得不到她们中的任何一颗芳心。这种男女恋爱之事，方乐无可奈何，他只得压着不愉快，坚守着自己的世界，继续为宣传队尽职尽责。方乐遇着不开心的事，锣和鼓似乎敲得更响了，那二胡反而拉得更投入了。

方乐在宣传队里当了十年的骨干。在此期间，不知有多少男女青年在宣传队进进出出，一批又一批。而方乐快30岁了，还没有能与一个宣传队女青年谈上恋爱。

方乐疲惫的心终于在30岁那年安定了下来，他找着了邻村一位没有文化、没有文艺细胞的女子，并与之结婚。这位女子，倒也算得是善于操持家务、精打细算、多挣工分、任劳任怨的好妻子。她为支持方乐张扬个性，发挥长处，充当了好后勤。

（六）

一阵红色疯狂，一番为红色敲响的锣鼓，一段高音喇叭的红歌，十几年之后，终于慢慢沉寂。渐渐的，歌不再为个人崇拜而唱，锣和鼓不再为红色疯狂而响。

方乐所在的小村庄实行家庭联产承包，农民自主种植，自主处理国家、集体、个人三者分配关系。这一改变，既解放了生产力，发展了生产力，又夺得粮食丰产丰收。农民闲季，也有了更多时间可以自主支配。中国，进入了一个崭新的时代，那是一个农民欢呼的时代。

小村庄上的锣鼓再一次敲起来，响起来。

方乐又打上了头阵，小村庄上，村民们重操盾牌舞祖业，威风锣鼓敲起来，白底红字的大旗举起来，黄头巾、红头巾、蓝头巾扎起来，全村青壮年合起来，重振盾牌队雄风。

年长者帮助解方乐招兵买马，他们又讲起了上世纪 50 年代小村庄上盾牌舞一路过关斩将，打到大上海，住上海大厦 24 层的经典故事。一家一户种田，每家每户也都跃跃欲试外出挣钱。小村庄上祖先独创下的绝活，停下来虽然将近 30 年，但大家认为，曾经的辉煌历史决不能中断。为此，村庄上亲亲邻邻，上祖下孙，大家有份，人人有责。

上世纪 80 年代初，小村庄上足足集起了 30 多个男女青年，集体资助新购置了大锣大鼓，还制作了一面小村庄历史上最大的白底红字旗帜，印上“农民盾牌队”这几个鲜艳的大字。头巾、彩服，也是一步到位。

长者悉心指导，男女青年不畏辛苦，甘愿流汗，天天操练，日日进步。因为盾牌舞，小村庄终于恢复了昔日的热闹，往日的浩气。

练好后，盾牌队利用春节前后农闲季节，高举大旗，沿村表演。先遣部队一路联络，一路化缘式地谈判，盾牌队表演一场以 200 元人民币打底。每到中午，路过所在村庄供饭的大队、大村，可以供饭抵款结算。男红女绿，浩浩荡荡；锣鼓一响，四面八方赶来的人群，围观呼欢。盾牌舞，使乡间春节的气氛变得浓烈，百姓那沉郁的心境也因之疏解。盾牌队一路行进，一路沸腾。民众的需求攀比和盾牌队先遣队的中肯态度，形成双逼机制，盾牌队沿路经过的村庄最少一个大队表演一场。

盾牌队员一路风尘仆仆，他们汗流浃背，表演一场接着一场。人们越来越热情，有的大队最高的一场表演出 500 元，后面就有大队出 600 元，甚至 800 元，有的还放上长糕、水果与干点。队员们个个心中自豪，表演时场场卖力。那盾牌舞的威风，真正威震四邻八乡，那盾牌舞的名气，真实地响彻四面八方。

一段时期，小村庄上的青年，几乎人人个个会进场打阵地，会活络一番。这一时期，也成了盾牌舞参与人数最多、范围最广的鼎盛时期。这一时期，盾牌队前所未有地成了百姓自己的世界。盾牌舞给百姓带来了极盛的满足和极大的自豪。

（七）

上世纪八九十年代，各地的招商引资工作开展得如火如荼。那段时日，小村庄上的盾牌舞在盛大的场景中频频展现。

江南小小县级市，各级政府为招揽项目、招引客商，除了“走出去”，走出市门到上海、广东深圳，走出国门到东南亚、欧洲、美洲外，更重大的举措就是“请进来”，经常采用的是政府“搭台”、企业“唱戏”的方式。从春天办陶艺节，到秋天开秋洽会，皆盛况空前，举全市之力。在这些活动中，目的就是为了扬优势，摆阵势，显阔气；没有优势，靠阵势，难显阔气、讲义气。

每次办节，主会场都会选在宜兴建设中的新亮点上，从陶博馆起步，到氿滨广场、市政府广场、体育中心广场、宜园、龙背山森林公园、会议中心……主要活动的当天，一般都会安排成千上百中小学生，手捧鲜花，队伍延绵数里。“欢迎欢迎，热烈欢迎！”学生们夹道迎宾。威风锣鼓，男欢女嬉，龙灯舞狮……民间盾牌表演也会穿插其中。

盾牌舞那高举在空中的棍矛，盾牌上那熟悉的虎头图案，那镀着银色、在舞动中闪烁着银光的大刀，一旦在场景中展现，我便从老远处就能看到。在盾牌队伍中，闪现的都是我曾熟悉的面庞，那不断变换着的阵势，都是我曾熟记过的名称，那锣声、鼓声、铲声，那急促的节奏，也都是我曾耳熟能详的声响。

这些场景，让我想起了过去，我在心中感叹：“乡亲们，前辈们，盾牌舞啊锣鼓声，上百年，几十年，这声响虽间断但未曾终止停歇，在变换中得到不断升华。这盾牌舞从为防盗防贼起源，到为名誉、名声、化缘填肚发展，到为发展经济、为时代需要而再次敲响，不停地被敲响。乡亲们，跑吧，跑起来吧，锣鼓敲起来吧！让我们不停地跟着时代的脚步和节律，一起舞动，一起向前！”

解方乐跟着、看着，他学着父辈敲锣打鼓，舞盾牌，而自己又加入民间盾牌队，他带领和传承小村庄上的绝艺独技，他拉二胡，搞宣传，自得其乐，乐在其中，天天开心。他已经生子，他的儿子依然喜爱拉拉唱唱的一套。尽管还是生活在那个偏僻僻静的小村庄上，但解家已是延续了四五代。小村庄上的百姓，他们信奉自食其力，他们自得其乐地生存、繁衍着。至少解家这么多年，成了一个小小的不变的世界。这个村庄，若你真的是用心来体悟它，它可称得上是一个不变的世界。

（八）

我和其他现代人一样，历经曾经的过往岁月，赶上这美好的时代。我曾走过五湖四海，曾闯过天涯海角，也跑过一些远乡。我还通过电视、书本，以“秀才不出门，奇知天下事”。同样，我用肉眼来观察这个世界，用心来体悟周围和世界。蓦然发现，自己用肉眼所看到的世界，真的是日新月异。科技发展，人类已是能上九天揽得月，能下五洋捉得鳖。城乡面貌显著改变，高楼新房鳞次栉比，居住环境日益趋优。人们的生活不再紧紧巴巴，百姓不愁吃穿，注重健康。若用心去体悟，无论是村庄里，还是村庄外，无论是民族的，还是世界的，人民留住在心中，永远在心头的那些来源于生活，又服务于生活，能让人民安乐祥和的那些各有千秋的地脉文化，竟然是生生不息，永不磨灭。

我体悟着我所在的小村庄，怀念着过去的那些生活场景。我的家乡，这里以汉族文化为主体，民间的二胡、打板、锣鼓、地方戏曲、歌舞，多种绝技绝活举不胜举，一曲《太湖美》，一首《茉莉花》，一场评弹，那透出的绵绵柔情、长长情韵、悠悠意境，足可让你陶醉不醒。

我常常断想，那些来源于生活、服务于生活，成熟和成长于生活的民间地域文化，一定同我们的祖先和先民一样，有着一种永远也割不断的深深血脉。她血液般紧紧地追随我们，让我们的心灵永远固守着那份纯净与美好。

这，正是不变的世界。

六、心慌落

一所中学的课堂上，学生们正在听数学老师在讲代数运算步骤，几十双眼睛齐刷刷地看着老师板书。奇静，老师在心无旁骛地讲，学生们聚精会神地听，粉笔在黑板上划过一道道弧线。突然间，教室地面开始颤动，房屋上方木椽间的石灰泥颗粒一粒粒地往下掉，室外人声鼎沸："地震了！地震了！"

师生们恍然大悟。

年轻的学生未待老师布置，便有序撤离，师生们汇聚起"洪流"，涌向宽阔的东操场。胆小的女生受到如此惊吓，忍不住哭出声来，而大部分男生却竭力掩饰着那慌乱的情绪，他们想在老师尤其是女同学面前，显示出男子汉气概。老师按班级清点学生，待确认无碍大事，大家方才松了一口气，所有的人自然地镇静了下来。

那一幕，发生在 1974 年春夏之交的一个上午。当时，我正就读于那所高中。

这段经历，是我人生记忆中的第一次集体慌乱。从此，老师便在课堂上，带领学生初步了解关于地震的常识，并以科学普及的形式，教育着大家该如何应对那突如其来的地动山摇。

这次虽无大碍的地震，却使我得到实地演练，学得有关地震征兆的一些常识，也有了"草木皆兵，人人自危"的一段经历。

生命最为宝贵。在缺乏科学预判手段的 1975 年，人们在大集体生产生活，对有关"地震"的传言，是宁可信其有，决不会麻痹大意。

多雨的江南，上级要求在地壳活跃变动的敏感期，全民进入防震抗灾状态。每家每户搬出原住家，在露天搭建抗震棚居住，以便真遇上地震，能有避难之处。为不影响集体生产劳动，确保生命安全，大家白天下田农活，晚上安心在抗震棚睡觉，这叫“两不误”。

由于当时严重缺乏搭建抗震棚的生产资料，也无装备，一般农民连烧火棍棒都难找，大伙哪来搭房的竹木、哪有钱购买防雨防风的盖棚顶原料？大家只能四不像地凑合、应付。只要醒着，大部分的时间，人们起居三餐都在屋内，抗震棚徒有个轮廓基础罢了，只是为了能够应付检查。夏秋季的晴天，住在家里与住在抗震棚内温差并不大，大部分人家都是自觉地睡在屋外棚里。有几次，猫狗乱叫让有些过于敏感的百姓误认为要发生地震了。他们大呼小叫，竟把正熟睡在屋里的人惊得冲向屋外，慌乱中，有的甚至把枕头当作小孩搂在怀中，把马桶当成行李箱抢在手里。大白天，聚居在街上的人家，突然听到“地震了”的叫喊，极度惊吓中，甚至有正在洗澡的男人、女人，都会光着身子冲向屋外。几次笑话百出，传言无奇不有。还有的百姓，杞人忧天，整天担心天塌地裂，他们奉行现实主义，自认末日快要来到，有的提前将自养的猪仔、家禽斩尽杀绝，吃个精光，为的是省得思量，避免这些大餐美食被白白浪费，一副到头光模样。

这次慌乱，让人们短时期内失去了理智，失去了秩序。毕竟，地震是有发生可能的，地震是可怕而又残酷的。不久后的 1976 年，中国中东北部的唐山真的发生了大地震。这一震，震惊了世界，震慌了全国。如果能预测、预报、预防地震，那绝对是能减少对人类的伤害的。

而人类心中所怀着的另一种恐慌，它并不是因日月星辰、苍天大地和自然气象所起。这种恐慌因人类自身而起，这是一种不自觉的失序。日积月累，这种恐慌从量变到质变，从偶然到必然，给人类带来了一场场的灾难。对此，需数落，需警醒，需自知，需自觉。

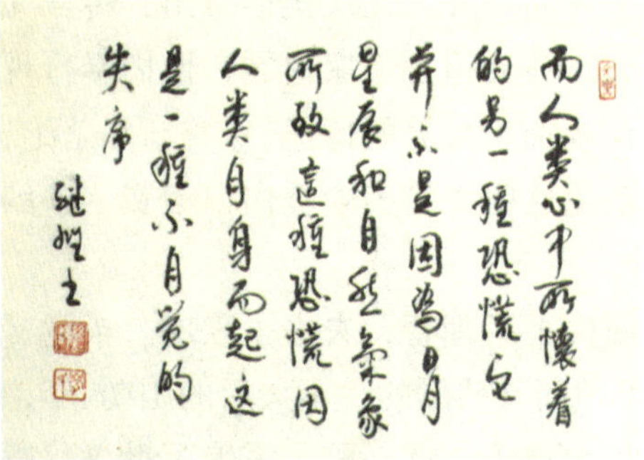

在新世纪，身边那些山河水土上，人们经历了不少的心绪慌张。

（一）非典，SARS

人说，春天不是季节，是心情。那么，2003 年，就没有春天。

2002 年 11 月、12 月间，中国广东佛山、深圳等地有人出现发热、畏寒、全身无力等症状，通过静脉输液，甚至住院，均不见好转，病情反而继续加重，很快出现呼吸困难，得用呼吸机帮助呼吸，急救后还是死亡……经确诊这种病有传染性，而且传染速度惊人，有医务人员、护士人员被感染。这种病症很快在广东蔓延，北京也出现了感染病例，医护人员开始发慌，社会开始发慌……这种病，被确诊认定为非典型性肺炎，SARS。

SARS，听着像“杀死”、“吓死”。它因何而起呢？当时传说，一种叫果子狸的猫科动物，广东人竟敢活杀。正是这些灵性生命，它们真的开始报复那些无知的人类吗？果子狸带着 SARS 病毒，终究报复性地将病毒传染给了人类。

北京病例急增，蔓延至上海、山东、福建，蔓延至全国各大省份……一时间，人们束手无策。中央新闻广播，天天在播报预防 SARS 的知识。各地纷纷开始行动，建隔离区，隔离那些来自广东、北京等外地疫区的人群。广播新闻播报着广东、北京各地出现 SARS 感染者的数量，播报 SARS 感染者死亡的病例。整个中国，处在抗击非典的行动中；整个中国，短期内一片惊慌。香港地区、澳门地区、台湾地区、东南亚，乃至全世界，相继高度关注中国 SARS，别的地区对中国访客高度戒备，严密检疫。

刚刚跨入 21 世纪的中国，这突如其来、令人揪心的 SARS，震惊着中央高层，震醒着各级疫区，震撼着国人。

江南山河水土、村舍田野，都在抗击非典疫情。每个县每个镇都动员起专业医护人员，建隔离区，备收治点，控传播源。镇、乡，设置了一个极其重要的基层隔离站，凡从广东、北京等疫区进入辖区的人，一律先隔离观察，测量体温。观察一至三日，待确诊无疑，方可回到家中或被访单位。来者，归心似箭；家人，将信将疑；旁人，诚惶诚恐；领导，严肃认真。人命关天，宁信勿轻信。

那年 5 月，中国国内抗非典仍然紧张，我随团队 11 人出访台湾。先在市人民医院做体检，形成报告，出具证明材料，供境内外通行查验。从上海空港离境，登上飞机，途经香港，一律成为“口罩人”。尽量减少相互交谈，杜绝与不相干人员交谈。在香港机场转机逗留，中国大陆地区乘客被指定专有路线、区域，单独通行。到达台湾，下得飞机，便被严格地测量体温，喷洒消毒雾剂，配发专用口罩。

那场抗击非典的战斗中，疫情的一串串数字，遍及全国各大城市。战斗中，一个个英雄的名字被人们铭记心中，有领导，医生，护士，无名的解放军战士……这场战斗，也留给了人们无尽的反思。

（二）公共地悲剧

公共地何来悲剧？来自无畏无知的人类自己。来自工业化、化学化、自由化。

公共地悲剧的概念，是由欧洲制度经济学派代表人物哈丁先生在1968年率先提出。他指出，在共享公有社会里，所有人都追求各自利益的最大化，在一种资源没有排他性的所有权时，将会导致所有人对资源的过度使用，而最终导致悲剧发生。哈丁先生所著的《公共地悲剧》一书从理论上阐释，直接排放污染物，是排污者一方独得好处，而排污者所造成的环境破坏，是由许多周围城市、乡村人口共同承担后果，这种自由化可能给所有人带来毁灭。

公共地悲剧的理论，在20世纪、21世纪的中国，在中国的部分城镇、乡村正得到应验。北温带上的江南，雨量充沛，河湖密布，水土肥沃，物丰富饶。随着工业化、化学化的发展，环境恶化，过程无知，后果严重。山乡村里春天变得寂静，夏天树上的知了不再欢唱，秋日村野的蟋蟀不再放声鸣叫，冬天雪地里皮毛物种不见奔跑。

上世纪60年代，集体生产的麦苗、禾稻初次使用从日本国进口得来的“六六六”农药粉剂。这种神奇的粉剂能将那些吃庄稼禾苗叶面的害虫瞬间全部杀死，这是小时候见证的故事，当时真是痛快！后来，在农业生物学课堂里听得解读，才知道那“六六六”粉在国外一些国家是明令禁止使用的，它留在土壤里的残毒有50年之久。还有大量的有机磷剧毒品、水剂、粉剂、晶体……危害同样巨大。

工业化、化学化，在苏南。

姜大爷一家是世代的水上人家，姜大叔从小跟父亲姜大爷学得网捕本领，并且比父亲更胜一筹。他家与陈大哥、吴阿嫂三家组成鱼鹰网捕队。三户为组，住在水上移动的“房屋”。每移动一地，或一星期，或半个月，划着几只两头尖尖、灵巧轻便的小舟，载着那通体黑色、身健体壮、嘴尖膀粗、眼明睛绿、脚抓船棍、傲视水面的几十只鱼鹰，在周围湖荡、浅滩、深潭、村河寻猎。当这些“黑河兽”被赶下小船，那忙碌景象，一下子惊得河底鱼虾魂飞胆丧。领着头的姜大叔、陈大哥、吴阿嫂用清亮的嗓音在呼喊：“钻，钻，钻，阿钻！”随着不停地呐喊，他们高举着竹篙，打向那些河面上刚浮出水面上的“黑河兽”。同时，他们手舞足蹈，用脚跺打着一头高一头低的木板，木板打在船体，声音响至河底。水里的大小鱼儿无所适从，吓得四处乱窜，有的被鱼鹰逮着，有的被撒下的网捕着。几只尖尖的小船，被眼疾手快的捕鱼队员划得风生水起，沿着港湾、村河一路前行。鱼鹰网捕队从网上捡得，从鱼鹰嘴里夺得大小活鱼一箩箩、一筐筐，被装得满满实实。三家一次次配合，取得了一场场的收获。鱼鹰网捕队干在天天，喜在月月，续在年年。

集体化之后，这种原始而无定的生活得到改变。姜大叔几户也被编入水产大队。他们三户人家虽然仍以专业网捕为主，但反倒是依靠集体，在围垦出的滩涂高坑上，每户分得了一间白墙小瓦的七架新房。那整齐雪白的房舍，在低荡四周，荒漠农村，远远望着，煞是显眼，让岸上生活着的农民着实艳羡了一番。从此，三家人结束了“上无片瓦，下无寸土”的流浪生活。姜大叔他们居有定所，有了用武之地；这些“水葫芦”，同时也当得“旱鸭子”，水上、陆上，流动、定所，捉鱼、读书……生活呈现出一派美好景象。跟着集体化，跟着人民公社，过上了美好的生活，他们没有理由不快乐。

那些集体渔民，实际是居民。虽说“居者有其屋”，但他们并不是耕者，并无田地。国家按人头给水产大队渔民发放粮油供应本，虽说标准低，但月月有质优价廉的计划紧缺物资供应。这是连种田的农民见着也着实眼红的事。在当时，世代农民即使做得美梦，使出浑身解数，也难换得一张“购米证”呀！

渔民姜大叔们趾高气昂。水产大队，在水一方，自得气场。

农村逐渐开始走上工业化发展的道路。星火在一个公社、一个个大队星星点点。农村工业的来源有的在城市，有的在国外，有的在乡贤，有的在工程师，有的在工人阶级……

当时的农民与工人相比，工人阶级领导一切。当时的农村与城市，有着天壤之别。当时的分配制度和生产关系，是“统”得一体，等级明确。

水产村渔民姜大叔，网捕，鱼鹰捉，鱼也总是不够卖，人们需求逐渐增加，那些鲜鱼不光供应当地，给当地的农民吃，还有不少送往城市，供许多外来的人吃。农民、渔民各取所需，各有所得，都很快乐。

殊不知，那些从城里来的工程师、工人，他们来到这偏僻的农村办工厂，购原料，选产品，排废水，弃废料，都是悄无生息，无人懂这些，无人提出异议，更无人出来阻止。若不是水土和生灵有了反应，这些事是不会引起警觉的。

水产村开始惊慌。渔民比农民更懂得看天脸，更懂自然景象。哪一年发大水，哪一年会干旱，哪一天会下雨，哪一时会刮风，渔民经常早有先觉。因此，就这些问题，种田人常会去请教那些渔民。而唯独这人类所带来的变故，最终令渔民们目瞪口呆。

以姜大叔为首的鱼鹰网捕队，先是发现，原本鱼窝高产的水域、村庄河流，突然开始见不着鱼儿的踪影，他们很是纳闷。用上原始办法观天象，并无异样，用猪头、米饭敬河神，仍不见成效，他们哑口无言。这不祥的预兆，从偶尔出现到经常发生，从局部河流扩展向大部分河荡。

姜大叔，渔民，水产大队，无精打采地捕鱼，生活失去了往日的滋味，他们只能无可奈何地等待着。当赶着鱼鹰来到深潭旁，见到十斤开外的大鲤鱼也肚皮朝了天，他们便彻底地失望了。渔民们眼冒金星，两腿发软，有气无力，他们唯有对着苍天长叹，唯有见着河水呐喊。

姜大叔他们对着这亲近、相依、活命的河与水一声声发问：怎么办呢？活路何在？在这一片公共河流水域，还会有鱼捉吗？这河水还能喝吗？他们开始上岸打水井，沿湖地壳有流沙层，黑水，竟然无水源可找，深潭里的水也时好时坏。那水产村上，居然也不时有渔民生得奇怪的恶毛病。平时很少进医院的渔民也开始频繁进出医院，大家愁眉苦脸。那自得的气场，在那一刻，耗尽。渔民们开始被逼由"泥瓦匠"改成"箍桶匠"。这种转行，是被逼着的改行。渔民们从捕捉转为放养，开始承包集体鱼塘。他们的生活彻底从船上转向了岸上，有的进工厂，有的行买卖，有的搞运输，有的卖苦力……

那些灵巧的两头尖尖的小木船，那些鱼鹰，再也见不到踪影，在那片公共地上。新世纪，很多水产村正处在工业化阶段，一个个地先后合并到了当地的行政村。原先真正意义上的渔民、渔村，渐渐失去踪影。

（三）太湖蓝藻

中国第二大淡水湖泊——太湖，烟波浩渺，这一片公共水域，是生灵的天堂。

一组美妙的词，谱成了一曲美妙的歌。歌唱家用清亮的歌喉，在美丽的太湖畔演唱。那委婉的清音，让人听了如痴如醉。"太湖美呀太湖美，美就美在太湖水，水上有白帆哪，水下有红菱哪！水边芦苇青，水底鱼花肥，湖水织出灌溉网，稻香果香绕湖飞。哎嗨哟……"正是那首歌，唱出了太湖的美、太湖的神韵。正是那首歌，唱遍大江南北、国内国际，太湖美名，从此美誉天下。

然而，那首歌却在 2007 年的春夏之交戛然而止。

那一刻，太湖周边地区的人们紧张地投入到了抗击太湖蓝藻大爆发引起的水危机的战斗之中。在这次危机中，历史上第一次整个无锡全城自来水受到污染，生活用水和饮用水严重短缺，超市、商店里桶装水被抢购一空。

那年立夏，气温升高，持续高温，天气无雨，太湖水位下降，水位、温度、气候，都极利蓝藻生长。人为地污染水体，水体富营养化，蓝藻短期内暴发性繁殖。蓝藻色绿，有时也泛红，它味道恶臭，侵害水体，毒害生物，危及人类。

沿太湖地区生活着几百万人口，政府用现代科技手段，利用卫星云图观测太湖中央移动着的黑水团，观察着由此快速繁殖的蓝藻。媒体实时跟踪报道。

这座城市中无奈的百姓，只能尽量节约使用有限的商品用水，洗澡暂停，换洗衣服也难以讲究。有办法的人们，在悄悄地离开这座江南名城，去邻市亲戚家暂住，常有人开车几十公里，仅仅为了能够畅快地洗个澡，吃顿饭，住一宿。

当地政府，中央、省、市各级十分关注重视。在省委书记亲临一线的指挥下，一场人工打捞蓝藻的人民战争终被打响。迅速召开紧急会议，十分钟时间，领导布置，下达命令，没有讨论，唯有遵命。

散会后，我拿起手机便作安排。离着太湖有 30 里路的所有地镇政府，雷厉风行。临时凑得七条大小各异的农船，上面坐着 30 个自带粪勺、粪桶等农具的劳动力。这支队伍如龙船队，一刻不敢停歇地驶向湖口。

我在一条大河大港的湖口焦急地等待。沿太湖近的镇，先遣船只已下湖开始进行蓝藻打捞作业，这项工作看上去十分困难。水域面积有上千平方公里的浩淼太湖，无风也浪涌，有风时，更是大船小颠，小船大颠，弄不好还会翻船。可命令如山，很快，从四面八方赶来的船只，人数不少。这阵势，红旗招展；这声势，大呼小叫。当大一点的船入得太湖，因人手臂短，工具微小，并够不着蓝藻；而小船入湖，又担心船翻人淹出人命。一切真是前所未有的尴尬！

那么多的人，那么多的船只，来了就好。

两天后，经过反复的试验，打捞工作宣告失败。人们回归理性，从外镇赶来的船只，收起插着的红旗、镇旗和彩旗，驶回原来的河埠，归还给了本属的户主。

新的打捞方案决定，留下部分精兵强将若干，配合沿太湖村镇，从船上、湖上，改到沿岸、湖边，追看风向，调兵遣将，在下风浪尖、岸边，使用专门工具，统一调度指挥。这“人机结合”的战术，比原先的“大海捞针”务实多了。那人民战争，经茫茫太湖实践检验，成效并不显著。人类在自然面前，仍存局限。

两个月后，还是天地日月，给了人类脸面。高温，抑制了蓝藻的生长；下雨，稀释了湖水的浓度；大风，将湖面上蓝红杂质、恶臭怪味推向了湖岸的阳光下，推向了芦苇丛。

一场蓝藻大爆发暂时过去了，可仍然年年担忧，月月防控。

（四）雾霾

雾，空气中飘洒着的水气。对雾的记忆，我尤为深刻。那是1975年深秋，那一次在马公荡上碰上的大雾，弥撒四周，袅绕不绝，整个天空中，似乎尽是湖色。

因家中拮据，父母决定用部分家具和杂物换些零钱。买主离家有30里路远，他们要求我们在早晨赶到交易地。姑父早早交代我，隔夜要早些睡，后半夜两点钟必须赶路。

我给姑父打下手，摇着一条灵巧的小木船，载着心中的希望。小船很快驶出村庄，行经的路线是姑父“闭着眼睛也走不错”的熟悉河路，出村，经马公大荡，一路向东，进得范道港门，由内河高塍到达和桥。

白雾茫茫。姑父聚精会神，不吭一声。我卯足干劲，汗流浃背，不声不响，一边用劲摇橹，一边仔细观察姑父的所思所想。本是半小时能摇过的马公大荡，我们摇了很久，却还是见不着边，摸不着港，四周全是“无边”的大荡。我是近视眼，姑父的视力远远比我强，他无法依赖我的年轻。姑父要求我不要出声，胆大心细的他素来不抽烟，此时，却不紧不慢地摸出了一支烟。姑父定下情绪，他似乎在静听动静，观察雾的飘动方向。烟刚点燃，才深吸一口，我们就突然听得一声鸟鸣，姑父立马被惊醒，他丢开点着的烟头，瞬间将橹柄攥在手中，像战士，迅速驾起轻舟，冲向鸟叫的地方。果然，不一会儿工夫，船头就碰到了河岸，那是一片杨树，一片黑压压的杨柳。姑父凭着经验，再次确认。我俩定神辨认，向右，沿着似岸非岸、似滩似荡的边线前进，又行驶约 20 分钟，终于摸进了心中寻找的河港。那时，天空开始变亮。

这次经历，让我对雾已不敢再小视。

霾，不曾相识。单独看这字，很有可能会读成别字。它是我近几年内识得的一个字，近几年来，我也一直对其怀有心惊胆战的感觉。

雾和霾是组合词。小时有雾无霾，现今霾伴着雾，叫雾霾。高密度人口的经济和社会活动必然会排放大量颗粒物（PM2.5），这有毒有害物飘洒在空气中，通过呼吸系统进入人类和其他动物体内，从而影响健康，给生灵造成危害。现在，雾霾现象被称作灾害性气象，人类对其进行预测预报。起初，人们并不以为然。

我家住 11 层小高楼的顶楼，五年前，一个深秋的夜晚，天黑得可怕，寒风初袭。我掀开窗帘一角，无聊地向窗外看去，突然，窗框下沿的一个动点吸引住了我的目光，那是一只鸟，一只并不算小的布谷鸟，我认得！见得室内透出的光亮，布谷鸟动着缩紧的脖子，眼睛睁得雪亮。我便呼唤家里的人都来看，家人个个都很兴奋。我算“懂鸟”，便轻轻移动窗门，伸出右手，由前往后轻抚布谷鸟那棕色带微白亮的羽毛。“布谷鸟啊，布谷鸟！你是咱农民种地的报时鸟！”“布谷布谷的叫声，在春夏之交。”那布谷鸟从此与我家结缘。

第二年，布谷鸟在我家客厅的空调架上，用密密麻麻的小树枝搭起了一个小窝。从搭建鸟窝到在里边下蛋，布谷鸟虽在眼皮底下忙碌，全家人竟然毫无知晓。倒是装了10年的空调出了点小毛病，修理工上门修空调才发现了布谷鸟的这一切。他惊叫起来：“快来看，这里有鸟窝和鸟下的蛋呢！”夫人过来一看，赶紧吩咐：“千万别碰啊！这是生命，这是三条待哺的生命哪！”于是，为了不惊扰布谷鸟，修理工轻手轻脚地修好了空调。

从那以后，全家人常拉开窗帘，踮起脚尖，观察着布谷鸟在尽母亲之责。正月尽，孵出的小鸟长出了稀疏的羽毛。又过了半月，小鸟披上了黑白相间的“衣裳”，能试飞在那平台晾晒鞋靴的不锈钢架上。小鸟那身羽毛，黑得亮，白得透，漂亮极了。三条鲜活美丽的小生命，已经慢慢学会从干树枝搭建的窝里飞向远方。

第三年，布谷鸟又归旧巢，孵出两只同样美丽的小布谷鸟。

第四年是悲伤的一年，鸟蛋产得比往年多，有四颗。老鸟守责地让小生命破壳出。正月尽，二月来，幼鸟似乎长满全毛。有一天早晨，天虽亮，可太阳还并未升起，只听得家南对面有近十只布谷鸟在同时鸣叫，那叫声不是好听的“布谷，布谷”，不光没有节律，而且有些嘶声力竭，听着让人觉得悲哀。这乱得奇响的叫声，吵醒了还未起床的四周邻里。我穿好衣服，急急拉开堂前两侧的窗帘，踮起脚，朝下方空调架看去，眼前的一幕，让我目瞪口呆。小布谷鸟死了！死在鸟窝里，真是悲惨，实在是太悲惨了。这一切，让我异常难过。夫人推测：“可能是这两天连续雾霾，小鸟禁不住这霾吧！”我立即否认，我说：“鸟儿哪有这鼻孔，再说咱这11层楼高啊！”“应该是大鸟从外边带回有毒的东西给小鸟吃了吧！”我们的种种推测均缺乏依据，至少雾霾是被怀疑上了，也许也是凶手之一。

我开始怀恨这浑浊的空气，怀恨这雾里带着的霾，还有那霾源。怀恨一年比一年深切。

因为有了第三代，我开始尽可能多地与住在同一幢楼内的儿科主任交谈，直至与他成为了好朋友。刚出生的外孙，常因感冒引起扁桃体发炎，导致发热、咳嗽。儿科主任常常为之诊治，并顺便科普常识。又是大气污染，常常追究雾霾。听医生说那雾霾，对小孩伤害最大，空气中有细菌、病毒，雾霾天气最易传播，那些未按自然规律受孕、生产的婴幼儿更是脆弱。时时听得举例，我冷汗直冒。

过了两三年，外孙进了省城上幼儿园。在省城，整个幼儿园常常不是星期天却全园放假，原因全为雾霾，怕空气传导感冒。陪着外孙进得省级儿科医院，只见那里满眼是人头，走廊、诊室，全都拥堵不堪。我简直不相信自己是在医院里，反倒觉得像是置身于上世纪七八十年代的省城火车站。一簇簇大人领着一个个小孩，像在焦急地避难、逃难。

听得越来越多关于雾霾的话题,时常想起布谷小鸟的悲惨遭遇，时常想起省城儿科和儿童医院的景象，时常想起大城市里大白天却这楼不见那楼的许多景象。

这霾，未来将到何度？人们拭目以待。

（五）农产品

民以食为天。一日三餐，食安，日日才安。现今，街谈巷传，从事农产品商品的生产者，他们自种的、自养的农产品，自己却几乎不吃。他们不敢吃，这是为何？这其中的原委，不能公开，生产者们秘密行事，若问他们，是天知地知，决不肯讲！

在上世纪末我曾工作过的部门，当时的有些下属，现在成了负责农产品安全检测的骨干，他们偶尔会送些“放心农产品”来让我品尝，一些只言片语和短小故事，也一点点传入耳中。

地上种的、水塘里游的、家里养的这些农产品，农民自己吃的和上市卖的，会严格分开。

地上种的，如小麦、水稻，经过按生长期大量使用化肥、有机农药杀毒剂，它亩产高，残毒留量大，收割后，有场就晒，无论是水泥地，还是柏油马路，农民不会过多考虑。蔬菜种植，有些为防病虫害侵蚀，采取“一步到位”的措施，在作物根部的土壤里，大量使用一种叫“呋喃丹”的粉剂。韭菜、芹菜、芦蒿、芦笋等一步吸收后，地上地下虫害不敢再来侵犯，从而，这些蔬菜在生长过程中，茎挺拔，叶完整，色鲜绿。真是“带毒菜，好上市”！还有许多时令蔬果，生长过程中叶面大量喷洒有机磷杀虫剂，农药残留严重。

河塘里养的，更是五花八门。养殖鱼、虾、蟹、鳖、鳝的内塘，秋冬净塘后，首先对塘底进行“消毒”，原先用石灰、碳酸钙，现在是用粉剂替代。在养殖过程中，为杀死水体中的有害菌、病毒，以不毒死养殖物为稀释比例，投放大量有毒农药，促使在高密度养殖环境，始终处在“无病无菌”却有毒有害的条件。投放饲料，是针对养殖种类，定点定制供应的商品饲料。这些饲料厂，有“科研成果”，主要通过使用不同生长激素，有避孕药、尿素等等。养殖的水产品，比普通自养自吃的生长速度要快好几倍，甚至几十倍。这些水产品虽色泽光鲜，却肉质松软、口味麻木，需要用重料调味。那肉质元素，难以分解；那经济效益，必定翻番。

家禽家畜商品养殖。一个养殖场，一幢幢舍房，一个个高低架，一圈圈猪、羊、牛。它们被主人当成宠爱，在温室里养，在安静中长，一切只为着长。从专用饲料厂购得鸡、鸭、鹅、猪、牛、羊专用配方饲料，全力催生催长。三个月的猪，又肥又壮，两个月至三个月的鸡、鸭、鹅全上菜市场，还有菜牛、菜羊……生长速度都是快得非凡。

现在的农贸市场，今非昔比，一年四季的物资丰富多彩。听得只言片语后，面对着熙熙攘攘的人流，进得热闹的菜场，竟然常常无所适从，不知该买什么。看到活蹦乱跳的鲜鱼，生怕它们满肚带着生长激素；见到特别白净的大虾，担心刚刚被滴下兴奋剂、清洁液；见到一条条又粗又壮的黄鳝，疑惑会不会是吃着避孕药才长得如此黄亮；见到好看的蔬菜，反倒纳闷是否会有农药残留、化肥过量，或者是否刚喷洒过增绿药剂；见到鲜肉，也怀疑；见着活禽，仍担心。在疑虑重重中选购，可又不能不买，全因为人不可能不吃。

脑海中，那些毒杀剂、防腐剂、兴奋剂、催长素……挥之不去。

（六）2016 年气象

2017 年春节即将来临，整个冬天还没有遇上冰冻。静观着，纳闷。又一次例外气象。我并不研究 2016 年中国国内十大天气气候事件，也不关注世界各地的暴风骤雨、万千气象。然而，我在乎脚下那片水土山河，和那片土地上的日月星辰、风霜雪雨。2016 年气象给予的脸色是严酷残忍的，它使农业歉收，农村寒冷，气流，高热，农田进水；它使小区淹没。天脸无常反复，考验着人类。

2016 年 1 月 21 日，天降暴雪，最大积雪深度达 6 公分。随之，气温骤降至 −5℃以下，延续到 1 月 26 日，年极端最低温度为 −9℃，这是多少年来少见的严寒冰冻，城市许多居民小区水管爆裂，供水间断，农田部分庄稼严重受冻。第二次寒流出现在 3 月 11 日和 3 月 25 日间，逢春冰冻，倒春寒，令山区春茶果花受损严重，给油菜三麦画下暗荒格局。

年度中间，7 月 1 日至 5 日，出现历史上少有的强降雨过程，那一方水土的河流、水库、塘坝在 7 月 2 日达到 1954 年以来的历史最高水位。全年雨日达到 152 天，较正常年份多 18 天；总降水量为 2281.8 毫米，这一年是这一地区 1959 年以来有完整气象记录降水最多的年份，年降水量较正常年份偏多 987.3 毫米。全年暴雨九次，最大日降雨量达 178.3 毫米，创历史新高，可算得大雨倾盆。7 月，几百条道路被淹没，无法通行；几万户百姓家中进水，居民无家可归；倒塌被损民房几百间，亟待重建；十几万亩经济林、茶、果、蔬地水土流失，减产严重；几十万亩水稻良田被淹没，导致颗粒无收；十几万亩水产养殖内塘鱼、虾、蟹不同程度外逃，损失惨重；夏收秋收，又遇连续阴雨，“烂麦场”“烂稻场”祸天连连；粮食经济作物，是种田人的最爱，最后落得减产减收，甚至绝收。

8 月份，天气开始连续高温，无雨。35℃度以上高温持续了 35 天以上，年极端最高气温达到了 40℃，真是历史罕见。水灾过后，又遇高温干旱，山区作物无法抗旱，这一切又给山农一道难题。

正值高温时节，走进老家水乡村舍。村庄上经不住淹的树木叶片已经凋零；曾经四季流淌过汗水的那片农田，地面满是裂缝，东零西散长着一些稗草。一片白地，一片荒田。走进那间上世纪 80 年代初建造的房屋，我只见齐膝以下的墙根下，石灰已经开始剥落，地面、后院留着一层已干透的泥皮，似粼波，像粉皮。我低下头，无语。

2016 年，种地的农民，依靠天吃饭、依赖地生存的农民，低下了头，彻底无语。

（七）信用疑问

盛世，官修志；盛世，民建庙。这话虽不完全正确，但新世纪，确实志书遍及，寺庙林立。几千年、几百年，历史上不少曾被摧毁的庙宇，现当代正用民间之力，一座座被修复一新。那些寺庙，占地不大却也不小，有的可称得金碧辉煌。寺庙，该是百姓敬畏敬仰之地。

10 年前，随市统战部长、宗教局长参加当地一寺庙开光。异地新建的寺庙，凝聚着当地百姓的许多力量。淡黄墙，金黄瓦，外观很是醒目。大雄宝殿，观音、地藏、文殊、弥勒等诸多佛殿，气势雄伟。那些金身佛像，栩栩如生，择吉开光。

春日的早晨，天空中飘着一丝细雨。善男信女从四面八方赶来开光寺院。他们心中装着善，相会等待缘，开光等许愿。那是民间信徒们的一次盛会，其中，男女老少皆有，特别以老年大娘的人数为最多。她们亦步亦趋，步履蹒跚。当走近寺庙，我突然发现，不知何时，沿路地上半站半躺着不少衣衫褴褛、满身污垢的残疾人士，他们不是缺胳膊就是少腿，仿佛从天而降，在寺院大门沿围墙处东倒西歪，嘴里还不停地念叨："可怜可怜，行个善吧！"大致一数，一路长队竟有三四十人之多。好心的大娘从烧香的黄布袋底抠出零钱，一个个在施舍行善。路过的有钱人，把这些残疾人当成庙外的活菩萨，一出手就是几十甚至几百。这种场景下，好心人居多，这些重度残疾之人，收获不少。

庙里，被拥挤的人群堵得水泄不通。上午九点半钟刚过，雨过天晴，春天的阳光洒向寺院。开光住持和尚，算得天颜，带着满脸笑意走向大雄宝殿。派出所民警在现场维护着秩序，他们高呼让道，一路随行人士进殿主事。

开光过程前后约半个小时。和尚乃市佛教会长，随到领导嘉宾正准备先为会长送行。当一出寺院，大和尚会长便向着寺庙门外的陌生人在开示："今又为何者，组织如此多重残疾人士，竟敢在菩萨面前行骗，真是作孽！阿弥陀佛！"会长高兴而来，像是生气而归。

这时，我才弄清原委，原来是不良用心之人，利用残疾人，将他们统一运载到各种集会地址，利用人们的善心善举，后将人们行善的善款，从残障人士身上掠夺搜光。

怎么会是这样？竟会有人有如此下作之想、之举，难道就不惧那怒目金刚、灵验菩萨，不怕招致报应？那些下三滥，竟然行骗到了庙堂里，发财迷上残障身！

也是十来年前，有两位刚过七旬的老夫妻，他们老两口独居小区一楼。午后，大娘一人在家，遇社区居委一位工作人员登门服务。这位工作人员仪表堂堂，他告诉大娘，农村人无退休金，现在正有个好政策，每个老年人都能退而有养，只要填表登记。大娘感动得又是倒茶，又是让座。她告诉工作人员，自己不识字，可否让其帮助填写。这位工作人员边在表上写写画画，边宣传政策。他告诉大娘，只需要交个6000元，从下个月开始起，便可以每月领到360元退休金。竟有这等好事，老太听了喜得合不拢嘴。

70 岁竟然还能领上退休金，喜出望外的老太见着这登门服务的“干部”，心想：总不能再让人家多跑一趟吧！不如干脆先把钱交上。于是，她拿出了 6000 元钱，交给了这位居委干部。居委干部留下了收条。

老太太仔细收好收条，她决意给老伴和儿女来个惊喜。下个月很快就到了，老太等来等去没有等到退休金。很是纳闷的她拿出收条给老伴，老两口一道到居委会咨询。结果，居委告知并无这位工作人员，也无这类新的政策。老太这才如梦方醒，最终大病一场，家人只得给予一番安慰。

这些年，身边时常听得因信用缺失所引发的一些事，也时常见着信任的危机。那危害性不容小觑，它让正常成反常，将好事成坏事，坏人视好人，正确却成疑问……

民间集资，高利贷放款，面广点多，频频爆发。

金融诈骗，里应外合，手法翻新，时有发生。

个人信息泄露，陌生电话，专有账户，难防难守。

保健医疗，网络传销，遍及全国，常侵亲友。

路人遇难，不敢出手，找得同友，方能救助。

……

（八）

社会进入一个崭新的历史阶段，经济生活正向全球化、信息化、商品化、现代化、法治化转变。有些社会现象，因天灾，附着人祸；也有一些因人祸，带着天灾；还有一些，不是天灾，完全是人祸。

那种无名无状的心慌，就如坐上了超快速的交通工具，虽可不慌，仍感心慌。

自然的修复，环境的修复，需要时间、年份，需要停止破坏。

秩序的修复，心灵的修复，需要呼唤教育、法制、人性良知。

七、南义河水流

南义村，算不得小庄。早在1949年，这个庄上的王姓人口，便已积聚了500多名男女老少。

村庄呈一字形排着，门向皆用罗盘定位，朝南略偏西。家家门前讲究个门脸面，户户门后都留着后院。庄上，粉墙黛瓦和茅草房混合着，仅有几间是带着墙门的瓦房。

村前头是一片广阔的田地。平坦的土地上，星星点点布着几块高坑地，坐落着几个土墩。土墩上长着生硬的野生茅草，那四周几棵阴冷的树下，长眠着庄上人的祖先。散落着的几处小池塘，水不浅，但也并不很深，清澈的水中长了许多水草，那些水草底下的游鱼和被惊扰着下潜的青蛙、蛤蟆、水蛇，被岸上的人看得一清二楚。

每家每户的后门外留着种菜的后院，人们用荆树条或芦苇制成的篱笆分隔着各自的菜园。菜园的北端紧临着自西向东不息流淌的河流。那条河，被称作南义河。是因为村名定的河名，还是因河名被唤得村名，无人作过考究。

南义河，宽窄不尽一致，深浅差异不小。最深处深及二至三丈，浅水处不及一丈深。深潭急流，在村河岸的粗高大树的阴森里，被人们敬畏着。南义河的水流，时而平缓，时而翻滚，时而打转，形成四季流动的水景，当河水流过村东头石桥洞下，便很快汇入大片水域。

大片的水域，将河水弄得平静下来。一年四季，在宽阔平静的水域里，成群结队的鱼儿，轮流赶到动静水流结合部，时不时调皮地浮出水面，遨游着，欢唱着，跳跃着。

河水流过两岸。南义河肯定有着久远的历史，大概是先有河，再有庄的吧！南义河水浇灌着田地里的庄稼，也养育了村庄上的男女老少。

（一）

南义庄上，河流两岸，南岸大部分水田是庄上王氏的自耕田。河北的水岸间隔着的一片田地是河流上游一蒋氏地主的租田。南义河不偏不袒，河水既浇灌小块的自耕田，也浇灌着地主的租田。那租田与村庄由南义河分隔着，平日村民与蒋氏地主也没有什么明显的矛盾。

土地改革运动开始了，不管是南义河上游还是下游、河北还是村庄前的田地，全部归集体所有。上游的小村庄和周边散落着的一些农庄房舍组成一个大队，以中心村南义命名。

中心村南义，人数占半，分得四个生产队，还有两个生产队在河流下游，另两个生产队由河南岸上散落的庄户组成。

南义村的东头，建着四五间整齐而高大的瓦房。东墙和西墙的形状呈椭圆凸字形，墙面的青砖上被几排铁钉紧锁着，那屋脊背上高高的组合着的瓦花图案很是引人注目。正南开着的漆黑大门，被半个盖住的墙瓦掩得住风雨，里面排着粗大光圆的木柱，抵在底端圆圆的石墩上，上端被横竖着的圆木、半方木、半圆木紧紧系扣在一起，根根挺拔。地面铺就着大小一致的罗砖，布局在绝对的统一水平线上。北边和东墙没有留下门路。西墙偏南一点留着一个小门，门很严实，从西面看打着铁钉的高墙，几乎是可以忽略的一个小门。整幢建筑，高大牢固，威严神圣。

那幢建筑的四周，留着空阔而不等距的场园。北临南义河，一排朴树间隔着杨柳，东面是开阔的荡河湖滩，南面有几间瓦房和草屋，在那幢建筑的映衬下，显得十分渺小。西边，从大片田地里流出的地表和地下水汇成了水沟。这里，南北东西风顺、水活，天呼地应。

那幢建筑，从里到外，每一处细节无不显示出主人的精心设计。那是南义村上王氏族人集全族人之力量而建得的宗族祠堂。

人们迁徙来到这南义河边上，讲究一个“义”字。有义才能团结，有义才能形成力量。建这座王氏祠堂，很自觉地平衡了王氏宗亲之间的贫富。都说“一笔写不出两个王字”，王氏家族祖祖辈辈，有宗祠，才有宗亲，有宗祠，才能传祖训、行族规、续香火、旺儿孙。几代人，为建造和运用这座祠堂，族群之族长以及族群之旺财人家，都无私无畏地作了奉献。先建祠后制田，先守田业，后建房舍，优先孙丁，后求旺财。正是因为族长族人有这样的理念，在土改时才赢得了王氏之大幸。

南义庄上的王氏，大部分评得的成分为下中农。他们靠祖训勤劳持家，颂扬耕读传家，落得既没有成为“上无片瓦、下无寸土”的雇农要靠帮长工度日，也没有置田买地守家财，当靠雇佣外人来种地或者靠收地租的老爷。王氏大多图个不饱不饿、不饥不寒、人丁兴旺、家和万事兴的景象。

王富春在氏族中算得家道中上，土改时，被评了个中农，比下中农的成分要高些。家里一间瓦房、两间草房、几亩自耕地，用南义河的水浇灌着地理位置不错的自耕田，算得上旱涝保收，男耕女织的田园生活能自给自足。他遵循着家训族规，克勤克俭，与邻村周氏成家结婚，夫妻二人三年两年间隔一男一女的生，连续添得三男二女，家里算得上人丁兴旺。

（二）

王富春与周氏的长子生于1946年，叫秋生；二儿子生于1951年，叫荣生；三儿子出生于1956年，叫顺生。那时，人们讲究顺着生，生着顺。在土改后的生产队，王富春一家上有老，下还小，家口倒显得不小。到顺生出生，家里已经是五个孩子，个个讨人欢喜。但即使生得再顺，夫妻二人也不敢再生。从男耕女织的旧社会，到进入男女平等的新社会，周氏是最后一批裹上小脚的妇女之一，她被永远地包裹在了这样的世俗里。旧社会妇女缠小脚，是为了让她足不出户，守心生儿育女，织布纺纱。周氏的那双小脚，即使男女平等了，她也是下不了生产队集体的水田，肩上压不起沉重的扁担呀！夫妻二人打定主意，反正绝对不能再生！

王富春自幼要强，生活的重荷全压在他一人肩上。最后一个儿子顺生出世不久，生产队正大办食堂。人民公社更鼓励人们抓生产，放开肚皮吃饱饭。

人民公社是一个大家庭，真正的家庭是以生产队为基础的。先是动员每家每户拿出铁锅子来支持国家搞建设、大炼钢铁，家庭的小伙仓一律不允许留。生产队砌了大灶膛，架着几口大铁锅，目的是要同一个生产队的社员同吃一锅饭，建起一个共同的信念，建设社会主义，发展社会主义的大生产。在那个时期，一切以公有制为基础，任何形式的私有制、私心杂念同社会主义、共产主义的理想都是相违背的。新中国的解放，最终是为全人类的解放。从北京到南京，从公社、到大队的队干部，都是这样宣讲和行动的。

“放开肚皮吃饱饭，鼓足干劲抓生产”是指对生产队的劳动力而言。吃饭是第一位的，身体是第一位的，劳动力吃饱饭，有强壮的身体才能参加劳动，才能搞大生产、大建设。生产队男女劳动力必须要吃饱饭，而老弱病残、婴幼妇孺同样得有饭吃，且需给予更多的呵护。

王富春、周氏夫妻人到中年。其实按上世纪五六十年代的标准，他俩的年龄实属从中年开始往老年过渡的时期。生产队必须将旧社会的那种格局打破。周氏不再女主内，虽然她裹着小脚，得看着五个孩子的家口，但也必须挣集体的工分，必须走出门，这才是让妇女最终得到解放。周氏被安排在生产队大食堂，干些拣菜洗碗、备柴烧火、清扫食堂庭院的活。那是大家庭的炊灶，由于那双小脚的限制，她下不了地，实际在生产队还是主内。周氏整天忙里忙外，走东跑西，和食堂一起劳作的一群人，一同准备着的每一顿饭、粥或面，规模是一家人数量的十几倍。

王富春每日劳作回家进门总会或带猪吃的食，或带人吃的菜，或带野捕着的鱼，或带肥田的草。精算的小九九，使得他无论忙闲都不肯随心所欲。集体生产劳动是一个整体，日出而作、日落而息不会改变，农忙农闲、四季节律不会改变，战天斗地的精神要提升，集体争上游的荣誉感要增强。他按生产队长的吩咐，该干重活时奋勇在前，挑担耕翻；该干巧活时主动担当，耕犁扶耙、扬帆积肥；该干脏活苦活时起早带晚，连续作战。他必须这样干，才能在生产队以工时、功效都占得先头。工分多挣，五个孩子在大食堂里的碗才能略微满一些，稀薄的粥才能变得稍微稠一点。

富春和周氏的勤劳在生产队得到了公认。周氏快速地适应了生产队劳动的节奏，她坚强地承担起家、队的担责，也依然坚守着旧社会沿袭着的妇道修养和外在仪表。嫁王随王的周氏，早起晚歇，她指望用死心塌地的勤劳，能无时无刻地为这个家分忧。清晨，周氏悄悄地将全家的破衣旧裳洗刷干净；接着，很快将屋前屋后理个整洁；然后，把年轻时黑乌发亮最抢人眼现在却开始带着些花白的头发，梳理扎成丫髻，牢牢地盘驻在脑门后面。这样方算得停当家事。按着生产队的规矩，她又以最快频率的小步直奔大食堂，要为更大的家、更多的家人准备早餐。每天的劳作中，她心中只要一想起五个可爱的孩子就充满了欢喜。即使在生产队劳作再苦，她也并没有表现出嘴翘鼻头高，因此总是受到同道人称赞得多，闲话全无。

周氏的一切让王富春刮目相看，内心为之折服，这些更鼓舞了一家人的士气。整个生产队，当周氏的几个儿女来到食堂，手拿窑碗排在队伍里，轮流掌勺的社员，不免总对他们都有些关照。当其他社员常有装多嫌少的口角吵闹声响发出时，王富春只要不影响到五个孩子头上的公平，就从不去计较。即使自己的肚皮常常饿得咕咕闹叫，他也总强忍着不掺不和，而是宁人息事，自觉地随哨下田。

周氏在集体大食堂帮忙煮着大锅饭，王富春在生产队地头田间参加社会化大生产。他俩相呼相应，一呼一应，都在挣集体的工分，呼应的是“一大二公”的社会主义道路。

不久，从很远很远的地方开始刮起了大生产的旋风。山西、河南的大豆高粱，从七沟八梁一面坡上丰产丰收，创造着“吨粮田”，还有些地方创造出“双吨粮田”，有的甚至传出稻穗头像狗尾巴，麦穗头上能承载小孩。大生产的成效、典型层出不穷，干劲是一地比一地更高，相互间从干部鼓动的队伍里越传越玄乎。

刮起的那阵风是浮夸风，夸夸其谈，虚报产量，后果严重。社会主义分配原则，是“交足国家、留足集体、富足社员”。三个“足”在浮夸风下，彻底显相。国家交不足，集体落着空，社员闹饥荒。

这阵风，在有些地方刮得还真是不小。而南义河周边，情况并不严重，这倒是偏僻地方的真正好处。南义村，族群遗风犹在，王氏谁也不能欺骗谁，他们不骗天，不骗地，不欺人，也不愿骗上级、骗国家、骗自己。南义村不是最早实行吃食堂的，也没有最早关闭大食堂，庄上的四个大食堂以王氏为主，耗着坚持了有两三年的时间。

上世纪 50 年代末，江南水患、蝗虫是天灾，浮夸风是人祸。生产队食堂也只得关闭。这两年，人们以求一线生存的本能，顺着南义河上下游捕鱼捉虾，爬上树采果叶，刨开土地挖草根、找蚯蚓甚至蛇虫，以充饥补给营养，艰难地同命运抗争。

王富春在那段时日里，真的是豁了出去。才刚过 12 岁的大儿子，也带着老二老三，扔下薄薄的手缝布书包，开始捉蛇虫，挖蚯蚓，挖草根，采树叶。王富春常起得大早，落得大晚，带上秋生在连着南义河的水域寻觅食物。不管是蚯蚓还是泥鳅，知了还是水蛇，树叶还是草根，只要能进得家门，周氏就一定有办法让这些东西变成可口的食物，迅速地填入孩子们的肚中。

从田地里长出的谷物，经生产队分配到社员老少，实在难以平衡基本生理需要。王富春凭着不屈不挠的精神，通过夜以继日的劳作，得到仅有的一份食粮供应，与周氏还得从牙缝里抠出些添补给更不经饿的儿女。五张整天哭喊着叫饿的小嘴，常常让夫妻俩愁得坐卧难安。咬咬牙关，抱着放生的心态，王富春夫妻先将小女儿送给了20里外能保证养活的人家收养，紧接着，又将二儿子寄送给城镇里吃着供应粮的远亲，不得已地缓解着眼前的急难。

刚强的周氏，以前再难也从未流露愁容的那张脸，此时皱纹却快速爬上了额头，头发开始快速变白，眼角总是闪着泪花。当见着孩子父亲富春腿上挤压后的凹塘好长时间不弹起来时，她才真正开始清醒：过去生得顺，顺得生，在人前人后的笑脸，最忙最苦也得梳理打妆的盘发，都是一种盲从。如今一种不祥的预感，突然地出现在正肩压重担、两腿发粗水胖的家庭主人身上。

那年月，像富春一样强壮的劳力出现浮肿病，并非个例。人们的浮肿，全因为那阵浮夸风和缺少食品、营养，以及长期的积劳。慌张扰乱了整个家庭，一定比例家庭的扰局，把生产队、大队，甚至整个社会都扰得乱了起来。

王富春心急气短，力不从心。王氏族人老少只能带着他干些轻巧的活，上工和收工的时间让其尽量缩短。干多干少不计较，整天先记着工分，年终是否打折头，不议论，不明说。队长对这类人群都这样，是无可奈何的同情。王富春不再言语。回得家中，寡言少语，偷偷叹息，思绪万千。

周氏比谁都清醒，她明白照顾安慰王富春这座青天比什么都重要。青天不能塌，青天塌的那一日，便是王家大祸降临之时。周氏开始彻底向社会低头。她不再把在生产队劳动挣工分作为首要任务，她知道自己独自一人撑不起这片天空。周氏开始奔波，从娘家到婆家。凡求能应的地方，她顾不得脸面，哭着、跪着、喊着，希望通过诉求能得到帮衬。在王氏长辈、至亲面前，她磨着嘴皮，理直气壮地自称对得起王氏祖上、宗亲，三个儿子这是王家的根，富春是天地，生活不能没有天，不能没有地，有地根才能扎得更深，叶才能长得更茂。

在苦难临头家家有本难经的时日，周氏尽量让富春多得到些营养，能多吃上几顿饱饭，少干一些重活，少叹苦息。只要能让富春延续生机，孩子们在生机中成长，王家的未来就有希望。

度日如年，苦度光阴。周氏觉得苦日子仿佛村后南义河上的流水，无穷无尽。

最小的儿子顺生慢慢地开始懂事，乖巧得没有吵闹。在家的大姐也能帮得母亲周氏料理些家事，给父亲端茶送饭。

长子秋生，却整日不见着人影。他与一群年轻人纠集在一起，整日东奔西跑，不是在学校，就是结伴在村口街梢。

（三）

南义河的上下游和周围，凡得浮肿病的壮年男女和老人，都经不得没有粮食下肚的煎熬，相继告别了人间。

王富春，既有清风明月相随，又得贤妻周氏相伴，少量的油粮不间断地让他延续着生命。他见着轻重不一的浮肿病人，有些比他晚生病，却闭上眼睛先走了。他心中感激着顽强的周氏，看着五个孩子逢凶化吉，即将熬过最最困难的时日，他心存知足，时常热泪奔流。

苦熬过五个年头之后，在1966年初夏，因浮肿连着肝坏，王富春还是合上了双眼。周氏苦撑着的那座青天还是崩塌了。南义村人并未过多奇怪，得了浮肿病，这是早晚的事。倒是这肝坏，被村庄上传得神乎其神，说这病是一种会传染的瘟神瘟病，不光碰不得，近不得，甚至说成见不得，连空气中的风都能传染，弄得王氏家族都怕挨近周氏一家人。那些搬丧的，全部都靠喝着高度的白酒壮胆，还把白酒洒在停丧的屋里屋外。一场传言，将周氏以及一家人彻底地排斥在合群合众合心之外。她曾经光洁的丫髻盘发、曾经的笑脸和小脚，不再被那些熟人接纳。

周氏承受着巨大的悲痛，心中是抑制不住的悲凉。几个似懂非懂的孩童一起被悲痛、悲凉隔绝于身边世人世俗的世界之外。

其时，“文化大革命”爆发。

（四）

正值青春勃发、热血偾张的王秋生，家道中落，他开始帮得母亲周氏重构着天空。生产队高强度的体力劳动、世俗人眼中的冷淡与隔膜，时常压得他喘不过气来。愤世嫉俗的秋生，十分厌倦这甘苦心累平淡的生活。他懂得了很多的世事，那些村头街梢里人们聚在一起谈论商议的世事，让他无时无刻不在警醒着自己要同微弱卑小的现实生活抗争。

终于，外面噪闹的动静传到了南义河。游行、串联的队伍中，净是一群相仿年龄的红卫兵。他们怀着对心中的红太阳的敬仰，他们渴望着去见伟大的领袖毛主席。

王秋生活到近 20 岁，除了到过公社，大部分时日都在南义河周围。围着南义河，除了活了下来，看到周围和家里的境况，尽是枯燥、平淡甚至悲凉。平日里在一起的几个年轻人，随着革命的呼唤声音，结伴来到公社驻地。公社离南义河村不到十里路，气氛却完全不一样。

公社里聚集着三五成群的年轻人，他们在一起热烈地议论、争论着，大部分都会提到谁反对毛主席，谁想复辟资本主义，有人想回到旧社会……秋生觉得这些话题十分严肃，看着他们似乎个个像是国家有难匹夫有责的勇士。一位手臂上戴着红卫兵红袖章的年轻人，过来问：“你们三个是哪个大队来的，是想来加入红卫兵吗？”

秋生应声作答："是南义的。""那好！南义应该有自己的红卫兵队伍。"

王秋生、王新华、钱建丰三个年轻人走进公社后院三间会议室，"红袖章"指导着他们填了表格，南义的红卫兵队伍正式成立。其中，王秋生有文化，年龄最大，中农成分，是团结的对象，条件具备，被委任为队长。那表格填列结束，也意味着一支红卫兵新生力量诞生了。几个人昂起了头，挺起了胸，走出公社大院，呼吸着革命的新鲜空气。

公社的围墙上，"坚决支持和拥护伟大领袖毛主席"和"拥护无产阶段文化大革命"的标语十分醒目。街上，红卫兵游行队伍中，人人手举三角形小红纸旗，高呼着革命口号："造反有理！革命无罪！毛主席万岁！"

指引指导王秋生加入红卫兵的"红袖章"，姓沈，是位中学生，他虽年龄比秋生小，却三天两头传达紧急指示，并有行动方案下达。王秋生彻底被红卫兵的"闹革命"卷入其中。

那天，沈队长召集着一次紧急会议，内容既长又复杂，他传达的是县委造反司令部的精神，明确告诉大家："咱们造反派的名称叫'三联众'，是联合民众，一切无产阶级联合起来，反对帝国主义、封建主义、官僚资本主义，坚决拥护毛主席的一支革命队伍。同属于省城的还有'三代仇'，他们是反剥削、反压迫、反地主、富农，防止复辟资本主义，也是打着拥护毛主席的旗帜的革命队伍。两支队伍在县城打起来了。是'三代仇'首先破坏'无产阶级文化大革命'，破坏生产，连中农都不团结，不联合无产者，'三联众'的人坚决不答应。"秋生听了，当然也不会答应，他当即表态："要支持'三联众'，把革命进行到底，到县城去！到省城去！"秋生血脉偾张。

次日，沈队长带着秋生等几十号骨干，扛着红旗，浩浩荡荡去支持拥护"三联众"。

王秋生不再是只懂得南义河、南义村上那点小家子事的小青年，他已领会了革命。他决意要掀起南义河附近的“革命浪潮”。

革命的气场，完全占领了南义大队，笼罩着南义河水土的领地领空。大队几个异姓干部被扣上“走资本主义道路当权派”和“右派”的帽子，暂时被边缘着。王秋生他们开始揪出埋藏在身边、有可能成为定时炸弹的坏分子。

地主成分的蒋青山，富农成分的朱有财，有远亲叛逃台湾的陈三元，毫无疑问地被揪了出来。当权派队长、会计、大队干部必须靠贫下中农擦亮的眼睛大检举、大揭发、大批判。那些偷鸡摸狗、封建迷信、贪图享乐的坏分子要深挖。

“坏分子”越挖越多，每天，胸前挂着牌子游行的队伍越来越长。小村庄上那个谢姓队长多吃多占集体几次夜半餐，受到揭发，批斗后，主动把女儿说给了王秋生。从此，南义河河南面的生产队再也没有受到惊扰。

南义大队的革命，在公社是数得上彻底的。沈队长经常在革委会陈主任面前肯定南义，肯定秋生。秋生春风得意。母亲周氏那双小脚、那副愁急的面容，他全然没有放在心上。除了偶尔回家享受新婚的乐趣，秋生全身心在公社巡回“抓革命”，忙于批斗大会，他彻彻底底被沈队长“三联众”控制使唤，失去了自己的任何主见。

在激情燃烧的岁月，秋生像飞蛾一般，在南义村周围，在公社范围人前人后不停地乱撞。突然，满天的狂风暴雨闪电雷鸣向那只飞蛾袭来，飞蛾猝不及防。那是天灾，那是天收，那是天灭。1970年夏，秋生因一种无可救无可医的急病终于倒下。

（五）

南义河周围似乎发生了明显的改变。紧跟着飞蛾一起乱撞的七八个年轻人，吃饭和种田不违农时才是第一位的。南义河上的流水恢复了往常的模样。

周氏的愁容却无法消退。她在为王家留后的事苦苦哀求儿媳谢氏："还有两个月就要生产，看在都是一根藤上结的苦瓜的缘分上，给王家留下后再离开吧！"谢氏木然，低着头擦眼泪。经历了几场劫难的周氏，坚强而清醒，这时候，荣生必须回得南义，这才能让生命的总量平衡。想得到平衡的天空，现在只有荣生才是唯一的擎天大柱。

谢氏给王家留下的是男娃，王家人丁仍在兴旺。三个月后，谢氏并没有回南义河上那个小队小村庄，也没有人知道她流落到了何处。她恨南义气象，恨秋生，带着父母去了海角天涯。

荣生从几十里以外的城镇回到南义河岸，离开这生养的地方近十年，在远亲家断断续续识得些字，并牢记着天下饿不死手艺人这句口头禅，十几岁便拎着泥瓦匠的灰桶、泥刀，开始跟师傅混饭吃了。泥刀和灰桶没有学木匠的工具那么贵重、复杂，泥瓦匠只需学着种田人不怕日晒雨淋，不怕泥里水里的吃苦精神，便学得起。远方长辈还指望荣生能成为工匠头，以对得起王家祖恩。

荣生成长前行的步伐，因母亲被打乱。是家境，才有了这无可奈何的选择。小时候，母亲为救全家而选择送他外出谋命谋生。当自己长成小伙子，母亲再次为挽救全家而又选择让他归来顶天立地。当初他哭喊着，不肯离开母亲，不愿离开家；如今，他无奈得不想回南义河岸种田，不愿回家来受苦受难，都是母亲的选择。荣生在哭喊声和许多无奈中懂事成长。母亲一双小脚忙里忙外，一头盘旋在脑后的白发，看得直让荣生心酸。在需要集体生产队挣工分的年月，要照顾弟弟顺生和刚出生的侄儿，真是艰难。荣生承受着，承受着生产队四季的日出而作，用足够的时间长度和体能消耗挣集体的工分，既狠（出活）又韧（长时间），又韧又狠。他坚强的劲、意志的刚，在年轻人中独树一帜。承受着社会空气的压抑，"文化大革命"还在继续，哥哥秋生在"闹革命"中留着的骂声骂名，让这个不起眼的家庭在默默承受。荣生清楚，自己想当煤矿工人和参

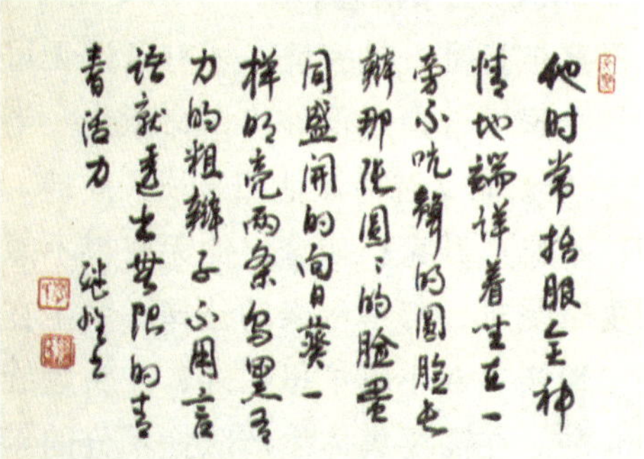

军是没门的事，连参加毛泽东思想宣传队人家也不肯买账，自己里外不受欢迎，左右不是人。家庭贫困的窘迫、母亲的愁容、小弟的未来、侄儿的瘦弱、生产队欠着的粮草款，都得周旋。母亲指望自己能撑得起头顶着的天哪！

荣生在逆境中磨炼成了一个真正的男子汉。老母亲消退的愁容，很快便让沾着亲缘边的长辈看在眼里，记在心头。他们确信荣生是个好后生。远在南义 15 里外的前亭村上，一群沾亲带故的表伯表婶领着一位眉目清秀、黑发粗辫、体态匀称的姑娘，浩浩荡荡来到南义，他们要见荣生，农村人俗称“看人家”。

姑娘名叫徐芳，年方 20，比荣生小两岁。她上过农中，既能读文算账，又会脱粒种秧、洗衣煮饭，是个得体大方能勤俭持家的好姑娘。庄稼人不贪图享受，她只求将来的丈夫勤劳敦厚、体贴着会过日子就行。听得父亲介绍荣生，姑娘心里定的尺码是不嫌贫穷，不图享受，她带着高兴来到南义村庄，只想见见荣生。若眼见为实，亲身验证，自己便会答应父母。

周氏心中满是多少年来从未有过的高兴。老二这房新亲，才是明媒正娶的第一步，她虽有了孙子，但没有经历过这一步，现人家正儿八经上得门来“看人家”，相亲。这是一种新气象。凡有肯上门说媒的人家，就说明家境在上升。周氏又仔细地将早已打扫干净的厅堂、床房、灶间重新整理一遍，开始集全家之力招待远来的新亲旧友，烧茶做菜，忙得不亦乐乎。荣生忙着倒茶让座，腼腆而实诚地接待客人。他不时抬眼端详着坐在一旁不吭声的“圆脸长辫”。那张圆圆的脸蛋居然同盛开的向日葵一样明亮，两条乌黑的粗辫子不用言语就透出无限的青春活力。他估摸着她，坐在一旁的平稳静态，似乎映射着随时能奔放的火花。她似乎想打招呼，似乎想替他搬凳添茶，但仍坚持静态。从不虚荣的荣生，经历过城镇客乡吃百家饭的生存环境，算得上见过世面，却在这一刻，开始越来越觉得不自在。这不自在是被姑娘的静态扰出来的。他开始坐不安静，站不稳当，无端地增加了许多客套。荣生让这静止的仪态、环境和氛围给牵制住了。

唯一作主陪的荣生，在并不宽敞明亮的厅堂里，与来客同坐在八仙饭桌上，不停地帮被称为表伯的长辈斟酒，帮表婶夹菜，示意徐芳多吃菜。酒醇菜好饭香，全是荣生营造出来的结果。徐芳经过验证，心里是甜的，脸上却没有显露出来，嘴上也并没有回答父母的询问。父母已清楚女儿的心思，默认就是同意。临别前，表伯让荣生过几天来前亭帮忙，说是猪圈给猪拱坏，实际是想观察荣生保留着的那一门手艺。

荣生兴奋地点着头。

（六）

“文革”这场运动即将结束，人们厌倦了空洞的革命和实质的贫穷。南义河水清得连水草成长也缺少肥泥，岸上水田上一律种着“以粮为纲”的双季稻，没有闲田，也没有肥草。集体养的猪瘦弱得像铡刀，一般每家每户留存的家禽家畜规定数量，仅有的几只鸡鸭在和主人争抢有限的口粮。这段时日，正是农业学大寨运动的高潮。

南义村上，王荣生家虽挣得的工分在不断地增长，加上徐芳的勤劳，弟弟顺生的收入，挣得的工分越来越多，可分值却年年下降，家境很自然地落魄了。小侄儿和新添得的儿子，年迈的老母亲，这都是“二荒”啊！

一个夜晚，荣生胆怯地走进了大队谢书记的家里。他尽量地低着头进门，轻声地尊称着“敬爱的书记”。书记觉得奇怪：今儿太阳从西边出来了，那不是王秋生的胞弟荣生么？霎时，心里回想起秋生批斗时检举揭发他罪行和自己深刻检讨、痛哭流涕、痛改前非的情景。毕竟是大队书记，他很快便冷静下来，说：“荣生啊！进来坐。”荣生轻手细步地在一旁的小凳子上坐下。“有事啊！你尽管说出来，不要客气。”书记关切地说。荣生知道自己死去的哥哥作孽，设置了今日的障碍。他诚恳地开口：“敬爱的书记，您知道我学过泥瓦工，我想到外面去操操旧本行，向生产队交钱记工分，求您开恩，大队能帮我开张证明。”书记停顿了很长时间。乘着停顿的空当，荣生说：“书记，这两条‘飞马’烟，孝敬您抽抽，我得叫您叔呢！”顺着站起来，将手里拿着的一包东西放到了堂前的长台上。书记叔面露难色：“前几天，公社刚开过会，以粮为纲，百分之百种双季稻，各生产队都缺壮劳力。当然，你有手艺，交钱记工也是好事，挣着钱给集体社员，队里有收入，也是社会主义。”书记顿了顿，“好吧，今天荣生你能上门来，我破个例，开证明，明天到大队来拿。”书记讲着这话的时候是想着政治大局，是体现姿态的。大人不记小人过，他是留得脸面给荣生，这后生懂事，还弄得从上海凭券供应的“飞马”香烟。荣生提着的心这才放了下来，他千恩万谢。书记告诫他，此事绝不能声张，只需跟队长招呼一声即可，其他人谁都不说，不要影响缺劳力的生产队，更不能让更多人知道助长金钱主义，影响农业生产。

大队书记能开出证明让荣生“五匠”手艺人外出，队长自然得下级服从上级。王队长与荣生是一笔写不出两个王，他很爽快地答应了。荣生外出挣钱记工分，交的钱比打粮食换的钱更多，这是变相增加集体收入，再说顺生也成了正劳力，荣生妻子又是带头劳动的骨干，凭这，生产队就没谁敢在队长面前放个屁。

荣生对此事心里有谱，自己拿着公社、大队、生产队的三级证明走遍天下，就能证明自己的清白，可以随师傅走进城市的国营工厂。他惦记着年迈的老母亲、刚出生的儿子，思念着贤淑的妻子。为着最亲的他们，他不得不离开南义的家，来到一个新兴的中小城市。全国都在学这座城市，这里集聚着国营纺织厂、铁道部机车厂、很多糖果食品厂，是轻工业城市。柏油马路，人来车往，熙熙攘攘；居民小楼，整齐地排成行，宽宽敞敞；商店、邮局、报亭……一切却让人目不暇接。偶尔他也会走在城市大道上开着眼界。但更多的时间，他在工厂不显人眼的角落里操着泥刀，把灰桶里的石灰砂浆往砖头上涂，往砖墙上垒，沿着细细的尼龙线一横二竖地垒着带石灰浆的砖头。墙面成形，便在上面一层层粉刷着黑色的底灰泥浆和白色草灰泥浆的面层。从天未亮点着电灯上工，一直干到天黑开着电灯收工。他跟着工业学大庆的人或朝天大干社会主义的节奏在赛跑。

城里人大多知书达理，他们知道不同的人只有革命分工不同，没有高低贵贱之分。荣生只需要埋头苦干，管基建的科长总是会夸赞一番，有足够的米饭、面条填肚，夏天还有茶水、低温凉饮供应，冬天有足够的锅炉水可以用来泡脚洗澡。这带着“三级证明”来到城市，阶级友爱的深情无处不在。每当工期提前，保质保量完成，自有荣生作为劳动者的一份光荣。

荣生沉浸在收获的快乐之中，他除了交钱记工报酬之外，组织者对农民工还有伙食补贴，这些补贴是按人人平等所享有的洗漱费、劳保费、营养伙补、加班补助……他在生产队一份正劳力的工分已满满当当地交给母亲娇妻。这一双女人，还担心荣生在外的冷暖，其实她们根本不知道那时城市的风貌。工人与农民，城市与乡村，十分遥远。她们也根本不知道那张三级证明在城市所带来的尊严和温暖。

几个月后，黝黑而健壮的荣生回到南义。坐公共汽车，转乘轮船，再步行七里路，天黑后他回到家中。农村劳力刚歇下，他不能像煤矿工人回家休息时那样趾高气昂，张扬自己，他的身份仍是交钱记工的农民。若是让人知道底细，会影响当地的农业生产。他悄悄地将乡下人看来十分稀罕的糖果、几个苹果、几段刚上色的鲜艳的布料和几包勇士香烟，一一交到了两个最亲的女人手中，轻声地说:“家里男女老少，人人都有。”老母亲周氏惊讶地说：“荣生，你从哪弄来这么多稀罕东西？咱可不能在外使坏哪！”荣生细细地讲了几个月在外面经历的世界和付出，以及收获。全家人不再多议论这绝不能让邻里知道的秘密。荣生摸黑拿着一条勇士香烟走向王队长的家。

周氏那双裹着的小脚，步伐又不知不觉地轻快起来，那头丫髻盘发又开始讲究。家中的气场比荣生在家更足。顺生铭记着二哥的成功，他默默地在生产队埋头苦干。哥哥开具三级证明的过程，让他懂得该低头时要低头，该出手时要出手，马屁不穿帮，没有硬着头皮低下头，就没有昂首挺胸实惠。顺生他读的书比哥哥多，他虽然没有学手艺，但在文化上有优势。

王氏两个兄弟，一个在城市，被庄上人漠不关心地在壮大，另一个正在生产队、大队逐渐成为骨干。南义河岸上的目光，聚焦在顺生的脸上。

（七）

顺生勤劳，家中已经不再是原先所处的逆境，他既能坦然地在生产队劳动挣工分，又可以不拘束地来到大队参加共青团组织的青年活动，再加上嘴甜，也知道叔叔长、叔叔短地称呼大队书记。他常常腼腆地低着头，帮大队书记家里干活，让书记不再戒备大哥的孽障。大哥已经死了，大哥是大哥，二哥和我跟大哥是两码事、两路人，是听书记话的人，用促生产代替口头革命。顺生是这样想的，也是这样做的，态度亮得十分坚决。大队书记和夫人经过几次考验，对他的戒心开始松懈。所谓大人大量，冤家宜解不宜结，风物长宜放眼量。

荣生不光在外明暗挣两份钱补贴家用，更重要的是他那视野变得开阔，朋友更多，也明得更多的事理。弟弟顺生的出息成长，才能确立王氏在南义的地位，顺生出息，出人头地，才能照耀着王氏家门、庭院，照顾着一家老老小小。荣生每次回南义，总是带上书记喜爱的烟酒、夫人的布料、后生的糖果，那时，这些城市商品搬到南义，不只顾进家门，要带着感恩，以开出三级证明的由头，优先往书记叔婶家搬运。荣生理直气壮地在夜间进得谢书记家门，不再有拘谨。先是吃水不忘挖井人，三级证明让他离开乡土；再叙说书记威信高、能力强，在公社能说上话；然后感谢一家老小有书记好领导，村里是书记领导得好，这些都是让顺生敬佩得五体投地的话。书记全家围着从城市里来的荣生，听得全是提神的话。一家子，只要见着荣生从城里回来就高兴，荣生来比任何亲戚登门都让他们兴奋。

顺生进步很快，半年后，就接任大队团支部书记。随着“文革”的结束，团结一致向前看，求同存异，坚持实践是检验真理的唯一标准。这些话，在南义大队落实是最坚决，最早体现。大队书记不计前嫌，异姓村书记与王氏造反派头目成仇隔膜，从荣生能开具到三级证明就已放下。“文革”结束，顺生又当上了共青团书记，这是事实胜于雄辩。荣生继续一趟一趟往书记家赶，顺生加倍努力地团结带领青年，围绕大队书记为核心的党支部贡献聪明才智。

村后的南义河上架起了一座桥梁，钢筋水泥桥梁，成了替代用渡船通向北部街镇的通途。荣生带得小脚的母亲，手牵着儿子柔软的小手，走上村中央南义河上的那座桥梁，看着脚下自西向东不息流淌的清澈河水，环顾着旧落的村庄，家家户户后院，除了有蔬菜、杨树、杉树能透着绿的生机，那房舍、破墙、瓦背，草顶尽是过去的凄凉。周氏感慨地讲：“咱南义庄上前辈曾叹说过，要是把村庄放在河北，门前流水细长流，风水就好了，肯定比现在富，说不定还会出官人呢！”荣生细细地听着母亲发出的感慨，实质瞬间启动拿定主张。

顺生当上团书记，很快要成家。这现实，催生着荣生主张的快速实施。南义村，整个南义大队，荣生完完全全有把握运作，在南义河北选择一块不高不低、进出便利、南北东西视野透明的风水吉地作为新建宅基地。在大队书记和相邻队长的支持下，在那座新桥北堍往东 30 米的开阔地上，距离着南义河岸十几米，荣生亲自规划放样。

村庄上王氏壮劳力一时全被调动了起来，从西部郎山里运来许多黄石，公社集体砖厂的八五砖、县城外的水泥、从大城市里用大卡车送到公社小镇的码头的成捆螺纹钢筋，都用村庄上木船，一船船地往南义河北的工地上运送。荣生放样后的工地，在广袤的南义河北一片平原田野，迅间成为唯一的热闹点，单独架拉起的电线带动着拌合机，夹杂着人声，一片沸腾。人们隔河相望，无不惊叹。这是四邻八乡难得见到的场景，大白天足足有超过一个生产队的大小工匠在奔忙，他们大呼小叫，直至深夜仍灯火辉煌，声响不断。那些建房的材料更是源源不断，现供现砌现装。

约摸着忙了两个星期，南义河北唯一一座三间二层楼房独占在一片田野上，那二楼，东留廊道，南置凉台，开阔的南义河段，从东南方向吹向廊道的风，站在二楼南面的凉台上，让人觉得十分惬意，站在廊道，还能见着占着南义河近流的水，占尽风水，上风上水。房屋是钢筋混凝土现浇的，牵得上牛，抗得了震，屋脊背是万年青和松鹤占驻的吉祥，窗框是钢木双窗，里外开启，大窗大门，大气透明。房屋四周，水泥路，前榉后朴，点种花草，完完整整。整个村庄上的人都为村上有这么一座楼房而自豪，它毕竟是村庄上事实明摆的荣耀，这荣耀传遍了十里八乡。

荣生从楼上到楼下，屋里屋外追补着完美。周氏母亲心痛着儿子的辛劳，让他好好歇歇。荣生自喜在心，自言自语："完美了！完美了！比梦想的还好。""母亲啊！您辛苦了！这南义河上，河南的庄，河北的房，全是您老的功劳。河北旧房子里，您含辛茹苦地把我们拉大教养好，这河北的新楼房也是您站在桥上追梦的话启发的功劳。今天新房造好了，梦圆了，您一定就在这河北的新楼住，屋不漏，心不慌，活得长。"这是荣生当着妻子和一家人说下的话。

这时候的周氏，心里比灌了蜜糖还甜，她顿觉得全身舒坦轻松起来。估摸着，自己活在南义河边上的大半辈子，今日南义河两岸全是占着顺生和荣生儿子的风头，顿时，她的脸上放射出从未有过的光芒。

第二部

农业

卷首语

从农耕文明起，人类终究依赖着大自然生存。

我的祖先用勤劳的双手，过人的智慧，将山河水土修理、修复、切割、利用、保护、装饰着，使这片水土更加地温润、富饶、美丽、亲切、文明。

2000多年来，宜兴这片山河水土，养育了世代子孙，水乳大地，恩眷天光；春华秋实，生生不已。

这山河水土，越来越肥沃，越来越清新。金贵的紫泥，苍翠的竹林，碧绿的茶园，神奇的溶洞，灵动的水流，富饶的平原……那桃红、柳绿，谷丰、茶香、人欢，是对博大水土的最好回报。

这片土地上的人群，勤劳忠勇，宽容博爱；自强不息，永不言败。

凭借智慧与经验，利用和改造自然的教训和警醒，带来收获、喜悦——即为“农业”。这两个字，将我祖祖辈辈的耕作者一肩挑起，无论博弈还是抗争，无论顺应还是较量，这两个字都是风雨兼程、肝胆春秋，说不完的故事也由此展开。

八、第一产业的诉说

三大产业的划分起源于西方经济理论。西方经济学家根据劳动对象，以进行加工的顺序，依次划分成为一、二、三产业。三大产业的划分被广泛应用于各国对国民经济的研究当中。

第一产业，指农、林、牧、渔业的生产；第二产业是指采矿业、制造等加工业；第三产业为服务业。近几年，经济学家又将信息等产业细分归类，被列为第四产业，甚至他们现在仍在不断地将产业进行细分。一般来说，世界各国着重是以三大产业来研究和衡量社会的发展。

第一产业，是人类社会以来万千年的基础产业。人类社会来自于大自然。天地大自然中，日月星辰、山河水土创造了人类。人类的进化，是一个依赖大自然、利用大自然的过程。人类与自然的关系是同生共存，密不可分。

人类生存，依赖于各种食物。从人类获取食物的历史演变，可以看出人类是怎样依赖于自然、利用自然和改造自然的。这个过程，有着漫长的历史。它自原始社会起源。人类的祖先在大自然中，通过直接采摘和狩猎取得食物，并逐步进化。经过狩猎文明和农耕文明，直至演变到现当代，现代农业和现代工业并存，人类社会成为商品经济社会。直至人们将人类用于生存所需要的食物来源和加工业原料来源的农、林、牧、渔定为第一产业。人类社会终究永远离不开它——第一产业！它将是人类社会存在的基石。只要人类存在，

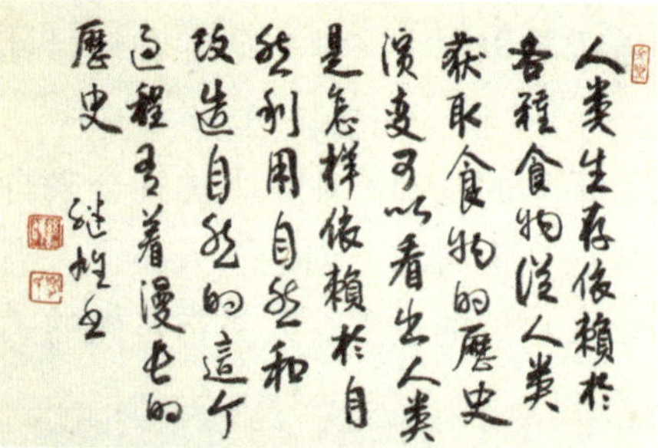

历朝历代，官宦子民，都得一番诉说。

（一）演化

地球只是围着太阳转的一颗小恒星。银河系中，小恒星有3000亿颗。小小的地球，已经有了40多亿年的历史。而人类生命，在地球上出现才区区300多万年。人类生命，靠着日月星辰，受地球上山河水土的哺育，成活并繁衍至今。

达尔文进化理论推断，人类起始祖先为猿人，他们靠攀爬野果树采摘野果、靠追赶杀戮那些低等动物充饥补养，得以生存繁衍。

古人类，逐步进化，学会取火。他们学会用石斧、石刀、石铲、石锄等开垦荒地，进行农耕与农作。人类进化史上的这一时期，被称作“新石器时代”，人类的祖先开创了农耕先期文明。

在世界范围内，中国是古人类开创农耕文明最悠久的国家。

中国黄河流域、长江流域的农耕文明和农业文明，历史悠久。考古发现，中国农业文明始于六七千年前的“刀耕火种”时代。在中国陕西西安半坡遗址博物馆，展示有石斧、石刀、石铲、石锄等许多当时用于农业生产的工具。可见在六七千年前，陕西关中平原已经有人类使用农具从事农业生产。《简明中外历史辞典》第80页记载：中国考古学家在浙江余姚河姆渡村东北的河姆渡遗址“发现大量稻谷遗迹”，显示出距今约七千年。第81页记载：在湖北京山屈家岭所呈现的中国新石器时代晚期的“一种文化”，在江汉平原一带，中国古人类的“经济生活以农业为主，能种粳稻，并饲养家畜”。以上足以可见，黄河、长江流域在农业文明与进步方面历史之悠久。

“五帝”时代，也就是原始社会末期。炎黄子孙的先祖之一炎帝，即神农氏，他教导民众用木制作农具，“播种五谷。”这些农具比石器制作的农具要先进得多；黄帝的正妻“养蚕”，用以解决民众的穿衣问题。中国古人类，在探索解决人类吃饭穿衣问题的办法上，走在了同一时期古人类的前列。

舜“曾耕于历山，渔于雷泽，陶于河滨”。禹“尽力于沟渠”发展农业生产。从舜到禹，他们都教导民众尽心尽力搞好农耕劳作，解决好吃穿问题，尤其“禹王”，他既掌握了治水方法，又身先士卒，勇作农耕表率，提倡科学灌溉农田，带头加强田间管理。

无可争论，中国构建的农业社会文明，位居世界之首。

所谓农业文明，是指农业生产进步与发展在农业古国的社会活动中所占的地位与发展程度。在中国，古人类进化到以农耕劳作为主，他们基本上可以解决饥肠辘辘和无衣穿的问题。农业文明的最基本条件是，农耕劳作者必须定居，必须勤劳吃苦。民间谚语称：“流得十滴汗，难得一粒粮。”唐代诗人李绅曾作《悯农》诗：“锄禾日当午，汗滴禾下土。谁知盘中餐，粒粒皆辛苦。”

古代，王言即王法。禹王有“禹之禁”，记载说：“春三月，山林不登斧，以成草木之长；入夏三月，川泽不入网罟，以成鱼鳖之长。”还有“尽力于沟洫”。禹王用王法，约束人们要遵循自然，利用自然。

三四千年前，商朝实行块田制、井田制，这对农业生产的进步与发展，起到了积极的推动作用。百亩打一口井以灌溉农田，其农业劳作与农田管理的科学性是史无前例的。根据史料记载，商朝的农田耕作已有田、畴（平畴即千里之意），一眼望去，可以看见千里平坦的田地；圳，即土地上用于灌溉的水沟；畯，古代管理农业的官员；疆，指的是方块的边界；经，指的是灌溉农田用的水井。与畴相关的有圃和囿。圃：菜圃；囿：养动物的园子。商朝从谷物种植来说，已有禾、粟、黍、麦、来、艺和浓、蔷。与种植相关联的，有桑、果、树、栗。与桑的种植相关的，有蚕和丝、帛。与谷物有关的，有酒和鬯（参阅《中国古代思想史》第 13 页）。商朝的殷人还发明了历法，即纪日法、纪旬法、纪月法和纪年法，民间叫阴历。在此基础上,就寒暑交替有了春夏秋冬四季以及农业节令时气之说，如谷雨、芒种等。

商朝之前，中国先祖开创的农业文明非常可贵。

《中国古代思想史》第 36 页写道：“周文王本人还得亲自出马种田打谷和看牛牧羊马。”周文王是一个自强不息、纯朴勤奋的劳动者，他首创重农之法，作出了前无古人的突出贡献。西周时期，以社会进步为主，构建了农业社会文明，把中国奴隶社会推向了鼎盛时期。

发展到东周，这是“礼崩乐坏”时期，是中国社会文明与野蛮激烈斗争的时期。人们把中国的“春秋战国时期”，称为半奴隶社会与半封建社会，是比较符合史实的。

先秦时期，秦孝公采商鞅之策，两次颁行“垦草令”，在秦国“开阡陌，奖耕战”，废除奴隶制的田产所有制，推行封建私有制。在这一时期，国家从不同方面调动农耕者的劳动积极性，努力发展农业生产，收到了好的效果，秦国由弱变强，最终横扫六国，一统华夏，创立了中国封建帝国，并开创了中国封建社会新纪元。

秦朝着力构建以法治农，出了许多律文。从出土的云梦竹简和一些史料看，计有《田律》《厩苑律》《仓律》《金布律》《工律》《徭律》《戍律》《效律》以及《除吏律》《司空律》等等。

秦朝亡，汉朝立。汉承秦制，同样，汉朝制定汉律，推行以法治农，构建农业社会文明，推动发展。

还有后来的隋文帝、唐太宗、朱元璋等等历代帝皇，都很重视农业发展。

唐、宋、元、明，经历了立法、均田等农业文明探索。这个过程，正是中国构建农业社会文明进入野蛮与文明对抗较为激烈的过程。

清朝，以游牧为主的爱新觉罗家族统一偌大的农耕区，开始了一个牧人融入农人的过程。统治者要把以“抢掠为荣”，脱胎换成汉人的以“自食其力”为荣。满清统治者入关以后，基本脱离了广袤的大草原或山区，他们移居农耕区的城镇。为了利益和后世的发展，统治者强行圈占汉人土地给满族贵族和功臣，以此代替俸禄，让他们及后代养尊处优。这样的做法激起了民众反抗。直到康熙帝，才下令停止圈地发展，以展现文明，取代野蛮。

清朝，康、雍、乾三帝，对发展农业生产的认识和采取的措施，基本上是切合当时社会实际的，对以农业为主的中国农民来说，起到了稳定人心的积极作用。

满清帝国，一步步走向腐朽没落，最终风雨飘摇。处于半封建社会的清代中国，让外部列强有了可乘之机。中国历史上构建起的农业社会文明，进入了前所未有的停滞不前时期。

（二）集体化

清朝末期，中国山河破碎。封建社会走向灭亡。进入殖民地、半殖民地社会，八国联军侵占中国沿海，日本帝国主义占领东北后，长驱直入。他们大肆侵略山河，掠夺人民财富。国民党无法从根本上改变内忧外患的局面。

中国经历了反对侵略、反对封建的抗日战争、解放战争。以毛泽东为首的中国共产党，终于取得了新民主主义革命的伟大胜利。

农村土地革命全面推进。中国共产党在新中国成立前，就在陕北延安地区首先组织起了社会化大生产，进而在全国通过打破地主资产阶级的垄断，开展打土豪、分田地，实现“耕者有其田”。土地制度的改革，从根本上实现了生产资料土地公有制，消灭了租田制下的剥削与被剥削的阶级关系。

新中国成立后，从起初的学习苏联经验，开展了建立国家粮食基地、集体（农业合作社）以及个体的三位一体农业新体制。

集体（农业合作社）规模最大，是以走农业集体化道路为标志，是社会主义制度优越性的根本体现。

在中国，从1950年开始到1980年，推行了长达30年之久的农业集体化大生产，是人类社会开创人人平等、实行公有制的一次范围最广泛、影响最深远的实践活动。

新中国成立，中国共产党人从生存这一人类第一需要出发，构建农业社会文明。这个时期，确立“以粮为纲，农林牧副渔全面发展”的指导方针，制定“土、肥、水、种、密、保、管、供”的农业八字方针，切实加强对农业生产的全面领导和指导。在人民公社，三级所有、队为基础的集体大家庭里展开生产劳动，安排群众生活。生产方式是行政命令，逐级下达，分配以国家、集体、个人三者为顺序。新中国成立初期，劳动工具、劳动对象、劳动力水平等都十分低下，几乎处在“刀耕火种”“人力战术”的原始状态。其种养方式、结构、程度、收效等，往往是事倍功半，负重前行。

新中国刚成立时，仍处在资产阶级与无产阶级之间的斗争形势十分复杂的情况之下。上世纪50年代至60年代，打土豪分得田地之后，高举起“总路线、大跃进、人民公社”三面红旗，以完完全全的公有制出现。生产队社员放开肚皮吃饱饭，建大食堂、开大锅灶、吃大锅饭；鼓足干劲抓生产，劳动光荣。

上世纪60年代至70年代，中国经历了轰轰烈烈的“无产阶级文化大革命”，高举的是“以阶级斗争为纲”。近30年，中国农村的第一产业，以苏南为例，全面贯彻“以粮为纲，全面发展”的方针，信奉“人定胜天”“愚公移山”“人有多大胆，地有多大产”的精神，遵循“不违农时”“天时、地利、人和”“人勤地生宝，人懒地长草”“人勤春来早”等规律。在党的领导下，在群众战天斗地的豪情壮志中，集体化的农业生产劳动轰轰烈烈地展开着。

春、夏、秋、冬，曰“四季”。立春、谷雨、雨水、惊蛰、春分、清明、谷雨，为春；立夏、小满、芒种、夏至、小暑、大暑，为夏；立秋、处暑、白露、秋分、寒露、霜降，为秋；立冬、小雪、大雪、冬至、小雪、大雪、小寒、大寒，为冬。二十四节气，间隔半月一节。

以粮为纲，夏熟以三麦（小麦、大麦、元麦）、油菜为主，秋熟以水稻（粳稻、籼稻、糯稻）为主。国家对县、公社、大队、生产队下达粮食和油料的计划、种植与收购任务。一般以生产队为单位，每队一百多亩耕地，男女二三十个正劳动力。

春节前后，正逢立春。大地待复苏，三麦油菜蓄势待发。夏熟作物麦油，需正常施提苗肥，清沟理渠，防止涝渍、烂根烂叶，确保夏熟丰收。人勤春来早，更重大的首任，是必须做好春耕备耕迎大熟的工作。

正月里，春耕忙，备耕始。百分之百是栽插水稻，为防止水土、肥料流失。而种秧稻，每条田埂需要加固整修，谚语谓:“正月加金埂，二月加银埂，三月加塌埂。”意思是正、二月雨水多，土地已解冻。田埂上的草和根尚未长成，新加田埂与老埂的土黏得牢靠，保水保肥，便于生产。冬春水利建设也集中在二月之前。大小田块，小麦田块需干，需理沟，谚语谓：“干断麦根，扦断麻绳。”小麦不怕旱，只怕渍。

积造自然肥料。“积”是将河、湖、荡里的底泥、腐泥，用竹网、布网夹起，俗称“罱河泥”，通过大小船只，再用人力泼到田头地间。“造”是将秋收的稻草、春天种植收获的红花草、蚕豆青棵和割下的旱草、水草、树叶、厩肥、人粪等，在田块边开的草塘里一层草一层河泥地加以沤制。积累大量的河泥，和造沤相当数量的发酵肥料，为的都是确保“庄稼一枝花，全靠肥当家”。一年之计在于春，人们为了春天做准备，农村冬闲变冬忙。

秧好半熟稻。农历二月三月，人们忙着翻晒秧田。人工用铁耙在红花草田和冬闲田内一耙耙地翻锄，锄一排，便在新翻出的土沟里，铺上些红花草或猪灰，一边翻土，一边铺肥，一边碎土，精耕细作。

在上世纪70年代初，行政命令种双季稻。三月四月就得浸种催芽，地膜育秧，育旱秧，带土移栽。那抓季节的紧迫、劳动的强度、作业的难度、抢收抢种的场面，简直是全民全员在拼命。

进入农历四月，人们忙着为夏收夏种作准备。整垄做秧田，浸稻种，布谷下秧。下旬，大麦、元麦开始见黄。

五月，夏收夏种全面开抢。谷雨立夏，在芒种前，必须把夏熟抢收，确保颗粒归仓。开镰割麦，气温升高。弯腰低头，社员群众在田间挥舞着闪亮的银镰，一簇簇，一捆捆，整齐地横卧在麦垄上。人们挥洒着汗水，尘土在四周飞转，割麦者灰头土脸，鼻孔、眉间、周身全是黑黑的灰和厚厚的尘土。夏收遇雨季，俗称“烂麦场”。眼见那熟谷麦子见水发芽，真是急煞百姓。这样的年景，即使丰产，也成歉收。社员群众正等着那夏粮交公，眼巴巴地待黄接着青啊！

转眼进入梅雨季节，劳作者面朝黄土背朝天，水田里栽插，人过处处青。人们凭借耕牛和人力日夜耕翻土地，运送肥料，挑高填低，将水田耙细搭平。再弯腰，连续半月之上在田间劳作，秧需一棵棵地插，均匀疏密，把握根苗。就这样，满眼是四月的黄，转而变为五月的绿。这就是夏抢收，夏速种。

三分种，七分管。一种就管，“浅水插秧，满水活棵，浅水分蘖，早发早搁田。”“夏锄一棵草，秋多一斤粮。”“施足底肥，重头轻脚。”展现生长期“三黄三黑”。后期田间干干湿湿，稻田湿润，保苗粒重，活熟稻老。种田人，真可谓日出必须作，日落不一定息，辛辛苦苦，日夜奔忙于田间地头。

秋收季节，一棵棵种下的秧，长成整片成熟的谷稻，沉甸甸，黄灿灿。劳动者同样弯下腰，用割镰一棵棵割，一排排放，从早到晚，像开动的机器，机械地重复着一样的动作。他们让青棵整齐排放，在田间经受日晒。割一片，晒一阵，然后几棵并扎小捆，叫“和稻”。一把一把地收拾起来，扎成大捆，挑运上场，人工打谷或机械打谷，颗粒归仓。收获的谷穗，优先安排，一船一船、一车一车地交国家粮库，完成交公粮的任务。

那秋种，在行政命令指导下进行，实是折腾百姓的过程。传统意义下的农耕，秋种沿袭的是抢季节、保季节为主，谚语“立冬种，收把总”，告诫人们必须不违农时。人们习惯于“麦罗呼”，意思是简便的包心垄播种法。而在新中国成立之后的大集体生产队，上级是明文严禁包心垄秋种的，导致普遍要求秋种实行翻土“薄片深翻”，让社员一耙耙锄，一耙耙碎。开沟“条条沟”，从明沟，开到暗沟，从小垄开到大垄，旨在提高单位种植面积。质量要求是“舍得花功夫，金鸡啄米”，土粒大小均匀得要像黄豆、蚕豆一般。上级还在秋种前号召每个生产队搞成样榜田。折腾来折腾去，有违农时、大误季节那是必然的。不但立冬季节未播种，在大雪小雪季节里，人们还在种麦。这纯属是在冬种啊！这样的秋种，导致江南“三麦三麦，产量难过三百”。二三十年啊！劳苦着民，伤着那民心，失着那民财。

集体化大生产里，除以粮为纲，还推行以生产队为单位养猪，集体养猪，目的还是为粮，为粮多积肥。以大队为单位，在开垦的滩涂和沿河沿荡沿湖边栽桑养蚕，这是副业生产的最大产业。以大队、生产队为单位，利用河荡沟渠养鱼，有些地方还利用滩荡放鹅。

若是以家庭为单位养鸡、鸭、兔、猪、羊，那必须不超过规定只数，只能少量养殖。由于缺少饲料，缺少工夫，这样的养殖，常常被笑称是“千年养个不老松”、“未待长成催出栏。”

一家一户的自留地，是上世纪50年代有条文规定的。人均拥有量不到一分地，单位以厘计算，而且规定是劣地、边远地、十边隙地、易涝易旱地。好的田地应当体现在社会主义的集体化；自留地，体现的是社员在私下种植，是体现自私自利的私有化。

集体化大生产时期的30年，国民经济停滞不前，国家遇上很多困难。农村面貌没有改变，农民生活水平低下。综合国力、国际影响力均在不进则退的境况之中。

（三）市场化

农业生产业中的粮食市场化，从根本上摆脱了“以粮为纲”的禁锢。它是农业史上的一次深刻变革，是一场历时长久、斗争异常激烈的变革。

农业产业的特点，露天作业受大自然影响，务必遵循自然规律。粮食、油料、养殖的畜禽是人类食物的主要来源。这样的来源，要利用自然条件、科学手段，要务实的奋斗精神，各种措施紧密结合，才能得到。

集体化大生产的组织形式，依靠行政手段指挥生产。通过农业学大寨运动，对开展农村整田平地、兴修水利、格田成方、沟渠纵横、绿化成行等改善农业生产条件，全面落实“农业的根本出路在于机械化”等方面起到有力的推动作用。但“生产大呼隆、分配大锅饭”的农业经营体制，违背科学种田精神。极左思想、“口号式”、“高标准”、“一律化”的盲从教条与形式主义，导致农业生产浮夸风虚假风盛行，这些脱离农村实际的做法，极大地挫伤了农民群众生产积极性、主观能动性和创造性。

从新中国成立初期的集体化人民公社开始，农业生产造成许多工作失误、失策，全国经济出现严重困难，甚至有情况严重的地区，大批农民活活饿死，安徽省是重灾区。

20世纪60年代初，安徽推行责任田。当时对责任田，开始是同意试点、试验。试验和推广一段时间后，收回了同意的建议，最后开展严厉批判。

60年代初，当时的省委书记在农村出现严重困难调研时，发现一位叫刘庆兰的老农，孤身一人，上山开荒种地，也能做到自食其力，因此受到启发，提出推行责任田（包产到队，定产到田，责任到人），这一做法，实质上是对“一大二公”思想的否定，是符合当初农业生产发展实际的伟大壮举。但在社会主义建设初期，这样的做法遭到了严厉批判。

上世纪70年代，农村改革，仍在安徽省。凤阳县小岗村农民冒着杀头坐牢的风险，几十户农民订立“生死状”，按下红手印，私底里进行农业生产分田到户，进行“大包干”。第二次农业产业的“大包干”，正处于迎来全国结束“文革”、拨乱反正、开展真理标准讨论时期。在当时中共安徽省委书记的暗中支持下，“大包干”应运而生，应势爆发。1978年12月底，党的十一届三中全会召开，农村“大包干”以星火燎原之势，变成了全国推行的农村家庭联产承包责任制，带动全国迎来了社会主义各项改革事业的成功。中国取得了举世瞩目的成就。

农村改革，分田承包到户，在一次次争吵中最终形成广泛共识。判断事情的本质，要看主要矛盾。农村家庭联产承包中，农业生产资料是土地，只要土地具有公有制性质，它就改变不了农村社会主义制度。通过合适的组织形式，能为人类谋取幸福，解决温饱，奔向小康，这正是充分体现了社会主义制度的优越性。

“生产大呼隆、分配大锅饭”的格局，通过实行家庭联产承包责任制，局面彻底得到扭转。农民种田积极性空前高涨。集体时期通过改善耕作生产条件，推广机械化、电气化、应用化学化，在分田到户之后，农业生产如虎添翼。粮食连年丰收。

粮食丰收，国家平价粮收储比集体时期多。粮丰库满，有的地方还出现卖粮难。粮食在满足吃饱饭后，开始将粮食生产转化，农村开始大力发展畜牧业，开始养牛、猪、渔业。单一种植粮食的农业开始发展种植经济作物，全面推行因地制宜，推行宜粮则粮，宜牧则牧，宜渔则渔，宜经则经……

卖粮难，是市场供应关系的最终表现。

社会主义的新中国，从愁吃愁穿，到丰衣足食。中国农村改革举世公认。家庭联产承包责任制在全国推行15年后，在上世纪90年代中期，中国全面取消了粮食生产计划和粮食收购任务。粮价全面放开，购销同价，城乡一价，居民同价。

纵向看，以土地生产资料公有制，从大包干到家庭联产承包责任制的农村双层经营体制；从粮食、农业税、集体“三上交”由下达计划，到价格放开，免缴“皇粮国税”，以苏南农村为例，大致分为三个阶段：

从1980年至1995年，沿袭着对粮田的保护，维护“皇粮国税”的严肃。农民在集体承包地上精耕细作，科学种田，坚持粮食、油料作物获得收成后，无条件“先上交国家、留足集体、剩余归己”。人民群众苦干、巧干、拼命干。集体经营的层次，发展多种经营。剩余大量劳动力，开始创办乡村集体工业。农村生产力水平大大提高，第一产业在家庭经营层次，充分体现着高效高产。农村集体加工业迅速发展，第二产业在农村全面崛起。

1995年至2004年，农村生产力水平提高，实现粮食连年丰收后，第一产业内部出现市场化之后的“卖粮难”，谷贱伤农。第一产业和第二产业之间形成劳动力收入剪刀差和工农业收入剪刀差。农业风险大、劳动强度大，比较效益低、社会地位低的“二大二低”十分明显，农村大量土地出现抛荒、半抛荒。大批土地开始被征作工业用地、水利用地和其他用途。国家对农业全面取消征收农业税，并全面废除在纯种植粮食作物的土地上缴“集体三上交”的规定。在对其他种养业上，国家也规定减少集体上交。

2004年至今，第一产业的比重已经下降至5%左右。用于第一产业的耕地急剧下降。这一阶段情况尤其突出，各级设立开发区、工业集中区，圈占的土地十分惊人。城市化推动房地产业、新农村和新型城镇化建设。交通工程、水利工程、公园绿地用地量骤增，大量耕地被改变用途。农村现代化建设达标工程、新建学校、社区医疗、活动中心，行政用地等也被划拨建设用地。过去“以粮为纲”的指针，明显偏转向不顾及长远发展、不顾及粮食安全性的思潮上。商品化意识、城市化倾向、工业化偏好等，撼动着第一产业。认识上的多元化、做法上的多样化已经形成。

（四）趋势化

30多年的分户经营，粮食和一切农副产品进入市场化。我国加入世界贸易组织。商品在国际间自由流通，经济和商品之间按市场需求规律、供求平衡关系自由交换。

中国的国情，人口多，底子薄，可耕地面积人均占有量极少。论农业生产的自然条件，地区差异性大，优质可耕种地和优质天然牧草地占比低。这样的国情，决定着农业产业基础地位不可动摇。在中国共产党领导下，13亿多中国人民能自己养活自己，百姓能解决温饱，本身就是伟大创举，是近年来开展的又一中华盛世。

毋庸避讳，经过30多年农村改革开放，30多年农村第一产业生产力得到大解放，第二产业得到大发展，第三产业得到大推进，但同时农村出现了耕地锐减、环境破坏、污染严重、地力下降等现象。农产品品质商品性特征明显，一切向钱看，导致农产品在生产、加工、贮存、运输、销售多个环节不同程度出现严重影响国民健康的问题，这些问题也影响到了民族素养的提升。大量农村劳动力在城乡间无序流动。这些形成了当前农业产业新格局。

农产品生产种植业，过度使用化学肥料并依赖于化肥的做法，使地力下降，农产品品质下降，成分变化。大量使用有机磷剧毒性农药，造成田间地头、河流中大量生物死亡，产品残留毒性超标。农产品生长期还应用催长素、转基因等伪科学方法，使得农产品在长出叶、开出花、结出果的过程中形成了品质上的“胎里病”。养殖业，追求速生速长速增重。饲料环节大量在配方饲料中使用添加剂、生长激素，上市的猪、鸭、鸡、鹅等家禽，鱼、虾、蟹、鳝等水产品，谁养谁不敢吃。购买的百姓，心有余悸，上菜场为难，不知该买什么菜，下筷子为难，不知该吃什么菜。河流、田地、大气的污染面不断扩展，并有蔓延加重之势，触目惊心。

农产品加工，从原料采购、配料、添加剂、发酵、制作各个环节，也有卫生不达标、原料掺假、成分调换、虚假广告等等问题出现。

农产品贮存和流通销售环节，蔬菜、水果大量使用防腐剂、采用蜡封、全面喷洒等。水产品等活体销售，使用化学性兴奋剂、清洁剂，看上去水清物净，水产品大都鲜活蹦跳，实质上是夹带着影响人体健康不可食用的化学成分。

农村劳动力的城乡流动，是农业效益偏低和农业生产季节性特点使然。留守从事第一产业的大部分人是老人和中老年妇女、儿童。一批土地流转后的规模种养户，也在进行着掠夺性经营，他们单一追求产量，忽视质量，追求经济效益，忽视社会效益。

当今中国，基本特征是国富民强。从农村改革开始，到全面进行改革开放，近半个世纪，中华民族实现了腾飞。

中华之崛起，究其根源，它得益于农村改革。以廉价利用第一产业重要的生产资料耕地（土地）为代价，以从事第一产业劳动力大军廉价劳动力为根本力量，以货币和金融产品为手段，进行一波接一波、一浪接一浪的刺激推动发展。然而，耕地是不可再生的资源；廉价劳动力在比较效益中转化、平衡，成本大幅上升；货币和金融产品在市场规律和承载风险度限制和作用下显得越发脆弱。

当前，是实现中华民族伟大复兴的关键期。国民经济发展新阶段和农业产业的现状，概括为风险与机遇同在、挑战与竞争共存，内外部制约因素皆有。

未来的第一产业，发展趋势是在三次产业比例优化过程中固守一产地位，强化一产支撑，促进一产提升，从而实现国民经济全面发展。

有序推进和慎重研究城镇化。从各地实际出发，当国民经济发展到一定阶段，城镇化和城乡一体化是大趋势。实现城镇化和城乡一体化，所需要消耗的耕地数量、所占用国民经济的财力、民力巨大。城镇化中固定资产折旧、更新、提留等周期不长，维护成本却并不低。城镇化和城乡一体化使大量房产空置，需求供给性结构矛盾客观存在。实施推动的建设档次不够，规划系统性不科学，不合理。重复建设，管理粗放，重外表、轻内涵，存在盲目冒进。用城镇化的外部形态变化，替代社会主义现代化，用道路、公园、绿化、广场等，替代新农村建设。

全面优化提升第二产业。加入世贸组织后，中国成为世界工厂、制造大国。大批由乡村集体工业企业改制为股份制、民营性的企业，经营粗放，占地多，用工多，劳动生产率低，科技含量和产品质量低，竞争力不强。在优胜劣汰的市场充分竞争的大潮中，正在去产能、去库存、去劣质工业产品，关停对环境有破坏、无市场前景的一批小而低端的产业工厂。要利用调整契机，调优结构，综合盘活和利用闲置资产，严控新占用耕地重复第二产业投资。创新体制机制，为第一产业稳固而守住不可再生的耕地。

继续深化农村土地改革制度。稳定土地经营承包责任制，保护农民积极性。开展土地确权颁证，经营权属不变，合理用途，保护地力。合理推行土地有序依规流转，促进适度规模经营，因地制宜，科学种养。普及科学种田和科学养殖知识，生产优质高效农产品，探索现代化农业新路子，有序转移农村剩余劳动力，减少第一产业从业人员，用机械化、电气化等减轻劳动强度，提高劳动生产率，提高种养业人员人均收入水平。

全面实施农产品安全工程，对农产品的生产过程，要科学指导，坚决杜绝种植业上过度使用剧毒性农药，养殖业饲料使用添加剂、催长素，贮存和运输滥用防腐剂等。用立法手段，把农产品安全提上议程，严厉打击各种危及人民生命健康的行为。对上市所有农产品进行检测，公开处置检测结果。

制定有利于支撑第一产业的发展政策。积极实施对农产品价格进行直接补贴，对直接从事第一产业人员予以补助，实施劳动保障，让他们共享发展成果。重视货币政策和金融改革措施对农业生产的直接支持。

无论几百年，几千年，还是几万年，终究是“民以食为天，农以地为本，万物土中生”。愿全民族永远能喜看那春天，满目绿油油的麦浪随风涌动，金黄的菜花吐露芬芳，盛开在果树上的百花迎风怒放，空中飞翔归来的春燕在檐下低声呢喃，河流中的鱼虾欢快跳动……那夏日里，人们带着夏季丰收的喜悦，播散着秋熟的希望……愿神州大地的所有百姓年年五谷丰登，月月六畜兴旺，天天喜气洋洋。

九、区工委

（一）

农历二月三十，是当地百姓赶集的“节场”。

“节场”，过去又叫庙会，是中国民间宗教及岁时风俗，也是农村集市贸易的一种形式。每年早春时节，几乎每个集镇都会有一天被定为“节场”。这些集镇的“节场”，大抵各选吉日，不在同一天。这时节，春耕备耕刚开始，“节场”既为农忙前营造环境，便于农民购买各种小型农具、种苗、种子和一些日常用品；也便于农民在开忙前，凭借历史传统，与亲朋好友间相互走动，联络感情，热闹一番。各相邻地缘的百姓，似乎已成习惯，他们对这个重节十分看重。“节场”是最为热闹的一天，一些大户人家，因“节场”聚集在一起的近远房亲朋好友之规模，其热烈程度，胜过春节。

1970 年的农历二月三十，我跟着父亲赶集。我们先是到预先有约请、离这街镇并不太近的姑妈家会亲友。席间热闹得很，我被许多面目陌生的人簇拥着，不停地在长辈指引下喊着各种称呼。直闹到下午两点钟，父亲才带着我赶到闹市街头。

那年我 12 岁，当时读小学，已经识得些字，平时常常会帮着村庄上的长辈、邻里读那些从遥远的地方寄来的信。我自觉识得字有用，因此，在这些长辈邻里的称赞声中，对识字、读句很有兴趣。路边张贴的标语和简句，常会吸引我的目光，并毫无顾忌、旁若无人地将这些内容大声地朗读出来。

我们随着人流进入热闹的街中心。这里人头攒动，一片人声嘈杂。街道两侧摆满着因赶集而聚集起来的各色小摊。人群移动方向，遵守的是现有的“交通规则”，靠右，顺东向西，由西向东缓慢而行。十字街头是集市中心，也是四方人流汇集之地。才向西二三十米的地方，有一排两层楼房，坐北朝南。偏偏就这一截街面上，竟没有摊位，也不拥堵，经过这里的人群都快速通行。这排两层楼房最中央，底楼一间是廊道。我眼睛盯着廊道，蹲下并不算高的身子，两眼看到一块十分醒目、白底红字、悬挂里屋楼梯边上的“大招牌”。我盯着这“大招牌”上的红字，吐字清晰，大声朗读：“中国共产党宜兴县湖西区工作委员会。”这时，走在前头的父亲赶紧回过身，一把拉起我说：“走，这是区委，这里不让逗留。”

赶这趟集，让我知道了这个挂着“大招牌”的地方便叫区委或区工委。一贯温和的父亲拉起我时那神色严肃的样子，让我不敢再问区委里头是什么样子。我想，即使问了，大人也不会告诉一个孩子区委是什么吧，他们大概也说不清区委到底有什么职能、管做哪些事、里面住着多少人！不过，这里是官地、政府，想必大人们心中是十分明了的。难怪老百姓见着这地，都很自觉避让。即使二月三十赶重节，满街拥堵，摆摊位紧挨，也没谁敢越“雷池”半步。

我读初中、念高中阶段，学生并不以学为主。直到我学习“毛选”，参加毛泽东思想宣传队，参加经风雨、见世面的各式批斗大会，才开始关心起国家大事。

我第一次进区委是 1973 年底。当时，学校组织文艺宣传队参加全区高中文艺汇演，集中汇集地点在区委。我虽不是宣传队骨干，只是随队配角，倒也同行。来到区委，见这里并不大，只是独有一个清静自用的园子，一幢两层楼房而已。

高中毕业，回队参加农业生产劳动，在被扩大化的阶级斗争形势下，我才真正弄清了区工委的职能，还曾几次参加区委的革命配合工作，甚至跟区委领导直接打交道。

区工委，是县委在各地区的一个派驻机构，是在当时交通通讯相对落后、农村土地改革后农村阶级斗争形势异常复杂背景下设立的。区工委代表着县革命委员会行使权力。它的存在，让公社、大队、生产队不再“天高皇帝远”。区工委权力比公社要大，地区管辖着五至七个公社、十万以上百姓，轰轰烈烈地开展“抓革命、促生产”的群众运动。

区工委，为强化党的领导，设书记，一般不设副书记，配有文书、组织与生产委员、公安组长，业务指导上有农技站长、经管员、后来的区公交办等。区工委人员简干，权力党政集于一体，可以说威震一方。

在选拔区委书记、区工委组成人选上，上级是慎之又慎，严肃认真，需要得到地委批准。政治上要可靠，对党忠诚，能密切注意阶级斗争新动向，资历资格要够，比县里一般部门领导要资深，资格要胜过公社第一书记，能压得住公社、大队、生产队各种复杂局面的阵脚。并且，农村情况要熟，对农村尤其对当地的自然环境、人文环境要熟悉，能指导当地的生产，有效开展当地群众工作。方法要妥当，能做群众思想政治工作，让几十万百姓能听党的话，跟党走。因此，口口相传中的区委书记，区委这层级干部，都很有两下子。班子是重点，书记更关键。

（二）

上世纪 50 年代中后期，全县设立派驻 7 个区工作委员会。

刚刚建立起来的新中国，要从封建社会彻底走出来，建立真正的社会主义。“社会主义好，社会主义好，反动派被打倒，帝国主义夹着尾巴逃跑了……”“社会主义建设掀起高潮，掀起高潮……”全国百姓翻身得解放。新中国成立后的一片红歌，响彻祖国大地，共产党领导的正确性得到普遍认可。

上世纪50年代，中国人民高举着“总路线、大跃进、人民公社”三面红旗奋勇前进。那些提倡的集体化大生产、社会主义大家庭、走在社会主义的康庄大道上，都要有具体体现。于是，便接着提倡让社员同吃一锅饭，男女平等，同工同酬，集中劳动，统一分配，以彻底摆脱私有制，消灭剥削、被剥削，根除一切小农经济思想。

湖东区委首先在行动，湖东区是一个历史上农业生产条件较好的地区。三个月时间，全区所有生产队，都砌好大灶，开上大锅。那并排着三四只锅灶连在一起，大锅上加木桶蒸笼，开起火来，热气腾腾。到开饭的时候，生产队社员们只需手拿着大窑碗，排队领食。湖东区“放开肚皮吃饱饭，鼓足干劲抓生产”的架势摆开，一下子成为了全县典型。

湖西区委等其他区都急在心，想跟着学。于是，一场轰轰烈烈的吃食堂群众运动在全县迅速推广。

湖西区委书记是一个上了年纪的长者。他为听党话、跟党走、加快大办食堂、大炼钢铁，没日没夜地在各个公社、大队巡查，为调查研究解决问题、推动进度而奔忙。当时的农村生产队，有的地处偏僻，基础薄弱，设施条件跟不上，有的甚至连食堂房舍也一时半会儿建不起来；有的位于低洼圩区，粮食产量很低，自然灾害频繁，集体一时无法开灶；有的大呼隆、一窝蜂地上，使得大铁锅的购买也因紧张变得困难。各种各样的问题、困难接踵而至。一边要集中大生产，一边要集合大锅饭。人不能一日无餐，田不能一季撂荒，皆耽搁不得！区委书记党性强，这进度急得他食不甘，夜难寝。区委书记又不缺群众意识，客观现实摆着，左右为难。好在这个年纪，提拔也无望，挨批评时也会看他资格网开一面。湖西区的大办食堂就这样在半落后状态中推进着。

第一书记主观上能尊重客观实际。湖西区办食堂确实慢了好几个月，但集中社会主义大生产一刻也没有放松。苦难的岁月让区委书记知道，人要活，必须吃饱肚皮。吃饱肚皮，必须依赖有粮和食物。

在上世纪 50 年代，生产仍靠人锄牛犁、刀耕火种，种田环境七分要靠天。湖西区离县委并不近，区委书记带着一班人马，并不是坐镇区委指挥、发号施令，而是一个一个公社地去指导生产。

湖西区大办食堂虽慢半拍，但大生产是先人一拍，独树一帜。1959、1960 年，湖西全区除了贯彻“以粮为纲”，尽可能多种粮食、油料作物外，还发动群众在西北部的高坑田上，在低洼地埂上，种上了很多黄瓜、大豆、胡萝卜。天无绝人之路，偏偏种上的瓜豆、蔬菜特别肯长，成为了半年糠菜半年粮的活命法宝。

大办食堂，大炼钢铁，一切如火如荼。为支援炼钢铁，为支持国家建设，社员群众家里的铁锅铁件全部上缴。社员家里不允许私藏粮食，不允许单独有小灶伙仓。生产队集中劳动，收获的粮食，必须按产量上交国家，比贡献。剩余的留归社员，运到大食堂，大家吃大锅饭。每家每户，根据劳动力、人口状况、出工出勤能力、强弱，分配食物。每一顿集体开饭，每人拿着又笨又重的黑色大窑碗，按次序排队。食堂会计用大小勺子，当着全队社员的面，民主、公开、公平地一勺一勺地分食物。

大家都是一根藤上的苦瓜，都是贫下中农。常说“人多好劳动，人少好吃饭”，但在生产队吃食堂，人是想少也少不了的；在生产队劳动，人想多也多不起来。

在社员看来，干部就是党，听党的话，就必须听上级领导的话。湖西区委书记来自于草根，他对百姓知根知底。吃食堂的两年，填不饱肚皮的百姓下地干活，有的顺手牵羊挖着集体胡萝卜，往衣裤上一擦，甚至胡萝卜上还连着泥巴，他们就狼吞虎咽地填进肚子。对病弱的老残，偶尔照顾，甚至暗里偷吃半夜餐。这些事情大部分不会被上纲上线，这些百姓也不会被抓去坐牢、挨批斗。在区委书记领导下，湖西区的公社大部分不允许瞎报虚报高产，用本该属于社员肚皮里的粮食来填这个虚数。

湖东区和其他部分区，在这点上与湖西区不一样。当先进积极，

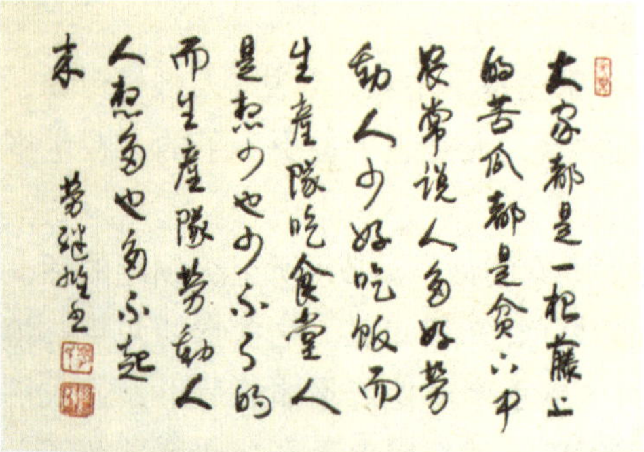

做典型领先，情况自然复杂。

湖东区有一个公社，粮食单产、总产一直是高产典型，而实质上，社员食堂里吃的，说是“稀粥照月亮，糠菜半年粮，局部大饥荒”一点不为过。有一个年少气盛、实在难耐饥饿的社员，他对吃食堂已忍无可忍，觉得自己快要饿死了，便破罐子破摔，寻死不如作活经常吵闹。这时，不知是谁把杀蝗虫用的一包进口六六六粉剧毒药，撒向了大食堂的粥锅。这下可闯大祸了，该少年被一口咬定其罪名深重，恶意破坏社会主义大食堂，企图毒害革命干群。所谓事实清楚，被即刻逮捕。这件事，活生生地教育着当地群众。这种杀鸡儆猴、抓活靶子的典型做法，在湖东区比较普遍。后来，这个公社“抓革命”成为了红极一时的榜样，可这个公社饿死的百姓也是比例最高的。这个“投毒”的社员，倒是因为坐牢躲过饿死的劫难，平安地在牢狱中活了下来。

经过两年的实践，全县因大办食堂，同吃一锅饭，大锅饭，大呼隆，确实饿死了成千上万的老小。饿死人的后果，在内紧外松的统计总结中，草草地不了了之。

（三）

大食堂解散，集体化大生产延续。

湖西区委积极响应上级号召，每家每户，重起锅灶。活命是人的本能和第一需要。只要活下来，就要继续抓革命、促生产，大干社会主义。

湖西区的地形地貌和地理位置，一部分傍靠纵横的河港和湖荡。这里天然的水生植物丰富，天然的鱼虾蟹资源多样，有得天独厚的放养鸭、鹅、家禽家畜的条件。这是对单一“以粮为纲，走集体化道路”的冲击点。一部分高坑区两边和北部，是邻县界地，历史上种树苗和经济作物，这也与“以粮为纲”有冲突。

区委对两类情形十分关注，经常深入群众，狠抓苗头。深入透彻地宣传发动，让广大干群对什么是当时认定的社会主义，什么是资本主义，什么叫“公”，什么是“私”，分得清清楚楚。而食堂的解散，一家一户的生活维持，在社会主义大家庭里，比人家活得好一点的人性本能，无时无刻，会形成诱惑，形成推动力。明里，大家都很听话，绝对出工，见机出力；暗地里，总有一些并不“安分”的活络社员，偷偷地捕鱼捉虾；有的生产队长，抓闲季空节，以集体名义组织捕捞，分些战利品，改善社员生活，这是比较明智之举、智慧之策。

在县界交汇地的高坑区，出现的情形就不一样。有些生产队学着邻县大队生产队的做法，暗地里不光在粮田偷种面积不小的树苗，还偷种花卉和少量果树。个别情况严重的生产队完不成国家公粮，在当时看来，这是明显地同“以粮为纲”方针对抗。情况反映到区委，书记勃然大怒。很快，一个现场会议在十分边远的生产队召开，全县三级干部在场见证，一批精干的年轻人手持镰锄，迅速将树苗、花卉、果树毁个精光。这下子，全区的“资本主义尾巴”被彻底“割掉”。大队书记被点名批评，生产队长被当场撤职，这个轰动县内外的现场会受到地委的表扬。

姜确实是老的辣，关键时刻，显出了上了年纪的草根书记的功力。全区资本主义尾巴的苗头性问题彻底被打垮。

在湖西区，农民家庭养几头猪、几只鸡鸭鹅，在一定数量之内不叫资本主义，这是人民改善生活，是社会主义优越性的有益补充。因此，集镇上区所在地都存在着国营供销社（百货供应）、生资公司、食品站，孵坊、粮管所等。而这些国有供应店，也得有供应商，一般都有集体组织。如粮油加工厂，生猪收购、屠宰场等。唯有孵坊，对供应孵化幼禽的蛋，来源多样。鸡蛋的来源，一般是由专人穿村进巷沿路向农民收，他们用小手电或灯一照，觉得鸡蛋新鲜、“有雄”即符合标准，一般用米粞粒（米加工时掉下的米屑）换取。也有农户直接将蛋送孵坊经验货后收购。鸭种蛋、鹅种蛋，则一般不易收购，便有养殖户专门在湖滩边上饲养鸭和鹅，产下的蛋以平价供应给食品公司和孵坊。

湖西区饲养鹅和鸭的大户在南湖头进行养殖，规模特别大。养殖户户主名叫朱金山，他头脑不笨，专业技能强，又肯吃苦，把与加工厂、米粮店、粮管所、孵坊的关系都搞得不错。供应给食品站的平价鲜蛋、鲜鸭、鲜鹅任务，供应给孵坊的种蛋任务，他都完成得很出色。全区百姓年年有种鸡、种鸭、种鹅保供。这项工作还得到了区委的认可，这让朱金山在地方上出了名。

平时，朱金山是夹着尾巴，老老实实地勤奋养殖。为更能省本保质，群鸭群鹅经常需跨区域觅食放养。有一年秋日，朱金山准备在放养至湖东区的湖荡边留宿。傍晚，朱金山背上一些米粞，捉了几只活禽，带些湖边换得的鱼虾，约朋友到湖东区委驻地的国营饭店里喝酒。他交代店家，禽活杀加工，鱼红烧，虾清灼，先上酒，菜么边吃边上。朱金山那阔绰，那口气，让前来相聚的朋友敬佩不已，也让国营饭店的工作人员惊讶万分。朱金山表现得“财大气粗”。他高声喧哗，无所顾忌；桌子上菜盘已经叠上了八只，台上竟然还有四五只；常州高度白酒不多光景就已经喝掉了三瓶，有桌上的空瓶为据。朱金山这架势与气场，在艰苦奋斗大干社会主义的环境和氛围下是很少见得的。这排场，很快传到湖东区委书记耳根边。区委书记一开始不相信，他好奇地赶到国营饭店，直奔热闹非凡的那一桌，劈口就问这外客何因如此喝法？在场的朋友赶忙拉起朱金山：“兄弟，咱结束吧！”酒意正浓的老朱粗声粗气地回答：“谁管得着，我是湖西人！”朱金山胆敢直接顶撞革命干部、对如此地位的一把手敢不敬的这件事，迅速传遍了湖东。书记很快彻底弄清了朱金山的来头，他回到区委，狠狠地说：“这歪风邪气竟然吹到湖东区来！这资本主义尾巴竟然伸到了湖东区！”

湖西区委怎么就管不了这无法无天的资本主义倾向？难道真刹不了资本主义的歪风邪气？“割”不了这“资本主义的尾巴”？

无巧不成书。三个月后，湖东区委书记调湖西区委。朱金山第一时间得到了消息，此时，他脑子已是清醒，但为时已晚。逞一时之能、乘一时之性的朱金山，唯有等着接受判罚的份了。

朱金山有着典型的资产阶级腐朽享乐思想；他靠拉关系，换取国营粮管所的米粞、砻糠和部分粮食；他拉拢一些革命干部群众吃喝挥霍……由区公安牵头，犯事者朱金山最终被判刑七年。

湖西区南湖头的鸭场、鹅场，在这特殊时期，很快便被分化，慢慢地被人们淡忘。

（四）

“无产阶级文化大革命”在继续，群众运动的浪潮一浪高过一浪。在造反有理、无政府状态下，区工委力量少而精。“抓革命”者同样害怕被扣上资本主义道路当权派的帽子，“破四旧、立四新”拆庙倒宗祠的反封建、反迷信活动，他们不直接组织，更不是直接参与者。

区工委书记密切注意阶级斗争新动向，要求坚决打击批判现行反革命、地富右分子、投机倒把资本主义。

区工委对全区域内谁是最大的地主富农，谁有可能心不甘、气不顺，都要排查。区工委经常听取和有意安排检举揭发，汇集全区阶级性的阶级斗争新动向。对能通过批斗大会可以教育绝大多数党员干部的典型，常紧抓不放，保持警惕。在夏种前和秋收前，区工委分两次召开集中批斗大会，营造“先抓革命，后促生产”的氛围。这一先抓后促，可以使一部分能改造好的坏分子认罪，在大忙季节促生产中将功补过，心悦诚服地将功赎罪，好好表现。共产党好，社会主义制度有着无可比拟的优越性，最终要体现在团结一切可以团结的力量中。

（五）

以粮为纲，集体大生产运动年复一年地在开展着。

早春，农村的积肥造肥运动在湖西区开展得如火如荼，人们干得热火朝天。庄稼一枝花，全靠肥当家。全区有一个标准，那就是各生产队每亩要普施在河湖底里挖出的黑泥。每一区块，一般二亩地就要有一只标准草塘。人们把鲜草、红花草、豆青棵或陈年稻草，夹着河湖底黑泥，翻上二至三遍。经沤制充分发酵后，再加上养猪的猪窝灰。说只有这样，才能保证有机肥达标，保证农业丰产丰收。

经过反复检查、比较，新丰公社东风大队革命干群对积肥造肥认识到位，比学赶超，亩亩有湖泥，每个区块平均拥有一只以上草塘泥，亩均养猪达一点五头，另外还有羊、兔家禽家畜肥料作补充。区委书记听完公社书记汇报，连连点头称赞。他接着便吩咐：“既然这个先进典型做得出色，那过一个星期后，全区积肥造肥现场会就在东风大队召开。你回去抓紧准备。”公社书记得到了区委书记的表扬，十分高兴，他乐意而认真地为全区召开生产现场会作着积极的准备。

按惯例，为确保现场质量，典型的先进，现场会召开前，区委生产委员和农技员需提前到现场地点，就召开会议的准备工作提出标准和要求，并严格把关，做好配合和指导工作。公社书记坐镇一线，丝毫不敢马虎。大队书记带领着班子人员和各生产队长，使出全身气力，又在现场会参会对象经过的线路上加开了几只新草塘，并尽力从边远的地方多调些鲜草、豆棵、红花与陈稻草。沿路还插上了迎风飘扬的彩旗，田头装上高音喇叭。这优势、态势、阵势，营造得堪称一流。这种区一级的现场会能争取到，在农业学大寨时，是整个东风大队人的光荣。

东风村男女老少忙积肥造肥运动，不分昼夜。村里又通过公社，从广播站、文化站、妇联、供销社、粮管所抽调了骨干人员，来帮助做宣传和后勤保障工作。除此之外，还私底下从外村请了几支青年突击队。准备工作有条不紊。

公社书记会同大队书记，精心安排区委书记及外公社来参加会议的领导的接待工作。商议决定安排露天广场会场，并请与会对象吃一顿中饭，以尽地主之谊。区委书记由公社书记陪同，接受大队书记在家中的宴请。其余与会对象在大队的大会堂集中用餐。为此，还商议决定杀一头猪，到大队副业队鱼塘拖些鱼，发动能人到湖里摸些螺蛳、蛤蜊，并用黄豆磨成豆浆自制些豆腐。所谓“乡下狮子乡下调”，公社和大队在以最高规格在尽力准备各项事宜。

区委书记一心想把现场会开成功，与会那天，他早早地到达现场会集合的地点，这也是区委书记一贯的作风。

早春的风，吹在身上仍显得寒意逼人，但社员群众为了体现革命干劲，大部分都赤着脚，在并不和煦的阳光下，他们围在一只只准备换泥添新草的草塘边，不停地奔忙，有的添草，有的浇泥，有的防渗漏。这些不惜劳力的男女社员早已满头是汗，他们中的许多人，满脸泥点，卷着的裤腿半截还是湿漉漉的。料峭的寒风与泥、水、草、汗……充斥着整个现场。旁边的高音喇叭里，正高唱着“社会主义好”。

区委书记被八个公社书记簇拥着，走在第一阵营。放眼远眺即将赶到的农业生产积肥造肥现场，场面是如此的壮观，大家由衷地佩服，频频点头称赞。

区委书记是个认真的人，他不但看热闹，更要看门道。他走到了社员中间，先看草塘的质量，随手便指导社员一层鲜草，浇一层河泥。他着重强调，第一遍下塘被重新捞起的草泥要反复洗，反复搅拌，这样才能均匀、出泥浆，造的肥才能更稠糊、稠腻。

见区委书记亲自指导，现场的社员都在劳动的嘈杂声中停下了手中的活。现场，只听得区委书记一个人在说。谁知，一个洪亮的声音突然从另一区块田里传了过来：“这草塘泥总归没有中午的蛤蜊烧豆腐稠腻。”在场的干部和社员都听得清清楚楚。

区委书记领着队伍继续前行，大家都不吭声。田头的指导，随着这一杂声的出现，戛然而止。

现场会按照既定线路走完，正式大会开始。按照程序，主持人先请东风大队书记作经验介绍，又请新丰公社书记发言，接着请了其他两位代表作了学先进、见行动的表态发言，最后由区委书记作总结，提要求。整个会议严肃认真，且效率很高，一上午完成了既定程序。前后三个多小时，会议在午时前散会。

中餐的桌子上，预先安排了小酒和一些小菜，这些小菜的原材料，大部分是自产或就地取材。每人按标准给付伙食费结账，这也符合上级规定，经得起审核。当大碗大碗的蛤蜊豆腐汤在餐桌上出现时，区委书记和公社书记们不由自主地联想起了那个社员洪亮的声音，大家边吃边在品尝着心中的五味杂陈。一顿饭下来，每个人都觉得很不自在。这个大队，怎么连中午吃的饭菜，普通老百姓也都知道得一清二楚？不光早已知道，还胆敢在今天这顶级会议上大呼小叫？这样的做法，不明明就是破坏生产、煽动群众情绪么？

出现了这样的事，新丰公社书记、东风村书记心里更为不爽。整个现场会，就被这么一声冷语搅了局，所有的准备都前功尽弃。是谁给这个现场会留下了无穷遗憾？其实根本不用查，在社员中早就传开了，这个搅局的人就是第八生产队的光棍。公社书记不爽地说："光棍也不行！先关起来审查。须弄清楚，什么目的？又是谁指使？要让他吃点苦头。这个反面典型，必须抓；这种歪风邪气，必须刹。否则，社会主义大生产，大建设运动，怎能推向高潮？"光棍祸从口出，除了受皮肉之苦，还被上台批臭批烂，再踏上一只脚。从此，他再不敢乱说乱动，再逞能耐，瞎耍威风。当然，这是后话。

初夏，区委书记头戴凉帽，农技员跟在身后，他俩要到七里外的大队检查农业生产。这是一个熟悉情况的老书记，他与大队提前了一个多月约定好。

这种沿途检查，这高一脚低一脚地走在农村土埂上，长年累月下来，其实是挺乏味枯燥的。

刚出街，他俩便见着一位头发花白、身材魁梧的庄稼汉，与他俩同向、同速、同行。

庄稼老汉菜篮子里的菜丰富多样。有些竟然是要批条子才能买得到的紧俏货。猪肝、猪脚爪、猪板油，还有猪肉、冬瓜、鲫鱼……很不简单的一篮子菜，区委书记对此打量得十不离八九。

平日和蔼可亲、密切联系群众的区委书记主动走近这老汉，关切地问："老人家，我看你这篮子重，要不要请小王（农技员）帮你背一阵呢？"老人回答："不用！不用！"区委书记又问："你家里来贵客了？上街买这么多菜？""是，是！""那这客人一定来头不小，从上海来？无锡来？南京来？杭州来？”“都不是！”

区委书记心想，在本区域范围内，我没有弄不清楚的事。“打破砂锅璺到底”是他历来的风格。于是，区委书记继续追问：“老人家，你这猪肝、猪油可是食品公司的计划供应物资哪！你得讲清楚来的客人哟！”老人家被问得怔住了，不敢再出任何声响，他埋着头闷着气加快速度前行，书记紧跟其后。区委书记紧接着又问：“老人家，你还没有跟我讲清楚客人到底是谁呢！”老人实在憋不住了，口气开始变得粗鲁，他大声作答：“你多管闲事！我穷人一个，哪有什么贵戚？见鬼，说什么区委书记要来，我邻里大队书记知道我亲家是杀猪的，在食品站有后门开，让我半夜就起来讲好话来了。这肉、这肝，我连油汤都喝不上一口！我让你再敢问，你还敢问区委书记吗？”

区委书记再也没有追问下去，他与小王对视后只能苦笑，他俩自觉地慢下了脚步，直到目送老人走远。然后，又在路边看着刚栽插的秧苗。

一熟稻，被收割，秋风带着北方的寒气吹遍江南农村，社员正在忙着抢收抢种。区委书记带着小王，继续在以粮为纲的战场上催收催种催入库。

在离村庄不远处的田灌沟渠上，一群妇女叽叽喳喳，她们正准备收工。这时，区委书记提高着嗓门，用手指着脚下，对着人群高喊：“有谁掉了五毛钱币？”妇女们全听到了这喊声，其中有几个人争着在回答。“可能是我丢的！”“是我丢的！”但并没有人快速抢着跑过来。过了分把钟，一位身材高大而上了年纪的大娘抢先来到了书记身边。她一边走一边叨念：“在哪呢？在哪呢？”区委书记手指着那半翻在沟渠边上的一担猪灰，说：“在这里。你们收工了，这一担猪灰运到田里，肥着麦子，就值五毛钱。”大娘觉得上了当，不情愿地捡起猪灰，就近撒向田头。在远离来人时，大声地说：“神经病！”女人们一片哄笑。区委书记摇着头，快速离开村庄，他要趁天黑前快赶回区委大院。

（六）

一晃十几年，集体化的人民公社制度，从大食堂到大生产，逐渐走向尽头。“抓革命、促生产”的方式即将暂停。

区工委围绕家庭联产承包制推进改革。区委书记颇为与时俱进，他对上贯彻联产承包责任制精神，对下坚决纠正极少数“辛辛苦苦几十年，一夜回到解放前”的极“左”论调。他既在全区会议上高调支持联产承包，又在小范围内议论和担心，会不会出现资本主义复辟瓦解社会主义。担心，执行，互相矛盾。

区委书记的心理矛盾，体现在对“抓革命、促生产”领导方式方法的转换。很明显，区委书记碰到工作顺利，基层顺心，看到丰收喜悦，他就心情放松，哈哈大笑。碰上争论，上级摇摆，他的情绪实在难稳。

没有革命要抓，生产也顺其老百姓在促。凡区委召开会议，千篇一律地由区委领导先听情况汇报，然后区委书记肯定一些成功做法。在这样的过程中，主观、直观在起着主导作用。谁汇报得好，谁平时言论尊重、行动忠心，谁一般不会挨批评。但每次会议，区委书记必定要抬高着嗓门，批评某些现象，指桑骂槐，有时甚至直接指名道姓地批评。

区委其实是一直掌握着实权的。县里一批干部是解放战争胜利后的南下干部，不会来区这级工作。人事权、话语权，几乎全在熟悉当地情况的区委手中，大队书记的任免权甚至要报县委审批、地委备案。

大队书记听到区委点名批评，都会担惊受怕，何况公社干部这一级呢？大家唯有听区委的话，照区委的指示精神去办事。

区委书记利用这种权威，用科学方法领导，压着下级，不允许其自由散漫，不能无视上级正确领导。果然，近者攻，远者交。不会因为不抓革命就促不了生产。那年月，农业照样丰收，且比大集体生产形势好；产业结构开始因地制宜进行调整；集体乡村工业，开始在苏南慢慢崛起。

（七）

区委书记比原先促生产时期，更显忙碌。为创办乡村集体工业企业，他忙于跑基层陪客，主要是为了请“财神”。“财神”是来自于城市里有技术的工程师和有本领的乡贤。湖西区八公社，东来信息，西有项目，南方开工，北部投产。聪明的公社书记、活络的工业交通办公室主任、分管工业的公社革委的副主任，这些人从四面八方来向区委书记报喜。公社书记知道区委重视发展社队企业，更知道在县委的领导下，区委要提拔一批会搞工业、有经济头脑的人担任要职，这要职，有招工权，出差多，外块多。

联产承包，迅速让公社社员解决了温饱，让国有粮库仓满库盈。区委书记的工作重点，也被转移到了在农村办工业。通过解放思想，农村希望当地出能人，随时到“财神”，许多的顺口溜歌颂着办工业的好处。“干部面孔红彤彤，当年集体好分红。”“大大毛纺厂，一批大姑娘，喝着咸菜汤，穿着‘的确良’，白脸真漂亮。”……能办厂的干部得到肯定，不被日晒雨淋的工人得到了大家的羡慕。

各公社排队邀请，区委书记奔忙于酒场。他毕竟上了年纪，经不起天天“被轿子抬得脚离着地”，经不起频频点头听好话，更经不起连续不断来举杯。

区委书记对大好的革命形势估计不足。他开始感叹眼下生活真好，政策真好。他清醒地感悟到，前30年，用一手抓革命、一手促生产的铁腕，这农村种庄稼，老天并没有肯低头，大地并没有多买账。这工作，还得顺天顺地顺民啊！

1983年，省以下的地委撤销，实行市管县。

1992年，县以下的区工委撤销，实行县垂直管理镇、乡。

十、“队外队”往事

新中国成立，人民公社建立。公社、大队、生产队三级组织架构也随之到位。

上世纪50年代末期，全国推行“以粮为纲、全面发展”。在“全面发展”的方针指引下，农村便不同寻常地建起了“队外队”。

县一级不属“队外队”，建的是国营农场、国营林场、渔场、畜禽养殖场、蚕种场等等。公社一级建有农畜场、育种场、加工厂、磷肥厂等。大队这一级，往下，建“队外队”，是“农业学大寨”运动的成果。

“队外队”的主要任务是，组织全大队社员开垦滩涂，围湖造田，于是，开垦边缘荒地，荒山造坡地，十边隙地种植经济作物。这一时期，每个地区组织全员劳动力战严寒、抗冰雪，冬闲变冬忙。社员们用肩挑用手拎，那一锹锹、一耙耙、一块块的土，被一担担挑走。挖走土，成鱼塘；垒起土，成田地。面积并不小，就近占有山河水土，为全面发展创造条件。因地制宜养鱼、种粮、栽桑、种菜，利用十边隙地种植副产品，再养猪、养鸡、养羊、养牛。滩外湖边，放鹅、放鸭……开展多种经营，实现全面发展。这是毛主席指引的社会主义道路。当地生产大队的百姓热切地期盼着有丰富的物质来改善生活。整个冬天，全大队壮劳力几乎全都投身于这战天斗地的开垦荒地、围湖造田，大家为迎接社会主义集体美好生活而大干快上。

几年工夫，很快就围垦起许多岸田，形成不少鱼塘。这些水土，属大队全体群众共同所有。这一新的集体经济组织形式，起初叫“某某大队副业队”，后随时尚改名为“农科队”。那些农科队、副业队，就成了名副其实的“队外队”。

“队外队”、“副业队”不同于生产队，它不像生产队那样拥有独立的自主权并实行独立的分配核算；但是，它又等同于生产队，同在大队党的一元化领导下，它同样拥有一个生产队的规模，也是一个独立的生产队。“队外队”、“副业队”比生产队更公有，它不是单一种植、“以粮为纲”，内涵比生产队更丰富、更多彩。月亮湖周边，几乎所有的大队都建有这种副业队。各个大队靠山吃山、靠湖围田、沿湖建队，谁也不输给谁。

凤凰大队建在月亮湖边上的副业队，靠抢滩造得田地，靠湖围水，争得岸田近200亩、水面300亩、滩外芦苇地水面一片。副业队东侧便是白茫茫的月亮湖面，正是“公海”。

凤凰大队革命委员会，既是当地的粮食生产先进典型，又在全面发展上迈出了坚实的步伐，正准备大展宏图。凤凰大队决心将粮食生产的红旗扛到底，争得全面发展的先进。

大队革命委员会实行党的一元化领导，大队方书记、方主任是一肩挑。他智勇双全，根正苗红，知名度算得公社独一、区里有名、县上挂号；论资格，也是经过风雨，见得世面，形得成绝对权威。“队外队”的组建，在同一时期起跑线上，方书记似乎稳操胜券。集体研究决定，在第五生产队抽调朱秋实作为副业队队长。考察考验认为，秋实同志最听党的话，能紧跟领导，政治挂帅，符合“红”的条件，同时，在生产队他不是主劳力，身体不是“以粮为纲”的料，但能看懂字，还喜欢养养鸡鸭之类。关键是方书记认可，班子也就不可能有不同意见，因此朱秋实是当队长的合适人选。副队长选派第四生产队陈春茂担任，春茂同志年龄已高，踏实肯干，不来虚的，带头在先，群众拥护。不足之处是，他对上级不卑不亢，有时还乱编顺口溜，做群众尾巴。都说副队长看实干，实干才是主流。

大队革命委员会其他班子人员都这样认为。队会计推七队仇冬余同志担任，冬余同志有会计工作经历，能左右逢源，讨领导喜欢，且人前不论长、人后不道短，嘴紧。他整天笑哈哈，见着人就笑。因此，有的人说他是“笑面虎”，也有人称他为“开口笑”。反正，方书记觉得这是副业队合适而坚强的一个领导班子。集体研究，就这么敲定。凡事开头难，抓工作，就要抓要害，政治路线确定之后，干部就是决定因素。能否全面发展，就看班子队伍。

各个生产队至少要摊派一名劳力到“队外队”。新组建的副业队，需要纯种粮食以外的各类人才，要从“五湖四海”广为纳贤。大队革委会的招贤权力下放给朱队长一班人。方书记说：“搞副业队既不要‘以粮为纲’，又不能影响‘以粮为纲’。毛主席的要求是‘以粮为纲、全面发展’，咱不能光顾全面发展而把纲给忘记了，这可是要犯大错误的，全面发展叫副业队，以粮为纲的是生产队，生产队和副业队都要把生产搞上去，两面红旗要一起扛。”朱队长竖着耳朵仔细听，用心记，几乎能把方书记的话一字不漏地给背下来。副业队招兵买马正式开始。各生产队长清楚方书记讲的原则，副业队朱队长领会了方书记原话的意图。放权给朱队长，朱队长觉得责任重于泰山。

第一生产队推荐的是李富祥，李富祥四十几岁，是个老光棍，因为家穷一直未娶上妻，也就成了“夜猫子”，晚上不睡觉，嘴紧口讷，心灵手还巧，学得点泥木工小手艺，但不精，不配称“师傅”，同时还会磨豆浆、做豆腐。一队队长向朱队长如实介绍了富祥，并说，这种人最适宜为全面发展贡献力量。朱队长满意接收。

第二生产队推荐的是赵明春，赵明春年龄偏大，将近60。据队长介绍，老赵人勤快，干活像机器人一般不知疲倦，虽然年龄渐长，不能以粮为纲发挥骨干作用，但干岸活是一把好手，要全面发展、发挥余热是绝对不输中青年的。再说，二队劳力本来紧，男劳力更缺，就是老赵抽派出来，也是生产队忍痛割爱。

三队选派王志法，王志法那可是人高马大，一脸麻面，但自小天赋过人，特别喜爱捕鱼捉虾，对鱼的习性和养鱼、捉鱼的规律了如指掌。三队队长想的跟其他队长不一样，他以大局为重，坚持以实际行动支持全面发展。三队不仅荐派得力干将志法，还选送另一位名叫王成荣的社员，王成荣是个年近60的老光棍，既会养猪，又能日夜坚持，他准备以副业队为家，愿四季不出半步与副业队共生死。三队队长一番话说得朱队长喜上眉梢，他觉得三队是以实际行动来支持全面发展的。

四队是朱队长上门请四队钱光根出帅当“鸭司令”、“鹅司令”。钱光根夫妻在以粮为纲时，就养过许多鸡和鸭，后来硬是被以粮为纲给砍下去的。有了最高指示，新形势下就可以全面发展，那养鹅养鸭伺候娇禽的绝活，非光根夫妇莫属。四队队长当然得全力支持朱队长，要不支持，方书记会持什么看法？

五队是朱队长所在的生产队。朱队长得到方书记赏识，政治级别一下子同队长平起平坐，而实际地位明显已经高出队长。少了劳力，朱氏一个社员，地位竟一下子超出了队长。这些让队长心中感到不爽，但又难说，只得闷在肚里。而对这一切，朱队长自然心中有数，他便上得队长门上讨好。“吴老盘这光棍，60岁了，是集体生产队五保户对象。我带他到副业队，省去了生产队里的麻烦，老盘的吃、住、穿、医、养五保全归副业队。”队长一听，自然高兴，在生产队出官还真是实惠，老盘到龄五保本来是件令人头痛的事，这突然间说解决就解决了。这真是意外的收获啊！实质上，朱队长对此还是有算盘的。老盘苦干了一世，无子也无女，无妻也无依，忠厚老实，带他到副业队，让他日夜守着这500亩水土，是自己最可靠可信的耳目。带到副业队来的是朱队长，老盘临到老了，还能让凤凰村一千多个社员认识这常驻“队外队”的代表，成为朱队长心腹，他能不自知自足吗？无论对内对外还是对老盘，这桩事办得是皆大欢喜。

六队季常清、七队周福生、八队陈川林、九队蒋仁飞、十队王占兵……还有几个光棍，这些招募的队员，年龄都不算轻，大多是默默无闻，属于只会抡锄挥锹、抓泥挑担的一类。

凤凰村围湖造田，留着500亩水土轮廓。几个区域，有的很有规则，形成纵横排队三亩左右长方形的一只只鱼塘，间隔着一二丈宽的岸埂隙地，塘深约一米。水养鱼虾，岸埂隙地种菜种豆种瓜。四周围形成大埂岸地，紧挨着岸埂是挖走土留下的同埂岸一样形状的鱼池，留下形成了环形状，外圈岸埂大，内圈鱼塘小。那外圈岸埂，土肉深厚，面积广大，尽是露在苍天，独占阳光雨露。当初就有“江南好，上有天堂，下有苏杭，最有名不过中国丝绸”的说法，古丝绸之路还真全靠苏杭一带、靠着一条条春蚕宝宝吐出的亮丝呢！那外围岸埂便正是栽桑树、养蚕宝、创外汇的天然土壤。内圈的鱼塘，又是旱涝无忧、放养中国有名的四大家鱼之极佳处。留下的中间地带，挖去芦根，等待开垦的低田，或种水稻、三麦、油菜，或种水生作物，茭白、茨菇，尽看调水能力，扬水土之功效。

滩外滩、芦苇荡、滩角地，在人造岸埂外侧，对接着茫茫的月亮湖。在凤凰村的水土上，浅滩、芦苇、水草、鱼虾、螺蛳形成一道道风景。

队长朱秋实、副队长陈春茂、会计仇冬余，组成了年龄并不轻的队外之队。五湖四海的队员们，在新奇的组织机构里，一时自觉新奇，一时心中又有一种不一样的荣耀。

在农业学大寨的年代，生产队热火朝天地抓革命促生产，“队外队”同样如此。初创阶段，队外队必须艰苦奋斗，踏实苦干。冬天、雨天，朱队长还会组织大家学习“毛选”，宣讲形势。冬闲时节，在大队方书记的关心下，各生产队又抽调部分精兵强将、各路神仙从浙江湖州购得桑树小苗，将新筑起的高高、宽宽的岸埂“长城”，用尼龙细线，划平竖直打成格子，并在格子内栽种上一棵棵桑苗。又从无锡胡埭太湖边上购得些草鳊鲢鱼苗，放进那圆圈状的环水。

依靠集体力量，将新栽桑苗根植在那一片新生水土上，将新购鱼苗投放在那一方新生水域里。大功告成，初战告捷！

队外队的队员们披星戴月，各显神通，各展所长。在党的领导下，在队长绝对权威下，合理分工，分工不分家。以季常清为组长，周福生、陈川林、蒋仁福组成种植组，他们栽桑管地，种菜种瓜，种豆种饲，确保上百亩地不荒废、种类全、高产量，形成“以种促养，以养利种”的良性循环。以王志法为组长、李富祥等为组员组成的养殖水产组，养鱼养虾，负责大小数十只内塘，确保“塘塘有鱼虾，时节有供应”，让全大队百姓冬闲变冬忙的汗不白流，让全面发展的最高指示在改善群众生活中得到体现。钱光根夫妻俩占领滩角芦苇地，必须当好“鹅长官”、“鸭司令”，养它个几百只鸭、几百只鹅，让成群鹅鸭漂荡在月亮湖湛蓝的湖面上，像蓝天上的白云，又似蓝天里的一群大雁。剩下的常驻老光棍王成荣、吴老盘，主要是发挥余热，看地看塘尽职责，养鸡养猪献余热。那个“队外队”，养种的是一片处女地，绘就的将是一张新蓝图。大家白天忙，夜晚忙，天天忙，四季忙，忙着给活口添粮备食，忙着给庄稼浇水施肥。

在南方润湿的气候下，那栽在垒起一米多高土地里的桑树苗，棵棵成活，一开春，便竞相吐出鹅黄带绿的圆球大芽，返青便长出宽厚的叶片。靠愚公移来的土，靠从山西学着的精神，桑树长得如此茂盛。这情景，让人见着还真是无不跷起大拇指要夸赞一番呢！100多亩的桑园，按桑苗岁数和长势，确定订购蚕籽。蚕籽按张计，一张蚕籽的数量，由两片白纱布带框夹在中间，小得像油菜籽一般，滚动着一团。一张张蚕籽，按预定数量，从县里、公社蚕技站领回来，一旦温湿度适宜，“菜籽”便很快变成看不出模样的“小黑毛虫”。这些小生命从两片夹着的白纱布框中向外爬行，那“小毛虫”，娇小得风吹不得，手碰不得，既热不得，也冷不得、潮不得。它们比刚出生的鸡、鸭、鹅、猪、牛都要娇小，模样就是黑点毛虫，一点不像白白胖胖的蚕宝宝姑娘。

副业队按极少拥有的房舍，留着自养二至三张蚕籽，其余派到相关生产队认养。桑叶由副业队供应，蚕籽分派到就近生产队。参考一张蚕籽能产多少蚕茧上市，每张蚕籽的产量又是几斤蚕茧，按产茧数量、质量计算工分。

沿月亮湖边上养蚕，是围湖造田才能腾出地来兼顾全局发展的。从前祖辈养过蚕，可这技术这几年也已失传，好在只要掌握重点环节，心思全用上就不难养。当“小黑毛虫”从白纱布框中爬出来时，社员便在竹编的箩筛里，铺上白纸，这样黑白分明。在白纸上，将桑枝上那紧挨着芽的鲜嫩桑叶切成细条状。箩筛里的白纸上，只剩细嫩桑叶条和小黑毛虫。一层层按时铺叶，小毛虫一点点往鲜叶上爬，仿佛看不着它们吃，却只见着它们在长。那个时候，讲究的是鲜叶，讲究的是环境，讲究的是按时。起初这段时日，最

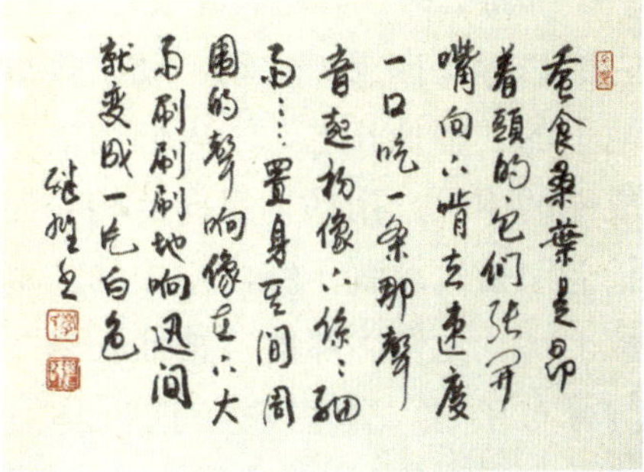

是关键。蚕宝宝从很小时候，就不能离开这些。

一周后，能见着小毛虫食叶了。社员将它们分到更大的竹编箩筛里，逐渐地，从10箩分到20箩、30箩。从平放，转到上架叠放，蚕宝宝长得很快。切成条状的叶片，很快不用再切，可以吃整叶了。铺在箩筛里，蚕宝宝从黑毛虫变成带青色的毛虫，再一点点变白，越来越漂亮。蚕食桑叶时是昂着头的，它们张开嘴向下啃去，速度很快，一口能吃掉一条，那声音，起初像下丝丝细雨。当它们装不下箩筛，就移向铺着草的地面，这个阶段的蚕宝宝吃桑枝只需去主干。铺上绿枝叶，置身其间，周围的声响像在下着大雨，刷刷地响，瞬间就变为白色。100多亩的桑田，盛产的时候，那桑枝桑叶长得足有丈把高，剪下的桑叶也能堆积成小山。几天工夫，手握桑剪的社员即使满手是血泡，也会被养蚕社员催促得歇不得手。

蚕催人勤，历尽艰辛！

那蚕，只顾着吃，偷眼着长。二十几天之后，就慢慢不再进食，它们昂起头向天，一动不动，排尽粪便，里外透明、洁净，成为桑池里的“神仙长老”。人们用洁净的干稻草，切成尺长，夹在摇卷成绳的中央，用铁钩反向旋转，便制成“草龙”，将一部分“神仙长老”拾进放置于室内空中的“草龙”里，桑池里剩下的部分直接放上“草龙”。那些“神仙长老”便按照先后顺序，循着节律，均匀分布在“草龙”里安家，这叫蚕“上山”，也就是吐丝作茧。在“草龙”山上，“长老们”日夜勤奋，三五天后，修得正果，成为巢中仙蛹。一个个白茧仙巢布满“草龙”。蚕宝宝筑得一个个仙巢，形如小鸡蛋，色白如雪片。生产队社员和“队外队”社员在摘小仙巢的那一刻，一定是有说有笑，开心无比。往近里说，摘下的是成果，是集体给予记的工分；往现实一点想，以粮为纲，能挣几个钱？卖蚕茧，这仙巢卖的价值，比粮要高，虽然是全大队的，光荣总是真的吧；又往远一点去议，那古丝绸之路，外国人对中国丝绸品无比倾慕，丝绸可是让他们流口水的产品。新中国叫出口创汇，还赚外国人的钱呢！这蚕是凤凰村人养的，那制成的丝绸衣服说不定是人家国王穿的呢！摘仙巢的人快乐一阵，到区土畜收购站卖仙巢的人能快活好几天。

栽桑养蚕，蚕茧只能卖给国家，一不能吃，二不能留，三不可用。这是副业队赢得实实在收入的最大亮点。大家忙得值，苦得愿。春天大季，夏秋小熟，年年如此。

养鱼有些异样。鱼在水中，到手为食。春放冬捕，人放天养，天知地觉。

副业队 200 多亩水面，三亩一只，纵横排列着十几只，十亩左右又有几只，岸埂内圈环形的大鱼池为主塘。这是王志法为组长的生产阵营。

养鱼其实也并非好差使，冬捕春放在寒冷的季节。春放前鱼苗塘的消毒、囤塘、分类，既讲技术，更是苦力，还需细心。

凤凰村方书记可一向是讲节约、讲成本、讲效益的。王志法的养殖队马虎不得。起初，“队外队”到无锡、苏州去买鱼苗是按一斤几尾来称斤两，每斤定价的。大鱼塘放养大规格，小鱼池放养小规格。后来，小鱼池买小鱼苗，先培育，套养，精养，把规格养大后放到大鱼塘。分步养，成本省。养殖以四大家鱼为主，兼套鲫鱼、鲤鱼。

几年之后，凤凰村副业队王志法就开始带领渔业组自己进行鱼苗培育了。鱼籽是花片，先尝试飘花，掌握着水温、水质。飘出的小花片，就像生物菌，在水中时隐时现，比蝌蚪粒还小。养殖队员用鸡蛋蛋清、黄豆浆经细纱布过滤制成营养食品，飘洒在花片里，大家耐着性子，细心地培育。水里时隐时现地现出游动的黑尾，摆动、跳动、游动着。这时就成为了小鱼苗。大家用饭碗挖，从盆池里将这些小生命一碗碗挖向备好的小池，约数地计量培育出来的尾数。当这些尾数足够副业队自繁自育自用后，朱队长就兴奋地称赞说这是王志法学得的技术。沿月亮湖边，只有副业队有这能发花、飘花的技术。方书记们也为这领先的技术自得气场。

新春过后，王志法除了在室内照顾这些小生命，还得穿上皮裤子，站在那十几只小鱼池里，一池池过堂。他用疏粗细网眼网箱，一箱箱分挑着鱼种、规格，并查看长势。

寒冷的早春，王志法他们抢天晴，白天里拉着细眼的网，在十几只小鱼池里，一网一网地拉，拉起来的是隔年飘下的小花片，长成规格不等的鱼苗。一部分池塘塘势特别正气，既没生物菌，也没有野杂鱼虾侵扰抢食，这些小花片长成的鱼苗会特别整齐，挑拣就比较方便。另一部分池塘，鲫鱼、鲤鱼、虾类混杂，那鲤鱼、鲫鱼嘴硬，特喜爱在塘边塘底泥里啃食，池塘整年被搞得泥水混浊，塘底积下不薄的烂泥，那些投喂下的鱼饲料总是被大嘴鲤鱼杂鱼杂虾先下手为强。这样的鱼池里，长出的鱼苗是瘦死家鱼苗，撑死野杂鱼。那浑浊的水体，那鲫鱼、鲤鱼杂类的套养环境，极不利于家鱼的生长。还有少量池塘，不知哪年月混进黑鱼，有时会出现几条大黑鱼，那可是小鱼苗的“天敌”，一切小鱼小虾正是大黑鱼的四季美餐。春天捕苗时，一塘一网，竟然只能逮得屈指可数的几条家鱼苗，那死里逃生的家鱼苗眼亮尾大，生命力特别强，体型特别健壮。碰上这种情况，也就只能抽干塘水，撒上石灰，让那些杀生黑棍从泥底里乖乖地钻出来，省得给来年留下后患。

从塘底里网捕着得来的这些杂鱼，是留给大队干部分配的专利。那些黑棍，迫害家鱼苗，是王志法最恨的，却也是大队里能派得上用场的。方书记会挑着送到公社，也会在来客时招待。早春的黑鱼、鲫鱼、鳜鱼能养很长时间，也不会见瘦。对此，朱队长严格把关，把为大队、公社派上用场的鱼管得严严实实。对于还有一批小一点的鲫鱼、鲤鱼，在副业队的人员，论职务、资格、等级，有的是贫下中农的产妇需要几条鲫鱼补身子，有的是亲戚正在造房，上梁要取鲤鱼图个大吉大利，还有年迈体弱的长辈需营养补身。总之，有鱼在，就有很多种急需要鱼的理由。职务排在前面的肯定优先保障，各种理由的确切性是不需要核实的。四六公道，心知肚明，连朱队长也自然会照顾到周围各类人员的情绪。

大鱼池，环形河里放满了鱼种，以草鱼、鳊鱼、鲢鱼为主。月亮湖边上，用长长的刀，在湖底拉几个来回，水草就飘上水面，顺着东风，正吹向那凤凰大队副业队的旱埂，捞上船，挑着嫩绿的水草翻过旱埂，便是环形大鱼池。草鱼、鳊鱼都以水草为饲料，水草残渣和鱼粪又是让水体培育漂浮生物的源泉，鲢鱼以吃浮游生物而见长。那青鱼最爱吃河泥里生长着的螺蛳。再在鱼的暴食暴长黄金期喂些麦面、糠饼。这样，四大家鱼比例协调。当嫩绿水草推向鱼塘时，那草鱼像是合力拉牵，几下就将水草拉向河心。那鲢鱼成群结队，浮在若隐若现的水体里，不停地张嘴闭嘴，寻游着环形的大鱼池，吸入那些浮游生物，吐出多余的水，再吸进微小生物而下肚。当人工喂着麦面和糠饼一类活鱼极其需要补充的蛋白质时，那环形池内的鱼，几乎全集中在一起抢食，小一点的草鱼、鳊鱼甚至冲出水面，水上万欢齐唱。大一点的鱼群翻滚神速，那一团水体如风卷云舒，自由自在。

王志法甚是得意：这景象真像水牛阵塘。

小鱼池、大鱼池，配套着放养，大鱼、小鱼、鱼片各长各的。鱼花片便发花、飘花、成尾，自给自足。逐步，也卖些给周边大户，有的相互调剂。大鱼池里，最初几年，鱼养得着实不错，一部分被大队送给上级，作招待。一部分上市卖钱，副业队总得收些成本，来年得下本钱，本大利大，才能良性滚动。剩下的以鲢鱼为主体，每个生产队年终能分到一二百斤，实现人均两斤鱼，欢欢喜喜过大年。这是共同劳动的成果，汗未白流，苦没白吃，体现出社会主义公有制就是好。

年复一年，社员年年盼有鱼。养好一池鱼，需要天时、地利、人和，需要种苗好、有本钱、喂饲足、管护精。

凤凰副业队集体的大小鱼池，越来越有名气，这都离不开上级的关心、专家的指导与领导的重视。凤凰大队是农业生产典型，又是副业生产先进，慕名而来的客人越来越多，临时围捕的次数逐渐增多。方书记又是个场面上人，上级有求他必应，群众有求他也应，家事朋友事也每每帮衬，每次捕得的鱼，各方都得兼顾照应。小塘、环形塘，拖一次鱼，鱼受到惊吓要一二天不怎么进食。春夏就下网，等于吃鱼秧。全年收成少了，下年本钱也就少了。百姓那头，上千人，千张嘴。到后来，没鱼分了，年终总结会上原因一个调，不是大水受灾，就是成鱼犯病。别说人均鱼两斤，就是连一斤也无法兑现。特殊年份，特殊对待。

这局面让领导发急，让朱队长发急，也让王志法发急。目标得确保，各方都得确保。每年的鱼种没有少发，花也没有少投放，下的本钱也并不减少。管理的口子已开，围捕的时节不讲究，那些长着天眼的“夜猫”见着这活蹦乱跳的鱼是不可能不馋的。周边有很多“馋猫”，朱队长也喜欢鱼。吴老盘、王成荣、李富祥几个光棍日夜驻守在500亩水土之上，啥事能逃得了他们的眼睛。这些人是何等觉悟？还会追求有进步、得表扬？“家猫”在借着理由，公开下网。半家半野的“独兽怪猫”在里外勾结，一边投饲料，一边下网捞。渔业产量，正在暗荒。最后，竟然荒得个无可救药，荒得水清鱼净。

养鱼的命运如此。种植的甜瓜、大西瓜、青菜、大蒜，只要是到口为食的，遭遇也好不到哪里！起初很好，西瓜大，香瓜甜，冬瓜蜜，豆谷丰，蔬菜全。曾在最炎热的时候，方书记还为一个个生产队的社员送上过大西瓜、青甜瓜呢！当时体现的优越性是直灌社员心田。

副业队朱队长风光一时，辉煌几年。领着大伙拼命实干的陈春茂退力了，他编起顺口溜：“‘队外队’家口大，公社干部要吃摇电话，大队干部想吃自家拿。‘队外队’干部偷吃在半夜把，几只‘家猫’像是黄鼠狼给鸡看着家。”

“队外队”几年后，成为大队的公有地、后勤部。公社一级的领导四季逢熟，时常来电话，说因工作需要供应鱼、肉、鸡、鸭，瓜、豆、菜、蒜。大队几个领导，自然也有许多工作需要、来客招待，如正副职干部会议、队长开会等。当然，公社大队干部也有亲朋好友，人情世故难免。“队外队”干部，毕竟是近水楼台，那些从地上长出来的一瓜一豆、一菜一蒜，从河里、滩上、圈里养着的“活宝”鲜货，尽在眼底下，他们白天得帮大队负好责任，看管到位，可到傍晚，白天将“工作需要”预留着的，自然是分等级分享。到手为食，夜餐消化，留得份额，带着回家。还有几个“光棍”、邻里乡亲、贪小利的几个庄上妇女，以割草的名义，东溜西转，顺手牵羊，顺道带些预约的瓜菜、豆秧，甚至也帮着捉鸡捕鱼。直到后来，连南边库房里的黑狗和北边猪舍里的花白母狗都会停下“汪汪”的叫声。

岸埂的外侧，是另一番景象。责任是明确的，钱光根夫妻一家在月亮湖上飘“白云”，领“大雁”。那一年四季的湖风，冷如刀刺，热如火浪。从南到北、从北回南的日出日落，把钱光根吹晒得像黑炭野人似的。钱光根夫妻热爱漂在湖面上的“白云”、“大雁”。那些“云雁”才是钱光根一家独享的权利，他们也就乐在其中。

一群白鹅几百只，灰白色的鸭群几百只。这里是凤凰大队被区政府土畜产品收购站孵坊确定的饲养点。这里为孵坊定点供应种蛋，孵坊按质论量补给充足的米粞、米糠饲料。那些活鹅、活鸭、鲜蛋，同样是到手为食，饲料、米粞、米糠，又是农村里的紧缺物质。这些权利都掌握在钱光根一家人的手上。这里既没有“家猫”，也没有“黄鼠狼”、“夜猫”，想来，几张风吹日晒的黑黑脸蛋就是整天对付这些入侵的“馋猫”。

那些月亮湖上天然长成的螺蛳、小鱼、小虾，那些浅水滩地上长着的岸草、水草，正是“云雁”的美餐、美食。蓝色的月亮湖上，钱光根一家总让“白云”飘得远远的，让“大雁”飞得久久的，这样能节省米粞、米糠。人勤“云雁”肥，人勤省本钱。

主观上，钱光根全家尽是拼命，风高浪急得护“云雁”，日晒雨淋得看“云雁”。靠着看家本领，一家人把集体的鸭群、鹅群养得膘肥体壮。

岸埂外的一番天地，是钱光根一家掌握的天地，那长空中混合着曲项向天歌的歌声、钱光根的吼叫声、花白狗的汪汪声，声浪里充斥着人兽禽畜的混合气场。

钱光根脸黑是表象，妻子是吹晒着黑里泛红的景象。钱光根沉浸在禽兽的叫声里，管着那水土上的动点。钱光根妻子跑土畜产孵坊、饲料加工厂、粮管所、米厂。她顾家里，也善外交，见着人总露出发光的一口亮牙，不会惹人发脾气。所有主张在妻，那方水土上当家的正是女“国王”。女人当着“国王”，好处多多，不喜烟酒，开销少；心细，账算得清楚；领导到，不会苛求反夸奖；横向联络，交道顺畅。她懂得抓关键，来者一律先诉苦，讲风狂浪险，讲夏热冬冷，讲夜黑见怪。对朱队长、方书记这些关键人物，她特别惦记。天黑后，总会不定期送些鲜活的“云雁”、米粞、米糠。对米厂、饲料加工厂、粮管所那些“实权”人物，当然也得实打实，她与他们有来有往，各得其所。

钱光根赶着的“云雁”是有声有色的，种禽蛋那是个大、壳坚、色泽亮，远近闻名。钱光根着实是彻底与生产队隔绝了，与种地隔绝了。除户籍在生产队，一家老小几乎成了月亮湖人。他近攻远交，不光结识了区里一级部门的领导，也积累了不显山露水的本钱。

“队外队”经历了两三个年代，被岁月捉弄得左右摇晃。起初就建好的仓库、房舍，几张薄薄摊着的瓦片开始破碎，几间猪舍、羊圈也被牲畜拱得七通八通。环形的鱼池和几只规整的小池，被鲤鱼、风浪侵蚀得无边无框，塘底淤泥越积越厚。近百亩桑园留着的老头老棍，也像是畸形的“大头娃”，生机不再。岸地上那些人畜都不喜爱的野草占领了瘠薄的滩土。岸埂的外侧，倒塌比古长城还要严重，蓬松着头面的低矮杨树彻底暴露出吸水的老根。

美丽的月亮湖，仍然荡漾着碧波。凤凰大队和那些沿月亮湖的“队外队”，却春不再华，夏不见茂，秋不生实。朱队长们不再是“香饽饽”，不再是热点。一千多号人的公堂水土，是人人有份、人人有责。反过来，如今是再生产的资金缺乏，那些原先修得的仓库、房舍、猪圈、棚舍、河堤、塘坝、水闸、涵洞年年得整修，时不我待呀！仅靠冬天里组织的学“毛选”、讲形势，仅靠方书记几个大队干部精神鼓励，那是鼓不得劲来的。

100多亩的桑田，分三年彻底被淘汰。那净是200多亩地的岸埂。面积越多，种植越粗放。单位面积的肥料越少，没有哪一个种植品种能替代那大桑园。春天里，再也没有像小绒球绿鸭子一样的桑叶嫩芽。那些湖土，春雷一响，春雨一场，便结着板像“糖坨”一样结实。几个烈日，那表皮的尘土，便被湖风卷起，像“干面粉”一样的尘粒，飘落在本不茂盛的旱作物上，一切显得死气沉沉。那些蔬菜，伴着五花八门的杂草，有的杂草甚至反客为主，常常独领风骚。长豆不再长直，蜷曲着身子显得毫无生气；冬瓜、西瓜也是藤瘦瓜稀，远远望着，几乎见不着藤，摸不着瓜，瓜田也就不像瓜田了；黄豆、绿豆，采摘季节，收获的豆子比下种时多不了多少。劳作的队员，那是半开玩笑半作乐，哭笑不得，如和尚撞钟。

几十只大小鱼塘，本钱少，水见清。连塘边那些水花生、蒲草也纷纷从埂塘边向塘心占领。这态势，让那些原本想着塘中之物的“馋猫”、“夜猫子”、“家猫”兴致大减。坐落于滩角边上、散落在月亮湖上的钱光根夫妻，那些靠繁育而骄傲的“白云”、“大雁”，仍在四季更替，年年换新。

“队外队”是大集体的象征，再难也得支撑，必须支撑。铁打的营盘流水的兵，年老的几个队员回到所在的生产队，副队长陈春茂、会计仇冬余也都已调换。唯独朱队长不会换，几个“光棍”仍围着朱队长在坚守着那一方水土。

“队外队”坚守到了1980年。随着生产队推行联产承包责任制，大队将那些水土分包到联户、分户经营。在“队外队”被解散的第二年，钱光根夫妻就成了全公社的第一个万元户。钱光根因劳动致富年终戴上了光荣的大红花，登上了县人民大会堂，是县长亲自给他家颁发的奖状。

十一、横山水库

其实，人类征服和改造自然的能力是有限的也是惊人的，在此过程中，既有极大的差异性，又有十分的相似性。岁月迢遥，却又在类同基础上不分彼此，漫长与短期，先行与后学，高明与愚蠢等等，凡此种种，均称为过程。

在中国水利史上，流传着许多千古佳话。大禹潜心治水，李冰父子筑都江堰，黄河、长江流域千年治而百姓安，都江堰忠实地守卫着四川平原，巴蜀大地成为名副其实的“天府之国”。李冰父子关于“深淘滩，低作堰”的“三字经”，以及关于“遇湾截角，逢正抽心”的“八字真言”，也深深地印刻在了人们的心底。

太湖西岸，陶都宜兴，一个横山水库，近百年内，就是百姓心中的一座巍巍丰碑，阳羡大地绵延不绝的一首赞歌。

（一）一条屋溪

屋溪，位于苏浙皖三省交界之地的宜兴西南部。天目山余脉的太华山区，有一百多条纵横交错的山岕、涧沟，还有许多小小的池塘。水流从南向北，呈扇形汇合而下，最后汇入屋溪的来水面积有 154.8 平方公里。屋溪上游山高岭陡，最高海拔五百多米。这里林竹茂密，植被丰富。山间有丘陵土坡，也有平缓阔地。这里地处北纬 31°，四季分明，气候温和，水气适人，天然物产丰富。

屋溪汇集各路山泉清流，随天意变喜怒。这上游的水脾性如年幼的孩童，反复无常，常在一番情绪过后，直向下游散去。中下游便叫厔溪河。厔溪河流域范围涉及宜兴、溧阳两县，流域面积266平方公里。其中宜兴县境内197平方公里，包括太华、横山、西渚、元上、堰头、潘家坝等乡村群落。厔溪河主流长36公里，流经西渚、筱里、堰头桥，至下新桥注入宜溧大河。

从太华山地区到厔溪河下游，正是苏南鱼米之乡，这里物产丰富，可谓“人间天堂”。山水相间，有丘陵，有平原，先祖先民生活在这里，却因水患频发而常遭灾害之苦。春秋雨季，急雨暴风常常引发山洪，肆虐的山洪无情地冲毁庄稼、房舍，冲散并卷走牛羊与人群……

据历史记载，在厔溪河祸害人民的400多年间，常常隔几年就会遭遇一场大洪水，荠河库塘泛滥成灾。1928年8月，一场大水，一次冲毁房屋1.5万间，淹死百姓200多人，受灾人口1.7万人，财产损失无法计算。难怪当地民间有“七十二涧下西洋，十年倒有九年荒”的说法。水患之苦，水患之无常，百姓仰天长叹！

厔溪水患距今最近的一次，是在1965年8月。当时，13号台风过境，一次性降雨量达205毫米。在这次洪灾中，受淹总面积达九万亩，冲刷农田达四万亩，损失粮食3000万斤，冲毁房屋2042间。

上溯万千年，厔溪河上游的天目山一角，这里有茂密的松林、翠竹、茶园、果树、花草；这里有神秘出没着的蛇虫、虎狼、豺豹、野猪、飞禽走兽。厔溪河下游，长江流域冲积平原上，形成了高低不平、毫无规则的蜿蜒山丘、高坑低地、肥沃土床……从高山中冒出的泉水，一路欢歌，由高向低，时急时缓，时有时无。最终形成山岗、山坡、溪河、库塘、水域、平原，这里本应是天然大美，富庶之地。

早期到达的先民，是因为迷恋这青山绿水、满目苍翠、清新气场而居于此间，还是因为喜爱这片山河远离喧闹、隔世断界、远离人患而留于此地？或者说，部分是自然迁徙，部分是来这里开疆拓域、垦荒狩猎？一切皆有起缘。

千百年过去了，人们生活在这片河山间的原因已不再重要。一方山河水土，养育一方百姓。地处北温带上的江南，雨量充沛，四季分明。受季风季节影响，天外来水常集中向这片河山泼洒，这里的几百条山岕、七十二涧沟便土崩山塌，顿时泥石成流，飞泻而下。那奔涌的泥石流咆哮着，顺着山势、坡地、涧沟汇聚至山下屋溪。那屋溪相对平缓的数十公里，常常溪流淤塞，泥石横溢，泛滥成灾。大片庄稼、居住村庄、人畜被无情地冲毁。

生活在屋溪河畔的居民，依靠山河水土生存，遇到这无情的自然灾害，既惊恐又无奈。天灾水患现象，常会几年、几十年便遇上一次。

屋溪河畔的先民们，来自于四面八方，风俗习惯、表达方式各异。他们常常只能祈求苍天，用狩猎所得的野猪头或家养的鸡鸭煮熟作为贡品，向苍天跪拜，敬拜天地神灵。后来，佛教从山外传进。唐开元年间，新罗国（朝鲜）王子金乔觉，云游到屋溪边上，顺溪而下，当登临太华山峰最高处（海拔 542 米）时，看到九峰宛如莲花，九峰道递相接。他便在太华山上结草为庐，布佛讲经，普度众生，并用金石、草药帮助百姓解除疾痛。王子金乔觉在太华山修行数年，布施百姓、广授恩惠。后来，他转赴九华山，最终修成正果成佛，也就是地藏菩萨。当地百姓感恩，在太华山顶金乔觉结庐之地，建地藏殿。宜南山区现在还流传着“先有太华，后有九华”之说。到明代嘉靖年间，地藏殿取名九峰禅寺。为保一方风调雨顺，百福平和，除在山顶上建九峰禅寺外，还在山脚下建“河海门”楼牌坊，匾额均由中国佛教协会前会长、著名书法家赵朴初亲笔题写。这些，足可见时代久远、影响深广。

屋溪下游，拥有高坑地和大片农田。这里是以农耕文明和采摘为生的一片山河。上游来水七十二涧汇集之地，每年雨季都会毁坏大片庄稼。庄稼人为祈求平安福报，在南宋咸淳元年（1265），由志宁禅师募建，在厔溪向西五华里的白塔山麓，建有白塔寺。山麓村庄，被唤作“白塔村”，村名沿袭至今。

厔溪周围，似有溪，却又无溪。溪流漫灌，溪水主流常常变向，形成那小水库塘、壕沟、石砾地和沼泽，几十平方公里的水土无法保持。今日东开垦种植，来年东边大水漫漶；明日西部植树种茶，若干年林毁茶枯。长久以来，形成厔溪十年九荒的局面，无古树、无竹林、无茶树，无良田，无菜圃。

厔溪地带，从古到近代，先祖先民们在祈天拜地求神仙中进行农耕、采摘、狩猎。

厔溪地带的宜南山区，直到新中国成立前夕，依然交通闭塞、经济落后，保留着人类原始化自给自足的民生。共产党领导的新四军，以陈毅、粟裕为代表，曾驻扎于厔溪上游一带。他们在这里建立根据地，抗日打游击，在解放战争配合支援渡江战役，曾为新中国成立曾保存过新军力量。

（二）一座大坝

厔溪上、中、下游，人类在这里繁衍，延续了几千年。地方统治阶级中没有李冰父子这样的人才，也就对厔溪泛滥束手无策。人们遇上水患，便怨恨、兴叹、期盼。单薄示弱的个体力量，在大自然面前只能一次次地低头，一年年地屈服。人们熬过数千年，熬到新中国成立，终于熬到机器化大生产时期。

集体化大生产的人民公社时期，有一种战天斗地的精神，人们都有一个愿望，建设高产稳产、旱涝保收的社会主义农业粮仓。因此，人民根治厔溪的愿望始得酝酿、重视。

1956 年初，根据省水利厅地质勘探和土壤调查报告情况记载，周围山脉为建德群火山岩、茅山群灰白色、紫红色、浅黄色砂岩，石质坚硬，渗水性小，适宜建水库。1956 年 4 月 20 日，由任丙奇执笔，给江苏省水利厅写了《建议在宜兴西南山区厔溪河上游的钓桥附近建筑水库的报告》；当年5月8日，收到了江苏省水利厅水勘群（56）号第89号《关于建立在㕔溪河上游建筑水库问题的复函》，其中说道：“……这个意见很好。”便继续派员钻探测量。镇江地区水利局由储顺尧负责，丁植山等八人组成勘察队全面勘查。

据记载，1957年2月25日，由宜兴县人民代表任福龙、狄全福、俞士新、任有庚等人向宜兴县第二届人民代表大会第一次会议提出了《根治㕔溪河的提案》。这一提案得到了人民代表大会的受理并通过，㕔溪河治理得到了宜兴县人民政府的重视。这一宜兴水利史上重大治水工程，称“横山水库工程”。

在总路线、大跃进、人民公社时期，“人定胜天”和“愚公移山”的精神可歌可泣。横山水库工程，在当时缺乏整套设计和施工计划的前提下，在条件并不具备的情况下，于1958年9月13日仓促开工。仅有竹海公社组织西渚、元上、元善、太华、励山五大队（相当于小乡）4000余人，按照土法上马施工。挂的是“横山水库工程大队部”牌子，负责人为朱元金。斯情斯景，群众盲目自信，缺乏科学态度，从起初提出“苦干加巧干，大战300天，建成横山水库”到半个月后高呼口号“大战100天，提前建成横山水库”。这肩挑手推、铁耙人力挖、运山芋（狗头车）运送土方，用木夯、石夯、机压土结合的原始方式，把浩大的工程看得过于简单。这些脱离实际的错误口号，人们的盲目行动，初战失败是必然的。从开工到次年四月，不少于半年的时间，仅完成隔水墙土方七万方。

当时的年代，是精神力量战无不胜。县委、县政府在初步实战的基础上吸取了经验教训。1958年4月，县级层面成立了“横山水库工程指挥部”，副县长李爱萍任指挥，周大同具体负责，经过全面动员，全县40余个公社两万余民工开赴横山工地。指挥部提出的响亮口号是“不折不扣每天完成土方三万方，人均一方半”。依靠人海战术，工具以自带为主，水库指挥部并不供给。狗头车人推，平板四平车用牛拉，当需要远距离运土、爬坡时，便采用绳索牵引和皮带输送。当时，在长1.5公里的工地上，搞了两条皮带输送机，每一条要用十余台电动机传动，负载负荷大，故障频繁。泥土、石块送到坝上，还需人力拨运，由于相互协作困难，因此功效低下。现实情况是，每天每个劳动力起早摸黑，吃在工地，住在周边，平均一方土也难以完成。加之春雨连绵，计划全面落空。

在奋战的响亮口号下，人们从苦干、巧干，演变到蛮干、坚持干、不惜代价干。从1959年4月再一次发动干，坚持一年多，至1960年底，晴天干、雨天停，农闲干，农忙停。全县上下为这一浩大工程折腾得官民俱筋疲力尽，民工死伤无数。为体现社会主义制度的无比优越，在1960年底，决定对因为水库施工，而致集体、个人遭受的损失（包括土地、竹木、耕畜、房屋）进行一次性赔补，全县赔补金额达百万元之多。

一年多的施工停工后，将大坝导流口灌石笼护底，两侧石块护坡，下游西岸的孟干村实施整体搬迁。人海大战使主坝高（吴淞水位标高）达26 ~ 28米，东西涵洞初步建成。

横山水库工程，凝结着共产党人为民治水的情感与决心，凝结着百姓无畏的精神，凝结着民工的鲜血和汗水，凝结着无数的辛酸与苦难……

天灾的1960、1961、1962年，人祸的“大跃进”，宜兴一带同样未能幸免于难。人们在自然灾害和闹饥荒的景况下，只能又一次低头无语。在沉默中，横山水库工程再一次成为半拉子工程。

在此之后，人们激情重燃，工程得以延续。规格封顶，一场不获全胜、决不收兵的人民战争又一次被打响。横山水库工程指挥部成立，县委书记程德宾亲自挂帅任总指挥，县政府孙秀松、洪东生为副总指挥，强力机构全面形成。后勤部长宗和臣，负责生活、仓库、财会、粮、材料供应；工程部长戚小松、周杰、沈越年，负责工具厂、施工、计划；政治部长沈耀宏，负责通讯、保卫、政宣；办公室主任唐俊宜，负责日常性安排调度。

续建工程分两期：第一期时间为1965年12月3日—1967年12月22日；第二期时间为1968年2月13日—1969年9月28日。

第一期工程，贯彻“千难万难，老大书记亲自挂帅就不难”的精神。起初，工程在没有省、地级投资支持的情况下自力更生上马，县财政自筹资金60万元，主要解决民工补贴及工程材料所需经费。镇江地区水利局俞华俊赶来工地现场设计溢洪闸，工程预算仅溢洪闸就需资金60万元。县水利局顾元芳现场设计表面水塔。所有自筹资金不能满足工程需要。县委动员各行各业，发动全县力量支援。全县从42个公社共抽调一万多名民工，从各公社农具厂，抽调百名铁工、木工、竹工、钳工、金工等专业人员自制工具，抽调300多名泥瓦匠和钢筋工等多种技工组建建闸专业队，指挥部人员全部从各单位借用，不发工资，所有施工机械（小火车、爬坡机）等都由临时制具人员自制。

工具的改革体现着劳动人民的智慧，也大大地提高了劳动生产效率。运土工具：主坝一律实行车轮化，主要是双胶轮和单胶轮两种。运石工具：远距离运输由工地自制两辆小火车牵引，一辆可牵拉30节，每节可载一吨半；短途拨运，以单胶轮铁架车为主。采石方式：在横飞岭还使用了空中吊索。取石爬坡牵引工具：爬坡机采用钢结构，经工地能工巧匠先试制，成功后定型制造牵引线用的钢丝绳；车辆搭接用小钢丝绳和铁搭钩。整个工地，同时有30余台爬坡机在工作，一台可拉牵八至十辆车，主坝可一级拉到顶，工效高，操作方便。压土工具：也以自制机压为主，人工为辅。零星、边角及建筑物旁为保大坝质量用人工石夯。挖土：以爆破和人工挖相结合。整个场面，当代愚公、当代大禹、当代李冰父子，时时能寻，处处可见。

随着工具变革和组织水平提升，民工的热情也持续高涨，施工进度加快。全县上下热切期盼水库大坝早日合龙。大坝早和龙，百姓早受益；大坝成功合龙，表明初战告捷。这一关键工程，得到了全社会的广泛关注。

指挥部对合龙工程原计划在横山村至合拢口两侧筑围堰长 500 米，顶高 24 米，从西涵洞导流。为抢时间、减工时、省成本、拼速度，战斗在一线的有实践经验的土专家，则建议不做围堰，采用交替排水法。这样能事半功倍，快速实现大坝提前合龙。

实干出真知，经验来自于一线，来自于广大人民群众。起先，在坝西侧辟导流沟，先清基（坝轴线上游为宕基，高程仅 13 米），当东侧土填到 17 米高，调由东侧排水，抢填西侧之“沟坝”。交替进行。任何进程都不是一帆风顺的，当交替填到合拢坝高 25 米时，突遭罕见暴雨，水库水位迅速上升。人天大战，险情十分危急。正在这千钧一发的关键时刻，县委领导求得驻军部队现场救急。迅速部署二手准备，一方面迅速动员下游百姓转移，做好最坏的垮坝准备；另一方面全力指挥在现有坝高基础上加高子堰。经过两个昼夜的军民合力奋战，险情得到控制，突袭的洪水被制服。这一过程使子堰坝高达 27 米。

1967 年 10 月，秋高气爽，最后合龙工程鸣枪冲刺。整个工地，白天人山人海，彩旗飘扬，车来人往；夜晚灯火辉煌，挑灯夜战，士气高昂。5000 多民工日夜奋战在合龙口上。

举全县之力，历时二载，续建水库一期工程取得预计实效。大坝合龙，计完成土方 105 万方，护坡块石 3.07 万方，溢洪闸混凝土 2633 方，浆砌块石 6571 方，干砌块石 550 方，采、运、筛、洗卵石 11300 吨，黄沙 7500 吨。

续建第二期，时间为 1968 年 12 月 13 日—1969 年 9 月 28 日。

全县 40 个公社分期分批派民工参与施工，工地常年保持民工 4000 至 8000 人。按夏秋常年施工，冬春突击。目标完成坝标高达到 41 米的全部土石方，溢洪道工程及上下游相关配套项目，包括公路、桥梁、鱼种池、下游闸、涵、渠等建筑。考虑到大坝的沉陷，在主坝加超高 0.5 米，副坝加超高 0.2 米。

一座水库大坝——横山水库大坝，从 1958 年 9 月仓促开工，至 1969 年 9 月 28 日竣工庆典，历时 11 年，一波三折，历尽艰辛，其中英雄悲壮、可歌可泣的事迹，必将载入宜兴史册。

水库工程，共用去民工工日 951 万个，经费支出 527 万元（其中专区拨款 351 万元，县财政拨款 176 万元）。完成土石方 316 万方。

横山水库，巍峨壮观，气势恢宏。初建成后的大坝全长 4090 米，最大坝高 23.5 米，坝顶高程 41.5 米，顶宽 8 米。五孔溢洪闸一座，每孔 2.5 米。东、西涵洞塔式取表面水放水孔两座。溢河闸下游的屋溪河两侧石护块，消洪池、涵洞、闸门等配套工程基本同步完成。工程质量分成几个阶段，从山农自发上马，到土法上马，专家勘测设计，所有地方“大禹”、“李冰父子”、“愚公”一起上。历经 50 多年的风霜雨雪，体现群策群力的大坝依然巍然屹立，牢不可破，坚不可摧。

在修筑水坝的过程中，民工劳动条件和保障极其低等。死、伤、残无数，在 1958 年至 1960 年的二年内，地方治水，死、伤、残无统计，无记录，无保障。1965 年 –1969 年，据查记载，因工压死、劈死 4 人，致伤致残共 488 人。死者按当时一次性抚恤，伤残人员、生活有困难的，全部回到所在社队解决。其实，在穷集体里实质是很难得到补偿和帮助的。民工的抽调、报酬，大部分通过平调回生产队记工、参加民工补贴，以社队补贴和国家补贴相结合，最多只能管个肚皮饱。

建库移民，房屋拆迁，淹没土地，从 1966 年 7 月展开，历经三年。宜兴、溧阳两县三个公社、九大队、33 个生产队，共涉及拆迁农户 689 户，房屋 2678 间，移民人数 3257 人。共使用经费 33 万元。被淹没土地 4235 亩。原屋溪石砾、沟、塘、库、坝荒地等一律归国有。被淹地上竹、树第一次被砍伐，物资归生产队所有，第二次砍伐作价归水库所有。

一切从大局出发，一路披荆斩棘，势不可当。

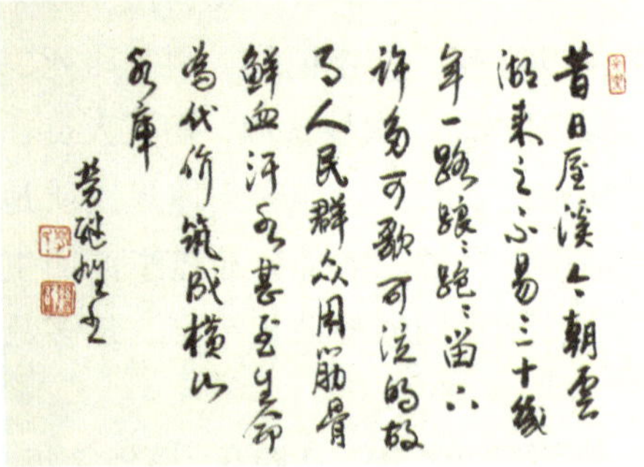

横山水库

1969 年 9 月 28 日，横山水库胜利建成并举行了隆重的庆祝仪式。一座依靠社会主义制度、依靠党的领导、依靠人民群众凝聚起的力量而建成的江苏省第一大水库，如一座丰碑，在𠙶溪上矗立，从此造福宜兴百万人民。

千秋功业，万古不朽。

（三）一湖清泉

在𠙶溪上，昔日易怒的洪水被大坝停蓄在温和的大水库，等待分派发落。

宜兴的太华山，襄王岭、分介岭、唐盘山，溧阳的金牛岭、同官岭、松岭等上游的山冈高地上，长着茂密的松针、竹叶、茶芽、花果，雨季天外来水，飘洒在它们身上，流经根部。雨水经过那松软的海绵土壤的过滤，格外清澈，尤其温顺。𠙶溪河上游的百股清泉，从天而降，就势而下，如今在横山水库欢聚停留，从此不再闹事、惹人生厌。

昔日厔溪，今日水库。一湖清泉。

横山水库中，蓄存清泉量在 7000 立方米至 1.1 亿立方米之间。横山水库下游灌区呈葫芦形，上小下大，上游两侧多高山，下游遍丘陵，厔溪河穿过它的中部。灌区南起横山水库，北至堰头、鲸塘，东临钟张运河，西接溧阳戴埠镇。

横山灌区，由于历史上厔溪经常洪水泛滥成灾，水土流失严重，土地瘠薄，民众苦难不断，称得山穷水恶。这里既易涝也易旱，历史上“十天不下雨，干死桃园筱王；一日暴雨，淹死西渚元上。”多水时却留不住水，少雨时却来不得水，水患水灾，无雨旱灾，民不聊生。

自水库建成，一湖清溪在厔溪，随时听命泽庄稼禾稻，惠百姓子民。股股甘泉从溢洪闸喷涌而出，自南向北，经厔溪岸河，在一个个拦蓄坝间，向东西两侧农田、村舍分流，庄稼、百姓得以润泽，农田片片丰产丰收，村庄百姓欢声笑语。

上世纪 70 年代始，一湖清泉，湖上湖下，形成了良好的水循环生态，粮油丰收，六畜兴旺。从此，带动一方百姓温饱健康，大家喜气洋洋，这景象延续了 20 年。

上世纪 80 年代中后期，随着农村工业化推进，农村开始大办乡村工业。水库上下游，人们不再满足吃饱穿暖，大家在外部农村工业化浪潮的影响下，全面创办乡村集体企业，村村办厂，户户冒烟。水库上游的太华镇、溧阳部分镇村、张渚镇等地区，先后办起丝织品厂、印染厂、制罐厂、油漆化工原料厂、竹木加工厂等。全境都处在水库上游的太华镇，一度还成为苏浙皖三省交界处的工业明星镇。这一时期，同样是大开发、大建设时期，山区采矿业随之兴起。太华乾元、张渚理山等地对大批浅层小煤矿进行全面开采，地面煤污黑水横流。溧阳等上游区域开山炸石声不绝于耳，空气、山脉、大地、溪流被污染，从此不再宁静。农业生产化肥、农药过量使用，形成农业面源污染。人们的日常生活中，也开始大量使用含磷洗涤剂，山岕、溪河、水库污染不断加剧，一库清泉不再清澈见底，一方百姓身体健康受到威胁。

横山清泉水从一类水，下降到二类水、甚至三类水。部分重金属和有毒有害物质元素沉积于库塘底泥。水库的水质，让库区上下人民日夜堪忧。

进入新世纪，工业化进程过快，导致苏南大部分地区环境恶化，人类健康受到威胁。太湖流域水污染事件频发，工农业生产矛盾、干群矛盾、警民矛盾急剧上升，“发展论英雄”指导思想下的发展矛盾，导致片面盲目保护落后生产，污染企业给子孙后代带来隐患。

宜兴地区，水网密布。上游来水形成洪水走廊，宜兴是工业化形成河水普遍被严重污染的地区之一。宜兴南部山区天外来水相对能控制环境污染，通过整治，集水面积有500平方公里以上。人们首先想到的是这一库清泉。

新世纪后，这“一库清泉”受到广泛关注。上游加强环境保护，守护住宜兴人民的“大水缸”；下游节水保供，开发利用饮用水资源。一场万呼众欢的环境保护和水资源利用的战争无声无息地全面展开。

上游宜兴的太华、张渚、溧阳的一角，严控工业项目审批，淘汰工业落后产能，关停工业污染企业，严查严罚人为污染环境行为。全面调整调低第二产业在上游的占比。市政府对搬迁工业项目，关停制污化工企业进行补偿、奖励，用政策激励调优结构、调轻二产、调重三产。农林茶叶种植依据因地制宜的原则，山区全面实行水改旱，坡改树、茶、竹、果，减少农业面源污染，减少农药化肥使用量。对原石矿、宕口、地面采煤等开采作业，坚持“绿水青山就是金山银山”，坚持给子孙留环境，给子孙留财富，停止一切开山炸石，坡地取煤，并进行复绿、植绿、护绿。

为保障上游百姓的生产生活，市政府调集人力、财力和物力，对山区进行全面科学规划，并制定了可持续发展战略，确保这里的群众既能温饱，不落小康，迈步同步进入现代化。坚持对环境进行全面整治，搜集生产生活污水集中排放，集中处理；生活垃圾也施行“组搜集、村集中、镇联运、市统一焚烧处理”；统一供水使用山区库塘自来水；公共绿化，由市镇统一管护；农村燃料一律改用天然气清洁能源……所有的举措，都只为了这一库清泉，为了涵养水源，保护水源地，守护全市“水缸”，保障人民健康。

下游建库的初衷，是治得洪水不再泛滥，让农耕更文明，百姓生活生产免遭洪水成灾之苦。

新时代，新使命，一库清泉，潺湲流淌。这真是宝贝！

人类生存空间里不用花钱买，每个人都能公平公开公正享受到的，就是老天爷赐给人类的大自然。可这空气、水、自然环境等，都在变坏。人类连最基本生存需要的空气和水也受到污染后的威胁，那还有何活路？

宜兴人民是有福气的，因为我们有自己的水缸，有自己的氧吧。

2006 年后，宜兴市域内，政府采取统一收购民营小水厂，进行统一供水，实行百姓饮用水，以一库清泉，供横山水为主，逐步进行全覆盖。市成立公用事业局，依托市自来水厂为基点，融资金，巧设计，快施工，强水质，保优供。

酣甜的清泉，富含矿物质的清泉，带着松竹、果茶香的清泉，汇入横山水库。人们心中由衷地发出赞叹，并将过去的横山水库，改称为“云湖”。

“云湖”，意即高高的湖，是因天上的云彩而生成的湖。这云湖，宛若云朵，仿若洁白无瑕的鲜花，它开在人们的心中。

百万宜兴人民已经深深地陶醉在了这一湖清泉里。饮水思源，这湖清泉来之不易。它开源于远方的海洋，是因风而生，抑或是因云而生？经过太华那片山上竹、松、果、树、草根部“自然海绵地”里过滤而成的清水，如今流到了千家万户，哺育着健康、勤劳、聪慧的百万子民。云生的水，滋润着万千生灵；云湖的水，哺养着宜兴百姓。

这云湖清泉，随着经济社会的发展，已不能完全满足市民生活的需要。为此，近几年来，市政府又决策在南部那边山区，在离着云湖近的地区，相继建成了阳羡湖、镜湖，今后还待建桃花湖……

这些湖，是百姓不可多得的宝贵资源，它们被人们久久牵挂在心中。

（四）和声梵音

南山，山上山下；厔溪，溪上溪下；水库，库里库外。许多故事，诉说了几千年，像汩汩清泉，绵延不绝。悲凉的往事，随着横山水库的建成，被大坝全部装进了云湖。云湖风平浪静，水清气和。悲凉世界，终于成为过去。

南部山区以采摘、狩猎为生的祖先，自生自灭。他们求神拜天地，祷告祈平安，这些，有九峰禅寺、白塔钟声为证。

厔溪周围，农耕祖先，十年九荒，地薄人穷。从古至今，直到改革开放初期，西渚、元上仍位居无锡市最穷困乡镇之列。这些，有资料记载，有扶贫人证。

改革开放的春风，又一次吹拂。这片山河水土，正在讲述新的春天的故事。

地处苏、浙、皖三省交界的太华镇全境，山高溪长，林深竹茂，茶园成洲，盛产板栗、白果、桃花、青梅。这里物产丰富，气候宜人，地势奇特，民风淳朴。近30年来，一改历史上的封闭自私，官民同心，勇立时代潮流。耕读传家，从这里走出了国家两院院士；发展经济，太华成为了经济发展强镇、转型发展新镇；生态保护，这里空气清新，水质一等，为华东地区宜居之首；坚持走可持续发展之路，正在为打造旅游胜地、养生天堂而努力。

太华人民仍然信仰那山水神灵，依然敬畏天地。不知是何时，太华灵秀之九峰之间，民间筹得善款，用心修建起了九间凉亭。站在对面山上远望，这些凉亭像九朵莲花在太华九峰盛开，又似九颗明珠，在太华九峰闪耀。最高峰上的九峰禅寺，同时被整修一新。一方山水，一方人民。山上这九峰禅寺、九莲凉亭，山下这“河海门”楼，为百姓营造了更多平安和谐的气氛，预示着这片土地将更加繁荣富强。

昔日厔溪，今朝云湖。来之不易，三十几年来，一路踉踉跄跄，留下了许多可歌可泣的故事。人民群众用筋骨、鲜血、汗水，甚至生命为代价，筑成横山水库。社会主义制度下，农耕百姓搞联产承包，这片土地旱涝丰收；党的改革开放政策让农民离开土地，半耕半工，半耕半商，摆脱贫困，奔向小康；秉承“宜商则商，宜林则林，宜游则游”的因地制宜的原则，坚持实事求是，这片山乡经济得以搞活，从此迈向繁荣富强；党的宗教政策，让白塔钟声再次敲响。

白塔钟声出白云，故事悠远绵长。

白塔古寺位于厔溪西北西渚镇，系禅宗临济宗道场。始建于南宋咸淳年间（1265—1274）。首建者为志宁禅师，至今已有700多年，历代迭有兴替。据石碑记知，乾隆年间（1735—1796），寺名为“集贤山大觉院”。道光年间（1820—1850），更名为“白塔山大觉禅院”。1265年首建“大觉宝寺”，气势雄伟，钟声远播。寺院后面建有一座七层高白塔，出张渚，上虬山岭，即可遥观金碧辉煌、银光闪烁之白塔雄姿，尤当夕阳西下，晚霞映照，白塔更显壮丽。

清道光后，太平天国战火四起，大觉禅院因战乱毁损，仅留得白塔原址，山寺院一座。

1938年，佛光山开山宗长星云大师，12岁在南京栖霞山拜礼临济宗第47世志开月灯禅师为师，披剃出家，法号悟彻，号今觉，为临济宗第48代传人。志开上人正是宜兴白塔大觉寺主师。1947年，星云（今觉）与师兄今观法师返回白塔住持事务，任命当家，并兼任白塔国民小学校长。

正是星云，正是年少的星云在厔溪，从白塔大觉寺走向了台湾，走向了世界人间佛教，才有了今天的云湖，才有了和音梵声的延续。

这星云，1949年去了台湾，1967年在高雄县大树乡创建佛光山，修行，建院，创人间佛教，建数十处道场，传数十万弟子于世界各地，且不论述。

党的宗教政策不断开放，1989年，星云由台湾返回大陆弘法探亲，时隔40年，他回到宜兴祖庭礼祖，眼见片瓦无存，默默感叹，立志复兴祖庭。

等待时机，又经历了15年。2004年5月，经宜兴市人民政府批准，同意重修建造宜兴白塔大觉禅寺，简称“宜兴大觉寺”。经过一年的勘测，原址大部分已被𬇙溪恶水冲毁，部分为小学和民宅占用。只得易东五里，以西渚镇横山村王飞岭山岕和云湖之畔选为新址，占地2000余亩，依山傍水，翠竹环绕，环境优美，山水相接，通达便捷。

2005年，星云大师派法师、居士开始勘测、规划，组织重建。2007年上半年，大觉寺合法登记，展开寺务运作。观音塔殿建成，第一期竣工。2010年大雄宝殿竣工，2016年，白塔高楼竣工启用。大觉寺被世界佛光人公认为“佛光祖庭”。

新中国成立前，𬇙溪河边上的悟彻、今觉；新中国成立后，云湖边上的星云、和尚、大师。他回来了！来了10年，带着什么而来？带回来了白塔钟声。

闭塞的山村，西渚、元上、横山，这些地名，似乎是与“穷”“僻”连在一起的。

有万众的力量，才有清澈温顺的水流声；有星云，有大觉，仿佛一瞬间，这僻静的山村来了许多陌生的人群。

大觉寺院，无声无息地天天在建设，在变化。投资1亿，5亿，10亿……更多。

初建成的大觉寺院内，渲染的氛围是：三好，即说好话，做好事，存好心；四给，即给人信心，给人帮助，给人方便，给人希望；

处处做好事，时时说好话，念念存好心，欢喜做好人；满口的好话，满面的微笑，满手的善事，满心的欢喜。生命之歌：春天不是季节，而是内心；生命不是躯体，而是自性；老人不是年龄，而是心境；人生不是岁月，而是永恒……

寺院内，有从台湾来的僧人妙士等法师住持，寺务运作井然有序，有条不紊。从日本、韩国、新加坡、台湾、香港等国家和地区赶来的信徒络绎不绝，有来参观的，有来资助的，有来当义工的，也有来听经的……这里的义工来自四面八方，有从北京来的、有从上海来的、有从苏州来的、还有从杭州来的……其中有学生，有商人，有年长者，有青少年，有外地人，有当地人。听着他们夹杂着乡音的普通话，觉得是那样的亲切。他们神情慈祥，面带笑容，仪态端庄，在各自义工岗位上奔忙。他们在修己，修身，利人，为人。

寺院内，一年四季，月月天天，会按照大觉人间佛教安排不同的礼拜内容。不烧香，不收门票，向世界各肤色人群开放。信众信徒来到大雄宝殿，有出家僧人或义工领着，奉上一朵鲜花，让信众借着花献给佛。人们久久地站在佛前，专注凝视着大佛，以心用意表达愿望，虔诚者向佛计数着下跪叩首。有的来听经学佛，有的吃素养心，读书诵经，感应梵音。许多旅游组团，排成长队，廉价旅游，欢心而归。

星云接古诗人名句，烟花三月下扬州，茶禅四月到宜兴。这宜兴，大致专指大觉禅寺吧！每年4月下旬，宜兴城乡桃红柳绿，菜花黄，麦浪绿，茶叶香，满眼翠绿，百花齐放，人间江南，胜过天堂。一年一度的国际素食文化节，在大觉寺如期举办。以东南亚地区为主的豆制品、水果、糕点、调味品、当地的各类有名素食，均汇集在此。人们在这里交流文化，交易商品，交谈百事。素食文化节兴一方经济，活一地社会。这里是几十万人聚集之地，素食文化节欢天喜地，热闹无比。

寺院外，市委、市政府修成一条条黑色马路，马路两旁树树成行，果成片，茶如洲，一排排农舍改造一新，新农村建设日新月异，随时接受着中外游客的检阅。

人流、物流、资金流，山村变得热闹了起来，百姓的腰包也开始鼓了起来。社会化投资，五星酒店，云湖国际会议中心，农家餐饮，农舍旅店，如雨后春笋。

星云回来，回到宜兴，走近百姓。一年一度，在宜兴体育中心专场为百姓讲禅文化、讲人生、谈处世、说健身、调心态、答疑问……可容纳3000人的会场内座无虚席，两三个小时的讲座，与会者听得聚精会神。一个和蔼可亲的声音，带着满堂有节律的掌声。

这是名副其实的和声梵音哪！

（五）水库云湖

写下这些，便想起我们的国歌《义勇军进行曲》里的这句歌词："把我们的血肉，筑成我们新的长城。""把我们的血肉，筑成我们新的长城。"这是宜兴人民为建设横山水库，经受十年风雨艰苦历程的真实写照，也是宜兴人民"遵循自然，利用自然，改造自然"的真实写照。这片山河上的人民，永远不会忘记前人对后人的付出，祖先们开荒造田，改良土壤，兴修水利，建桥筑路，造房修舍，居功至伟……

饮水思源。尤难忘，横山水库。尤难忘，云湖清泉。

几千年，屋溪上下，
十年九荒，山洪泛滥，
百姓低头无语长哀叹；
新中国，众志成城，
苦战十年，建成大坝，
百夰川水汇集成水库；
一湖水，冰清玉洁，

养鱼遨游，浇灌良田，
万顷禾稻茶果喜丰收；
一道场，护佑万众，
八方来宾，修得善行，
千古白塔钟声起梵音；
山乡间，今非昔比，
车水马龙，经济腾飞，
万民苦干巧干笑欢颜！

十二、太滆平原

太滆平原，位于太湖和滆湖两大湖泊之间，是江苏省宜兴和武进两县的一部分。因其面积较小，在中国的地理学上，既找不到它的位置，也提不到它的名字，就连江苏省的地理标识也没有太滆平原的一席之地。

太滆平原形成约有 2000 多年，由长江之水冲积而成。在治理太湖流域时期，它才从沼泽地区显出“背影”。 太滆平原的农耕文化年龄，充其量只有 2000 多年。在这片平原上，没有先贤的文化遗存，更找不出“骆驼墩遗址”这类有着 5000 年以上历史的人类遗迹。

太滆平原，是大自然留给人类的一块风水宝地。聪慧的祖先，在这里开荒、修田、繁衍、生息，创造了许多奇迹。这里湖光水色，锦绣遍地，适于耕作，宜于灌溉，旱涝保收。往事并不如烟，这片人灵地杰的土地，生长出许多动人的故事。

上世纪 80 年代，上级在进行农业区划时，给这片土地冠之以“宜兴县太滆平原区”的名称。是的，这里是全县七个农业特色区之一。岁月悠悠，我在这里曾经工作了近十年，对这里的人文演进、农耕文化乃至前世今生都留下了深深的印象，永生难忘。

（一）

从空中俯视那太湖、滆湖和太滆平原，这里水面温和平缓，土地美丽富饶，一切都让人觉得赏心悦目。

太湖，中国的第二大淡水湖泊。形不狭长，四周开阔。晴天，阳光照耀，水面波光粼粼；雨天，湖面一望无际，烟波浩渺。沿着湖岸，东南西北，皆有秀色山川。这里虽无大江大河出入，但拥有许多大湾。这些大湾藏得住天上明月，地上佳丽。湖边的芦苇浅滩，是鱼鸟的天堂。难怪大家都爱传唱这首歌："太湖美呀，太湖美，美就美在太湖水，水上有白帆哪，水下有红菱哪，水边芦苇青……"

滆湖，横跨武进、宜兴二县。形呈椭圆，南北长，中间宽，无棱角，不尖锐。滆湖之美，绝不在太湖之下。且与太湖相比，更显温和、包容、大气。这里湖连着岸，岸亲着水。四周无山无高地，伴着平静的湖水芦滩的，是一马平川的广袤田野。

太滆平原区，是指椭圆的滆湖南头和似圆非圆之太湖的北端所拥在怀抱的陆地平川。这里的地面海拔高度，在上海吴淞口基准水位 5.5 米至 6 米左右，是农业灌溉、抗洪排涝理想的黄金高度。得天独厚的农业自然条件和肥沃的田地，使这里成为宜兴最富有的平原区、最高的产粮区。

在滆湖的源头，西南、西部、西北部三方来水，经许多条河港汇集，注入滆湖。短暂停留，净化以后，又从太滆平原上许多条蜿蜒曲折的支脉，一路抢跑，跳跃着奔向太湖。

太滆平原南北间，有一条数十米宽的东荡大河，以作河道，调水。东西向几乎全是小河。小河弯弯，河水清清；小河深深，河水湍急。如果说这些小河是一条条活着的龙，那整个太滆平原就是一片活龙地！

这片活龙地上，随处可见那小桥流水、白墙黛瓦、村舍田园，尽显出一派江南的无限好风光！

（二）

太滆平原区，几经行政区划调整，宜兴境内南北距离也就十来公里，滆湖与太湖间的东西长宽约 15 公里。这里从西向东，分别是

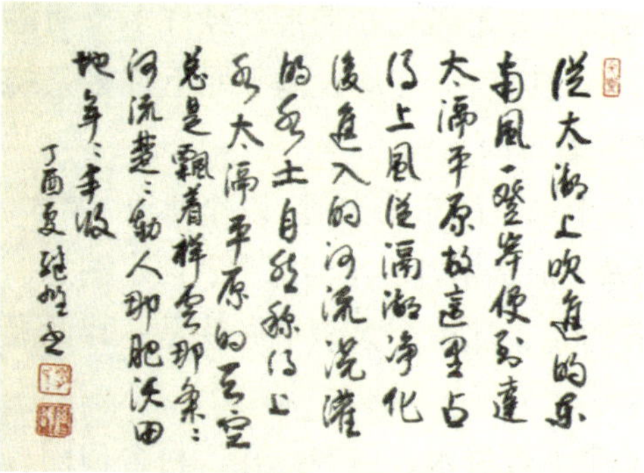

高塍、和桥、万石、芳桥、周铁五个镇，人口20万左右，疏密相间。

这里占得上风上水。从太湖上吹进的东南风，一登岸便到达太滆平原，占得上风；从滆湖净化后进入的河流、浇灌的水土，称得上水。太滆平原的天空，总是飘着祥云；那一条条河流，楚楚动人；那一片片肥沃田地，年年丰收。

“阳羡状元地，周铁教授乡。”历朝历代，太滆平原英才辈出。这里出过状元陈于泰，出过无数进士，还出过阳羡词派领袖陈维崧。新中国成立后，出过无数国之栋梁、科教巨匠，知名的有周培源、蒋南翔、唐敖庆、虞兆中、陈天民、邵奇惠、钱文忠、闵九康、王瑞松等一大批教授或院士。艺术大师徐悲鸿、徐章、尹瘦石、吴冠中、闵惠芬、吕尧臣、冯晋庸、吴开诚等也都出生于太滆平原。除此之外，还出过曾任江西省副省长、湖北省委书记的蒋祝平以及邓同山、谢永棠、王良钧、张盘洪等不少军中豪杰。

对从这片土地上走出的体育健儿丁俊晖和谈艳华，劳动模范张涛等，大家也都是耳熟能详。

200 多平方公里的土地，密集地走出许多闻名中外的各界英才。若宜兴称得是中国三大风水宝地之一的话，那太滆平原这片水土，绝对称得上宜兴 2038 平方公里中的风水宝地之杰、上风上水之首。

（三）

太滆平原上，最先到达的先祖，并未经狩猎文化过渡，而是直接跨入农耕文明，并延续至今。

太滆平原，东西两头为两大湖泊，湖边是芦苇滩地。整个平原区，在东北角的太湖边有竺山，海拔百米左右。平原中部，有屺山和阳山，这两座小山丘面积不大，山高几十米。阳山边上有一荡，叫阳山荡，山荡同名。除此之外，就是一马平川，小河密布。太滆平原也算有山有水有平原，是典型的江南鱼米之乡。

这里地块虽不大，但田地平整。在传统的原始种植条件下，这里也算环境优越、得天独厚。先祖农民，以种植稻米为主，秋季套种麦油。这类田地，积造自然肥料不需要爬高翻埂，田间积水也只需开沟自排，因此，这里是天然的生息养民之地。

太滆平原，不仅能给先祖提供充裕丰盈的谷粮，还派生出许多颇有特色的农副产品。

在临太湖边的周铁镇、洋溪、新庄一带，土地松软肥沃，最奇的是它白天见光变干，夜间日落见潮，被称作金贵而稀有的“夜潮地”，非常适宜耕作。这里，既可种粮，也宜种菜。在“以粮为纲”的时期，这里的徐渎大队是出了名的高产大队、农业学大寨的先进典型，首先插上了“吨粮田”的红旗。后来在“因地制宜”的指导下，这“夜潮地”更是适宜许多经济作物的生长，这里产生的亩均经济效益成倍高于种粮。“夜潮地”上种的百合，被誉为“太湖人参”，健康人吃，有健身养颜之功效；病弱者吃，有益气生津、调肺安神的作用。“太湖人参”也因此成为了一张闻名中外的宜兴特色农产品名片。“夜潮地”上产的白萝卜，色泽亮白，体型硕大，有质有量，难怪大家都夸它：“生吃又脆又嫩，熟吃‘糊烂糊烂’。”“夜潮地”上种出的蔬菜，也是品种多，品质好，产量高。这渎区，成为了无锡大市乃至整个华东地区有名的蔬菜种植基地。

在万石镇，水芹成片种植。这里产的“祥下牌”芹菜，根茎亮白，叶色碧绿，生态环保，直销上海、无锡、杭州……后进行网上联销，产品更是供不应求。

太滆平原产的农副产品中，高塍猪婆肉与和桥豆腐干被列入了宜兴非物质文化名录。有名的芳桥烘烧饼和屺亭熟食也吸引了许多喜爱美食的人。这些丰富多样的美食，把一村一品、一镇一业，表现得风生水起。

当今社会，商品化、工业化的步子迈得也越来越坚实。这里打造出了全国一流、闻名于世的“中国国际环保城”、“中国石材城”，建起了国家级授牌的“中国环保装备产业基地”和“机械制造装备基地”。这里形成的是一派物产丰富、经济发达、人民富裕、乐业安居的和谐之景。

这里，天造自然美，人勤面貌新。

（四）

在上个世纪中后期，因“人定胜天”的轻言、集体“一盘棋”的大局、“以粮为纲”的左倾，太滆平原上永远地留下了几处无法弥合的“伤疤”和两道深深的“刻痕”。

这“伤疤”，叫围湖造田运动。

这“刻痕”，由人为开拓河流所致。

围湖围滩造田运动，起始和狂热于上世纪 70 年代。当时，全国实行“以粮为纲”，为积极响应“农业学大寨、工业学大庆、全国学人民解放军”的伟大号召，这里也“有山开展建梯田，有水进行围垦种粮”。

高塍镇（公社）与和桥镇（南新、闸口公社），地处滆湖东南岸。从北至南，大自然天造人养，鬼斧神工，南新、闸口公社湖岸外滩“双芦墩”的那片芦苇，实属江南独秀。这里的芦苇，比“沙家浜”的芦苇更高大、更茂密，其粗壮厚实似“小竹”，长绿身高像“巨麻”。水中的绿草、湖上的翠叶、中间的碧水，让人记忆尤深，千百年来，这里成了飞鸟的天堂和鱼类的繁育场。可运动来了，其势不可当。人们顾不得天堂，也留不住繁育场。这片芦苇荡，被南新、闸口、和桥公社分割，分别被围垦成了长征圩、南新圩、西锄圩。

高塍公社，被滆湖东南那一湾圆圆的湖湾环抱着。这里河港密集，弯曲自然，上水汇集，有深及浅。这里是风水极地。在避风渎港、志泉港、富渎港，后庄河、高塍河上游，人们在低洼地、浅滩湾和近岸湖大规模地开展围湖，建造号称万亩的红旗圩。后来并入的范道公社，也被围上了新富圩、梅贺联圩、吴家圩、范道圩、积丰圩……

围湖造田，谁围垦，谁种植，谁收益，这既是响应上级号召，又有“抢资源”的内生动力。围湖造田面积极大，几千亩、上万亩，围圩以公社为单位组织，归全公社人民所有。几千亩、千亩及以下，归几个大队，或就近大队或几个生产队所有。这种既能出名又涉利益的推动力，上世纪 70 年代掀起了高潮。

秋收秋种结束，河湖进入枯水期，水位随北温带降水量减少而降低。人们在预先规划的湖滩上，早早地沿四周开始打桩，简易的用围栏、烂泥，筑成高出水面的堤坝，抽干了围在圈里的水，再开一些沟，再抽水，让表皮泥水淋个半干半湿，最后，利用秋日凉风低湿度的天气，尽可能带走烂泥中的水分。

以公社大队为单位的指挥部，将规划好的堤坝高、宽、坡比，绘成图，用竹竿放出实样。然后，计算取土方，堆土方，准确测算运土距离远近，进行科学折算。再按人劳比例分配到各个大队、各个生产队，以生产队为单位实施。

冬闲变冬忙，绝对地拼命干。这是响应上级的指令，以实际行动表示对上级的忠心。同在一个战场上，最能体现“抓革命促生产”的实际态度，甚至连区委书记、公社书记，他们都会在天不亮时担着泥担子，行走在赶往围湖造田的群众队伍中，了解群众情绪，见证各大队实际行动的情况。

整个围湖造田的工地，场面热烈，红旗招展。高音喇叭里一刻不停播放着革命歌曲，以举全公社之力，为战天斗地夺丰收鼓劲。

秋冬时节，虽不是汛期，但劳动者站在湖底里挑挖烂泥，那不讲情面的绵绵秋雨、凛冽寒风、湖湿寒气，一刻也不停地侵蚀着劳动者的身体。

上级一声号令，必定是浩大的人民战争。参战百姓没有选择，没有退路，唯有拼死拼活地抢时间抢进度。一群群老百姓黑灯瞎火出门干活，直忙到伸手不见五指才摸进家门。那些忠良的百姓，那些老弱的残兵，在这场冬闲的战役中，许多人落下永久的病根，更有那些经不起夜霜袭打的老人，缩短了几年的寿命。

上世纪 70 年代的冬季，沿滆湖有好几年，湖边人山人海，红旗招展。

在浩瀚的太湖西边，周铁公社、洋溪公社、新庄公社，同样在牢筑堤，围湖造田，广积粮，共筑成了大小不等多片“粮田”，如竺山圩、周铁圩、新庄圩……

宜兴地处太湖西岸，这场声势浩大的人民战争，使三十几公里的湖岸线，几乎被拉成直线，后来年年季风来袭，为挡这风高浪急，只得开山取石，人工石块护坡。那些湖上枯萎后的草叶湖渣，岸上飘落和上游夹带流入的漂浮物，不再有挡浪的浅滩、自净的芦苇草地，为它净化。日积月累，太湖水逐步富营养化，逐步地被工业化污染。“太湖美，太湖美，美就美在太湖水。”跨入新世纪以来，这首民歌就不敢再被高声传唱了。

太湖、滆湖这两湖的美丽秀色和自然风光，全因围垦，才留下了那块块“伤疤”，这份残缺，至今仍在眼前利益面前，低着头，流淌着“脓液”。

1975年冬天，“农业学大寨”的最高指示，正在宜兴大地上被坚决地贯彻执行。全县上下“战天斗地”的场景如火如荼。县委、县政府决定，集中全县一半劳动力，用最快的速度开一条长约15公里、宽约30米的大河，以连接滆湖与太湖，使这条河既能通航，又能满足快速泄洪的需求。这条用人工开拓的河，就叫殷村港。

我在《让汗水流淌》这本纪实散文中，写了一篇《在红旗招展中开出一条大河》，记述了自己参加这场山河水土切割的过程：

号召一经传达，各区、公社、大队及生产队逐级迅速安排组织劳动力。俗话说“兵马未到、粮草先行”，当秋收秋种还未结束，我们大队便按上级统一部署，集中了生产队的劳动工具、粮草、伙房人员、草席、地铺等，用机帆船装载到了开河工地。

特殊年代，整个组织工作实行的是军事化编队。公社变成了一个营级单位，设立指挥部；生产大队为一个连；生产队便是班。我们生产队每户出一个劳力，共18人组成一个班。出发那天，18人早早就吃过中饭，在副队长的带领下扛着旗帜，雄赳赳气昂昂地快速赶赴30多里外的和桥镇，说是先去那里参加万人誓师大会，随后立即要投身于战天斗地、“愚公移山”式的人工开河战斗之中。

一路急速前行走了约三小时，队伍行进到离誓师大会地点大概还有六七里路的南新街时，大队的通信员突然赶来向各班领队急报，说部分营和连已经在工地上摆开了阵势，投入了战斗。连部要求各班立即放弃参加誓师大会，以最快速度直接开往工地。随着班长的一声令下，我们18人直奔指定的刁家荡工地。

到达现场，只见东西向的田野里早已钉好一排排编上号的木桩，作为开挖和分段的标记。经领队人员统一分工后，我们18人用自带工具开始了艰苦的“挑河”，挖的挖、锄的锄、挑的挑。我们生产队男劳动力少，因此参加挑河的女劳力有11个之多。18人中年龄最大的近50岁，年龄最小的应该就是我，才刚满18虚岁。这个班与其他班组相比，各方面都没有任何优势，但总任务却是按生产队拥有的田亩下达的，一点都不比别人少。所以，我们唯有严密组织加有机配合，巧干加每个劳力最大限度的苦干，方能战胜困难，夺取胜利。战斗一打响，各班组之间就展开了激烈的比拼。大家忘记了饥饿与疲乏，一直干到天黑得实在无法再干了，才摸回营地。胡乱吃过晚饭，顾不上好好洗漱，我就一头倒在地铺上卷着被睡着了。

第二天天刚蒙蒙亮，营地上就响起了上工的哨声。开河工地上，各营各连都在自己的阵地上插上了队旗和鲜艳的彩旗，每个营统一安装上了高音喇叭，鼓舞士气的革命歌声响彻云霄。几万人在飘扬的红旗下斗志昂扬，各营各连各班在高亢的歌声鼓舞下争抢进度。第一次参加如此高强度的劳动，我的手上磨出了血泡，而且全都破了皮，肩头上被扁担擦破了的皮黏连潮湿的内衣，夹杂着流出的血与淌着的汗，钻心般的疼痛。18岁的我没皱眉，更不能吱声。午饭和点心两顿都是在工地上解决，端起饭盒拿起筷子，我的双手禁不住直哆嗦。此时，人如牛马，还必须强忍前进。我作为共青团员、青年骨干和男子汉，认识到虽困难重重，却正是方显英雄本色的时候，我坚决不能退缩，既不能比别人挑得少，还不能比别人跑得慢。就这样，我和大伙儿每天都坚持到天黑得不能再干的时候才收工。深秋的夜晚已经寒气逼人，回住地的路上，夜霜打在身上透骨冰凉。随便扒拉完几口饭，胡乱擦把脸，我就如一摊烂泥般的倒在了简陋的地铺上。刹那间，两行泪水夺眶而出，沿着耳根无声无息不停地往下流淌，却不敢有任何抽泣。是苦？是累？是怨？咸涩的泪水就这样无以名状地流着。可惜连梦都没有来得及做，外边就又响起了新一天开工的哨声。

深秋的清晨，路边枯萎的草根上结满了一层厚霜，晨曦中泛着晶莹的光却让人战栗。一干起活来，不一会儿每个人就又汗流浃背了。高音喇叭最是不知疲倦，每时每刻响个不停，每天除高喊动员令和革命口号、播放革命歌曲外，上午和下午两个时间段还要分别播报各连开挖进度。这进度牵动着每个民工的心，逼着大家你追我赶。我们这个班因劳力数量不足和男女比例倒挂，进度总是特别让人揪心。所以，每一位成员就更需要时刻加倍努力，但人岂是牛马，何况每日每餐面对的都是令人难以下咽的饭菜。

几天后，我终因疲劳过度脸色煞白昏倒在了工地上。大家把我扶在一边，经过短暂的休息后，我又继续投入了战斗。过后，不知是队伍中哪位好心的女同志将我的情况告诉了班组所寄居的房东家的女主人。这是一位善良的中年妇女，丈夫在和桥粮管所工作。她得知情况后连夜从自留地上拔了几棵青菜和一把大蒜，天没亮就把用菜油炒得碧绿的青菜和大蒜装在了一个塑料盒子里，赶在我们上工前把盒子交给睡在地铺上的我，关切地说："小伙子，看你嫩皮嫩骨的，每天经历这样的强体力劳动，吃不下饭硬撑下去是要出事的。你带上它下下饭，换换口味，也许会好些。"这一举动，让我激动得说不出任何一句感激的话，只知道低着头向她直鞠躬。这位好心的妇女，前后共为我开了三次"小灶"，后两次还特意加了几块豆腐。她既是让我能坚持下去的动力源泉，也是令我一生不能忘怀的恩人！

由于正值秋收秋种，我们这个班和别的班一样，没有其他壮劳动力调剂来支援开河，所以始终只能是由 11 个"铁娘子"和 7 个"硬汉"在工地上顶着。不管怎样，工程总算接近尾声了。

工地上，满耳是高音喇叭传来超强的冲击波，满眼是猎猎飘舞的红旗。当然，私底下，民工中还传播着因开河而致的种种惨烈的场景，先后出现了因力气大小而当场被挑死的，也有被营连之间的"烽火墙"倒塌压死的，还听说了从西乡出发的一条满载着民工的水泥船天黑时途经西氿新街段，在破冰前行中整船沉没，几十个民工横尸河滩……后来据不完全统计，开拓这条人工河共死伤民工有近百人。

太滆平原上的“第二刀切割”，是在上世纪末破土动工的。

农业正面临着粮食生产连年丰收后的农民“卖粮难”，农村工业化形成的工农剪刀差比以前更为明显。谷贱伤农，种田人的地位下降到冰点，大量农田被抛荒、半抛荒。而国家号召的以工养农、农工一体化正在尝试之中。国家财政对农田水利建设实行专项补贴。此时，选择再开河项目，便正是项目大、时机好、显政绩的机遇。

一个跨越世纪的水利项目开始施工了。全程采用机械化，分段承包，按土方实方结算，共耗资几千万，拆除搬迁农户几百户，损毁优质良田近千亩。那时的补偿费，农户房屋每平方米仅为150到200元，农民承包地每亩不足2000元，而真正到承包户手中的补偿费，最少在每亩800元，一般在每亩1200元左右。

大河按时开成，外形笔直。人若站在河沿，河水一眼不见底。经验收合格，这条河被命名为“烧香港”。

老百姓说，香港才回归祖国，我们这里把这条河命名为“烧香港”，是不是不讲政治？而且这名字也很难听。政府回应说，不要迷信。太滆平原这么一条小河，何足能对比香港？百姓的议论如过眼云烟，该种地的还是继续种地，河道命名这件事，是好是坏轮不着百姓说长道短。

（五）

太滆平原，从几万年冲积平原形成了湖泊、滩地、芦苇、平原和流经平原的河港。在没有经历集体化、机械化、工业化、化学化的时代之前的2000多年里，这里湖中的许多生物，是自生天养，充满野性，天然多样；这里滩地上的许多水生植物，是适者生存，优势互补，四季芬芳；这里的河港，纵横交错，是自然弯曲，活龙活现，日夜奔流；这里大小成块的田野，是一马平川，麦浪稻花，鱼米飘香。那农舍，石桥，那凉亭，田野，分布匀称，遍及那块水土的乡村原野。

进入20世纪中期后，集体化，在两湖岸进行了围湖造田、开垦种粮，滩涂与田野一度成同种色彩。当江南进入雨季，汛期的洪水无法漫进浅滩低圩，蓄水面积的减少逼得人们只能开河泄洪。而那些泄洪河道的开拓，又让原本许多弯曲自然的河流失去了活水的功能。特别是枯水期，许多流经村庄的自然河，如同死潭死水，河水发黄发黑。

无论从高空俯视，还是进行航拍，太滆平原上那两条笔直的人工河流，都像留在这片水土上的两道深深的伤痕，至今无法抚平。

人类文明的进化历程，随着科技革命浪潮的兴起，随着农村工业化和化学化进入中国，全国各地都景况无异。

上世纪70年代，最初进入中国的化学肥料，在我的记忆里是苏联造的碳酸氢氨、硫酸氨，对从未使用化学肥料的地块，这化学肥料施下去是特别见效。洋为中用之后，直到今天，整个中国农村，几乎所有田地全都吃上了这“鸦片”，简直是到了“无化不肥、无化难收成”的境地。

在我的记忆里，使用农药是从日本进口来的“六六六”剧毒药粉开始的。这种剧毒散粉，能对付各种虫害。引进时，专门对付“铁嘴虎牙”之称的蝗虫，因效果显著，后就大面积应用于大片农田，防治各种害虫。经科学检测，这种叫“六六六”的粉剂，使用后，它的毒害性能残留在土壤中将近50年。它，是一种既能毒杀害虫，也能毒害人类的毒药。继“六六六”之后，后来又有了许多如“1650”、“敌百虫”、“敌杀死”等能让害虫一扫光的农药，形态有药水、晶体、粉剂等。

化学化，在杀死害虫的同时，几乎也将田野中的青蛙、蛇类、黄鳝、蚯蚓等许多生物斩尽杀绝，河流中的天然鱼虾类、贝壳类等多种生灵也被弄得晕头转向，它们一批批地半死不活，最终肚皮朝天。那些生命，在一场场的侵害和毒杀中，面临着灭绝，衰退……大自然的春天，从此开始变得寂静。

太滆平原上的工业化历程，是在上个世纪80年代开始的。太湖上游曾经是小化工天然的发源地，在这里，许多小合成化工、医药中间体工厂如雨后春笋般悄无声息地创立。

我在《农民兄弟的大好人》一篇记实文中，记述了太滆平原上的这两件事。

2000年，我任职于宜兴市农业产业部门。这一时期，是人民生活从温饱到小康，逐步向农村现代化迈进的新时期。宜兴农业这第一产业在县级市里，让第二、第三产业挤压得只占经济比重的10%左右。在“一切向钱看”、“发展是第一要务”的大潮中，倾注重视农业的精力，有时出现只是为履行会议，做做表面文章而已。在处置农业、工业、服务业三者矛盾的时候，重工轻农，重商轻农的倾向显而易见。部分重商轻农户、缺劳户的承包地，出现了抛荒、半抛荒。这时的农业，分田到户，任其发展。政府和社会普遍对农业的态度，就像是看步入垂暮之年的长辈，大家不能得罪，只是见了点头尊重，嘴上应付好听，实质在娇惯着、呵护着“儿孙辈”的工商业。倒是农业产业局是农业的代言人、农民朋友的好兄弟。其本分就是实实在在帮农民代言，助农业丰产丰收。

事物的发展总也不可能永远一帆风顺。苏南宜兴农业产业占GDP的比重从50%、40%、10%下降到目前的3%左右。虽则占比下降，但“手中无粮，心中发慌”、“无农不稳”是至理大道。农业的重要性不容小视，这3%的重要性体现在按从业人口计算，农民超过全部就业人数的60%之上。发展工业靠钱挤占着农业的耕地；发展经济是钱吸引着人们的眼光；部分工业企业生产破坏着农业生态环境。耕地的减少和牵制领导精力，低效低收入的农业产业不被重视，是这一跨越发展中的必然，也是短期内必须接受的事实。当工业生产破坏农业生态环境、影响农民的生存环境和利益，此时，农民兄弟被迫“揭竿而起”也是情理之中的。

2000 年 7 月，有一个叫杭上头的镇边村，农民开始“造反”。几十个村民冲进边上的化工厂，聚集着找老板，扛厂牌，要求停工。这阵势来势汹汹，一下子让厂方始料不及，不知所措，向镇政府、工业公司、镇派出所告急。百姓不为别的，工业影响农业灌溉水，工业影响河道生产水、养殖水，气味影响着人们的生活健康，个别反映情况无济于事，环保部门检测“只廿九（研究），无三十（结果）”。领导干部手心手背都是肉，一边是“百姓父母不可欺负”，一边是“GDP 贡献不舍割爱”，下不了狠心，下不了杀手。农民从中午进驻厂，闹到天黑，厂方先是劝阻做工作，到双方强烈对抗相持不下，最后情绪激烈冲动。在镇当地政府请求下，市级工业主管部门领导和农业主管部门领导及时赶到，三方听取情况，会商意见。最后农业主管部门领导和村干部走进群众，座谈讨论，尊重民意，很快息事宁人，暂不再闹厂。允许厂方拿出实在诚意，限定期限，确保在环保措施优先条件下，生产半年后，关停化工厂，异地再发展。

2001 年 7 月，沿太湖边上有个渎区镇，小化工厂相对密集。几个村庄连片种植的水稻秧苗刚栽种成活返青，瞬间出现大面积枯黄，当地百姓焦急万分，聚集在一起，大家七嘴八舌，通过议论分析，一致决定要找出致秧苗枯黄的源头。百姓们派代表到一个个小化工厂询问，可家家不认账，个个态度硬。气愤的农民便组织起来，分工就近，紧盯企业，日夜值守。有的小化工企业为保生存，对当地农民施以小恩小惠，逢年过节发油送日用品。有的小化工企业，以社会贡献者自居，对影响百姓利益和破坏生态环境置若罔闻。一旦有情况，先报 110，来个恶人先告状。这种企业最让百姓寒心愤恨。这次小秧苗造成大面积发黄，百姓们再也坐不住，任凭小恩小惠收买大家也毫不动心，即使用政府警力压制大家也绝不买账。老百姓的不满像将要爆发的火山，即刻会岩浆喷涌。果然，镇派出所接到小化工企业报警，说是当地农民闹事，影响企业正常生产。民警接到求助，必须出警，否则，有些村民，甚至人民代表会告你派出所不作为，出警慢，不是人民满意的警察。值班所长便下指令赴出事现场即化工厂。几个村的村民集中在厂门口，以前出现过类似情况，拘留过几个村民。这次群众自认为在为争取自己的权益和争取好的生存环境而战，意见和口气十分一致。当看到警车闪着警灯直奔小化工厂门口时，人群中只听得其中一个百姓高呼："派出所又要来抓人啦，咱们这次不能买账，要抓要杀也要拼！"几十个村民便自发地拦住了警车前进和后退的去路。这时，两位民警从车里钻出来高喊着："干吗？不要胡来，你们这是袭警，是违法的啊！"百姓们听了这话更是来气，集聚着怒气的人群便开始动手砸车、翻车。警车司机连爬带滚逃出驾驶室。"一，二，三！"警车被掀翻在路的一旁。民警们真被乡民的举动吓着了，几个人跑回了派出所。良好的警民关系，被发展中出现的环境问题给打破了。

回顾这两件事，无一不反映了工业企业与农业产业之间的矛盾，从中不难看出农业对自然环境的依赖，不难看出农业产业和种地农民的脆弱。

化学化、工业化，一方面帮助人类解决了生产中的困难，改善了生活，提高了经济效益，另一方面却着实给大自然带来了极大的破坏，造成农产品品质急剧下降，给农业生产带来了很多负面的影响。2007年夏季，一场自然灾难开始报复人类，太湖蓝藻全面爆发。太湖一望无际，是一个大湖，在卫星观测点上，可以发现湖中央泛起黑水"云团"，湖面上漂着蓝色藻类。藻类暴发式地疯狂繁衍，湖水散发着难闻的恶臭，昔日清清的湖水变得像绿色的油漆一样浓稠。整个沿湖城市，依靠太湖供应水源地，全部无水可饮，人类无澡可洗。这是到了何等可怕的境地，人们开始变得惊恐无措，很快惊动了市、省、中央。

太湖"生病"了，环境持续恶化，太滆平原区一样遭受着因环境破坏而带来的伤害。太滆平原地区，必须开始"吃药治病"。

人们从“发展是硬道理”起步，终于清醒地认识到“硬发展无道理，只有科学发展才是真道理”。

一场保护环境的硬仗正在展开。想要留住绿水青山，必须以壮士断腕的决心，搬走一批批有污染的化工企业，调整工业生产结构，优化农业产业结构，必须贯彻“宜农则农、宜粮则粮、宜渔则渔、宜林则林”的指导思想，必须重新培植生态，严格环境保护，讲究科学，敬畏自然。

（六）

确实，从历史的眼光来看，这小小的太滆平原区，大自然给予了无限厚爱，赋予了无数有利的客观自然条件，使人农耕，使人读书，使人传家。

从主观上来分析，太滆平原上，看近60年来人们改造山河的效果，偏见确实不少。

论围湖造田这项浩大工程，它有历史客观的原因，是特定的时代背景下的选择。只是错在一定要“以粮为纲”，忽视了对大自然的敬畏。实践证明，湖底种粮，本大利小，十年九荒，劳民伤财。

说到开河，我虽然亲历了永生难忘的人工开河运动，当时，我也以冲天的干劲在拼命，但我不会想到今天我自己“事后诸葛亮”，也来评说这件事的对错。当初，谁会知道，山河上那些古老的石桥会被拆得所剩无几？谁又会知道，今天团氿到东氿之间开拓的距离并不长的芜申运河，完全可以起到既可航运又可泄洪的功效呢？因此，随着科技的进步，人们只有秉承尊重科学的态度，采用科学论证的方法，才能做出更为科学的研判，进行更为科学的实践。

说起工业化、化学化更是一言难尽。人们利用化学化，实现了农业的丰产丰收，人们展开工业化，使农村改变了面貌，农民走上了致富之路。化学化和工业化的过度开发，带来许多伤与痛。那些永远的遗憾，将在今后的发展道路上，提醒人们要不断地总结经验教训，不断“扬弃”，科学采纳接受。

在并不十分准确地描绘太滆平原历史的过程中，也有些过激的言辞，在评说着上世纪60年代改造太滆平原水土的这段史实。初衷只有一个，那就是讴歌这片水土，心怀感恩，为它祈福，期望后人好好利用它，能让生活在此的父老乡亲丰衣足食，继续耕读传家，永续太平。

十三、在嘈杂声中飞翔

人类活动在中国开始得很早。在几千年的历史中，农耕社会、农业生产一直沿袭刀耕火种，发展平静而低速。

18 世纪 60 年代，欧洲以英国、法国为代表，西方发明蒸汽机并通过改进应用，机械代替手工、代替人力，人类历史上爆发第一次工业革命。19 世纪 60 年代，以英国、法国、美国、日本等国家为代表，人类发明电和电器，第二次工业革命爆发。地球的宁静被打破。

从清朝末期，至民国，至新中国成立，西方用鸦片换取中华大地的宝贵资源，用利剑威逼清政府签下一个个不平等条约。新中国成立后，共产党带领人民重修河山，通过自力更生，奋发图强，改变了旧中国闭关锁国的旧模样。

半个多世纪，一个花甲，时代在飞跃。回首往昔，人类工业文明从西方传到东方，农村机械化、电器化、化学化、工业化得到应用推广，农村和农民生活所发生的变化，被定格在了嘈杂声里。

（一）

从 1949 年前留下来的人，在并不大的村庄里见得了些；留着的传统习俗，大部分被后来的运动所抛弃；留着的故事，是听得爷爷辈和父亲辈传讲的；那留着的水土河流，一直伴随着人们的生产生活。

从我记事起，看到1949年前留下来的长辈，年事已高。他们仍喜爱男耕女织，讲究“男主外，女主内”，一律夫唱妇随，至死不渝。这也就是所谓的“嫁得鸡随鸡鸣，嫁得狗随狗叫”吧！

奶奶辈裹着小脚。村上的人，几乎没有哪一个会见着那包得严实小脚的“真面目”，穿着绣花鞋的、大家只能见着那小巧“粽子”的外观。女人展示在人眼前的，是一年四季讲究梳妆的“丫髻”盘发，那一头光溜溜的盘发，展示着头部的形象，没有一丝拖泥带水。家庭清清白白，成员勤奋上进；一路轻声细语，轻手轻脚，精打细算，慢步快走。

那双小脚裹紧的是足不让出户。妇人不得穿门走户，免得搬弄口舌，守得的是神定心静。恪守妇道，洗衣煮饭，纺纱织布，尊老爱幼，传宗接代，做得人家。

爷爷辈的大部分人，常拎着烟袋，扛着一杆短烟斗在消愁解痛。他们很少有笑脸笑声，稍上年纪，那额头上便爬满皱纹，在家开口就必定是指大示小，在外交流会是翻地注水，播种除草。似乎一切已成习惯。

村庄里三个生产队，是刚踏入新社会的大集体，生产方式仍然从1949年前照搬过来。主力当道者大都为四五十岁。

春天，地势低洼的河网圩区，只有高坑些的散落地块上，才能见到油菜抽薹开着黄花，小麦拔着节结，抽出并不见大的穗粒，大麦成熟将到，穗芒还是一股儿朝着天上，不见麦秆子弯下腰来。庄上的男人忙着着手大熟水稻的布谷备耕。

江南春季雨多，农民从低着的塘田里架起槽车往外车水。准备秧田落谷的地块用槽车或人工向田里灌水。手工灌秧水，是用绳子系紧在大木桶上，左上左下，右上右下，四个绳头。两个壮劳力站在水中，用桶提水，协调地同时拉紧桶底绳头，桶口朝下，吃满水，先拉上口绳头，后拉下口，一并发力，整桶满水灌入高处沟壑，流入秧田。用槽筒装水，是几个壮劳力扒在搭起的木架横梁上，同时用脚踏得车水轴上的木榔，让其均匀转动，带得一头连着大河，一头伸向通往秧田埂沟木槽里的带水木板，刮带着水往上走，带水的木板走到木槽口，丢乘下河水。转身又从木槽上方空身走向木槽下口，钻入河水，再带着水往下走，周而复始。

每当村庄上的人，从低地塘田里将涝渍庄稼的水往外车水时，那神情总是十分紧张的，既没有歌声，也没有笑意。而春耕下秧或栽秧插秧用木槽车车水时，人们的心情却总是轻松的。三五个汉子组合在一起，常喊唱着“一歌一箩，满箩！哎！二歌二箩，满箩！哎！……”那自得的节律，悠扬带劲，传得很远很远。

农耕、积肥，占满了整个春季。

深冬就开启的罱河泥，罱得的河泥是传统耕种着粮油作物肥料的主要来源。庄稼人用竹篙带着麻布搜括河流底层的烂草陈泥。从河面结冰的早春，一直搜括到桃花谢尽、杨柳满青。那河底陈泥是有机质肥料，满铺上中央的田地，禾稻能抗病抗虫、青秀叶绿、穗大谷饱。积造河底的有机肥料，是1949年以前，在江南禾稻田种植就流传着的法宝。集体生产队，人多力量大，理当更多广积着这公堂的肥料。

散落着的水田、岸地，是土地改革剩下的原貌。更换着的耕牛是大型农具，不再归属私人地主。生产队集体用整个冬天将耕牛精喂精养，为它们御寒疗伤。人勤春来早，几个把式老农，牵着替代人类春耕的器具，来到冬眠的隙地田头，套上犁肩犁架，系着拉犁绳索，便在冬闲地上开始耕翻。冬闲的低地，几乎常年积着浅水烂泥，人们必须赶在青草杂草、水生植物尚未返青扎根之前，深翻土壤，那才能让水田赢得少见杂草好栽秧。春冷入骨，年迈的把式老农，上身紧裹着里边并无任何内衣的破棉烂袄，腰间紧束着草绳，下身单裤薄布，裤管被撸卷到大腿上膝，赶着并不情愿的水牛，在那些冰冷的薄水烂田里，挥动着牛鞭，吆喝着：“啊！去！啊！去！”犁头扎进烂泥，烂泥一垄垄沿着犁刀侧翻着身子。

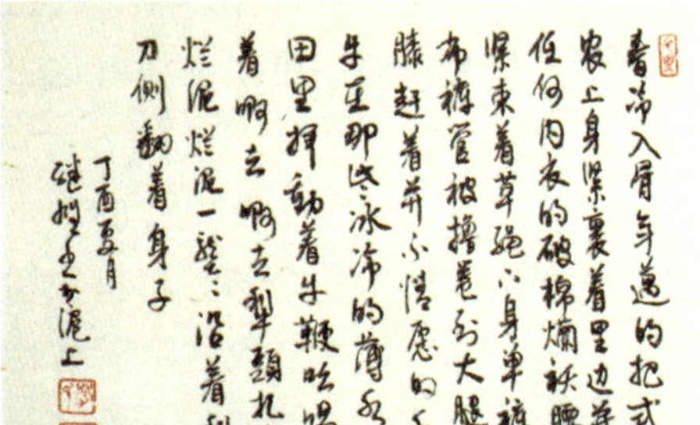

冬闲着的岸地，分散而零星。几日雨少，连把式老农也很难让耕牛替代人工翻土，犁头一深，不是牵引不动，就是犁头断损。即使乘着雨多土湿，那种岸地靠耕牛也只能是半犁半就、半生半熟，完成大概七成左右的土翻。大部分田块，只能刀耕人锄。那抡向天空、扎着生地的铁耙，能翻起的土，一耙下去，也不过几斤。

大片的麦割菜收田地，在夏收后、夏种前必须将土彻底翻身，早翻着，早晒垡，日晒后的土壤，上水泥烂易耕耙、易栽秧，顺天时，更需看天脸。夏收夏种，势必抢收抢翻抢种。那时的耕牛，成了战场上的枪炮，那时的农民，全成为听着冲锋号，手中紧握刺刀的战士。人们顾不得耕牛疲劳，那牛后腿与臀部，被桑枝绳抽打得留下许多条深深的血印。社员中，无论是高大的还是矮小的，一律变黑变瘦。他们扛着“九斤王”铁耙，从早到晚，脚踩着镰刀刚切断留下的坚硬麦根，机械地抡起“九斤王”扎向麦根桩，就算手臂振得发麻，手心磨出血泡，汗水洒得满田……他们还是不能停歇。季节不饶人啊，可谓“时不我待”！

开得黄梅，正是庄稼人面朝黄土背朝天的苦旅开启。

从秧田里起得的秧苗、扎把，撒向刚被人牛共耙的一田泥水里。有经验的把式老农人田头小解。勒紧裤带，下得水地，撩得一扎秧把，弯曲双腿和全腰，手开始数禾点棵，脚跟变前方，倒退行进。数尽点完一扎禾秧，顺手又撩得一扎。两只脚前，划得二脚后退时留下的泥水印痕轨迹。点上的禾稻是轨迹两边各两棵禾秧，中间两棵，一排六棵。倒退半步，点得一二、三四、五六成排。六棵青禾苗成排，退着长长的脚印，竖直成行。“栽秧人倒走，全留下青苗。”这时的庄稼人，面朝黄土背朝天，恭敬地敬天地，一丝不苟，全为那禾谷。

传统的种植，水生草类马上会跟着禾秧一起活跃。庄稼人得再次弯下腰，在炎热的天气里，乘着水生小草才冒出嫩芽的当口，用五指在禾秧稻苗周边不停搅动，灭草芽、拔杂草，省得杂草与禾稻争阳光雨露、吸田地肥料。那个时候，庄稼人弯下腰，是亲禾稻，在问禾苗好。个中辛苦，民间有谚语如是说：“念书人怕赛考，庄稼人怕捉草。”但想得丰收，面朝黄土背朝天的弯腰切不可少。

从黄秧落地半收成始，经灌溉、施肥、除草，禾稻生长周期并不长，占二十四节气中的七个。稻头见黄，谷粒饱满，稻秆稻穗笑着弯下了腰，便成江南水乡大熟。

秋天是收获的季节，庄稼人再一次弯下腰，这次弯腰心里装着的是喜，脸上挂着的是笑。面朝着黄土，嗅着空气中飘来的谷香和田园泥土的芬芳。背朝着天，接受着秋日和煦阳光洒下的温暖。庄稼人一手握着带着利齿的割镰，一手顺着粗壮青棵黄壳的稻秆，抓住一棵紧跟一镰从右向左，一二三四五六满满一把。左手紧握着的青棵稻秆如旋风般向右侧倒下，一把一排，整整齐齐。庄稼人弯下腰，便像机械作业，一口气刮着旋风，让稻秆带着黄澄澄的穗谷在右侧整齐排队，接受着秋收阳光的照耀。

谷子，金灿灿，沉甸甸。江南的米，分籼、粳、糯三种。籼稻，它最早熟，人们期待着先接季。于是，庄稼人迫不及待地把大方木桶抬到刚割下的青棵稻田中央，在大方木桶四周“嘭嘭嘭”地展开打谷。那时节，“八月河水清，肚里好点灯。”多少饿着的肚皮等着去填啊！

粳稻，主粮主熟，产量高，米质好，养着庄稼人。在谷子登场前，庄稼人就先将打谷晒粮场地的地表薄薄轻翻成细土。不留杂质草根的细土经风吹日晒后，庄稼人便浇上水，将细土调和耥平。一两天后，半干半湿，再撒上些许草木灰，用人工或石棍压坚实平整，只待收割大熟稻谷集中登场。起初，1949 年前带进来的打谷方式是用门板，庄稼人集中在打谷场打谷。老弱者甚至用炒菜的铜铁锅铲，原始地括着谷穗。整个过程，正是“粒粒皆辛苦”！后来打谷采用半机械化方式进行，用铁棍为轴心，四周用杂木条，杂木条上扎置铁环钉，制成滚筒，人工用脚踏摇臂带动滚筒快速旋转，人们便用这半机械化的轧稻机打谷。成熟而捆得小把的稻穗，在滚筒铁环钉上，几个跳跃，谷粒便落向了打谷场上。

糯稻，是提振和改善庄稼人生活、滋养庄稼人身心的营养佳品。它产量略低，米糯，营养价值高。它或可酿成酒，让庄稼人提兴；或可煮成粥，滋补老弱妇孺；或可磨成粉，做成团子，让人吃了既耐饿又长力。

传统的农耕，延续千年，直至带进新中国的生产大队。

（二）

小村庄进来的第一台机器，应该不是英国人发明的那种蒸汽机，它是一台柴油机。那机器的原理可能同蒸汽机一样，是靠汽力推动，完成冲程。记得那台机器是四冲程柴油机，由中国无锡洛社柴油机厂制造。

江南雨季水灾频发，成常态。禾稻淹没后，人们靠进化了的木槽车水，从封建社会，车到社会主义社会，已不知车了多少年。

上世纪 70 年代初，我读七年制初中，能追能跑，便喜欢盯着开进小村庄的柴油机船。那条船是县政府农机部门为一线抗灾而急派急遣得来。关心关注着这件事的人很多，跟着这条船来的有公社、大队的干部，还有配合人员等一大群人。这是一条笨重的木船，扎实的木篷顶上放着好几节粗粗的铁管，来的是打水机，经介绍，这些铁管叫“机管”。船头上还盘坐着像蜗牛一样的座管，似一条大象的鼻子，可以从船头底下吸水，也可旋转角度伸向空中。船篷盖着的中舱，藏放着那台宝贝柴油机器，力量应该就是来自于这船中央的“心脏”。

发大水，外河的水位高得同村庄的房舍、田圩埂相差无几，那条大木船和船上的弯铁管明显高出水面，船停在圩埂边上，看清楚它的一切，并不费力。

选准着合适的角度以及远近距离，机船停靠妥当。村庄上的壮劳力协助师傅把像大象鼻子一样的弯管，用螺丝螺帽接长一节，再将“鼻子”往圩内濠河的深处置放牢固，又将“蜗牛”座上接着的弯管转向外河，铁管呈“朝天开炮”的样子。这样，就形成了代替人工车水、排涝的最佳态势。机师傅认真验查一遍，再次拧紧固定的螺帽，并抽紧绳索。

配合人群按照机师傅的口令，传得村上几个劳动力。先是给朝着天开炮的空铁管注水，他们用庄上的大粪勺，满勺满勺地注水，后来才知道这是在给空管排尽空气。再叫上两个壮劳力，指导他们配合摇动柴油机手柄时发力。一根粗黑油亮的麻绳，活着结，挂到摇手柄上，两人与机师傅面对面，平行站立在后舱，一步之距，当机师傅启动摇臂，摇臂在上方走向拉绳方向时必须短时间发力，而转向反方向时又不能形成阻力，就着摇臂，合力摇臂，齐喊着：“嗨！

嗨！嗨！”摇臂飞转起来，将近十转上下，机师傅松开油气门阀。“嘭！嘭！嘭！”一阵沉闷而巨大的响声，夹带着一缕青烟在机船外侧均匀敲响。机器被顺妥激活。机师傅不慌不忙，将早已准备好的一根宽皮转动带，一根光洁无比的老毛竹竿，用切线切角原理，一头固定竹竿，一头放平稳宽皮带，稳慢地将毛竹竿中间带着另一头皮带使劲往发动的柴油机轴上贴，贴带着另一头转动，终于贴紧，一起转动，带得“朝天炮”炮口先是慢慢吐水，越吐越多，然后，喷射着旋转的浪花。那时，河面上的浪花形成无数水泡推向四周。“大象鼻子”管口水里翻着漩涡，整个村庄淹没在“嘭！嘭！嘭！”的声音里。个把小时后，受淹的秧苗叶尖终于露出了水面。渐渐地，村庄后的那整片稻田濠河多出的雨水被那“大象鼻子”抽水机排到了外河。庄稼人看到了吃油的机械的威力，那是一种从未见过的威力。

村庄上，里里外外，尽是赞叹！

我第一次见着手扶拖拉机并不是在自家的村庄上。农业学大寨运动围湖造田，官林公社的田造在离村庄二里外的滩上。那座滩，其实紧挨着我们村上的田地，因为滩是国有水土，行政命令划给官林公社造田，这块地是离管理七里路远的一块“飞地”。

上世纪 70 年代初，官林公社的滩田预先也是按传统方式学大寨种植粮食作物水稻的。公社的滩田常常有官林中学的高中生来学农，那滩田的集体主人，等级不仅比生产队要高，而且比生产大队还要高，手扶拖拉机自然得先行先用。稻场过后的枯水期，滩地要耕翻。冬天，晴朗的午后，消息传进小村庄，手头活不紧的村上人全部跑向围垦的滩地，我自然也不例外。那里一架像大头蜻蜓模样的东西，师傅手扶着它的“尾巴”在圩堤上爬行，“蜻蜓”头部弯着的小烟囱里带着青烟，发出“嘭！嘭！嘭！”的声响，行向滩田。进得滩田后，师傅摇动着屁股下的手把，“蜻蜓”尾巴一头向下端埋。接着，师傅又在屁股底部将一根铁杆往左挡上拍，便见着“蜻蜓”肚底下的轴带着铁刀旋转起来。“蜻蜓”带着浓浓的噪声、青烟前行，身后便留下一片细碎的新鲜泥土，近三尺宽。这机器行走到哪里，哪里的土就被耕翻打碎了，草叶草根拌进了泥土。师傅兴奋地介绍：“这机器叫‘东风牌’手扶拖拉机，全官林区还是刚刚开始启用推广。这样的耕作方式叫旋耕，翻土的同时能碎土，上百十号人劳作才能赶及它作业的速度。若将它肚底下旋耕拆下，在尾部装上双刀犁架，便可替代耕牛犁地。现在是新社会，靠着共产党，真的是实现了‘耕地不用牛，点灯不用油’。眼见为实，大家这下总该信了吧！”

手扶拖拉机的机头，有转轮的发动机，还可用来带动脱粒机、轧米机、架桨行船等等。

手扶拖拉机在江南水乡非常实用，尤其是那台12马力的发动机，功率适中，油耗不大，既中看又中用。

念着高中的我，才17岁便迷上了那机器。学工学农那会儿，我抢着到公社农技站拆装过这12马力的发动机，核心和关键的部位就是那个点火燃烧室，里边有完成一个冲程的冲缸、活塞。那燃烧室和冲缸活塞安装的时候可不能沾上铁屑铁灰杂质，使用时水箱决不能断得清水。

暑假里，在生产队，学生们学以致用。好不容易，大队的拖拉机轮流开到地头，队长便派我配合师傅耕田犁地。每个生产队一天或半日。无论各队都得息人不息机，夜以继日抢耕抢耙。有一次，整夜耕地，弄得机热人疲，在东方既白的时候，机师傅停下机器，说：“耕的地应该到数了，天明后得换队换地了。”“还没有到天明上工时辰，不能换队。”我斩钉截铁地强调。师傅极不情愿地嘟囔：“要耕你耕，我耕不动了，机器太热了。”我便毫不犹豫地抢过摇手柄。那个谢师傅见我态度坚决，便在机尾巴上扒着等候作业，示意我发动。正当我集中精力发动那台机器时，师傅却极不情愿地将手一松，顿时，压着的机尾巴翘天，机头在瞬间发动起来的当口下压，那跟着快速旋转的摇柄毫不留情地扎向我的门牙。一阵剧痛，左手顺势一摸，我的手中是被打碎的牙齿和鲜血。谢师傅被吓蒙了。“不好了，对不起啊，你赶紧回去吧！我一定再帮你们队耕地，耕足剩下的时间。”

就这样，一个清晨，一颗破碎的门牙，永远离我而去，且镌刻在我的记忆中。

在我的青年时代，无论是耕犁田地、耙碎细作还是加工脱粒、带船运输……集体生产队劳动中都离不开这 12 马力的东风牌发动机和拖拉机，它们使用便捷，运行稳定，使生产劳动如虎添翼。

（三）

长辈用豆油、菜油点灯，我对此几乎没有记忆。而用纱条制作用煤油点灯的灯芯，我却是驾轻就熟。在读七年制初中时，我还没有使用过电灯。

上高中那年，公社的镇上和高中学堂都开始使用电灯。深冬里，家校路途十里远的我只能住校寄宿。阴雨天气和早晚自习，教室里的日光灯发出雪亮的光。深夜的宿舍，开关线下，用尼龙小线接出的多头连接系到床头，就手一拉，宿舍里那盏虽昏黄、却暖和的电灯就亮了。这样的感受，是电器化给予学生最初的荣耀。

不久后，尚在高一读书，党的关怀及时下移，电路开始往偏僻农村行走。我见到一根根水泥圆杆沿着主路开始竖立，上方架着带有 380 伏电压的高压线，延伸到各个大队。

课堂上，正开课学理化，物理以教授基本常识中的电学、力学为主。王老师拿着几节干电池，用细细的漆包铜线，再有序排列的电池头尾，串连上线，那电池头上的电珠子瞬时变亮，发出光来。这就是电，老师在黑板上画出相应的电路，说这叫电路串联。接着，他又在课堂上用几组电池和细铜线、几个电珠组成，使电珠子在不同的位置点亮发光，并画出相应电路，得出电路并联。力学的最初常识是用课桌平面和三角板样的斜面板，放置物体后会形成不同的运动结果。有静，也有下滑，这种日常普通现象，经教书先生理论一上升，便能讲出并在黑板上用箭头标示出许多不同受作用力的影响结果。还有地球引力、物体承载力、摩擦力，不同角度、不同材料能形成力的改变等等，这些物理知识有趣极了。

随着理化课知识的加深，我知道了教室里拉着开关能亮的电灯与正在全公社范围里架通的电路，叫交流电。其中，有380伏的，有220伏的，这“电老虎”可不是闹着玩的，若使用不当，是会电死人的！

高中里学得简单的理化知识，在农村生产大队正需应用。这种知识是划时代的。父辈和爷爷辈他们向往“电灯电话、楼上楼下”的生活，却无法理解这些到底是什么。在生产队也传听得许多的笑话。

有一个农村娃，参军在部队当得长官。儿子让父亲到部队探亲开开眼界，尽点孝心。老人坐上长途汽车进得省城，谁知一进城就丢失了写着儿子地址的纸条，进而找不着东西南北，苦得当长官的儿子，动用下属跑遍全城，直到半夜夜深人静时才将老父亲接回住处。好菜好饭招待一番，儿子便让父亲在部队招待所住下。老人有起早习惯，天刚亮，出得房间，并未将衣裤穿齐，那最先应用的四八零锁愣是将老人锁在了门外，老人被冻得够呛。几天之内，老人见着儿子指挥下属，全是靠桌子上那手摇的电话。三摇二摇，儿子便指挥着下属给老人送来了饭菜，送来了茶和烟。老人打心眼里觉得这神奇的东西才是真正的宝贝。临走前，儿子问父亲需要购买点什么东西带回老家时，老人连连摆手，他执意要带走儿子台上那手摇电话。儿子虽很纳闷，但还是答应了父亲的要求。回得家中，老人乘着高兴，示意老伴不再用做饭。他拿出手摇电话，呼噜呼噜，三摇二摇，学着儿子的样子，说：“喂，今天送两碗大米饭来，再炒几个小菜。”挂下电话，他等了半天，却不见有人送饭菜来。他又试了几遍，依然无任何动静。老人开骂：“忤逆种，把假电话送给了我。”联想到自己还曾被四八零锁拒之门外，老人告诉村上的邻居，儿子那里处处都是陷阱，自己的儿子对自己是假心假意，弄得村庄上的村民不知谁是谁非。

还有老人直接到电灯上点烟斗；称赞广播员天天起大早；天气预报是神仙……在年轻人看来，这些笑话令人啼笑皆非。也有一些不懂电力知识的农村人，无知无畏地想同电比力气，偏偏不信看不见的电能触死人，也有私自乱拉乱接电线而导致火灾、触电等许多事故发生。

在我读初中和高中的上世纪70年代，几千年的刀耕火种逐渐开始被西方工业革命文明成果所替代。

有着三个生产队的小村庄上，抽水机能灌能排，拖拉机能耕能耙，一根根水泥杆上架着的电线把电送往了农村，经过变压器解压，再通到家家户户。由火线和零线组成的电线主要是方便群众生活。一般农户，从习惯点煤油灯到用上电灯，即使只有15瓦、25瓦的灯，也让他们一下子觉得雪亮。15瓦、25瓦的灯泡其实并不很亮，在当时却最为畅销，其原因大抵是农家节约用电，想节省电费。当搭起大台唱大戏或生产队在打谷场开夜工，那高悬着的100瓦、200瓦的电灯发出的光芒，才称得上是雪亮，亮得让人觉得如同在白昼一般。

三根电线接到旋转的发动机上，叫三相电，控制着三相电的是三相开关。这样的开关不是用绳线能拉动弹簧的开关，而是要通过闸刀控制。电线是流动着的强电流把保险丝安装在绝缘陶瓷的开关里，手工控制闸刀闭合后，便接上380伏高压电流，同时电动机每分钟上千转地高速旋转，传动皮带，带动着脱粒机、轧米加工机、粉碎机、马达水泵抽水、排水。那电力的力量不是噪闹地通过气流完成冲程发力，而是悄无声息地用强电磁场力，转子在定子里产生高速旋转。

很明显，电器化比机械化应用更广泛、更清静、更清洁、更让人觉得不可思议。

划时代的同时期，科学化也开始推广。肥料从农家肥、有机肥变成无机化学肥料。一种叫“肥田粉”的白色粉末在当时应用颇多，起初，在村庄上使用神秘得像家庭里烧菜使用的味精，只需少量便很鲜美。用勺子挖出少量这种白色晶体的肥料，对水后浇灌庄稼禾苗，或拌上干湿细土，撒播在作物根部，不出两三天，那禾苗马上叶色变得深绿，长势发力，根茎叶一齐猛长。那些见惯施农家肥作物的农民，见着这生长速度，简直就像是见着禾苗在变戏法一般。

夏秋时节，那些嫩绿的禾苗、禾稻，不免有叶面虫贪婪地来啃食，叶子受损，同时也影响作物光合作用积聚养分。起初，一种叫“六六六”的农药粉末从日本进口而来。这种农药粉末色黄、有剧毒，只要用喷粉机把它撒向水中的禾稻，叶面虫便一扫精光，而且不光叶面虫被消灭得精光，连茎部昆虫和水田作物也全部被杀得精光。

自从化学化来到村庄，庄稼人田里的作物长势跟以前确实大不同，很少有不肯长大的禾苗，很少有虫害能将庄稼啃食得茎叶不剩。岁月悠悠，渐渐地，庄稼人已经彻底地依赖着化学，庄稼离不开农药和化肥。那些受到人们喜爱的生灵也因化学肥药而生死未卜。蔬菜、谷物、瓜果慢慢地失去了它们那固有的可口香味和原始基因。

（四）

人类社会，若用工业革命的历史同中国农耕文明历史相比，时间相差实在很大。

中国的工业化，初期是洋人，多数是用外国资本开启的。它集中在上海、天津、宁波、广州等沿海都市。那种用机器、电机带动起来的生产方式，劳动生产率高。那些机器替代人工，近在百年之内。

县以下，传统手工业传承已久。从生产劳动工具，到传统食品制造、缝纫制衣、日用器皿制作。大部分是祖先开创，后不断进化，传统手工业大多历史悠久。比如宜兴陶瓷，一追溯，历史便得千年之上。宜兴以外，还有铸铜、铸铁、磨刀、制剑、造船、做车……历史都谓久矣。

农村工业化，起源于长江三角洲、珠江三角洲、渤海湾等沿海地区。苏南乡村工业和社队工业起步早，发展快，挂着集体社会主义的招牌，经历史前进的车轮碾压后，勇立潮头。起源于城市中的国有企业工人，叫"星期天工程师"；起源于城市的下放知识青年，在城乡间互为牵线；起源于市郊的代国营企业加工等等现象。静静思来，这些都是农村工业化中的必然现象。

我所在的生产大队，第一个社办厂叫编织厂，工人从事的是纯手工编织，从上世纪70年代初便全面开始走亦工亦农的集体化道路。大队发动各生产队在湖荡边上种植了大量的柳树条、荆树条、紫槐条……那些树条，适宜种植在田头隙地、湖荡沿河边的近水斜坡地上。它们极易种植，极易生长。一年长成条状后，人们将之齐根割砍，便成为了编织的好材料。凡本大队的树条，将优先被购为编织厂的原材料。如仍有不足，编织厂再组织外协采购。

那种树条，以紫槐条为主。编织成片，能替代木板，用来做放置于大城市工厂的垫料；编织成箱，能装载马达机器。这种环保的包装，可以替代出口包装。产品价廉物美，编织厂生意不错，订单不绝。各个生产队，在秋收秋种前后，将长成的树条整齐地剪割下来，按同一品种，长短粗细分等级，并扎成小捆，统一运送到编织厂过秤定级，按质按量确定数量和单价。同时，还在附近大队、公社，采购来年订单所需的原辅材料。

在冬春农闲季节，各生产队中心灵手巧的男女熟练工被集中在大队的"九间屋"厂房里，进行定额编织。选择大而粗壮的树条，进行破枝切割，均匀分类处置。娴熟的编织工们，眼明手捷，手脚并用，起早带晚，几天工夫，产品便可装载一船。船工起锚撑橹，将产品送往上海。

低廉的劳动力，低廉的产品，这些辛苦赚得的手工小钱，贴补到生产队社员挣得的工分里，是值不了几个分值的。编织厂风险大、管理难，坚持了六七个年头，便关闭歇业。

歇业还有一个原因，那就是因为创办化工厂。大队干部看到周边兴起社队工业，从城市采购一种叫氯气的气体，被严实地装在很大的钢瓶里，用管道将氯气导流到一个石池，在石池里，溶解的铝锭与氯气起化学反应。充分反应在一偌大的悬挂在空中的巨大铁桶里。反应产生化学变化，铁桶壁上结晶出的产品叫三氯化铝。这些工艺、技术和设备安装全有赖于来自无锡的“星期天工程师”。

这位工程师，大家都称他朱师傅。虽然朱师傅对工艺的掌握并不是十分熟练，但大队干部对他诚心诚意。项目上马，大队并没有足够的资金支撑，但大队干部很有决心，提出了“有条件要上，没有条件创造条件也要上”的口号。在靠河埠水运码头很近的“九间屋”的最东头中先隔出几间，就成了厂房。厂东头那块田地正好不是水田，这样讲来，办这个化工厂不占粮田，与以粮为纲也就并不冲突。村里有两个刚复员的军人，其中一名有着初中文化，能配合朱师傅工作。朱师傅仔细丈量了周边旱地东西南北间的距离和上下的高度。回到大队部，昼夜不停地制作放置于厂房内外安装筒体、管道、石池的基础的图纸，又精心设计着能用土法制造的生产设备，并仔细列出需要采购的原辅配件、运输机械、船舶调度等。

在朱师傅的直接指挥指导下，效率很高，不出两个月，三氯化铝厂就建成并可以进行试生产。挑选招收农民工人，定岗后，朱师傅手把手地对他们进行了培训。

大集体生产的劳动力和一切议论焦点，全集中在这社队企业新生事物上。这新厂是真正的化工厂。这些工人，是真正的工人。按三班制作息，开工生产后歇不得手，不能停工。这个化工厂，比编织厂硬朗，这里的工人，比煤矿工人吃香。

烘烤炉膛后对铝锭进行熔解是第一步，这道工序得用近两个整天差不多40个小时的工作时间。而通上氯气反应阀门这一步是关键。起反应的气流进入高悬着的铁筒里，能不能有效结晶又是检验成败的试金石。初试时，第一步熔解顺利，第二步反应并无大碍。大家只是觉得气味不好闻。第三步，工人用木棒拼命敲打着那铁筒。那壁上的结晶体有虽有，但色泽不对，量也很少。究其原因，明显是氯气跑冒外泄，既浪费，也不环保，还伤人的身体。而结晶的产品，因为数量和质量不达标，也就像是绣着花的枕头草，挣不到什么钱。

朱师傅强调，初试算作成功，好歹产品还是出来了。一周后，化工厂停产改进。大队书记们只能耐着性子，算是“吃一堑长一智”吧！凡事开头难，越是困难越要向前。他们只能低着头，硬着头皮，虽然一池原材料铝锭已经沉淀，但钢瓶里的氯化气体原料少了很多，让他们觉得心痛。

改进一些环节后，生产又试了好几次，这下，终于能产出三氯化铝了，大队向公社工交办报喜。从此，无论是白天还是深夜，全大队社员每隔三四个小时，便能听到强壮的 工人在用杂木棍拼命敲打大铁筒的声音。这些工人，听得光鲜，实际上，面孔被氯气染得发黄，内心也被那铁木硬撞的声音振得心烦意冷。

最终，化工厂亏损不小，坚持一年之久后只得关停歇业，废气噪音也随之停止。

之后，在三个队的小村庄上，能人牵头又办新工厂。这是一家占得两亩粮田、里面砌着并不高的方块烟囱专门用来烧化稻壳的工厂。四邻八乡的稻壳，全被收了往这二亩水田里运。稻壳整日整夜地被添放到炉灶膛里，方方的烟囱里便冒出滚滚的浓烟，随风飘散。这隔着城镇的小村庄、湖荡的上空、粮油田野、树木村舍，常被这不间断的浓烟笼罩着。

稻壳经过炉膛烧化之后，时间并不宜过长。待黑烟冲向长空，炉膛中剩得的稻壳形还在，只是变得漆黑。这时，需及时将它们取出炉膛。

当见到稻壳的黄壳色调变成了黑色灰炭，主人便会非常高兴。这样的产品，马上就能变成真金白银。过火产生的烟灰，飘落于水土。留下的壳灰，把主人和运送工人的脸额、衣裳染得如“包公”、“济公”一般模样。产品被用麻袋打包后通过轮船运输至常州火车站，再装上车皮运送至国有钢铁大企业。你可别小看这些土得冒渣的产品，每当钢铁厂高炉出炉，那钢水从炉膛喷流而出的某一个时点，这黑壳稻灰，漂浮在钢水上，不但能把钢水与空气中的氧气隔绝或半隔绝，还能增强钢性，提高成品质量。小村庄，为国家命脉做着大贡献。

能人办厂，从实际出发，讲求因地制宜，谁还能说三道四，这厂办了足足有好几年。并且，小村庄上家庭式地用塑料机械，生产出细小铜漆包电线、家用电灯线。周边的大队、公社也办起了不计其数的化工厂、锻造厂、纺织厂、无线电器件厂……这些厂，沿着路，挨着河，近着湖，离着庄，村村在点火，处处在冒烟。一时间，各种声响混杂在一起。

（五）

人类从愚昧野蛮，到进入农耕文明，至进入工业文明，其祖先是愚昧野蛮的。愚昧和野蛮带动着人类向文明迈进。

再看，从英国起源的工业革命，带动了原始的工业文明，形成了资本和掠夺的扩张，成为工业文明的祖先，并经历了几百年、几十年。近代以来，帝国主义侵略者进入中国，在那些割让出去的殖民地上，灯红酒绿，洋车洋马，洋枪洋炮，耀武扬威。这种野蛮行径，激起了国人的觉醒和怒火。野蛮遭遇着搏斗抗击，又一次，文明战胜了野蛮。这就是经历新民主主义革命时期，今日之中国文明的祖先。

新中国成立后，特别是改革开放以后，走上了强国富民之路，国人扬眉吐气，尤其是中国农村，那些机器、那些电器、那些科技，把广大农民从刀耕火种的繁重体力劳动中解放了出来，也让他们那种看天脸色种田吃饭的困境得到了改变。农民活出了尊严，享受到了人生的美好。

发展过程中，仍然有着愚昧，甚至野蛮，但飞翔式的发展却是时代永远的印记。

十四、那岁月并不平凡

当行走到20世纪的1976年，天、地、人突然惊呆了。那年早春，人们见着天地间出现许多流星雨，在空中乱飞，在地头田间乱窜；到了秋季，河北唐山发生大地震，顷刻间地动山摇，数十万生灵陨灭；就在那一年，周恩来、朱德、毛泽东相继逝世。天在塌，地在陷，一片恐慌中，岁月停下了匆匆的脚步。

停下的一刻，是岁月心。这种恐慌，使岁月心寒在了冰点。然而，人们被世事冷风吹得一醒。空气中弥漫着的那些血雨腥风，是历史的，还是唐山陨灭生灵所留下的？混合着，都有。

“文革”延续了十年。这十年，以阶级斗争为纲，人防人，人盯人，人批人，人们早已厌倦了那些血雨腥风，早已厌倦了在无知的“精神世界”里存活。眼下，数十万唐山儿女陨灭，几百万活着的百姓在哭喊、呼救。问苍茫大地，在贫困落后的状态下，有什么能拿出来拯救同胞、拯救兄弟？天地无语，山河无言。

那突然停下的片刻，人性在回归。看天地脸色生存，得懂自然现象，必须遵循大自然规律。看得天地到底能留给人类哪些生存底线和哪些生存空间？

一场农村改革悄然孕育，始得开启。逐渐，从农村拓展到城市，从沿海向内地推进。那些生活在最最底层、不怕杀头、不怕坐牢、仅有一线活命可能的泥腿子，在破茧解缚，恰如蚕蛾，最后吐得真丝。安徽凤阳小岗村，广东深圳渔村，浙江温州，苏南农村……许多故事，在那不平凡的岁月里开始流淌。

（一）20世纪70年代中后期

江南宜兴，鱼米之乡。100多平方公里的古镇，从古至今，因高桥而得名，那年月，叫人民公社。

高桥，一座古老的石拱桥。桥头便是人民公社革命委员会，革委会门前是一条横贯东西的大街，街南有一条自西向东的河流，一年四季，河水奔流不息。到了古老的高桥下，河水有时向南流，汇入那条大河，偶尔也向北淌，流向古街镇的河埠头。古街镇上，生活着许多街民。河水清澈，水流不缓不急，附近的街民在河边淘米、洗菜、洗衣，用木桶把水打回家，也有很多顽皮的孩童在这里踩水玩。

高桥的每一级石阶都宛如琴键，伴随着人们的脚步，或欢快，或愁虑，或缓慢，或匆匆……演奏出这个小小世界的不同乐章。

高桥，其实并不高，也不长，且因其不长，方显其“高”。它的长和高比不过二里开外的五洞桥，更没有江南许多古桥那么高大。然而，它却是活在这个显要位置，见证着世事变迁，当下，它正处于人民公社的心脏旁。心脏的每一声跳动，它都能听得一清二楚；心脏的每一次搏动，它都使血脉深深地流进石桥。街民们奔来走去，留下一片欢声笑语。

从建立高桥乡人民政府，到成立高桥公社革命委员会，新中国成立后的土改，这片土地归属集体。成立人民公社，搞大食堂，吃大锅饭，1958年前，当地百姓只吃得一年饱饭，便连遭天灾人祸，1959年、1960年、1961年这三年自然灾难时期，有据可考，有案可稽，高桥公社饿死人的比例最高。三年灾害，生产队大食堂解散，百姓又重新分灶吃饭。国家制定一个叫《六十条》的工作条例。其中，允许农民拥有人均低于一分地的自留地。农业生产又稳了下来，饿死人的惨象才得以遏制。

1966年，人祸再起，高桥公社石桥周围常有群体在此聚众集会，高呼着天摇地动的革命口号。这里时常走过一支支游行或游街的队伍，队伍里的人振臂高呼“造反有理！”“革命无罪！”“打倒某某！”游街的队伍由“地、富、反、坏、右”组成，一群“牛鬼蛇神”敲着锣，戴上白色高帽在示众，在向人民低头认罪。还有串联的队伍、四面八方前来参加批斗大会的人群……

这十年，高桥公社以粮为纲，农业学大寨。

1974年、1975年，农业学大寨的革命精神和实际行动到了登峰造极的地步，全公社百分之一百种植“双季稻”。历朝历代江南农村沿袭的“二熟制”被改成“三熟制”，秋种“三麦”讲究“精耕细作”，翻地薄片，条条深沟。农民劳作时间、劳作强度随之登峰造极。农民苦，农民难。他们皮肉苦，生活苦，心里苦。农业生产热火朝天，粮食产量急剧下降。

那年月，城市、城镇知识青年上山下乡，来到农村，接受贫下中农再教育。高桥附近，人们常常敲锣打鼓，欢迎城市青年来到农村。

高桥，占据方圆百里的高处，它立在中央，周围天天热闹非凡。它可见证，这热闹来源于高音喇叭里来传来的红色声响，来源于一批热衷于往闲事里钻的无正业人群。身处这样嘈杂的环境，大部分百姓总是默然，远离高桥的农民更是无语，他们连走近高桥都心存余悸，还哪敢胡言乱语。

在高桥所在地的高桥大队，一边听杂声，一边观热闹。这里几千老百姓，得吃饭穿衣。高桥大队是街梢头的街边大队，人多地少，社员却又不是居民户，吃不得皇粮。说是农民，却占的地少，说是街上人，却沾不上居民的边，日子比农民更为难熬。靠街吃饭，这里的百姓有的去帮助社会主义的供销社、生资部、粮管所、食品公司做苦力搬运，有的帮公社、医院、学堂的食堂烧饭、挑煤，有的干扫街的活，有的到菜市场去拾菜边皮养猪养兔。劳动光荣，这里虽街非商，百姓决不投机倒把搞资本主义。

高桥大队的社员不论干什么工作，只有分工不同，没有贵贱之分，挣到的钱全部归所在生产队集体收入，叫交钱记工。生活和劳动捆绑在一起。发展集体，壮大集体经济不属于搞私有制经济，搭不上犯错误和犯法的边。

高桥公社有大集体企业，如农具厂、加工厂、食品厂等等。农村真正的工业，就是手工业，生产铁、木、竹器等农具。高桥大队利用街边优势，大队又有从上海、无锡、常州、和桥等地来的一批知识青年。生产队人多地少，大队也不指望知识青年非得下地种田，挣社员的工分，抢社员的饭吃，而是开始鼓励他们跑到城市里去帮生产队揽些活来让社员们干。这些揽得的活有洗涤麻袋、木桶之类，也有制作刀模铁件、铝件等。当时，农村刚刚通电，工业生产开始向机械化方向迈进。有一位从常州下放来的叫邱远的知青，他觉得可以让生产队社员加工生产胶木，来固定电灯和拉线开关，于是便办了第一个手工企业，配套电器化企业开关，生产铜件、弹簧、胶木、螺丝钉等，叫做开关加工厂。相继，从和桥下放来的王洪成，在和桥技工的帮助下，也办起了标牌厂，用半机械半手工的方式将铝箔加工成电机、机床、脱粒机器上一个个印制商标字样的小标牌。就是这样的加工业，为街边消化富余劳动力起到了积极的作用。

开关加工厂、标牌厂规模很小。虽然属于集体企业，工人为农民，收入交钱记工，但它同以粮为纲仍有冲突，有金钱至上的嫌疑。工人干活不敢明目张胆，经常是躲在生产队仓库一角小房子内。这样的生产，不宣传，不声张，更不得推广。

开关厂、标牌厂，加工成的产品有的几角一个，有的几分一个，有的甚至只有几厘一个。工厂虽其貌不扬，规模很小，生产手段原始，可工人却不需要经受日晒风吹和雨淋霜打，农民变为了工人。就效益，同粮食生产相比较，显得很是耀眼。有厂的生产队，年终分红的工值持续上升，一年更比一年高。周围的生产队，甚至大队、公社和那些天生脑子活络、不守安分的人见着，都十分羡慕。

1977 年，安徽凤阳农民在私底下对全国集体化道路的农业生产劳动经营方式提出挑战。同样以粮为纲的农村集体经营，在高桥农民和一些人多田少地方也对之提出挑战。浙江温州如是，上海嘉定如是，江苏无锡如是……

高桥公社农民开始探道寻门。在外乡贤帮着公社农机厂寻找加工业务，条件是能帮得家庭成员进农机厂当工人。这些加工业务有铁铸件翻砂、冷库门加工、用手工将树脂和纤维制造玻璃钢等。这些工厂，挂着走社会主义集体化道路的牌子，打着农业学大寨的旗号，路途越跑越远，加工业务路子越走越宽，一派风劲帆满、侧畔轻舟的景象。

高桥公社农机厂在上世纪 70 年代中后期，已经成为了全县社办企业的先锋队。这里不光生产农机具，还承接很多铁件制品、树脂、冷却塔组件等加工业务，从业人员规模空前，外出揽活联络供销呈几何级增长。至 1979 年，农机厂裂变出纯水设备厂。

公社革命委员会那高音喇叭里，传来了来自北京的声音，仍是以粮为纲，坚持社会主义道路，坚持阶级斗争为纲、坚持无产阶级专政下的继续革命。

人们站在高桥上，听着广播里长时洪亮的声音。环顾四周，不少人的心其实是在思量着如何能走进农机厂、纯水厂，祈愿着自己生产队的工分分值一年更比一年高。

（二）20 世纪 80 年代

岁月在奔跑。

这让岁月奔跑起来的发令枪声，便是 1978 年底召开的党的十一届三中全会。这一回，中央提出全党的工作重心转移到经济建设上来，它将结束以阶级斗争为纲，真正明确社会主义的生产目的，不断满足人民群众的生产生活物质需要。

这发令枪声，响彻中华大地。人群中，持着起跑、观望、犹豫、支持、阻止等各种不同心态的人皆有。

沿海快于内地，农村快于城市。高桥公社不仅在农村迅速地分田承包给农户，而且将三中全会文件中允许农村创办社队集体工业这一条视为至宝，紧紧握在手里。

许多地区仍在争论姓社姓资的问题，脑袋僵化的一些人不仅怀疑家庭联产承包，甚至还在不明事理地叫嚣着“辛辛苦苦几十年，一夜回到解放前”，把分田到户说成是单干，是走资本主义道路。

高桥没有这种认识的市场与气场。高桥大队几个生产队，早就创办了标牌厂、开关厂。整个高桥的百姓指望着像他们一样，依靠着能人，办起社队企业，多多拓展，多多挣钱，实现集体好分红。农民当工人，离土不离乡。当时，群众支持公社干部和大队领导引人才、引项目，流行语是“干部脸面红彤彤，社员年终好分红”，意思是要多陪客人，多引商。还有就是：“三菜一汤，普通平常；五菜一汤，吃吃讲讲；六菜一汤，你来我往；八菜一汤，业务兴旺。”招待开支，全由集体支出。

这奔跑中的岁月，最显著的几个特点是：群众对发展地方经济、致富一方水土有着强烈的渴望；财经纪律约束严格；还有是国家有计划经济的背景。农村改革的洪流冲击着计划经济，冲击着人们的观念，冲击着集体非生产性开支的僵化规定。

1980 年，上面对经济重心转移，只是一个方向，没有具体的转移路径和办法。苏南的高桥，似乎已经既无争论，又有办法，既看天时，明白上面到底持什么态度，又推地利，懂得顺群众百姓意志，行利于百姓致富实事。

在高桥，当家的干部很多是农业技术员出身。公社旗书记年轻有为，是土生土长的“老高中生”。他在农业学大寨运动时期诸如围湖造田、种“双季稻”等有违自然规律的蛮干中吃得许多苦，他完全能懂得百姓想什么，要什么，干什么。他同样在研究天时，上面刮什么风，风向如何，风力几级。他领着这块土地上的当家群体，以无为求有为。他见到联产承包群众自觉生产，干劲冲天，粮食丰收，喜在心头。同样，见到社办企业如星火燎原，农村人流如织，城市乡村，来来往往，他暗中支持，为之鼓掌，为之撑腰。

社办企业，是以初级加工为主的劳动密集型生产加工形式起步，极需要城市人才和技术作支撑。靠着起初从城里来的几个知青，逐渐地动员在外乡贤加入人才队伍。其中有位念得大学、学习化工材料，后被分配在上海玻璃钢研究院的姜姓工程师，他对家乡创办社队工业，热情有加，自帮得建起纯水厂之后，又带着朋友、专家进行玻璃钢生产，从生产壳件开始，到装配冷却塔，从小铸件生产到整机，工艺、安装、服务一条龙。从纯水厂到建筑设备厂，从业人员越来越多，一批当地的农村青年纷纷走进工厂，从农民到工人，从学徒到当家，边学边干，茁壮成长。

三中全会允许农村创办社队集体企业，使社队工业进入新的大发展时期。当时有几大现象，一个是上海、无锡、杭州等大中城市，大批国有技术工人，星期天下乡，早出晚归，一心帮助农村社队企业，当“星期天工程师”；另一个是农村原先为农服务的金融、信用合作社不断扩张。农村工业使现金流迅速增加，转账支票，现金分红，汇兑结算……尘土飞扬的农村公路，一下子多了许多卡车、农用车等各种运输车辆，公共班车增开了许多趟，城市的小汽车，吉普车也开始开进高桥公社。原先的许多石桥，包括高桥，都在不知不觉中被改变为平桥、拱桥，桥上汽车、板车、拖拉机、农用车、摩托车、自行车络绎不绝。人流、物流、资金流，流得尘土飞扬，车水马龙。岁月如梭，光阴似箭，时间变为了金钱，高桥人勇立岁月潮头。

家庭联产承包，农民分户经营，自主种植，农业获得丰收，五谷丰登，六畜兴旺。人们沉浸在吃饱穿暖有盈余的种田乐趣之中。

高桥这地方，同样六畜兴旺，五谷丰登。有一大批社队工业的农民，把大量农产品直接送往城市，无偿地送给这些“星期天工程师”，让他们乘兴而来、满载而归。大米、青鱼、菜油、猪腿、螃蟹、甲鱼、虾干等送往设计院、大机关、办公厅、国有企业。社队集体企业不断寻求市场，扩大生产，扩大工厂，追求越来越丰厚的企业利润。这些逐渐见多识广的农民肩挑手拎，头脑灵活，敦厚周慎。他们敢越千山万水，他们说得千言万语，他们吃尽千辛万苦，终得千金万银，有所获得，为社队集体积累了不薄的利润。

聪明而智慧的农民，虽说是为集体奔忙，虽说是支持鼓励，但有大局与局部、全民国营与农村集体、计划经济与市场竞争、商品交换与请客送礼、个人与单位、财务制度与集体决定、公开透明与情感支持等一系列问题。在当时的改革过程中，“左”的旗帜在人们头脑中并没有消退，一批人在冷眼观望，在担心走上资本主义复辟道路。他们在暗中搜集着大吃大喝、大肆送礼、不正之风的黑材料。于是，人民来信如雪片似的寄往县委、省委，甚至相关国营单位。

一批批从上而下的外调核实，一件件、一桩桩地打压。1981年，以扰乱市场，严厉打击经济领域犯罪活动的运动再掀高潮。这次运动重点打击社队集体工业中的歪门邪道、不正之风和经济犯罪。高桥再一次被列入关注重点。重点针对高桥地区一带人民来信来访频繁的现状，县政法委成立了专门班子。

对专案组人员的进驻，公社党委旗书记十分重视，也十分热情，配合积极。他与每个集体企业厂长、重点跑外勤人员谈话，告诫他们为集体企业、为当地百姓经济上自己不能藏腰包，不能私分，财务上先自审，不能送钱，挣来的钱都在集体账上，那就不是资本主义。这一年的运动，保护住了一批厂长和公社干部，倒是追查更上一级的责任。高桥公社上一级的工业专干在审查时审出因作风问题牵涉出的怀疑对象，有作风问题的女方已经自杀。说有命案，工业专干被县政法委集体判为死刑，吃了枪子。其领导也因负有领导责任而被判实刑坐牢。

这次运动在高桥引起的震动不小。涉及的两位国家干部，是直接支持创办社队企业取得成功的关键领导，对高桥突破发展功不可没。朝夕相处的领导，深深的情感，让大家震惊，正是他们跑向市场、办成企业，成为大家心目中的“英雄”。

一次全县公审大会，两个有影响力的人物，一个被枪毙，一个锒铛入狱。让全县震惊的反面典型教训，一时把高桥的士气灭得一干二净。

高桥在沉闷中前进。“双层经营”，家庭经营水土，集体创办企业。他们觉得高桥在三中全会精神指引下，在苏南醒得早，起得不晚，但干活时却畏手畏脚，像小脚女人一般犹犹豫豫，没有无锡、常州地区果敢。延续两年，停滞两年。1983 年，经济体制改革，取消人民公社，设立高桥镇党委、人民政府、经济联合委员会，一套班子，三块牌子，从体制改革层面贯彻落实以经济建设为中心。

以旗书记为首的党委一班人，审时度势，再次动员鼓劲。又有一大批从农村田地里走出的年轻人，拼命想挤进工厂，走向市场。那片水土，就是与众不同，先后以产业为先导，能人当得领头阵，组建起环保设备工业公司；派出由 18 人组成的农村知识青年团到上海“黄埔学校”求学深造，学习环保专业，打牢环保基业，创办环保新业；涌现出了老中青齐闯市场、大姑娘跑供销、一家人住京城进上海等鲜为人知、敢为人先的壮举。敢闯、敢试、敢突破，使高桥再次赢得先机，取得业绩。

从中南海、人民大会堂、北京东方红厂到全国许多重要场所，都用上了高桥制造的冷却塔和环保设备。

从日本引进的技术，通过自行研发改进的地埋式水处理技术在上海先行应用，风靡一时，震动业界。

1988 年，初次推行集体企业厂长负责制和承包经营责任制。《152 位居民买下了乡镇企业》上了《新华日报》头版头条。

新的“两极分化”又一次来到了高桥。高桥啊！新鲜事多，奇人有，似乎能观天象，察人脸色。他们又一次觉得集体企业同人民公社大集体生产时有雷同之处。行政命令派干部、定厂长，是外行领导内行，社会风气是人面高于原则，上级指令替代科学规律：大批进人，导致人浮于事；大量平调，挖空生产资金；各种会议，占用生产时间；各项费用，增加企业负担。各种勾心斗角、争利夺权不停上演。

承包制让有本领的人继续往开放前沿阵地进发。农民开始尝试各种西方人的生活方式，坐着洋车进田头，骑着骏马走街头，进得西餐馆拿起刀叉，建歌厅，唱卡拉OK，入戏院，看大戏，出国门，开洋荤。生活各式各样，世界五彩缤纷。

《新华日报》报道高桥承包制形式，并非风平浪静，赢得支持，反倒是枪打出头鸟，一石激起千层浪。贫富悬殊怎么办？削弱党的领导怎么办？负盈不负亏怎么办？违法乱纪怎么办？偏离社会主义方向怎么办？企业内部分配不公怎么办？行贿受贿怎么办？又是一场社会化大争论。那时，原公社旗书记已任县政府副县长，他暗地里实际是在支持改革者的，支持明确责任制方式的。在上级的干扰和当地的犹豫下，深化改革进程停滞。一部分集体企业在人浮于事、职责不清中存活，部分承包企业在不彻底的承包内容中试行。

经济发展周期现象再次出现。在集体企业管理体制机制下，各种弊端也日益凸显：生产大呼隆、出工不出力、责任不明确、生产产品质量下降；分配大锅饭，平均主义；管理混乱，制度不执行，集体财产流失、平调；各种会议、现场会、检查、评比，形式主义、浪费现象严重。制度的漏洞，企业之间、地区之间、人与人之间的复杂性使承包者、管理者、跑市场者、手握实权者，收入多样，出现“穷庙富方丈”。

高桥乡镇企业在繁荣的起步阶段，逐渐背上不薄的银行债务。这样的“窟窿”，盈个人，亏集体；富方丈，穷庙堂；为分配，做假账。集体公有制企业，再一次让人们揪心、担心。

农民办企业，农民当工人，农田变工厂，农村变城镇，工分成现金，这种变革，几千年才等来的一场变革，吸引力巨大，让它停是停不下来的。那岁月，在担心与雄心之间博弈，渐行。

（三）20 世纪 90 年代

岁月成黄金，黄金岁月。

从社队工业到苏南乡镇企业，孕育在上世纪 70 年代后期，起步在上世纪 80 年代初期，快步发展，争论交锋，思想碰撞。在一浪又一浪的打击压制中，求得生存，谋得发展。

上世纪 90 年代，邓公用“贫穷不是社会主义”、“姓社姓资不争论”、“发展才是硬道理”等为指路明灯，为国人指明了前进的方向。放胆实干，解放思想，突破体制障碍，便从那时开始展开。

乡镇工业面临着装备技术落后、人浮于事、管理粗放等问题，市场竞争能力弱，经济效益下降。银行担心贷款收不回，百姓担心集体欠借还不清。没有《公司法》，没有《企业破产法》。集体企业领导人盈利时神气活现，为所欲为；亏损时回避矛盾，推卸责任，东躲西藏。地方行政领导病急乱投医，插手企业经营，任意调换企业厂长，平调企业资产资金。

高桥镇又一次敢试敢闯，在承包厂租赁企业资产的基础上，干脆进行一次性拍卖集体企业，当时提出的口号是：“你发财我高兴，你亏损我同情，你贡献我表彰。”从根本上改变集体所有制企业，先行进行姓社姓资不争论，省得集体亏损留着无底洞，免得让所在镇村百姓空议论、瞎操心。

话虽这么说，听着简单也实在，但做起来并不是一帆风顺和风平浪静的。卖资产卖集体企业，什么性质？怎么卖？卖给了谁？今后企业要是把农民从厂里赶出来怎么办？社会主义资产不就流失了吗？党的一元化集体领导权力不就丢失了吗？贫下中农子弟离开工厂不就失业了吗？一部分人不就变成有钱的资本家了吗？很现实的问题就这样摆在面前。你高桥先行，万一要纠错、返工怎么办？领导有政治风险，买企业者是冒险，有经济风险，集体企业一折腾，很有可能局面混乱，思想搞乱。

话说出去了，就得干。怕这怕那，一事无成。高桥成立企业改制办公室，评估资产，先易后难。以企业净资产为起拍点，把镇办、村办集体企业改制成股份制、合作制、私有制企业。小企业一步私有，一般性企业集体合作共有，相对大的效益好的企业，实行厂长持大股，凑足中小持股企业，购买资产，拥有企业。

人们奔走相告。从企业厂长、供销、会计到社会知名人士，纷纷商量如何参与其中。看中哪家企业？能取得哪家企业股权？能进入哪个精英团队？如何筹措真金白银？由谁打头阵，充当出头鸟？许多人日夜商议，看远见，比胆量，动真格。

那个时代，其实人人是心有余悸，个个都前思后量，步步要东张西望。

相当一批企业，资产量小，规模不大，名气未成，原厂长一帮人安安稳稳，花点小钱，半推半就地很快变更了股份制企业，领到了工商执照，实现改革到位。

对于资产量大、底子厚、无形资产足、后劲强的企业，竞争进入白炽化程度。其中，当“领头羊”的有王氏父子兵，有厂长娘子军，有无所畏惧的年轻人。他们一个个组私阁，抱成团，暗里筹资，暗底较劲，意欲一比高低。

镇产权制度改革领导小组亲自操刀改制，先公告，后开拍，公开、公平、公正。一场场拍卖，从20万起拍，拍到80万；从40万起拍，拍到100多万。不同的标的，不一样的竞争，一帮帮参与竞争的团队，这时不知何来那么多的现金，一时个个好像通着信用合作社，现金用蛇皮袋装，甚至用麻袋装。改制，拍卖，变更工商执照，热闹得似乎要把整个高桥弄个地覆天翻。

镇集体通过这场改制，一下子拍得了一笔不小的资金。高桥自新中国成立到人民公社建立，从没有那么多的集体存款积累。

通过改制，有心者终得愿，有志者事竟成。各取所长，各取所需，各尽其能。这批厂长、管理人员、供销骨干像是结婚后的分灶吃饭，他们自主门户，自找出路。借下的债是责任，买下的资产又是责任，手下的员工更是责任，责任十分明确。对他们而言，只有一门心思，竭尽所能，才是不二选择。

通过改制，一批想试欲未敢、有路未入股、有志无本钱的年轻人和原企业从业者，便着手准备，在羡慕中开始酝酿自主创业，创造条件自办企业。

理顺体制，明确责任，解放思想，放开手脚，让高桥乡镇工业进入一个发展的黄金时期。

因势利导，高桥制定了一个关于创办私营经济工业区的意见，规划出几百亩地，鼓励私人自主投资办工业。开得先河。

早在上世纪 90 年代初，一位在杭州城修手表的有志青年，第一个报名积极参与工业区工业项目投资。他从兄弟那里借得 20 万资金，先期征用土地七亩，建起一千平方米厂房，便办成电工厂，生产家用漆包线。起初，艰苦创业，坚持以市场为导向，遵循市场经济规律；渐渐地，通过诚信经营，守法经营，企业得到各级各地大力支持，发展迅猛；后来，产、销、效连年翻番，一下子成为了全市首屈一指的有突出贡献企业，成了行业领军型企业，全国知名。就是这位青年，他办厂不忘初心，帮乡亲，扶百姓，为家乡，旧貌变新颜，富民做贡献。

高桥这地方，一批能人紧紧跟随创业。国营单位、民办教师、供销外勤等各路神仙，纷纷回乡投资，征地办厂。一时新办企业如雨后春笋，让许多农民走进工厂，实现富乡带民。

这一生产关系的调整，所有制改革的到位，大大地解放和发展了生产力。投资的激情，创业的热情，一下子全被激发了出来。这些新型农民，走南闯北，寻求市场，找得人才。“不管白猫黑猫，能抓老鼠便是好猫。”他们招才引智，招商引资；他们走向城市，瞄准国企；他们走出国门，面向国际。

世世代代面朝黄土背朝天的农民，变得斗志昂扬，那气场一下子盖过了北京、上海这些大城市里的工人阶级。时代在变，农村面

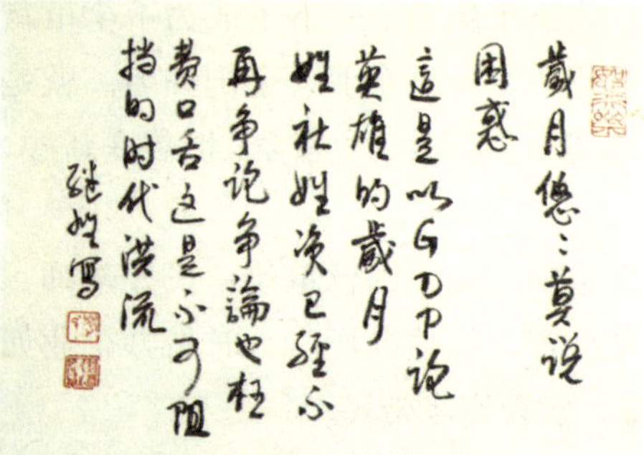

貌日新月异，一部分农民先富了起来、富得流油。

“走在大路上，意气风发，斗志昂扬。”那是岁月唱出的赞歌。

（四）跨越世纪

岁月悠悠，莫说困惑。

这是以 GDP 论英雄的岁月。姓社姓资已经不再争论，中央文件明确，争论也枉费口舌，这是大趋势，这是不可阻挡的时代潮流。

发展才是硬道理。地区之间比拼投资、比拼产出、比拼一组组硬数字和一个个硬指标。企业与企业，厂长与厂长，供销与供销，技术人员与技术人员等，都在比拼，比谁先富，比谁贡献大，比谁能争得大名，比谁能获得大利。一场场比拼，一场场竞争，轰轰烈烈，惊天动地。

那时的农村改革，农业连续十几年获得大丰收。农民不仅解决了温饱，交足了公粮，还能卖得余粮。粮食丰收，粮库粮满仓，农村出现“卖粮难”。农民不仅还清集体的旧欠，几乎家家都开始有了积蓄，户户有了存款。集体不再向农民收取“三上交”，干部分配收入不再向纯农户挖“稻秆根”，增加农民负担。国家也全面取消了“农业税”。农民高兴，农村处在向纵深改革推进的新阶段。相当一部分农民离土不离乡，进了当地工厂。也有一部分农民既离土，又离乡，外出打工谋生。于是，工农业生产收入形成“剪刀差”。

人们吃饱穿暖，一时似乎忘记了挨饿的岁月。在一切向钱看的年月，不少人信奉“有奶便是娘，有钱便当爹”。

谷贱伤农。农村大片良田出现抛荒半抛荒。人们对劳动强度大、靠天吃饭生产风险大、社会地位低、收入低的粮食生产种养业，感到厌倦。送土地、卖土地、流转耕地、应付种地的现象，随处可见，各地皆有。

在跨越世纪的年月，“种田万万年”的旧观念，在中华大地百姓心中被宣告破除。

做什么都比种田好。选择投资办厂，选择跑向市场，选择外出打工……农村种养业的经济比重，从单一粮食生产，几年工夫降至30%、20%、10%，甚至不足5%。钱最最重要，有钱好办事，有钱能使“鬼推磨”。

为办厂，可以杀青棵稻，可以毁庄稼；可以圈占大片粮田，可以毁坏水利设施，可以填埋泄洪河道；可以不顾天空浓烟滚滚，可以不顾河浜浊水横流，可以不顾噪声扰人清梦。

这一切的一切，归结于社会在追名逐利。官本位意识，让地区的领导在追求GDP，GDP高，得升迁，受表彰，做英雄。真假数字，真投假投，投对投错，数字造假，诚信滑坡……一时难以言说。“岸上人牵名利船，船上人被名利牵，江水滔滔流不息，问君辛苦为哪般……”成为时代的写照。

跨越世纪的过程，在这片山河水土上，新事物似乎来得太快了。

渴望着尽快富裕的人们，没有现成的发展道路可资借鉴，这叫摸着石头过河。没有经历过另一种疼痛的教训，这叫盲目发展，也叫无知无畏。传统宗族规矩早已废止，现代法治尚未建立健全，道德和良心一时正低头无语。

凡事都得有度，有界，有诚。一旦过了度，越了界，忘了诚，那会让人发怨，发怒，发飙。一场又一场为环境污染而起的群体事件接踵而至。

西部平原区在同一水系灌溉区域范围的约三万五千亩水稻突然发黄枯萎，严重区域部分水稻成片枯死。经诊断，原因为上游客水中含有大量工业有毒有害污染水，使灌溉水受到严重污染而致。于是乎，当地农民顺水追源，顺藤摸瓜。几百个农民手持锄头铁镰，直奔肇事化工厂区。化工厂正是当地纳税大户和“摇钱树”。它生产利己利当地，它污染损人损下游。厂方看到厂区内突然出现一群非本地的百姓上门寻衅滋事，便由保卫科牵头组织精兵强将，采取先发制人，对冲进厂区的“外来入侵者”棍棒交加，劈头盖脑地毒打。那些有理终难辨、善良无序而又弱势的农民最后败得一塌糊涂。他们带着伤痛，捧着流血的头，无可奈何，一路叹息，跌跌撞撞地往回走。

东部湖区，化工企业同样造成污染，致使农民的作物水稻受损，生活受到影响。农民堵厂门，责问厂长，他们想讨个说法。厂长报警求助，这让矛盾升级，政府是“手心肉，手背肉”，伤着哪头都心痛。有报警必出警，警察不问青红皂白，有过激行为必抓人。于是眼睛红得冒得出火星的愤怒群体，一气之下，掀翻警车，砸开厂门。一时有法难依，有理难争，大家违法。

江南水乡地区，乡镇工业、私营企业中的许多化工厂，没有任何环保处理设施，没有严格的执法监管，一时让不少不能在大城市和国外进行的工艺生产、禁用的化工原料，全跑到了偏僻的乡村。这些工厂任意向大小河流排污，那毒性超标几十倍、几千倍、上万倍，有些甚至无法估量。情况严重的地区，出现了癌症村，群体患上恶疾。有些对农作物造成污染，给土壤、空气带来毒性，使空气污浊、土壤恶毒，土地生产出的农产品也含有大量有害人体健康的元素，最终毒国人，害子孙。

弥漫在天空中的霾越积越多，它侵蚀着人的胸肺，阻挡着人们的视觉，乱排乱放的毒水，让躲进深潭的鲤鱼也无奈地翻起了肚皮。这一切，触目惊心，善良的人们只能唉声叹息。

高桥镇区，化工企业相对少些，但人们难逃地球村庄里的祸事。弥漫的雾霾，污染的湖泊，流动的江河，共饮的水源，无一例外地同遭难。

（五）新的世纪

岁月在追梦。

并不平凡的岁月，已行走半个世纪。亦步亦趋，上下求索，道路曲折，带来的变化却是地覆天翻。无可置否，高桥的农村不再是纯粹的农村，亦城亦乡；高桥的农业不再是纯粹的农业，亦产亦商；高桥的农民不再是纯粹的农民，亦工亦农。江南农村如是，放眼全国亦是。

半个世纪，农村改革孕育在民间，动力来自于人民，自下而上，自上而下，反反复复，几经周折，用血与泪换得。人们对幸福生活的改善，感恩地由衷赞美："政策好，天帮忙，人努力。"同样，对发展带来的困惑感慨、担心："环境变差，田地减少，诚信下降。"

孰是孰非？纠结着，难以评说，难以取舍。自上至下，党中央提出了"科学发展观"的理论，它补充完善和回答了"发展是硬道理，发展是前提"，明确提出了"科学发展是硬道理，盲目发展、硬发展是无道理"。

高桥再次出发。在党中央科学发展观的指引下，在上级的正确指导下进行。

“三集中”，即农民向新型城镇集中，建设新农村向建小集镇集中，创办工业向工业园区集中。

高桥的新农村建设进行一次规划，分年分步实施。撤乡并镇，撤村并村，先行进行了三次行政区划调整，归并行政村，整合行政建制镇。从四十几个行政村，确立为十几个中心村。三镇合一为高桥。以工业为依托，以未来发展为依据，形成两个小型集镇，集聚起上万农村人口，做强、做优、做美集镇。商场、农贸市场、影院、学校医疗卫生一应俱全；都市港湾、专业商城、滨湖社区、高楼别墅，错落有致；黑色马路，绿树成行，霓虹灯光，花团锦簇，无异城乡。中心村的建设避免大拆大建，治污河，修河浜，浇马路，植绿树，便生产，利出行，优环境，添景象。

工业园区的集中分得两块。坚持集约节约耕地，不贪大，不求洋，分类指导，推进扩展。一个专业园区，以保护环境，优化产业，赢得国家装备产业基地美名；另一个以大项目、新兴产业为主体，联营央企，股份合作，走资本经营，推向上市，让蛋糕做得更大，求总量，保质量。让一批农民成市民，变工人，发展又转型。

“五统一”。

一是由市级统一供应全城自来水。水源来自于南部山区清澈的水库。2006 年，太湖水危机后，政府花巨资收购关闭近地自取河水小水厂，大厂扩容，形成全域自来水管联网贯通格局，同用“一缸水”，同饮一清泉，切实提高饮用水安全，保障人民群众身体健康。

二是由市级统一建造垃圾焚烧发电厂，将生活垃圾就近填埋改搜集焚烧。形成以村小组收集、以行政村集中、以所在镇政府运送、以市统一处置的良性循环格局。改变以往垃圾乱倒、满天飞、满地散，杜绝脏、乱、差。

三是工业废水、生活污水、河道流水，统一管。全市进行合理布点建污水处理厂。将村庄、工业集中区的生活污水和工业废水搜集、纳管。花近百亿资金在地底下埋设污水管道，用物联网技术对地下污水流经情况跟踪管理，不让堵塞，不让泄漏，高标准汇集于污水厂统一处理后达标排放。全流域河道，实行各级领导干部分工负责，建立“河长负责制”，加强对两岸排放物管理，日常对漂浮物、沉积物加以严管，使河道畅游，河水变清。

四是统一将燃煤型企业改天然气。用好西气东输资源，针对地区小煤窑和燃煤型企业多、需求量大的产业特点，以壮士断腕的决心，财政奖补，全面关停一切燃煤企业。三年过渡期，推倒所有烟囱，关停一切燃煤企业。百姓家家户户通燃气，全覆盖使用天然气，净化大气，找回白云蓝天。

五是对公共绿地、公园、主要公路绿带、行道树木、路灯，由市成立专业管护队，公司化运作，一个标准管护。

“若干共享”。国民义务制教育优先，硬件建设新校舍，软件强优师资。医疗卫生事业，市级建等级医院、镇级中心医院、社区村有医疗点，全覆盖，行方便。公共交通，城乡一体，全民共享。公园、图书馆、规划馆、科技馆、博物馆等起点高，布局好，宽敞漂亮，向市民免费开放。全民农保社保，医保，低保，应保尽保，有标准，讲公平。边远穷村，贫困殊户实施精准扶贫。慈善事业，市有巨额基金，镇有各类善人组得各种帮扶机构、基金，普及城乡的“亲帮亲、邻帮邻、富人帮穷人”，文明新风，遍及高桥。

第三部

农民

卷首语

人类的命运与山河水土紧紧地连在一起，两者共死生，同存亡。

人类在山河水土中孕育新生，又在死亡中走近山河水土，生死变换，进化、延续、发展。

是人类，让广袤的山河水土永远地活着。

那大片大片活着的山河水土，正是我们共同的祖先祖神。千年不变，万年不倒——谓农民。

没有他们，人类就没有生存的根基。

没有他们，山河就将失去肝胆与灵魂。

没有他们，子孙的繁衍就不再有保障。

没有他们，金子也失去了华贵的理由。

十五、秧丝草

秧草，地方上俗称“秧丝草”、“秧丝毛”。

江南一带湿漉漉的田地里，这种草一年四季都能见长。它，伴随着庄稼生长，稻田、麦田、油菜田、红花草田、蚕豆田、豌豆田、大豆田里，都能觅得它的踪迹。它，虽其貌不扬，生命力却极强。初长时，单叶，十分瘦弱，一旦有雨露阳光，秧丝草便遍地生长，“身子”细长，显得清秀而挺拔。

秧丝草整个生长过程似乎颇为“自觉”，一般个儿，粗长程度并不会超过庄稼人种下的庄稼，只是乘着庄稼生长的势头，伴随着成长，似乎总比人们希望长成的庄稼更为早熟。秧丝草的种籽，总是在庄稼收割前就早已经长熟早落，并且，悄无声息地落到了田地里。

（一）

生产队大生产劳动之初，一时无法改变农村刀耕火种的半原始化状态。大家靠着“人心齐、泰山移”的精神，用劳动的双手、铁肩，重复着田间的收种耕耙，四季轮回，岁岁年年。这种生活状态，同以往相比，单调中倒是多了一些乐趣，乐趣中又增添了一份理想。人们聚集在一起，大会小会听上级讲党和社会主义制度的优越性。大家一边劳作，一边嘴打擂台，讲着些不着边际的南天北语。一些粗话段子虽不幽默，有时倒也能引逗大乐。还有就是借机损人贬人，

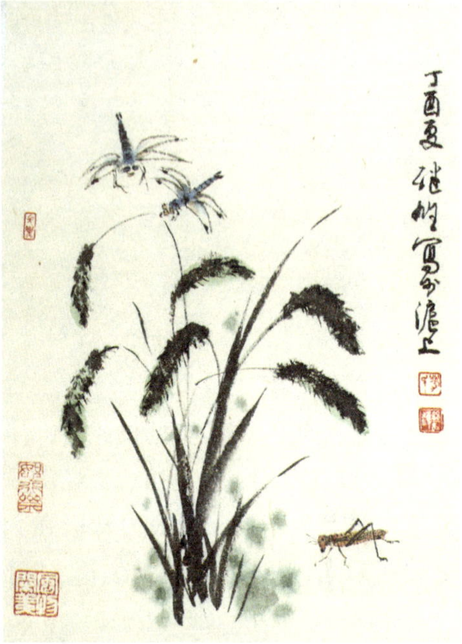

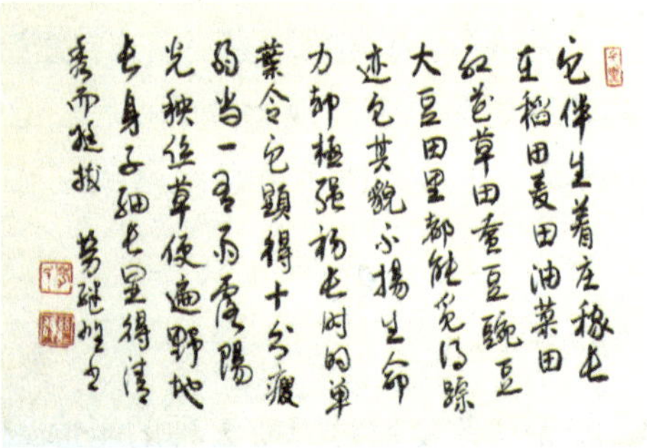

秧丝草

帮人取的绰号把人损得不痛不痒，甚至成为三村五邻口口相传的永久性别名。比如：饭量特别大的，别称为“大饭桶”；平时瞪大眼睛，待人不善的，别称为“老牯牛”；喜欢沾小便宜的女人，别称为“抓灰尘佬”；个子矮小些的，会被称为“矮冬瓜”；个子特高的，别称为“长脚鹭鸶”……连平日那善良忠厚、纳口少言，刚满15岁的瘦弱小姑娘，也被生产队里的大嘴叫上了“秧丝草”。“秧丝草”这个别称，如一个深刻的烙印，永远地与这个姑娘如影随形。

“秧丝草”一家老少五六口，她在三姐弟里排行老大。父亲虽然筋骨强健，但个子不高，加之很少言语，因此在满劳力的农事上有时会被扣得几个工分。母亲人高马大，快人快语，是个勤俭利索的女人。这个家庭全凭着母亲主持支撑。“秧丝草”走进生产队劳动，无疑给这个家庭减去了一个吃闲饭的，并增加了一个劳动力，替父母分担了一些肩上的担子。

这个家庭有一座比两间小、比一间略大些的草房。草房被夹在村中间，朝南门走出来是需经过长辈一间祖屋的，大半时候人进出只能走狭小的北门。北门外还自搭起了一间猪舍兼羊圈。主屋里虽然灶在堂、房连灶，很是局促，但靠墙根旁排放着的锄头、镰刀等小型农具却很是整齐。猪圈里总套养着一大一小两只猪、两只羊。猪圈与主屋中间的土场，一年四季都整理得平整而洁净。天气晴好的时候，这里是全家集中干家务和休息的自由领地。

转眼间，“秧丝草”就成了大姑娘，瘦弱却清秀，一笑脸通红。她整天不是帮着爹娘挣定额的工分，就是干着家务活，默默无闻，与世无争。这个平时谁也并不多关心的家庭，此时却开始引起了村上人的目光。家境相仿的一些同村小伙，常常主动绕道经过这片并不显眼的领地，看一眼“秧丝草”，也会主动问候有什么需要帮忙。而家住大瓦房、有些背景的年轻男士们，也开始打量起正伴随着青春成长的“秧丝草”。虽说门不当户不对的，但这种柔弱却极强的活体生命，在强势面前显得随意，大具诱惑，已无法抗拒这些天生妄想之徒习惯性的骚扰。

在这一座半主茅草房里，“秧丝草”前两年才和家人分床睡。父亲把一张竹制品床架在空中，要想上床得攀爬那一人高的竹制小梯。就这样，“秧丝草”夜晚登梯休息，天亮下床干活。她自小到大全听娘做主，从来都是粗茶淡饭、半饥半饱地活着。就是这样的一位姑娘，自知命苦，晓得没法与人比较，只能自食其力，内心倒也十分平静。“秧丝草”躲在父母亲身后，如同躲在两棵高大农作物后面，日子平淡而安逸。

继续着这种苦难的平静，“秧丝草”的生活十分单纯，前行的人生道路就像一条笔直的线。“秧丝草”虽弱小，可她在生产队里干活的水平在同龄人中已经领先，而农村女劳力最讲究的主要就是心灵手巧。拔秧、莳秧、积肥、撒肥、收割等田间地头的农活，她样样拿手；场头上的打谷晒粮、去杂扬净，“秧丝草”也干得熟练有序。坚持了数年之后，柔弱蜕变为灵巧，瘦小蜕变为苗条。“秧丝草”的能干得到了众人的夸赞。

村上的三阿婶便开始为她说媒。对方是住大瓦屋的生产队长的长子。小伙子20刚出头，虽英俊潇洒，却勤快不足。三阿婶善于察言观色，能说会道，也乐于做牵线之事。她掂量着女方的条件，劝说着“秧丝草”的父母：“小伙子的父亲是队长，一队之长，大小劳力都得听他安排，大队里的干部他也个个熟悉，能讲得上话。若是生活困难，借点粮、补点草的小事但凭他一句话。连到生产队小伙子参军、招工、入党这些大事，也都得听听他的意见。队长家也算得有权有位，又有两间平房，闺女能嫁上这等人家，真是前世修得的福气哇！”对着队长，三阿婶这样劝说：“你儿子盯着‘秧丝草’眼睛发亮，是我最先发现的秘密。这事若是成了，也是一桩好姻缘。再说人家闺女有福相，又能干。俗话讲‘只有胖子多穿衣，未见瘦子少走路’，不要嫌人家瘦弱。我看这姑娘除了无法选择的家境穷了点之外，从头到脚样样好。依我说，你队长的眼光倒还真不如你家宝贝儿子好。”

三婶说得话句句在理。同在一个生产队，天天在一起出工、收工，性格、脾气、家底、身价几乎全是透明的。三婶说话若想添点盐、加点醋不光没有必要，反而会弄巧成拙。双方都在细细思忖三婶说的话，都觉得会朝向好的方向发展。队长的长子逐渐自觉起来，当着全生产队社员的面，劳动已规矩了很多，夸夸其谈的牛话也变少了。三婶蛮有把握，觉得这桩婚事正在言说中有序推进。

“秧丝草”虽然没有读过一天书，平时也很少多讲一句话，很多时候甚至一声不吭，但她心如明镜。总说“沉默是金”，沉默让“秧丝草”始终处在“凡人不开口，仙人识不透”的主动状态。她心里想着的是庄稼人讲勤快，想的是“靠人一时、靠已一世”，想的是要找一个能真待她好、能与之过一辈子的人。村西头隔壁生产队的法顺，从平时的生产生活中看得出来，干起活来埋着头，从不声张。近些年常常路过，总会有意无意帮“秧丝草”干些重活，摇着船外出前，他也总会问问“秧丝草”需要顺带些什么。“秧丝草”心里明了。

在这仅仅只有几十户人家的一个小村庄里，明处，三婶大张旗鼓地为“秧丝草”说媒，队长儿子大喜，双方父母也并不反对。暗里，“秧丝草”并不认为队长儿子靠谱，可又拿不出任何主意。一明一暗，法顺倒是看得出“秧丝草”的心思。其实，“秧丝草”并没有拿定主意。父母想听听她的意见，她说自己还小，想过两年再说；法顺约她，晚上她也是从不肯跨出家门半步。

“秧丝草”的话，让三婶、爹娘、队长一家都觉得在理，并且各不难堪。“秧丝草”晚上足不出户，倒也有“大家闺秀”的范儿，并未出格。日子一天天流淌，“秧丝草”心境平静，也许是在等时日，也许心有不甘。在这段日子里，“秧丝草”始终是“秧丝草”，这个黄花闺女，神未消损，毛发无伤。

一个早秋的下午，“秧丝草”从湿热的稻田里干完活回到家，她正准备洗个脸，换件衬衣，身边突然冒出个法顺，把她吓了一大跳。法顺壮着胆、涨红了脸，鼓足勇气对“秧丝草”说：“我喜欢你！”“秧丝草”说：“不！”法顺再也没能接过话，他冲上去，两条有力的胳膊一把抱住了那弱小的身躯。就在这时，这个弱小的身躯里不知怎么迸发出一股强大的力量，“秧丝草”喝道：“快松手！”“不松！”法顺无力地回答。“秧丝草”发怒了，她顺手抄起身边的一根竹棍，朝着法顺的腿便打。见此情景，法顺只得妥协，他极不情愿地松开双手，乘势溜走。

“秧丝草”理了理头发，整了整衣衫，她慢腾腾地洗着脸，开始理着头绪。法顺这次胡来，自己非但不依不顺，反而打着了他，反正也就算把他得罪了。未来得及细想，也未来得及换衣，邻居家婆婆进来了。婆婆两眼直盯着“秧丝草”，姑娘浑身上下散发着从田间劳作回来的泥土气息，头发还乱着，衣服还湿着，脚上满是泥。婆婆是生产队长门房里的长辈，她关切地问“秧丝草”：“法顺他刚才欺负你了？”“没有！被我打走了。”婆婆半信半疑，开始大骂：“我就知道这畜生不是什么好东西，大白天竟敢强奸！”“秧丝草”一听这话，带着哭腔连连否认：“没有！没有！”婆婆来气了：“你怎么还帮这种人？”一桩青年男女间的小事，便开始在小小的村庄里发酵。“秧丝草”的父母，是村上穷得不能再穷、弱得不能再弱的百姓，在上世纪60年代末出这档子事，真是说也说不清楚，讲也难讲明白。父母觉得女儿丢人，家人本属骄傲、可放高些音量说话的气场一下子被湮灭了。任凭女儿怎样讲，在这种“阳光普照”的时代，家里家外都无法否认隔壁婆婆开口闭口地大骂：“法顺是流氓！强奸！”这难听的骂声，就是偏僻农村里“公、检、法”给出的铁的定论。

“秧丝草”比原先更沉默了。人要吃饭、穿衣、活命，就得下地干活。除了干活，还是干活，“秧丝草”要干更多、更重、更脏的活，连父亲干的男人活她也在抢着干。毕竟这个穷家最需要的就是多挣集体的工分，多养快长猪、羊、鸡、鸭地谋生。“秧丝草”虽是女孩子，但排行老大，帮带一弟二妹是必须的。这段时日，连三婶也不来说什么话了。家庭中的气场发生了不小的变化，家人变得尽为一日三餐、为人畜活口而奔忙。

在村上，并没有人讲“秧丝草”更多坏话，大家都说法顺不好。任凭整个村庄里开论，“秧丝草”从前到后，从头到脚，从里到外，都没有搬弄过任何口舌；参加生产队劳动，她从来不是偷懒的料；出了家门，她也没干过任何坏事。父母亲知道闺女的人品绝对是天地可鉴，可村上人私底下是怎样揣测这件事的就很难知晓了。法顺扯掉“秧丝草”的衣裤没有？身强力壮的法顺又纠缠了多久？村上人只是凭空口编，口口相传。这种环境，对“秧丝草”是一种欺压，是一种无形而残酷的欺压。这种欺压，比家穷更可怕，比家穷更难让人出头！

（二）

20刚出头的“秧丝草”，不但勤劳耐苦，而且讷口讷言，性格谦和，有容人容事之量。世俗的偏见，在明人眼中显得是那样的不值一提。一房不远不近的亲戚赵氏，家住在离四邻八乡赶集市街镇仅半里的河巷村。家中儿子正二十三四岁，讷口本分，只知吃苦，近在街边却无欲热闹。赵氏夫妇几年前就看中了这位外丽内秀、会过日子的姑娘。

赵氏夫妇琢磨着能找到一位称心如意的儿媳。他俩认为：未来儿媳的娘家穷点不要紧，庄稼人只要不好吃懒做，娘家婆家各管各，一年半载之后生养一个大孙子，婆家当然是自家。儿子要找对象，关键是找对人，找上个好姑娘。对！就找她，找她不会错！

赵氏夫妇请上街市南头轧面店的主人当媒婆。轧面店离“秧丝草”村庄上的男女老少平常摇着船赶集到达和离开的集合点很近，离停靠码头点、米厂、粮管所也很近，十分方便。这店主人人缘特别好，和蔼可亲，做生意老少无欺，大家都尊称她为“朱亲娘”。这“朱亲娘”受赵氏远亲委托，只得放下手中的活，放下平常居高临下的架子，赶至七八里外的偏远小村，经过一路问询，终于登上那一间半草房里的大堂。

街上“朱亲娘”来了，村子里自然很快传遍了。“朱亲娘”来替“秧丝草”做媒提亲的事，很快全村人也都知晓了。“秧丝草”的父母亲难得遇上“贵客”临门，显得有些手忙脚乱，不知所措，先端着狭长的条凳请“朱亲娘”坐下，再摸出几个藏着的自产鸡蛋，预备开火烧“汤”。在当时，这是以最高规格、来贵客才有的常理接待。“朱亲娘”十分客气，她说：“阿叔、阿婶，咱们都是自己人，就别这么忙啦！不说你也知道，我是‘无事不登三宝殿’，咱们开门见山。依我看，你家这大闺女也真是不错，该谈婚论嫁了。临街赵家家境不错，儿子正是二十三四岁，和你家大闺女挺般配。以前，赵家叔婶见过你家闺女，挺喜欢她。不知你们夫妻俩有什么意见？”“秧丝草”的父母这一对农村夫妻只是乐呵呵地笑着，他俩一个在灶下，一个在灶上，煮着鸡蛋汤。“朱亲娘”又接着说：“俗话讲‘千年修得街梢头’，街上总比乡下热闹方便些，也更容易富裕些。”就是这句话，一下子便点通了全家。灶上、灶下这两个人都连连点头：“是！是！街上好！街上好！”“秧丝草”人虽躲在屋外，手里也正干着活，但屋内的对话她却都听了进去。

“朱亲娘”按照风俗地喝着鸡蛋汤，她满有把握地说：“叔婶啊！我喝下这碗鸡蛋汤，就算是说定了话。我代表你们全家，算同意了闺女这桩亲事。看好日子，赵家会拿着定亲彩礼上门来正式确认，到时你们可不好让我难堪啊！”“朱亲娘，你放心。能与赵家结亲也是我家闺女的福气！”

媒娘高兴地离开了村庄。“秧丝草”的父母很是高兴。他俩思忖着：咱家离街这么远，连街边的赵叔、赵婶也能看得上咱家闺女，说明咱家闺女不赖。在咱穷村上，能嫁到街上的闺女并不多。这气场又一次让他们夫妻俩心里热腾了起来。“秧丝草”思量着偷听到的对话，观望着父母的情绪，也开始权衡起来。她觉得，在村庄里穷人家的孩子没有讲话的份，再这样耗下去也没有出路。干脆顺着父母的意思，听从命运的安排，企盼以善求福吧！

20 来天后，说是黄道吉日。“秧丝草”家人和长辈级的一桌数十人，被邀将去街边赵氏家中吃饭。这样就算订婚。一家人感到一种从未有过的风光，一个个梳洗得干干净净。大家沐浴着五月和煦的阳光，簇拥着“秧丝草”这位特殊的主角，踏上了去街头方向的路途。约摸赶了一个小时左右的路程，与早在路边等候的“朱亲娘”会合。她领着大家直接进了赵家。

赵家在街外西头的村子里，这里村庄明显比“秧丝草”娘家所在的村庄大，村民的住房大部分以瓦房为主，村东头几乎是已经连接上街梢头。“朱亲娘”说得不假，这里真是“千年修得街梢头”的地方。在村庄偏东头的位置，赵家两间朝南的瓦平房，虽不像刚建造，倒也让人觉得敞亮。

大开正南门，西边这间是正厅堂，厅里一张木长台，一张八仙桌，配上四张双人条凳，堂前挂着寿星、红对联，厅是厅，显得很是齐整。大门外是一个菜园，菜已经开始抽薹，蚕豆花也开了，显得生机勃勃。室内居安，室外显勤，一切让人看了觉得无可挑剔。

“朱亲娘”真是实话实讲的媒人、恩人，她高声呼着：“小强，快来倒茶！”小强是赵家的大儿子，大名赵余强。一个瘦而结实的小伙子应着：“噢！噢！”他行动敏捷地来到厅堂，拎起竹壳热水瓶，往早已放好茶叶的杯子里冲倒上热水，然后用双手给客人奉上。

“秧丝草”跟随着父母第一次进得这两间瓦房，在这里她将永远抹去老家“秧丝草”的穷影子。“秧丝草”的大名叫司小宝。“朱亲娘”亲热地唤“小宝”坐在自己身边，向她介绍小强：“这是小强，平日不善言语，也不逛街，家里家外都勤快。”小宝抬起眼，羞涩地扫了一眼自己将来的“靠山”。小伙子眉目清秀，小宝一眼便喜到了心里。住了多年的草房，睡了几年悬在半空的竹床，受尽了冷言冷语和偏见冷眼，小宝的那些触痛，瞬间被“朱亲娘”依偎在身边的温暖给融化了。在这里，“秧丝草”的别名将不再在小宝耳边响起。

赵、司两家结亲，小强、小宝结姻。订婚，便是农村中确定婚姻的铁证。喜讯一公布，这桩亲事便在两头的村庄里家喻户晓，好好坏坏，在年底正式结婚前，早已传遍天下。

（三）

司小宝来到这街梢头的大村庄里，住进两间瓦屋，随意地出进，可走朝南大门，也可跨出北门。一家老小都十分喜欢小宝，小宝嫁过来之后，也是十分自觉。新婚第二天，她便开始跟着生产队参加集体劳动，每天早早起床，抢着开门扫地、煮粥烧饭，晚上，照老顾小，料理好余强的起居。满满的幸福，满满的忙碌，一家子其乐融融。

赵家公婆俩，年龄并不大。他们看着小夫妻俩，心里喜着、乐着，更坚信找穷一点的儿媳妇，选择是正确的。自家找儿媳妇未走眼，真是祖宗帮上了大忙。

年前年后，春节期间，余强小宝新婚燕尔。赵家公婆是一对明事理、通人情的长辈，见到这对小夫妻恩恩爱爱，勤勤快快，不用长辈再操半点心，决定让小夫妻俩的生活更自由自在些。赵家公婆打定主意见好即放手，主动提出开始分家。在外人看来，分家或许为婆媳不和，或有其他不爽，连小宝也不解地问："爹娘，小宝哪里做得不好，为何这么短时间就赶着要与我们分家呢？"赵家公公笑着说："小宝，咱这不叫分家，咱这是让大家各自分担各自的责任。你进了赵家门，咱们永远是一家亲！"小宝再也无话可说。

两间瓦房，独立门户，一分为二。余强和小宝分得西间，大门、后门原先拥有，通向东边的腰门被砖墙封堵，灶间放在前间堂屋。后半间是房间。出后门边上加盖了半间猪圈、鸡窝，这样能尽量不破坏原门面外貌。说实话，种田人靠街并不能当饭吃。鸡、猪那是一定得养的，淘米的水、洗碗的油、剩余的粥不能浪费。"庄稼一枝花，全靠肥当家。"田里也等着有机肥料肥田。农历二月，正式分家。

谁都未料到分家这么快。平日的小宝，不善藏力，自立门户又怎会懒散？小宝、余强细细盘算着将来的日子。生产队里只要需要出工，总有他俩的份，小夫妻劳动几乎满勤。圈里的猪仔，一个多月便养得油光雪亮。几只鸡鸭，也高调地叫唱。这时，小宝害喜了。她挺着大肚子舍不得休息，一直忙到临产。赵家公婆放心地和小儿子过着自己和顺的日子。

农历十一月底，赵家公婆抱上了大孙子。余强满是开心，他包揽了家里家外活，一有空便伴着妻子和儿子，真是看着喜欢、干着有劲。小宝哪舍得余强独自吃苦，产后一星期便下床，帮余强干那些不是男人在行的活了。她一是担心“男做女工，越做越穷”，二是不想让余强那不耐耗的体力过分透支。

日子如逝水，平淡的生活中透着幸福。只要有健康的身体，便是种田人的福气。其实，在农村里，无论离街镇远还是近，集体化劳动并没有本质区别，家家户户养点家禽家畜，过日子区别不大。小宝嫁到街边，除了在生产队挣工分，就是照料丈夫和儿子，要不就是围着猪、鸡、鸭打转，若是无事决不会到街上的百货店、杂货店闲逛，花钱的小吃店、照相馆、电影院更是从来没去光顾过。令她最开心的是能看着儿子一天天健康长大，她最盼望着的是圈里的猪可以出圈卖到食品站，几只母鸡能天天红着脸、高唱着歌生蛋，以此来补贴家用。

夫妻俩帮儿子起名叫赵跃进。儿子是在农村进行“抓革命、促生产”时期出生的，“赵跃进”这名字，没有封、资、修。母亲喜欢叫他小进，小进在不识字的母亲身边，在“读书无用”的背景下，跟在母亲后面，看烧火喂猪，看点数鸡鸭，看打扫门前门后场圈，他目睹着、模仿着母亲的举动，从小干起活来就很利索。而母亲，其实并不想让儿子多干家务，而是希望儿子能多识些字、多念些书。

七岁那年，小进在社会主义制度的优越性里，凭借挨近街边得到的优势，得以到镇里的中心小学就读。中心小学是一所有条件让语文老师和算术老师分别开课的学校，无论是校舍条件，还是师资力量，都远超偏远农村的小学。当小进踏进学校，领到新书的那刻起，他的心中便油然而生出一种对读书的强烈渴望。这种渴望，到底是来自于母亲的基因，还是母亲小时候一直在儿子耳朵边唠叨读书有出息起的作用，小进始终钟爱着那课本和手缝的布袋书包。

小宝听党的话，与余强计划着只生一个孩子，小进是母亲的命根。送儿子上街上学这一里路上，小宝的眼睛总是定时会盯着。老师告诉小宝，你儿子上课听讲很专心，是个一听就进、一学就通、写起作业认认真真的孩子。小进三年级开始就欢喜读四五年级的书，识的字比同班同学要多很多，年年被学校评为“三好学生”。

小进放学回家，经常跑里跑外帮父母干活，只要是坐着干机械性的杂活，手里还总喜欢捧一本连环画的故事书。母亲有点担心地说：“又是谁借给你那些没用的书？书上又在瞎说些什么？看书要多看老师发的书，作业要做做好。”小进自信地告诉母亲：“母亲，作业我早就写好了，学校老师发的书，从头到尾我都会背。不相信，你翻书，我背给你听。”母亲无言以对。

在小进读小学的时期，学校教育并不是应试教育，能否读好书不是评价学生的唯一标准。比小进长一辈的直系旁系亲属，一律都是贫下中农。小进在学校里，没有人歧视，也没有得到什么特别的喜欢和关照。有几个在学校被边缘化的老教师倒是特别欣赏这孩子。吃过早晚饭后，这几个老师有时也会专门到小进家里看看，那时不时兴家访，这几个老师只是为这个家出了一棵好苗子而感到骄傲。

父母亲的力量来自于身边的小进，余强和小宝比生产队任何社员都出勤要多，而去街上逛逛、亲戚之间跑动则很少。小宝用比别人卖力的所得，偶尔也会偷偷补贴一点娘家。她告诉小进，舅公舅婆年纪大了，村穷，家更穷，老人过去拉扯大孩子不容易，我们不能忘本。小进很懂事，也学着母亲孝顺父母。进入初中，放学后或假期里他便帮瘦弱的母亲挣定额工分，割稻、莳秧、撒肥这些本领，老早就学会了。农忙时节，小进抢着帮家中做饭、烧制猪食，还主动承担起照料家养的大小牲口的职责。他从小就像母亲一样勤劳，明白读书是现在家里有这个条件，将来谋生最终还是要凭力气、要学会在生产队挣工分的。

小进进入初中二年级，似乎原先的规则开始发生了一些变化，学校教育和学生读书、升学都将以考试成绩作为评判标准。老师开始对学习成绩好的学生予以关注，他们对学校的升学率十分重视，教育变得让全社会打起了精神。地方官员，支持买发电机，支持学校开设夜自习、夜辅导。学校各种大小赛考、测验，几乎天天排满。这让小进这个本来就觉得教程太慢的学生，感到如鱼得水。他开始得到不需要任何背景、地位、金钱利益交易的社会的恩泽，每次测验、赛考，小家伙总是稳居年级前二。

进入高中后，小进学习也是一路领先，他不光在学校里有了名声，在村上也有了不小的名气，后来，七里八村都传遍了。高考时，小进名副其实地中了当年的高考“状元”，被清华大学录取了。

这个喜讯，无异于一个重磅炸弹。小镇沸腾了。镇里、学校，都破例给小宝家送上了奖励贺金。真是“茅柴山里出嫩笋，祖坟头上冒青烟”呀，长辈和远近亲戚纷纷送上鸡蛋、布匹，以示祝贺，大家打心眼里地佩服这个孩子！离村五里远的一位85岁的王大爷，专门在街上买上一支铱金钢笔，颤颤巍巍地亲自登门来送给“状元”，为的就是能在有生之年见上这位了不起的“大人物”。

这消息也令小宝的娘家村上人十分震惊。在娘家，从小在这长大的“秧丝草”，竟然会养出一个“状元”？“秧丝草”一家人可谓瞎字不识一个，后代竟然出了个“状元”？最始料不及的还是队长，他懊恼不已，虽然年岁长很多，这“秧丝草”也本属他家的儿媳妇，他懊悔当初这看不出的好基因里，原先怎么就被这个法顺给搅了局呢？恨大辈婆婆乱声张，恨法顺，恨自己当初看人穷，恨当时变换主张……

而法顺呢，当然也是懊恼不已，只怪自己当初太鲁莽、太草率、太冲动，如果当时能够沉稳一点、含蓄一点、内敛一点，说不定现在自己就是和“秧丝草”一起花前观云、月下散步，一起操持家务、养儿育女。再想想小进这个知书达理、好学上进的孩子，法顺更是后悔无比。事到如今，他只能由衷地祝福，深深地祈愿“秧丝草”

一家越过越好；他只能默默地凝望，哪怕是在街头一角匆匆一瞥，也将给他留下无限的遐想。

在“秧丝草”曾经生活过的这个小村庄里，赞美赞叹声、怨恨叹息声，交织了好一段时光。

（四）

“秧丝草”那弱小的生命，那不屈的性格，那不灭的精神，支撑起了“赵家大厦”。“赵家”能光宗耀祖有今天，就是赵家公婆当年没有看轻“秧丝草”，真是唯有真人才能看透啊！小进要离开家去北京读书了，他对爷爷奶奶说：“爷爷奶奶，我一定要带你们去北京看天安门。”爷爷奶奶笑得连满脸的皱纹都舒展了开来。小进对父母说：“爹爹娘娘，现在我没有时间帮你们莳秧、收割、喂猪、喂鸡，但等我放假回来，我还是会帮你们的。”可见得这“草”虽小，但从小扎下的“根”确实是深啊！

父母用勤劳的双手撑着这个家，兼照顾着该善待的几位长辈，还有就是供京城里的小进读书。送小进上火车前，母亲语重心长地说：“孩子，家里的事不用你操心。你既然会读书、会考试，你就一直读书。只要你愿意读，就一直帮爹娘读书。娘是一天书也没读过，这些书你就算帮娘读的吧！”说这话时，母亲的眼里始终闪着高兴与自豪的泪花。

小进没有辜负母亲的话，母亲真挚的表情永远印刻在他的心头深处。教室、图书室、实验室，总能见到小进的身影，他学的是物理。清华大学有一批具有国际视野和水准的教授，这里还有许多千里挑一相聚而来的同学。

四年之后，小进同几个同窗分别被美国的大学录取。他考入的是加州大学。远涉重洋，异国他乡，小进依然没有忘记母亲的叮嘱。他一直坚持，刻苦努力地读书，直到拿着奖学金，顺利取得了硕士、博士学位。最终，以优异的成绩获准留校，成为了加州大学的一名教授。

光阴似箭，小进告诉父母，自己与韩国姑娘相爱了。他寄上了照片，让父母不用操心自己的事，结婚的钱款、住房都已准备妥当，待学校有假期便会回国探望。几年后，小进带回来了两个虎头虎脑、有着美国身份的可爱孩子。父母的愿望、期盼，梦境般的实现了！

打听得到了昔日“秧丝草”的后话。不久，她便被儿子接到美国去了，在家里帮着带孙子。孙子长大读书后，儿子便帮她申请到了美国国籍。为了领到国籍和身份，好长一段时间里，小进让母亲学讲英语，了解美国、认识国旗……常常弄得笑话百出。

“秧丝草”飘扬过海，成了美国公民。空暇时光，她除了上附近超市逛逛之外，就是干她的老本行，在自家大院里养养花、修修树、割割草、种些蔬果……日子闲适而惬意。

十六、槐树人家

（一）

上世纪40年代的中国，兵荒马乱，举国动荡，飘摇欲坠。

京城，北二环内，一个四合院里，那棵老槐树将遭劫难。这棵老槐树已经很有年头，此次遭劫，因起主人。

四合院的主人，在大难临头时，并没有像康熙年间那些官员，在被吴三桂俘获前，选择先斩杀自家妻儿，以显示对皇上的忠心、忠烈，而是远虑深谋，预判在先，谋事在先，在家人处置上，先行一步，快人一拍。

这座四合院，庭院大门不小，大门上方的圆柱不下四根。这独家独院的主人姓魏，他吃着官饭，搭界官府。

四合院西南角上长着一棵槐树，高大、粗壮，巨大的树冠盖过屋顶，茂盛的枝叶直伸出墙外。此树有着上百年树龄，是名副其实的老槐树。碰上初来访客，主人便让指认这高高的槐树作为标志。老城，北方房屋大多低矮，访客从很远处就能见着这标志，便可顺利找上门来。

槐树之茂盛，与这个风光的家庭并行并存。主人视这槐树如命。春季，槐树吐出嫩绿的新芽，令主人悦目赏心；夏天，槐树给这座四合院带来浓浓阴凉；秋日，凉风飒飒，摇摆的枝叶上挂着一串串吉祥的果花；冬季里，槐树自觉地脱去周身的叶片，让主人的庭院里洒满温暖的阳光。

主人护国为官，文墨也着实不浅。他常常以槐树为题，作文赋诗，抒发感慨。“槐”与主人的“魏”姓，音相似，形相近。主人便自称“槐树人家”。

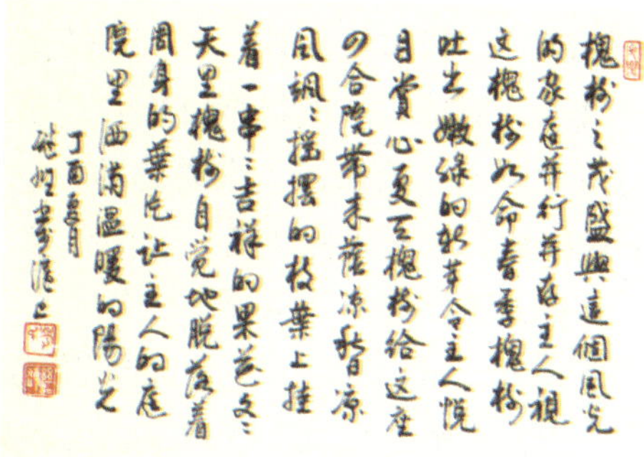

老槐树下，京屋藏娇妻，夫人毛氏，与主人志同道合，十分明事理，肯吃苦。她相夫教子，是一位传统的贤妻良母。魏家生有三个儿子，个个活泼清秀，聪明勤奋。

老魏为此感到满足，感到自豪。他自认为上对得起祖宗，下能看得到无限希望。一家人生活得有滋有味。

老魏常常发出这样的感叹：“老槐树啊，老槐树，你仿佛就是佛教传说中长在柬埔寨王宫花园里的无忧之树，你也仿佛可比作古代（西天）印度佛教被众生膜拜的神圣的菩提树！更直接地说，你就是魏家佛心深处的吉祥之树，魏家不能离开槐树，魏家不能没有槐树！”

（二）

1946年，那座四合院的主人一家，面临着劫难，这是一场生死之劫。魏家将没有活路，一家人不得不离开这老槐树。

早春的北京，春寒料峭，冷风刺骨。主人与毛氏的一位远亲密谋，想为魏家寻求一条活路。

这是一条没有选择的唯一活路，这是一条不得不丢车保卒的路。

主人斩钉截铁地作着交待，他对毛氏的远亲说：“三个孩子托付给你，要保住他们的命，必须连夜无声无息地离开，日夜兼程，跑得离京城越远越好！”

主人把自己的三个孩子都拉在身边，沉重地叮咛：“孩子们，你们该懂事了。跟着舅舅离开京城，再也不要回来。以后你们不再姓魏，改姓宦。但无论在哪里，你们都要记住，你们是从‘槐树人家’走出来的孩子，你们是官家儿子，你们的父母亲没干任何坏事。”

除了行囊与钱款外，主人还特地准备了三棵北方小槐树苗一起交给了“舅舅”。他特意叮嘱：“钱款应该是足够的，该花就花。小槐树苗，是咱槐树人家的记号。一旦安定下来，便记着在门前种下这槐树，务必确保成活。三个兄弟，一人一棵。拜托拜托！”

主人不停地给“舅舅”鞠着躬。“舅舅”忙扶着主人，连声说：“请大人与姐姐放心，请大人与姐姐放心！”

夜深人静，三棵小槐树被悄无声息地带离了京城。

三兄弟中，老大叫宦忠，老二叫宦信，都是私下刚改的新名字。老大老二已年过十岁，懂得当前当景，当下只有逃命才能生存，两人牢牢记着父母亲的话。他们在另一个年轻些的远亲带领下，一路向西，往天边奔去。

最小的儿子改名叫宦诚，才七岁。他自幼聪慧懂事，虽寡言却心如明镜。老三由“舅舅”亲自带领，两人坐上开往南京方向的火车，主张早在老槐树下就已商定好，“舅舅”必须带领老三跨过天堑长江。

（三）

为让老魏家能延续香火，为让新宦氏不但能活着，而且还能活出新模样，两路人马不顾舟车劳顿，日夜兼程。半个月后，两棵小槐树种在了同北京几乎是同一纬度的西域——新疆，这两棵小槐树间还隔着有百十里的路。彼此间达成默契，不到合适的时候，相互间的新主人不得联系，当下责任，种活小槐树，锤炼一忠一信。

最小的一棵小槐树被种在江南一个离县城三十几里的小村庄上，鱼米之乡，河网交错，北有小山丘。小村庄地势比周边略高，居高临下，颇有气势。这里土地肥沃，民风淳朴。小槐树种在南方湿润的这片土地上，既能满足根不受渍的需求，又能使其很快扎根。四季分明的气象，令种下的槐树，发芽早于北方，绿叶盛于北方，落叶晚于北方，连开着的果花，大部分时间也藏在深浅的绿叶之中，想必是十分安全的。小槐树，被指定种在了有着黛瓦粉墙的西南方位上。

七岁的宦诚，以小外孙的身份，被留给了一对有着高小文化的夫妻。

这对夫妻，男主人叫蒋明亮，女主人叫杨贞，他俩年近 50，无儿无女，也不知是何年何月迁至这个小村庄居住的。

小村庄才十几户人家。蒋明亮夫妻住着由旧砖旧瓦砌着的两间平房。屋顶盖着薄薄的瓦片，很不起眼。不过，在这个村庄里，也仅有三五户人家的瓦房能超过这两间房屋的高度，其余的村民，都还是居住在新旧不一的茅草房里。

蒋明亮夫妻是自耕农，既不种租田，也没有田租，几亩薄地，自给自足。在这个小村庄上，没有大户，大部分住着的都是穷人，能像蒋明亮家这样平静过日子的人家并不多。拖老带小，体弱病多，这都是庄稼人难以度日的根源。蒋明亮夫妻俩虽没有大能力帮助乡亲，但两人极富同情心，人缘好，与村庄上的百姓相处十分舒坦，日子既平静又稳当。

小村庄被随口喊着，叫“蒋家庄”，大抵是因为这里的住户大部分都姓蒋吧。由于户数不多，算不得一村，因此只能算“庄”。

蒋家庄在历史上，离小县城并不远。时年，江南发大水灾，县令怕灾后百姓饿死，便将县里的盐库、粮仓，全分于百姓，值钱的东西也用于救济灾民。这古县就这样未能续存。能留下来的就是县令的口碑。那些古庙、古树、旧房、破舍、石路，随着时间的推移，有些连遗迹也难觅影踪。

不管县城是否存在，蒋家庄占得的风水倒是绝佳，北有小山丘依靠，庄前有活水东流，地势北高南低。特别是早春从北京来到江南的过客，直感到这里是地脉在，天象有，气势宏，水土佳。

舅舅带着小宦诚离开京城，一路奔逃，到了这个地方，很想试探能否安顿。眼前景象，春天、绿地、蒋家人缘好，舅舅心里便完全踏实。

来自京城的舅舅同蒋明亮夫妻慢慢地开聊着许多内情，包括京城里那不测的风云，包括魏家那难料的祸福。四合院是否还有原主人的名分？主人是发配，还是已离世？一概不知。舅舅同蒋明亮夫妻商量的重点是，宦诚从此要斩断与京城的联系，不再记得魏姓。蒋明亮夫妻眼下要精心浇灌已经种下的小槐树，让它生根发芽，成活长大，终成参天大树。

京城舅舅在蒋家庄住上了一个星期。在此期间，他并未过多抛头露面，更没有主动到庄上接触乡民。舅舅心思集中，神情专注，凭着直觉和经验，认为小宦诚完全可以放心地留在这蒋家庄。江南水土养人，百姓淳朴良善，新识的舅公、舅婆素养好，为人和善。舅舅拉着宦诚的小手，恭敬地把他带到“舅公舅婆”面前，鞠躬、行礼、下跪。小宦诚那三声“舅公舅婆”，真是叫得一声比一声响亮，一次比一次真切！

从京城里秘密出发的那两路人马，千辛万苦地忙碌了一个春天，为的就是要种活从北京城里带出又要离北京越远越好的三棵小槐树。忠良忠心，天地可鉴！

三棵小槐树已经被种在了合适的地方，这些只有两路人马中带队的两个人知道，这些都是绝世秘密。辽阔的新疆，一棵槐树叫忠，另一棵槐树叫信，越过长江的那一棵小槐树，名诚。

（四）

七岁的小宦诚，初涉世事。北京那无忧无虑的世界，突然被打得粉碎，那天真烂漫的童年，骤然失去。小宦诚只知道生活没有选择，欲哭无泪，欲语还休，可怜的孩子似懂非懂，奔跑的路上心惊胆战，舅舅牵着他的手一刻不放。

小宦诚虽无法任性，也无心玩耍，但孩童的基本生存条件，仍得到保障。沿途火车，舅舅带着他装作逃难的人。累了，小宦诚也就睡着了；饿了，随身带着的铜板也能换得一些饭菜。一路向南，天气并不像北方一般寒冷。小宦诚一路想着北京，一路想着娘亲，就这样醒了困了，困了醒了……

小宦诚停留在了江南的蒋家庄，终于可以停止一段时日的奔波。看着陌生的“舅公舅婆”，他其实心中更想父母。舅舅临走前告诉他：想父母，就看看家前种下的小槐树吧！从此，小宦诚对家前的那棵槐树有了一种特殊的感情。

蒋明亮夫妻，年龄不轻，他们看得出小宦诚十分想念北京、想念父母。为此，两人与小宦诚寸步不离。他们百般努力，拿出家里所有好吃的东西给他吃，抱来可爱的小猫小狗给小宦诚作伴，还常常邀约庄上差不多年岁的孩子来与他一起玩耍。任凭多烦多累，夫妻俩都毫无怨言。

蒋明亮夫妻这大半辈子，一样生活在飘摇不定的世道。这世道，仅三种人，读（教）书的人，为官的人，还有就是种田的人。

蒋明亮夫妻都出生在中户人家。蒋明亮小时候读得几年私塾，因家之不幸，也就中断了读书和为官的念头。夫妻俩从很远的中原漂泊到江南，成为了一对种田人。他们在漂泊途中，离别了所有的亲人，仅有的一个孩子也夭折了。年轻时所受的磨难，已让他们看透了世态炎凉，麻木了对未来的希望。有生之年，夫妻俩本只想远隔着风尘四起的世道，图个自给自足，与世无争。

小宧诚来到了这个家,这让蒋明亮夫妻重新燃起了生活的希望，心中也增添了一份沉甸甸的责任。

能看透世道，活过大半世的理智者，思想永远不会停滞。他们看着这透着清秀之气的小男孩，常常感叹：这孩子真是可怜，与我们同是天下沦落人，共为天涯同命鸟！小宧诚，是亲外孙，更是亲孙儿。小宧诚，牵挂他的父母亲生死未卜，小宧诚，连做梦都在思念着的家人无法再见。小宧诚，说是姓宧，这宧姓不就是为避难的临时符号吗？今天的宧诚,槐树种在咱家门口,咱家就是“槐树人家”真正的主人。

蒋明亮、杨贞夫妻找到了努力种地的新动力，寻求到了生活的新乐趣。一种奇缘，一种信心，一种信仰，小宧诚的命运与蒋明亮夫妻紧密地结合在了一起。

杨贞，决不肯再让宧诚受凉、挨饿、遭委屈。平日里，每一顿她都会看着这孙儿愉快地吃饱，每一晚她都要让孩子依偎在自己的身旁入睡。屋里屋外，田头村庄，虽是每天忙里忙外，但她对宧诚的看护，却是三步不离五寸。夫妻俩思忖着，自家家境虽不算好，但京城里舅舅留下的钱款还是可以应付很长一段时日的，一切必须为着孩子。

宧诚到了该上学读书的年龄。农村没有学校，农家也不敢单请私塾先生。太过张扬怕是会打破日子的安稳，甚至带来厄运。杨贞只得将自己识得的几个字，从记忆深处翻了出来，毫无计划性地抽空教学。这样的教学形式，倒也很有生活气息。蒋明亮有时也会讲故事给宦诚听，他会指着太阳、月亮讲，指着星星、远处的灯光讲，有时也会讲山河，讲鬼神，讲忠良。夫妻俩既教识字，又教家务，还让宦诚学种地。一家三口相依为命，他们渐渐地疏离着村民，对外尽可能少透露小家里的那些不能让人知道的前世今生。

远离着县城的小庄，人们四季围着庄稼奔忙。虽然如此辛苦，可每家每户自养的家禽猪狗都仍显得十分瘦小。

远离着那些爱管闲事、爱说闲话的村民。蒋明亮家全副精力都用在了宦诚身上。小宦诚慢慢觉得农村那片绿，比四合院的老槐树绿得更透彻，农村开门见到蓝天，天色比北京更美丽，还有许多的飞禽走兽，令人很想探究。

小宦诚，他在蒋明亮夫妻的关爱下，沐浴着江南那和煦的阳光，健康地成长。

（五）

时间过得飞快，一眨眼，宦诚来到蒋家已有五年时间。蒋明亮和杨贞觉得这五年，过得既快又特别充实。每天睡着的这床铺下，京城舅舅离开时留下的钱款并没有少，宦诚在身边没让夫妻俩觉得有任何麻烦，反而倒是觉得这孩子越养越贴心。门前那棵槐树，已高过旧砖旧瓦的平房。槐树下的人家，将慢慢成为新的“槐树人家”。

兵荒马乱，狂奔逃命，惊心动魄，可在蒋明亮、杨贞夫妻的呵护下，宦诚在蒋家庄的日子过得十分安稳平静。很快，新中国成立了。

蒋家庄上的住户大部分为自耕农，历史上漂泊者占多数，这里没有地主和富农，因此，蒋家庄在土地改革运动中并不是重点，没有大悲，没有狂喜，没有尖锐恩仇。

蒋明亮家重新分得了应分得的几亩薄地。

世事难料，世事大变。全国解放，蒋明亮被名正言顺地评为贫农，一家人与全庄上的其他人一样，被公认为良民。开启新的生活，藏在脑海深处的旧世界终被彻底遗忘。蒋明亮一家人，可以无忧无虑地随着土地改革的浪潮，一起走进人民公社，走上社会主义集体化道路。这是一条更为安全的生活道路。

全国解放，也让蒋明亮家藏在床铺板里的纸币彻底作废。虽能兑换，但一旦兑换，一些秘密就守不住。因此，这些纸币蒋明亮家非但不敢用，还得深深埋藏。

宧诚在十岁以后，全国进入土改、大跃进、人民公社时期。宧诚在社会主义集体化的初级社、高级社生活。一家人吃的、穿的、住的，彻彻底底透明。

顺着时代的发展，随着年岁的增长，蒋明亮、杨贞再也无法给予宧诚特殊的生活照顾。家里起初分得的几亩薄地，又进了人民公社。社员入社后，所有人一起在生产队参加劳动，由生产队为每个人记出勤工分。就餐均在生产队的大食堂里，人人拿着大窑碗，分得烂饭、稀粥，劳动力和非劳动力在饭菜上没有区别。就这样，宧诚始终吃不饱，蒋明亮、杨贞为此心里只能干着急。

宧诚精瘦精瘦，个子却长得很快，小脑袋里的问题也越来越多。小时候那些似知却忘、朦朦胧胧的东西，常常会令他追问外公外婆。多番穷追不舍，总弄得二老含糊其辞，难以作答。

宧诚的青春期，虽在缺吃少穿中度过，但他从小心智成熟，筋骨坚硬，性格柔中带刚，也比同龄的青年更懂得事理。血液里与生俱来的潜质，来自骄傲的北京城的气度，日常所听得的故事……这些让宧诚自幼知难，自辨忠奸，能识善恶，能懂自食其力。勿忘恩惠、知恩图报、诚实守信等正能量的初心，像一枚枚种子一样，牢牢地在少年的心里扎根。

十二三岁的宧诚，便开始参加集体生产劳动。他手巧，机灵，嘴甜，热情。参加很重的体力劳动，总由蒋明亮照着，杨贞也决不同意他蛮干。这种尊重人性规律的劳动保护，让宧诚受益终身。宧诚虽也梦想着能背上书包上学堂，但在当时，这是根本无法实现的。他只能日日夜夜在生产队参加集体劳动。春夏秋冬，诚实劳动，翻土，施肥，播种，除草，收割，打谷，归仓，他全凭那双嫩小而坚硬的茧手。

门前的那棵槐树，终于根深叶茂。宦诚也锤炼成了一位有着铮铮铁骨的男子汉。

（六）

随着全国解放，有些尘封的秘密，终将被人性人情无时无刻地牵绕着。

京城里带出一支队伍来江南的舅舅，并没有忘记老槐树下的声声嘱托。他同这座四合院主人有亲情连着，被主人世交的恩泽系着。当再次来到蒋家庄，看着长大成人的宦诚，舅舅回忆起宦诚小时候那清秀的脸庞，多年悬着的心总算放了下来，他心想：槐树啊，真是不灭之槐，希望之槐！

久别重逢，充满着喜和乐。舅舅与蒋明亮、杨贞再次深夜长谈，宦诚参与其中。直到现在，宦诚才终于弄清了许多过去曾穷追不舍想知道的身世秘密，几人达成共识，任凭千山万水阻隔，也要追到新疆边关，宦诚要亲眼看看长在与北京同一纬度上的两棵小槐树如今长成何种模样！

历史的阻隔，人为的阻隔，相见困难重重。然而，亲情的力量更为强大，宦诚立志不顾一切冲破这种阻隔。解铃还需系铃人，唯有找到当年深夜从京城里出来的两个领队人。

北京的舅舅见着这“槐树人家”，见着这一家三口，同意去找那两个领队人。这又是一趟不易的差使。遥远的路途，艰难的路程，渴望的目光，苦苦的等待。

（七）

一对尚未涉世的小兄弟，两棵枝叶未丰的小槐树。在上世纪 40 年代，领队带着他们从北京出发，历经沿途险恶，匆忙到达新疆。这个过程，艰难的程度简直令人难以想象。一路上，幸亏领队足智多谋，几个人有时伪装乞讨，过关避盗，有时却改扮绅士阔佬，坐火车、马车，住驿站讨关照。历经近一个多月，总算躲到了这个远离北京的地方。

带着的两棵槐树，其实在半路上，就因为经不起低湿度下空气的吹蒸，容不得阔佬和乞讨者随身携带，被暂且割舍。

到达天山北侧，这里地广人稀。领队带着宦忠、宦信，就在有“塞外江南”之称的那片水土上，另外找来两棵与北京带出来时差不多大小的槐树，就地种下。

这两棵槐树，隔着有百十里地。在新疆这么辽阔的地方，百十里地并不算太远。

大哥被留在一个大户人家，这户人家拥有一大片山水田地，在当地颇有势力。留着财宝，眼看小伙子很快将成材，主人没有推却的理由，一家人便满心欢喜地留下了宦忠。

二弟找着的主人，是一对汉族夫妻，前些年从甘肃迁徙而来，家位于近县城边上。夫妻俩半耕半商，因地制宜，因时而为，看着这十岁的标准汉族少年，也就按儿相称了。

北京与新疆，相隔万里之遥。四合院内的平静，与大山下的半耕半商、因时而为，生活方式千差万别。骨肉分离后又无奈择亲，只能强颜欢笑。十几岁的年纪，已经完全懂了这些苦痛。十几岁的年纪，却又无法掩饰这些苦痛。兄弟俩无法见面，相同的是记忆中留存着四合院、大槐树的模样。眼下刚种下不久的小槐树，就是一颗寄托思念的生命之树。

两棵小槐树终于成活了，只要能活着，就必定会生长。

从此，天各一方，岁月流淌。槐树种在新疆，虽然艰难，但一样在成长。汉人到达边疆，同样适应着环境，不断成长。

宦忠融入了维族大家庭。汉维兄弟间交流着从小各自的方言。主人自然对差异文化渗透、互补的完整文化，感到由衷的满意。汉族的孩子乖巧，温和，谦让，没有条件强势，一切都让着这群维族兄妹，借着这特殊的环境，练着隐忍与耐心。宦忠终于适应了维族的生活习俗，学得了维语。由于聪明勤奋，有着先天汉语的底子，加上后来维语的补缺，他在新疆这片水土上，同风暴霜雪搏斗，迅速地成长，变得十分出众。加上这户人家在当地的影响力，宦忠当上了当地的一名干部，成了家中的佼佼者。

宦信也得到了宠爱。他上了县城的汉族学校，新疆父母全力培养。凭借着数学成绩好，会绘图，又有文化，新中国成立不久后，他很快被选在新疆水利部门跟班工作。

承诺、信念，带来无穷的力量。终于，那 1946 年初春深夜在京分手的两个带队人，在 1968 年秋天的新疆见上了面。

22 年，一丝亲缘，无限情深。一声嘱托，牵挂在心，结局完美。那深夜里走出北京的三兄弟和三棵小槐树，坚强地活着。相隔万里，天各一方，手足相连。

（八）

一座四合院，一棵老槐树。22 年后，三个不同地域，长着三棵风华正茂的槐树。如今无需再裹紧着历史。三兄弟间，大抵已知道了各自的近况。两个领队，悬着多年的心终于放了下来。老魏啊，毛姐啊，愿你们含笑九泉！若有在天之灵，你们一定要护佑儿孙！

“槐树人家”，宦诚最小。他成了一个地道的农民，与当地身份一致的姑娘成婚。姑娘手巧心灵，端庄健壮，为“槐树人家”添得二丁。小夫妻二人在集体化的生产队算得勤快之人，一家人过着平静普通的日子。

遥远的思念，铭心的牵挂，从小到大，没有停止。宦诚对北京的思念，随着结婚生子，逐渐平息，而手足之情在得到兄弟的信息后，变得愈发强烈。终于，他等到了大哥从新疆的来信。

信封里满是厚厚一叠信纸。邮递员急匆匆赶到蒋家庄，高喊正在田头劳动的宦诚：“宦诚，新疆来的信！”宦诚顾不得浑身的泥水，飞快地跑到邮递员身边接过信件。邮递员笑呵呵地提醒他别弄脏信！宦诚恍然醒悟。

在田边的水沟里洗净双手，宦诚小心翼翼地一点一点撕开信封。情深意切，见信如见人，宦诚一字字、一行行地读着。字里行间，满是两位兄长对小弟的挂念。读着读着，宦诚的眼眶溢满了泪水！在那么遥远的地方，两位兄弟坚强而幸福地生活，宦诚为他们由衷地感到高兴，欣喜的泪水无法止住。

夜深人静，宦诚激动得怎么也睡不着。他忍不住爬起身，又翻开来信，在油灯下读给妻子听。这时，杨贞教识的字全派上了用场，可似乎还不够。准备写回信了，宦忠肚里那点墨水全倒出来仍显得不够。可这又无人能替代，宦诚得亲自书写。翻开信纸，要诉说的情很多很多，要讲的话无法收住，回信的字写得比哥哥写的字大了不少，因此回信比来信更厚，几乎塞满了整个信封。平时很少上街的宦诚，拿着这封鼓鼓囊囊的回信，亲自跑到邮局，亲手贴上邮票，把信投进邮筒，最后还不忘细心叮嘱邮局工作人员一定要保证寄出。

那个年代，不停地收到从远方寄来的信件，又不停地往外寄出信件，这是身价。四邻八乡都知道宦诚在遥远的地方有着寄托，有着依靠。收信和寄信，是有文化基因人家的专利，能给予自我精神以极大满足。苦了累了，写信可以诉说，来信可以解乏。宦诚夫妻俩在写信回信的过程中增加了内外气场，自身的精气神为之大振。他俩走在路上带劲，田间劳作有力，回到家里不觉得疲乏，日子过得超乎过去的快乐！

三棵槐树之间，全靠着通信问候冷热。日月穿梭，通着来信，一晃又近十年。

“文革”结束，百业待兴。第二棵槐树开出花，结出果。为兴修新疆水利工程，宦信有机会随队公差来江苏河海大学参加短期学习。这让老二、老三这对分隔30多年的骨肉兄弟，终于先得机会团聚。宦信带着大哥的嘱托和叮咛，怀着对小弟的深切思念，开始启程。正是四月好光景，兄弟俩就要见面了。当新疆冰封的大地积雪还未彻底消融，江南已是满目春色，温暖的阳光洒满大地，和煦的微风轻拂着脸庞，碧绿的麦浪随风荡漾，桃红，柳绿，莺歌，燕舞……

小弟宦诚，一向勤快。宦信见着的小弟，早已不是过去的那个稚气的孩童。房屋翻新了，既成家，又添丁。门前的槐树长得粗壮结实，巨大的树冠堆着乌云般的绿叶，果花藏在深处。

小弟因为勤快和诚实，早已被乡政府的农业机械厂相中去跑供应，这份工作离土不离乡。

二哥哥与小弟之间，通过手摇式电话通上了话。二哥强调要亲眼看看小弟，目睹近况。二哥将登上蒋家庄，与小弟相聚槐树旁！

南京到蒋家庄，这距离，在新疆也就一州之隔，一天路途。很快，兄弟俩见上了面，二人虽都已年龄不小，但骨肉相聚，还是控制不住几十年阻隔带来的思绪，两人都泪流满面，紧紧拥抱着久久不肯分开。

江南自然环境、经济条件不差，特别是开展农村联产承包、集体办工业后，小弟宦诚收入不薄，家里粮丰钱增，六畜兴旺。二哥远道而来，小弟当以最高礼遇相待。三天内，宦诚全程陪同二哥，兄弟俩形影不离。白天，用向农机厂借得的一艘动力机板船，两人周游名胜，尽览水乡风光。夜间，两人促膝长谈。借道会见朋友、领导，宦信看得出小弟上下人脉通顺，一家和睦兴旺，他从心底里佩服小弟为人处世有方法。

按兄弟约定，小弟理应不远千万里，赴新疆看望哥哥嫂嫂和侄儿侄女。

盛夏后的初秋，宦诚领着长子，踏上了远赴新疆的路途。乘上三日四晚的火车，坐上一天从拂晓开到天黑的汽车，三兄弟终于在新疆的一个县城见上了面。三人相拥，喜极而泣。站在一旁的嫂嫂、侄儿女们看着这情景，一样热泪盈眶。过了好一会儿，大哥才想起小弟一行舟车劳顿，一定很累。他招呼家人："小弟累着，大侄困着，我们快回家歇着吧！"浩浩荡荡的一队人马，赶到"槐树人家"。

次日一早，大哥领着小弟，向维族救命恩人一家下跪见过。维族与汉族，本是一家。户大人多，大家在大院子里跳起了舞，唱着歌，以特有规格接待小弟、大侄。小弟深深地感到，异域风情融化了几十年的阻隔，他彻底领悟着大哥的成功，感受着"槐树人家"的伟大。

兄弟三人，后面跟着几个年轻后生，大家乘坐着汽车，在新疆跑了很多的路。沿途品尝了久负盛名的大盘鸡、羊肉串、鲜葡萄、大西瓜……沿途欣赏了成片成片的西红柿、高粱地、向日葵……高山、大川，牛羊、马匹，头戴西瓜花帽的人流，直让小弟眼花缭乱，眼界大开。他觉得新疆大，大得无边无际；新疆美，美得无法形容；新疆奇，所到之处，无奇不有。

京城里的老槐树，刻在三兄弟的骨里，铭在三兄弟的心中。虽然谁也没有提起它，可谁都没有忘记它！三兄弟，虽天各一方，可心却常常在相互思念。从此，西域牵挂着东方，江南思念着西方。

（九）

宦诚顺应改革开放潮流，在江南日夜奔忙，热汗流淌。遇上这千载难逢的机遇，他必须为企业发展奔忙。国家允许一部分人先富，他必须为家富民强出力。槐树人家传宗接代，必须让下一代传家耕读。

凭着智慧，遇着这美好时代，宦诚开始后发，他成了乡镇集体企业的首领。从普通农民成为一名工人，再到当上了领导上百员工的厂长，宦诚不分昼夜，以厂为家，拼命工作，获得了不错的业绩、赢得了口碑，得到了上下左右的认可。

工业生产，没有四季区分。工厂工作，没有空余时间。时间就是金钱，效益就是企业的生命。宦诚顾不上家里的一切。门前那棵参天大树经得住风雨，用不着操心；家中的孩子已经长大成人；生活条件改善，妻子也不用起早贪黑下地干活。宦诚舍小家顾大家，奉献年华。

日子忙碌而幸福。大儿子为宦诚添着大孙，小儿子也将完婚成家。宦家在快速成长。

随着社会进步，进一步解放的思想推动着时代潮流不断前进。从广东沿海开放城市、温州模式的先行先试，到苏南集体企业改制，私有企业、民营企业创办在全国全面展开。

上世纪90年代，宦家的大儿子承华，正是风华正茂的年纪。近水楼台先得月，他依着内心敢于冒险、外部推动的力量，领得营业执照，开始投资办厂。

承华初办厂，倒是谨慎，租着集体倒闭厂的一个车间，办公室小得局促。公开的合伙人是几个敢闯的年轻人，半公开的有信用社的信贷员、财税员。企业法人代表由承华担任。一群年轻人，精力充沛，事业初创，理想绝对宏伟。

当时，社会正处于一个计划经济向市场经济过渡的阶段，承华从事的是黑色金属和有色金属最简单的加工业。黑色金属钢铁，社会需求量很大，若是能通过关系，争取到内部价，那是包赚不赔的买卖。有色金属是当地主产业的原料，价格波动，以涨为主。企业挂着的招牌为金属加工厂。

有色金属和黑色金属加工，是社队工业初办厂的有效选择。企业能大能小，大，规模可上无限，小，看本钱定买卖。

承华奔波在大钢铁企业和有色金属原料产地间。他看着父亲办的集体企业滚雪球般长大，自己也学得一知半解的市场法则。俗话说“初生牛犊不怕虎”，他第一次浙南之行，就摸得有一批有色金属铜材原料，价格适合，款到提货。承华估摸着，如果这趟生意能成，利润不薄，回来炼成铜锭，产品能近销铜加工企业。

做生意要组织资金，承华在一帮称兄道弟朋友的策划下，决定向信用社贷款。

当时，农村信用社支持社队工业、民营企业发展经济态度积极，服务意识强烈，资金规模小，投放因人因地制宜。承华办厂，父亲厂长当然有着一定影响力，信用社内部也有内线参谋，一班敢于上天摘得星月的年轻人，这个时候开始各显神通。

对照放贷条件，有购销合同，凑得抵押物，在内部人员帮忙下，信用社给承华的工厂放得贷款80万元。

承华带着汇票，信用社派员全程把关。合同交易地点在浙江南部一个山区小镇。三五个年轻人，看过堆在地上的货，正是上好的紫铜，这是上乘的原料。装袋，过磅，装车……当场验证，贷款、货款两清，一天下来，几个年轻人已是累得不轻。

夜晚，小镇、小饭店、小酒，聚得痛快，淋漓尽致，承华好生招待了这几个为朋友两肋插刀一起来浙南的朋友。第二天一早，承华交待留下其中的两位押车，其他人便高效地返回。

货运回来后被堆放在厂车间一角，铁门锁着。三天后，买主来厂验货。当打开麻袋，看着那倒着一地的货，大家才惊讶地发现紫铜竟然全不见了，地上净是铁坨、铁屑，一片乱七八糟的废料。承华顿时瘫软在车间，他目瞪口呆，无法动弹。

这件事在当地炸开了锅。宦家要完蛋了，一帮狐朋狗友四处逃散，承华无论如何没法理出是哪个环节被调包而受骗上当。来自四面八方的各种责难、讥笑让承华失去了主张，软硬压力让他感到窒息。

承华担任企业的法人代表，责任只能由承华独担。宦家决不是本意为之，当尽全力追责，挽回损失。承华拉着弟弟，直奔浙南山区那个小镇，并在当地派出所报案。案是立了，可人去、房空、款无。

一星期之后，从浙南山区传来噩耗，承华因车祸死亡。宦家上下哭得死去活来。凡听得此不幸，村庄、工厂、镇乡、信用社的人，无一不感到同情，无一不为之扼腕痛心。人死，款空，厂灭。

（十）

宦诚一家本是风平浪静，现今却遇上如此大不幸。承华一去，宦诚中年丧子，孙儿无爹，儿媳孤寡一人。偌大的一家，忽然半破，元气大伤。

宦诚必须把这个半破的家，继续撑起。虽将到退休年龄，但这档子祸事既出，他还必须领着小儿子，发挥自己的余生余热。

“槐树人家”，只要老槐树不倒下，必定永生！

乡办厂改制，宦诚并未竞得。但老厂长毕竟能力有，人脉在，重起炉灶并不为难事。他智慧地避开同业竞争的嫌疑，扬长弃短，按着“忠诚、贴心、高效、务实”，重新组阁，领上证照，低调开张。

门前老槐树更加平静，来串门的局外人越来越少。

老宦一家，已经改变的生活状态，不再愿意与不相关的人有更多的接触，他们活在当下，活出将来。

大儿媳领着孙儿生活，并没有半点儿想离开“槐树人家”。二儿子、儿媳及二孙，虽具独立条件，但在大槐树下，仍显得能耐不足。

十年后，跨过了世纪，自然变迁，社会变化。长在江南蒋家庄上的老槐树过了鼎盛期，宦家底子也彻底地积厚蓄实。宦诚让儿子在街镇边上建起了占地不小的自家大院，园子的西南角上，一样种下了槐树。

宦诚让大儿媳领着上初中的儿子，远嫁他乡，这是一个位于北京与江南中间地带的省份。这新的户主，新房舍，新园子，一家独居，家园西南同样种着槐树。这槐树，树龄十年，既不像江南槐树那样疯长，又比北京槐树更帅气。

宦诚这一家，前世今生，往后若干代，也许离不得槐树，只能被冠上这“槐树人家”之名了。

十七、南门之子

张渚镇南门村，位于宜兴西南角离城区30里之外处。

往日南门村的许多故事，是如今的永全书记听奶奶辈传讲的。现今南门村的新事新风，正是由永全书记一帮人开创着、延续着。

（一）

村里人都称永全书记为全书记。

全书记自小性格倔强，可很听奶奶的话。全书记的奶奶，身世可不一般。在兵荒马乱的年代，她随父母迁徙到江南。奶奶有文化，出生在不为外界所知的大户人家。来到江南，全家选择落户在不靠城、非水乡、街非街、丘陵非平原、小丘无大山的地方。这里虽属江南，但一见不着鱼，二难耕种米，沾不上“鱼米之乡”的边。落户的庄，叫“新村”。

往日的新村，是南门村往西二三里处的一个落荒村庄。整个庄上，户稀人疏，山丘茅草遍野，一片荒凉景象。全书记家的老宅地，茅草房几间，门前有偌大的一个池塘，弯弯曲曲的塘埂旁，还有几个长着野荷的浅池。一泓池塘，一笔清水，青山白云，心间流过。

小荷塘里，野藕叶绿花红，荒野上呈现一派独有的景象。四周，还有长得很慢的榉树、松树以及几株银杏树；附近，散落着几处稀疏的竹园、坡地与几块低田。尽是有山不富，有田不肥。水不宽，树不高，竹不密，果不大，一切都是那样的默然和谦卑。唯独这里的明月清风、雨露阳光，让人最是难以忘怀！

奶奶很是喜爱这方小山独水。她对着当时还很小的永全说：“咱这家，周围皆是古诗里描写的景象，咱们这里就是写诗的那个古人所向往的地方！”那首古诗永全记得断断续续：“船中人被利名牵，岸上人牵名利船。江水滔滔流不息，问君辛苦到何年？枣花初落路尘香，燕掠麻地乍颉颃。一片黄云飞十顷，卖瓜棚下午风凉。红藕花多映碧阑，秋风初起易凋残。池塘一段荣枯事，都被沙鸥冷眼看。得福常廉个亦轻，坦然无畏又无惊。平生秘诀今相付，但向君心可处行。一池荷叶衣无尽，满地松花食有余。刚被世人知住处，却移茅屋向深居。四十年来海上游，水清鱼见不吞钩。钓竿砍尽重载竹，不计功程得便休。茶香酒熟田千亩，云白山青水一湾。若是老妻容我懒，暮年来共白鸥闲。五柳先生本在山，偶然为客在人间。秋来见月多归里，手起开笼放白鹇。九日驱使一日闲，寻君不遇又空还。怪来诗思清人骨，门对寒流雪满山。远公沽酒醉陶潜，佛印烧猪待子瞻；采得百花成蜜后，不知辛苦为谁甜。一间茅屋在深山，白云半间僧半间；白云有时行雨去，回头却羡老僧闲。裴相功名冠六朝，许浑身世落渔樵；若论风月江山主，丁卯桥应胜午桥。先生结屋缘岩边，读易遥知屡绝编；不有采芝惊世俗，恐人谤道是神仙。溢江江口是奴家，郎若闲时来吃茶；黄土筑墙茅盖屋，门前一树紫荆花。自有仙才自不知，十年长梦采华芝；秋风动地黄云暮，归去嵩阳寻旧师。”这是奶奶常读的一首古诗。每次读起那首古诗，奶奶便自足、自喜、自乐，脸上写满了今古贯通后的那种宁静与清逸。

年幼的永全听得似懂非懂。每当看到奶奶心满意足，他便似乎读懂了一切；而独自领会时，仿佛那首诗又同自家没啥关系，实属非懂。

奶奶的上一辈选在这新村生活，新村紧挨着南门。南门，可不是一片净地、一所静处。此地是古今商家、黑白两道挣钱夺财之地。

新村，因离着南门一段路，沾不着乱世的边。在新村，反倒是闹在别处，静在自心。外面的世界，是乱世，尽在眼皮底下；而太平，全靠自个营造。各路汇得来的信息，在这里都能打探得到。

南门，是一个山水相连的接点。山，在连水的南部，这里位处苏浙皖三省交界，茫茫天目山余脉，山连山、岭接岭，蜿蜒起伏。这里有大山、岕沟、村舍，这里有大片大片的毛竹山、松树林、茶场、果园，珍稀木材、山药材随处可见。这里植被茂密，是天然富地。历史上曾有南山虎、金钱豹、金丝猴以及珍稀鸟类、天然蛇虫、山蛙、冷水生物……这里地广人稀，物博源深。水，在接山往北行。桃溪河端头，正在南门成埠，水之龙头，谓溪之河畔。溪上三桥，为黄龙桥、何家桥和溪源桥，由麻砂长石条而建。桥上兵马牛羊成群结队；桥下清溪流水潺潺，清音四季不绝。山泉唱着一路欢歌自上而下，那些承载着名利发财梦想的山货，一路向北行，入南溪大河，再奔东西，有的送往太湖流域平原、长江三角洲的村落与街市，有的送往上海、苏州、无锡等各大都市。

南门，因有大货场、大卖场而闻名。它地理位置独特，山连水接，历史上便是山货交易地的不二选择。岁月如歌，南门的山货交易风生水起，其中留下了许多可歌可泣的故事。

张渚，一个苏浙皖三省交界地的山区重镇，建镇历史有 1700 多年。追溯古史，是南门，南门那片接着山脉、连着活水之地，山货在大卖场汇聚交易，仍确信，必是先有货场。南门物物交易文明在先，后有古镇张渚。不可不提，如今那张渚镇上有城隍庙、岳阳楼古迹，有新商场、新小区、新马路，镇上人流如织。“金张渚”美名桂冠的得来，与那山水南门祖先密不可分。

昔日南门，据永全奶奶传忆得，叫“力大为王，货到地头势”。当地始终有一批“地头蛇”暗中控制着大卖场。这些地头蛇，又不能把大卖场弄得臭名昭著，那样既会毁名大卖场，也损利“众合帮”。那手法，才叫软硬欺压、弯刀心肠。

弯刀，是山农砍伐毛竹、杂树的一种专用工具，钢好，其刃锋利无比。“地头蛇”们是一支无形势力。他们分工严密，网络分明。各地山货在此地汇集，必须进得大场。山货分为鲜类、干类，零星、批量，常客、新主。这里现批现售，收购贮存，分得五花八门，“地头蛇”们对此弄得一清二楚。各路来场采购的大佬，也得巴结“地头蛇”，这样能优先装货。关于比例提成、有货无货、能否供应，来者都得看地观天，察脸观色。

大卖场，时刻可能引爆，变为战场。那场景，往古里究，只凭想象。近百年内，清朝、民国时期，常听得南门的周围山岕、深林、荒郊、陌路，抛有怨尸。场内还时现连连哭喊声，有人手断脚折，吓得远道而来者只得跪地求饶，踉跄逃跑。

全书记一家，对南门之往事，算是看透。奶奶千叮咛万嘱咐，不要轻易蹚那浑水。

（二）

1949 年，新中国成立。雄鸡版图上的中华大地，开始进入以公有制为基础的社会主义社会。

南门村的大卖场，被恢复叫上“桑园场”。为何叫“桑园场”，已无从考证。反正，大家觉得称“桑园场”更为贴切。

茫茫天目山，像摊进“大公鸡”胃部的一块大饼，被地区分得三大块，叫苏、浙、皖。公有制，归三个省各自支配着那片山上的林木、毛竹、茶果、药材，以及山底下的矿产、河流。山上山下，矿产河流一切归属国有，山上的树木、毛竹列入国家“三类物质”范畴，必须归国家计划采伐、计划供应。山地的种植、山地的产品也归集体人民公社，计划种植，集体分配。

大卖场，桑园场，山货源几乎断绝。大面积切割为三块，总山货归国家计划，供应点移向县三类物资站、公社三类物资收购点。

桑园场的过去，曾经辉煌，曾经惊心动魄。原先的那些“地头蛇”，悄无声息地躲进了人民公社的很多生产队，不敢再回首昔日混饭的日子。他们也不用再提心吊胆，自此恭敬老实地同当地社员一起参加集体劳动。

广袤的山川大地，汇聚的大卖场山货贸易中心，由社会变革而留下的英雄豪杰、书香居士，有相当一部分隐居于本地，有的就在南门。南门村，可谓藏龙卧虎，这里杂姓多，来源广，背景深，各有奇招。人们心百态，身千姿。

南门村，从桑园场里散落出许多“神仙”。南门村因失去大卖场，也就失去了昔日“日进斗金”的山货贸易活力，仅保留了极小的自产自销小额交易。

新村挨着南门，新村与南门平起平坐，自此，难分优劣胜负。新村，优势逐渐开始彰显。

那些散落在树林里、池塘边、竹林里的茅房，不少仅间隔一箭之距、一声之远。住户们相互不吵，相互能防盗防偷，各得照应。独家独院，天然花木，自然庭院。柴房挨着羊圈，鸡、狗、猪、猫叫声作伴，那闹中取静、自给自足的生活很是惬意。这正是永全爷爷奶奶心中的理想生活，也就是所谓的“心想事成”吧。周围人，无差异。斩断了以往的思绪，忘掉了以往的一切，回到古诗词里描绘的田园生活，至少无须惊心吊胆，永全一家人平静地生活着。

“文化大革命”来到了南门，来到了新村。永全的父母，正年富力强。家教正统严格，培养出的子女心善行端。原先决不为官的家规，在左邻右舍的期盼推荐之下被打破了，永全的父亲被伯乐大队干部相中，当上了生产队长，他年纪轻轻，便得到了“吴队长”的尊称。

“文革”破四旧，立四新，破除一切封建迷信。“吴队长”眼睁睁地看着新村西南方位的福源寺被捣毁。福源寺，这是母亲初一、十五必定去的地方。他看到母亲偷偷地在一旁流泪，心痛得泣不成声。跟着流无名泪的他轻声细语劝母亲：“捣毁福源寺，这是革命需要，您就不要再为这难过了。”母亲回答：“福源寺是娘可以去诉说的一个地方，去福源寺并不是迷信，这是娘的一种信仰，一直以来的信仰！”“这座福源寺已经有了500多年的历史，咱家搬住到这方土地，当时认的就是福源这个名字和名寺。”

吴队长身材魁梧，力大过人，当得生产队长，集体荣誉感自不用说。他常起早贪黑，领着父老乡亲种粮植树，垦坡栽茶树，广种山芋、玉米、大豆、香瓜、向日葵……深得大家拥护，并在大小会议上常得到新村大队书记的表扬。大队书记还亲自与他谈话，提出要培养其入党。

吴队长血气方刚，敢作敢为。他当得一队之长，其实只是想让社员能吃饱饭，住上房，穿上衣，过上好日子。他开始用山芋到水乡换稻谷，用山货换草木灰。稻谷能让山里人吃上大米饭，草木灰能让坡地长出大山芋，他的目的很简单。

吴队长又开始偷偷地往张渚桑园场跑，往张渚镇上跑，看市场上能卖什么，生产队就种什么，一时种不出来的就串换，反正生产队要赚钱，当地百姓想挣钱。以队为点，暗地里开始收购四周百姓的山货，到大卖场上去换物资、换钞票，帮助周围百姓排忧解愁，用“靠山吃山”、“靠街揽财”谋划生产队年终好分红之事。

起初，一个生产队并不起眼，一个山农干这些事也并不奇怪。可一个培养对象，在农业学大寨、以粮为纲的年景里，崇尚“金钱主义”，搞“投机倒把”，这是不合时宜，是令人无法容忍的。

吴队长被人盯上了，因有人检举揭发，他被扣上了“投机倒把”的帽子，正值“左倾”运动高峰，他受到公开批斗，并被撤销队长职务，被记永世不得翻身。

吴队长被取消入党申请、培养对象，被撤职。父母亲并未为此叹息。儿子堂堂正正，一没偷，二没盗，三没入俗。不当队长也好，无官一身轻，无官无牵挂。父亲还是上镇茶馆，母亲初一、月半还去福源旧址。

当得几年队长，周围有同道，结识了一批朋友。这些朋友，都是曾得到过吴队长帮助的人，不管是行买卖，还是干重力气活，吴队长就是讲义气。他没有半点私心，想着的，帮着的，为着的，全都是些穷人，难兄难弟。

街边的南门村，因货场出名。吴队长人虽在新村，却周围人脉混得熟，连同批斗过的一批地、富、反、坏、右、“牛鬼蛇神”一类，也常常与之暗里来往。这群人中，有因出身不好有苦难倾诉的，有因父辈在国民党中谋事而划清界限的，有因对“伟人”不敬、对干部“不忠”的，还有因街边人多地少、诱惑多多犯事的。他们在一起，一时成为社会的底层。

南门大队、新村大队，在祖国山河一片红时，跟着时代，也是一派战天斗地、热火朝天的场景。

（三）

南门村热闹的大卖场，已然冷冷清清。冬春里，社会主义的大畜牲口——牛，在这里交易。“公”家对“公”家，那牛不是杀的，是买回去用作集体犁田耕地工具的，目的是为国家多打粮。

在离昔日大卖场南三公里的地方有竹木检查站，那些木料、毛竹，得凭县级批准砍伐证、运输证明，才能出得大山通道。“三类物资”的竹木、林产品一律归国家批准砍伐，统一采购，计划供应。大卖场上，以尘土、牛粪、竹栏、旧茅屋维持状态。

社会主义改造着这些“地头蛇”出身的徒子徒孙们，他们习武练功。又把那些街边不进山、不下地的“绅士”后生，成为舞文弄墨者，一直延续至今。这个地方，“武术之乡”、“书画之乡”得名的由来，也许又因南门历史桑园大货场。

那片山水之地，千百年来穷富悬殊。富人的财富有因大片深山中长得的资源经大货场上淘金得来，有因大货场引得车水马龙、人来人往，开店铺赚得来，也有因在黑白两道呼风唤雨，成为赢家而得来。有些富人，富得深不可测。

穷人的穷，大抵是因街边南门村无山地少，又无本无商。再往街西的新村，富人很少，穷人居多数。

永全出生在“文革”年代，他在新村大队集体生产队度过了童年。上世纪80年代初，农村改革，新村也开始搞家庭联产承包农地、坡地、山地。永全便半耕半读，他以学为主，兼做山活。一家老少在自家承包的山地上，多劳多得，他们希望靠勤劳致富，一家人四季忙碌，任汗水流淌。永全从小跟着父母在山坡上开荒种地，运肥送料，肩挑车推，他们种着各种自吃兼卖的山货。看着不惜力、埋头干的永全，奶奶常让他停下，和他讲“弯路最近”的经典理念。奶奶说：“咱山里人走路，必须顺着沟岕、坡度、林地、竹园、

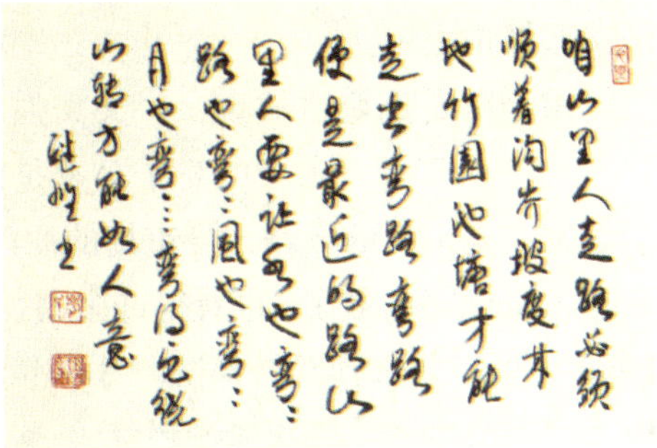

池塘，才能走出弯路。凡是由人走出的弯路便是最近的路。特别走得坡地，走得山路，走向山间，就不能想走直路，弯路那是最省力、最省时的，弯路最近。背着重物，推着人力车，咱切切记着要走弯路。”“山里人，要让水也弯弯，路也弯弯，风也弯弯，月也弯弯……弯得它绕山转，方能如人意。”

永全跟着父亲赶集，卖自个种的茶叶、梨果、花生、山芋……后又逐渐围着大桑园货场转悠，经销山货。奶奶又拉着永全开讲，讲“山下景最美”的理念。“咱山里人，在山下生活，看着山上心痒痒，总惦着山顶，可山顶树根扎不深，竹子不成林，鸟兽不做窝。风刮，日晒，白天云盖，黑夜雾罩的，草木百兽也不敢留恋山顶，不得稀罕。登山顶，观景，山脚下，那才叫屋舍俨然，树木葱茏，竹园成片，开得百花，结得硕果，麦油飘香，春色满园。那最好的风景，并不在高山上，它就在身边，就在山谷丘陵，就在新村，就在人间。”奶奶的意思是，种好自己的田园，看好自个的小家，种好责任田，走千里行万里，还是记着自己的家园，回得那片山间土地茅屋怀抱之中。

永全听着奶奶讲故事，一天天强壮。这家境，因人勤政策好，一天比一天富有；永全的身子，真是筋骨硬，肌肉坚，体格壮。他学着父亲走山间的弯路，摸市场的商门，行交友的正道。

永全识得许多字，也看得许多书，他与周边许多青年朋友交往。19 岁参军，他来到武警部队。才一年多，永全就入了党，立了功，他练得一身本领，集得满满锐气。

（四）

服完三五年义务兵役，永全回到故地新村。农村改革十几年，南门村发生了地覆天翻的变化。沿着桃溪河的两岸，石灰厂、造纸厂、马铁厂鳞次栉比。向西岸的良田坡地纵深推进，镇办钢构厂、青梅酒厂、电子厂、服装厂，村办集体化工厂、锻压厂等许多地方烟囱林立。真是“村村点火，遍野狼烟”。整个桃溪，从山上流入河流，清澈的泉水被染上色，又赤又浓，河渣泛着黑色。南门村被农村工业化全面包围，那污浊的大气、“浓墨重彩”的桃溪河、嘈杂的张渚大街，将南门的山货场完全淹没。

南门村，虽留着逐渐恢复起来的货场，但被工商业挤兑，被发达的信息、运输业直供挤兑。村里没有工业，没有土地收入来源，南门村集体的穷，民间的乱，环境的差，都很出名，南门失去了昔日的气场。

跨得世纪，南门新村合并，南门的失落，新村的瘠地，全是因为穷。村民欠集体款，村欠干部工资，村民认为干部太多、负担太重。一双穷村，一对穷兄弟，并了之后还是一样的穷，更多的乱，更难管。2003年，工不工、农不农的新南门村，债多，事多，地痞流氓多，一年竟然被抓了27个。

镇党委动员在镇里谋事的永全回村当书记。新南门穷得出名，乱得出奇，若让永全为官，这让奶奶心慌。奶奶看永全，怎么还是一个小孙子。不过这几年，他确实是为镇集体企业赚了些钱，也为家庭出着力。永全已成婚，安居又乐业。奶奶讲：以前规矩是吴姓不为官，山里人走路不想走捷径，怕摔着，不想登山峰，更不想一步登天。一家人只想在山脚下，住旧房，过个安稳日子，过着像故事里写的那种“卖瓜棚下午风凉，一池荷叶衣无尽。满地松花食有余，却移茅屋向深居”的悠闲日子。永全的娇妻和奶奶一样，也不赞成永全为官。

永全妥协半步，他答应镇党委先到南门村挂职，开展调查研究，摸得情况再说。

永全的性格是，谁相信他，他愿为谁两肋插刀。党组织信任，党委书记出面，他哪还能光顾奶奶的情绪，党员总得听党的话。挂职上任，永全一头扎进了新南门村。越穷，越乱，越想挑战。永全偏不信这个邪，年富力强、有劲无处施展的他，在青年时期那批“狐朋狗友”的起哄、抬举、戴高帽、说好话、爽快支持表态的情况下，一年后，应承了组织，永全正式当上了无品“村官第一书记”。那年，他30刚出头。第一次会议，永全向党员干群表态：“组织上给位置，一定有声有色工作，有滋有味生活，有情有义交往，有痛有痒感觉。”“要通过无私无畏工作，使南门村一年有变化，三年大变样。”永全初立军令状。

年迈的奶奶改变不了小孙子的志向，吴姓不为官的“规矩”也被打破了。奶奶只得拉着永全问：“孙儿，你可知道天在哪里？”永全很快地回答：“天在头顶，蓝天白云，朗朗乾坤，这就是天，广阔无边的天空。”奶奶说：“孙儿，天是百姓的天空，是大自然日月星辰的地方。你当上了村书记，你的天是百姓之天，道德之天，良心之天，法律之天，这天应该永驻在你的心底。这里有着天眼在观望，一直能看到你心底，你可要有敬畏之心啊！”永全不敢再吱声，他默默记着奶奶的话，且常常思量。

没过几年，高龄的奶奶驾鹤西去。永全一大男儿，哭得泪如泉涌，哭声惊天泣地。

永全失去了奶奶，奶奶的训诫却一直在他心底。不敢懈怠，敬重百姓，敬畏党纪国法，敬得天地，自我良知。他的“军令状”承诺得到兑现。2005年，南门又与前巷、茶园、西村合并，2008年，相继将竹场、东山、园田三村并入。七村合一后的新南门，百姓数千，党员几百，干部数十，土地几十平方公里，拓土开疆，盛世新南门。

管理新南门村，这是更大的挑战，这是更重的担子。永全书记一路披荆斩棘，风雨兼程，他响亮地提出“并村要并心，黄土变成金”。他说：“党心民心，心心相印，合力同心，才能让穷村变富村，穷人成富民。”

永全是这片山水之子。奶奶讲的许多故事里，都能寻得感恩之心，敬畏之心，灵感之心。他常常在寻求鼓舞自己的力量，他在寻找奶奶、苍天能帮得的无形的伟大力量。

永全的办公桌身背后墙上，挂着一幅狂草：“古知立大事者，不惟有超世之才，亦必有坚韧不拔之志。”这是永全书记特意请当地有“草圣”之称的书法家所写，只供他一人看懂读得。其意是自己虽不具备超凡之才能，却有坚韧不拔之意志，必定能把新南门村的建设，新南门村“强村富民”之大事干成。他常以这幅字自励自勉。每当困了、累了、难了的时候，见着这幅“狂草”，他便会马上警醒，不断地告诫自己：“我是在战场上的战士，我正在行军、打仗、冲锋。”

他钟爱石。石是他脚下的土地，石是他的精神。他敬石，“山无石不秀，水无石不清，色无石不雅，村无石不立。”唯心中有石，他才能成泰山压顶不弯腰之势。

经过千挑万选，他选出一块巨石，恭恭敬敬地砌竖在村口的显要位置。那石，远看是座山，侧看似风帆，近看像钢刀，又像利剑。那石山，耸立村口，成泰山压顶绝不低头弯腰之势；那帆石，如启航扬帆的船儿，将一路劈波斩浪，奔向远方；那刀石，当断则断，快刀斩断乱麻，还清前债，加强管理，建章立制，正义公正。

他爱插旗。他的心中，飘扬着国旗、党旗、彩旗。在村中央，在百姓间，他让国旗在高高的旗杆上飘扬。全村百姓昂首挺胸，他们天天见着国旗飘扬在天空，国旗也永驻在了百姓的心中。村插旗，旗护村，民护旗，心爱国。邻村和很远地方的百姓，见着这高高飘扬的国旗，便知道这是南门村的标记。

永全书记在办公室、会议室挂上党旗，这里是核心力量的阵地。党旗在，阵地在。党的书记，党的干部，得时时向党旗宣誓，党员必须听党话，跟党走。

在南门村的建设工地上，一定会有彩旗。丝绸料，薄亮色，柔软的彩旗，红、黄、绿、蓝、白色皆有，五彩缤纷，迎风招展。聪慧勤劳、不惜力的村民，在改造山河，修饰家园。人群、彩旗，交相辉映，高音喇叭音响，奏响着美好乐章，好一派壮美的场景！

永全书记喜交友，他不光爱富，也绝不欺贫，他不仅近善，也不远旧恶；他不仅依靠骨干中坚，也还兼顾弱势微力。是百姓，为子民，皆朋友。人民才是创造世界的动力，才是这时代的主人。

在南门村，建新农村，改造脏乱差，腾地拆迁，流转土地，拔钉子户，全靠那些“草根布衣”推动支持，既成本最低，进度也整齐。

他还能敲锣响鼓。山间林区，组织起了生龙活虎的青壮年，搞龙灯狮舞，搞传统把戏。文艺队穿山走村，群众喜闻乐见。新的南门村，莫大的南门，正打开正门，这一切，让春风化雨，让艳阳高照，让凯歌声声。

（五）

永全不会忘记奶奶讲的故典，永远记得上级党组织年年月月天天的教导。“苦难磨成美味汗，霜雪傲得梅花开。”“干部正思维，社会正能量。”“领导带了头，社员有劲头。”“官民关系，鱼水之情。”

永全认为，七个村合并，村大了，干群关系，得用村上的狗来衡量你干部。是不是百姓的“好官”，就看村庄上的狗给不给脸面。每个村所有庄，敢进得民怨重灾区，村民的善恶之狗，见着你，不恶叫，能跑过来，表明认得你。靠近你，尾巴不停地摇，证明喜欢你，也说明你来得勤，跟主人亲，它给足你脸面。人与狗关系亲，表明干部腿脚勤，干群关系好，社会和谐又安宁。永全自己做到，要求干部人人都做好。

他严管“公章”，审慎用权。村官不是官，公章“萝卜头”，这是普遍印象。永全不这么认为。南门村盖公章是有严格规定的，公章由专人保管。凡盖章必登记，凡盖章，必先到现场亲自验证实况，这叫“对上对下对社会负责”。凡盖错，必究责。村公章，就是权力象征，谁不严肃看待，谁便放弃权力管理。连村庄上百姓生老病死、户籍迁移，必须有两个以上干部签字经手，才能盖上红印。村上百姓，子女参军，上大学表现，入党，出国出境，一律由村组织邻居先开座谈会，单独“明察暗访”走程序，方可签意见、盖红印。盖章之事严肃认真，永全书记让村民问能知晓，百姓也是天，公道便是天。

中央年年有一号文件指导农村工作，南门村年年也有一号指令发布，那就是强村富民年度目标。社员百姓劳动力，须参加义务工出勤劳动，建自个家园。义务工为挑河、挖土、植树、修道、打扫卫生，包括帮助疑问户做思想工作。家园建设，个个有份，当家作主，真实主人。

商品经济的发展，一些优秀传统文化被淡出。铺张浪费、请客送礼、公款占用、奢逸无度等社会现象开始盛行，有些集体企业出现“庙穷方丈富”，一些乡镇集体出现巨额欠债。社会风气开始变坏，消费高档，攀比吃请，标准惊人。而南门，独建有一处待客深处。过停车场，在荷花池塘边，沿着弯弯的廊道，走向茂密的山林小道，翻过小山丘坡，步行行程三分钟。进得天然深氧区域，享受着独有的生态福利。走进两间半的低矮小屋，门厅中央放置一张八仙大桌，四张农家长凳。山农正在用山柴煮着锅巴飘香的大米饭，炒着刚从菜地上拔下来的新鲜蔬菜。来到那深山小屋的宾朋，上有将军、司局长官，邻有同道村官、文人墨客，大家均如主人到家。清茶香饭，鲜菜八味，彼此无拘无束。山农的锅巴饭、廉洁饭，南山的八方客、上上客。客客难忘怀，主人无为难。

富民强村，应富在百姓口袋，强在集体经济，美在山村环境，高在素质村民。永全书记有几句口头禅：“新农村，不是新房子。”“城乡一体化，不是城乡一样化。”南门新农村，保护一方水土。成三景：见景，带景，造景。展四整：整出外部形象，整出内涵品位，整出经济效益，整出社会价值。现五片：治理一片，巩固一片，提高一片，展现一片，放大一片。点上讲优化；线上成绿化亮化；面上求细化深化。

十年前，初建新农村，永全从奶奶常去的地方，渐渐先行开启。生态恢复，荷花池景点。“六个一”悄悄规划，先易后难。保护一棵树，那棵南门人的神话树，年代几百，四人合抱粗细；整活一只塘，荷花塘。几十亩大小，荷叶形，有深潭，有浅水，活鱼，荷香，水湾，天然，万千年天成，千百年民享；挖清一口井，古老的井，那是建福源寺年份的一口古井，那井底，清除污垢，简直无底，清澈的水，是山泉，清泉，矿泉；建造一座桥，雄伟的石桥，荷花池中央的桥，江南水乡符号的磨砂条石桥，画在地上的桥，旅客登临赏心的桥，方便行走的桥。建一条长廊，文化长廊，在山间林中，宛若游龙。村民旅客，晴雨必经，感受旧南门、新理念，古山河、新景象。造一座凉亭，歇脚凉亭。那亭，独立高处，高过石桥。坐在亭中，感受着清风，欣赏着山池绝色美景。昔日山间多浅池，今日山水明珠地。不光村民自赏，慕名而来的游客也络绎不绝。

富强之路，得“三借”。镇边村，得借“三集中”之力，以土养金；活经济，得借“大卖场”旧名，再聚人流物流；化难题，得借民间智慧高人之力，多快好省。

“三集中”，建“学堂”、“法堂”、大卖场贸易地，街边村都得拆迁征地。街边村，地少金贵，屋旧靠市。这是征地拆迁天下第一难事。地方发展抢抓的是机遇，百姓抢抓的是发财机遇。千年等一回呀！

永全书记一班人，必须懂得“三借”。他们把公平公开公正挺在前面，向百姓借土地，向百姓借脸面，向百姓借智慧。

永全从父辈，有交得一杜叔，乃国民党军医之子。杜叔一家行医，行医无分党派，凭本事混吃饭。一手医艺，人品一流，可那杜叔在“文革”中没有少吃苦头，戴高帽，游街示众，挨批斗，招歧视。可杜叔从无怨恨，他对周围尽是爱，对曾经批斗他、歧视过他的人，几十年来未曾怀恨。村里村外有难即帮，能帮则帮。大爷、大娘、叔婶、阿姨、学步稚子，各辈各份的人，都曾得过杜叔的帮助，有些是生死之忙。杜叔是永全的忘年交，两家是“旧世交”。杜叔向永全求助，一生无憾事，只想加入中国共产党，那年，杜叔近60岁。永全应承着。

杜叔想入党，可大家知道他的父亲曾在国民党部队行医，杜叔再好，群众再公认，可上级能批准他的入党申请吗？何况，杜叔已到了退休年龄，入党一事着实让永全书记犯难。

永全心想，杜叔的愿望，必须去努力帮助他实现。杜叔在民间的力必须借得用一回。他启用60岁的杜叔，专门为镇村征地拆迁做群众工作。

那杜叔还真是全心全意，他不图报酬，披星戴月，专攻“钉子户”。社会水泼不进、干部不能进门者，杜叔单枪匹马上门说情讲理。三转四弯五辩，最终，人生的那碗“面子”，在有恩于自己的人面前，这碗面一定得吃。杜叔为集体的力，出得算是英雄显用武之地了。

征地拆迁，在民智、民力、全民支持下，顺顺妥妥，大显其效。

永全书记受理了杜叔的入党申请书，党总支部酝酿，上报镇党委，最终市委组织部按特例认同杜叔入党一事。召开村总支大会通过的那天，全体党员全票通过。党心、民心、人心，党性、人性、原则性高度的一致。杜叔泪流满面，放声喜哭。那流着的热泪，是心灵的倾诉，也正是南门村大气、正气、豪气在放飞。

（六）

十几年，永全在南门，走的是山路，是上山的路，沿着弯路，一路前行。走在山道上弯曲的路，才是科学发展的路。南门村，从工农业总产值350万到如今的13亿，几十平方公里，不是荒地，不属富山，却得到保护，正在逐步利用开发。7000草民，并不愚蠢，自营和谐，自创安宁。他们一切从当地实际出发，不急躁，不浮夸，脚踏实地，他们深知：不发展，无出路；硬发展，无道理；科学发展，才是硬道理。

南门站在新的起跑线上，再用三个五年，高起点规划，高标准建设，新模式探索，不折腾前进。前五年变个样，中五年大变样，后五年创辉煌。

永全书记铭记着奶奶曾讲过的许多故事，不离故乡的土，不忘故乡的人。他热情不减，激情不退，在不懈追求的道路上奋斗不息！

十八、父子爱恨

生活在中国农村的农民，常常记在心田，挂在嘴边的一句话是：得上对得起自己的祖宗，下对得起咱儿孙。他们的言谈举止与行为特征，简单、直观又直率，喜、怒、哀、乐尽显脸上。

几千年来，中国农村，大多数农民耕种着田地，为吃饭，为养家，为活命，日夜操劳，无怨无悔。他们指望着自己的下一代能延续香火，光宗耀祖，他们梦想着能“茅柴堆中出嫩笋”，儿孙能够出人头地。父亲对儿子的爱，被视作骨肉情深，生命延续；父亲对儿子的恨，常是恨铁难成钢。

爱恨无常，爱恨无奈。大爱演化成大恨，大恨又转化为大爱。经历着近一个世纪。有一个农村家庭，祖孙四辈，其父辈对子之爱，至深，父恨子，至深。爱恨交替，父与子在爱恨之间不停地修复着伤口，这个家庭在爱恨之间无限延续着生命。

（一）

江南山水，鱼米之乡。

庄再勤出生于1915年，其家境在村里可算得上等。他身材魁梧，五官端正，眉目清秀，自幼勤快。祖上留得些田产，算得上条件不错，在男大当婚的年龄，庄再勤便娶得邻村五妹为妻。五妹要貌得貌，身材匀称而灵巧，既干得了家里活，又上得了台面桌。五妹心灵手巧，性情温顺，秀外慧中，只是由于包得一副小脚，只能在自个家里奔里忙出。封建社会传下来的习俗，女人之本分，生儿育女，操持家务，上孝公婆，下育儿孙，侍待“官人”。

五妹守得妇道，为庄氏心无二用，一切依着“官人”庄再勤旨意。庄家按封建传统，讲究“男主外、女主内”，一顺百顺。五妹在 1943 年便生得长女红珍，其后间隔着二年一胞，在九年里共连续生了三个儿子，两位“千金”。长子志远，二女红梅，次子志强，三儿志平，加上长女红梅，子女五人，个个相貌端正，生龙活虎。庄再勤自称，上对得起父母，家中人丁兴旺，也算后继有人。他不停歇地为这个家庭劳作、奔忙。

庄再勤生不逢时，活难择世。他那青壮年时代，正是国破山河碎的战乱临头年代。所幸的是生长的山水村庄相对偏僻，他专心地活在自己的小家庭世界，才能有这“五子登科”，才能让这五个子女健康地成长。夫妻俩以人为本，拼命为这个家、为这五个子女活命而努力。

最小的志平出生，已是新中国成立后，此时，长子志远也已经到了该识字读书的年龄。

庄再勤祖上那些留下的田产，到土改时，剩得并不太多。地主评不上，富农够不到，连小地主也算不得，中农成分。土改时又沾得评成分的便宜，走到广大贫下中农的队伍当中。而在贫下中农里，他算得上优等，有两间八字墙门朝南的瓦房，谁也不会明欺暗压。

庄再勤心喜。他有五个子女，重男轻女、突出重点培养那是必须的。看得长子从小虎头虎脑，聪明过人，他便决定让志远多读些书，希望长子能耕读传家，光宗耀祖。

志远被送到百里开外的城里一户庄氏有辈分、有地位的人家。庄再勤、五妹夫妻俩忍痛割爱，将祖上传下的心爱之物和私藏的能随时可换钱币的“宝贝”偷偷地转让到那城里亲戚的手中，千拜万拜，千恩万谢，把培养志远的终身大事拜托给了见多识广的城里长辈。六岁的志远，从此便走进城市，他背起书包，走向学校，走进教室，开始了自己的求学之路。

长子志远的离开，父子、母子的分离，是庄再勤夫妻大爱之下的正确选择。

他俩回到贫下中农当家作主人的村庄里，除了牵挂着大儿志远外，就是领着身边两个儿子和两个女儿，开始人民公社集体化生活的征途。

庄再勤只是安守农民之本分，参加集体化生产劳动，并不十分积极。出工离满勤总是有距离，特别重的农活，和有可能要命的活，他总是保持距离。出名当先进，集体做表彰，几乎没有他的份。他只是一心为保存自己，为了维系这个家，为了养活养大几个子女而出工劳动。在生产队大集体并没有多少地位，可他一点也不在乎，即便吃点批评他也毫不在意。好在集体化是一个均贫富的平均主义社会。

新中国刚成立，农民从地主富农手中分得田地，社会改造，农民组织起来在一起劳动，一起分配，一起生活，中国建立新的社会制度是确保无产阶级联合起来，反对剥削压迫，坚持人人平等，走社会主义集体化道路。人民公社建立后，以生产队为基础，庄再勤一家主要劳动力仅有他一人，最多加上妻子五妹。妇女虽解放，小脚女人也可参加生产队劳动，力所能及，多劳多得，可庄再勤宁愿自己多吃苦，也不愿意让小脚妻子出工下地。五妹也常常借口身体不好不出工，或一有闲季便到城里照看长子志远。一家七口人，生活过得十分艰难。

志远十分乖巧。他奋发用功读书，从小学到中学，成绩一直名列前茅。回到“家中”，远房亲戚身边无儿无女，虽则十分喜欢聪明的志远，但年事已高，有些家务活和体力劳动，志远从小就得边学边做。自小离着父母亲在外，志远委屈难免，笑声难有。他知道，全家送他来城里读书并不容易，大家指望着他能读出个头，今后好为家里父母亲分担忧愁。懂事的志远励志奋发，年复一年。

1961年，在山水的家乡，父母亲得到喜报，志远考取了北京航空学院机械专业。那年月正是刚度过三年困难时期，庄家也是家道凋零。姐妹和两个弟弟差点被饿死，他们骨瘦如柴，好在都能活了下来。高强度的劳动，挥之不去的忧愁，使父母亲脸上布满了道道丘壑，显得十分苍老。

志远的两个弟弟和一姐一妹逐渐长大，可以参加生产队劳动，至少能够自己挣工分养活自己。这些都在为父母亲减轻忧愁。偏偏就在那年月，志远刚上大学不久，远房长辈男主人一倒下去便再也没能醒来，志远一家悲痛万分。志远不得不像对待父母亲一样，戴孝、守孝、尽孝，承担眼前的一切。志远的学业负担，志远应当承担起的照顾远房长辈的责任，一下子便全落到了父母亲肩上。

庄再勤默默地承受着这一切，以劳作分解着巨大的精神压力。他盼望着子女们一个个能快快长大，他指望着长子能有出息。

志远大学毕业，被分配至上海军用飞机场工作。那年月，正是备战、备荒，为人民，全国人民高度警惕美帝国主义侵略中国的时候，民用飞机在中国并不是发展重点。志远来自农村，家庭出身为中农，不是剥削阶级出身，没有任何复杂的家庭背景。他从事军事工作，政治审查合格。志远学的是飞机机械专业，大学本科毕业，专业对口，又红又专，正是国家急需的人才。那工作，对外保密，通信地址是上海市某某信箱，寄来信件，也不知道单位在上海何处何方。整个小村庄上见着这来信，口口相传，神神秘秘，于庄再勤一家而言，倒是添得十分荣光。

庄志远接受党的教育培养，工作埋头苦干，为人处世彬彬有礼，深得周围同事领导欢心。

两年后，志远与一起读大学的同学恋爱，父母亲收到来信，满心欢喜。凑着些路费，全家决定让小脚母亲赶到上海，看一看未来的“儿媳妇”。

志远父母亲按照儿子来信叮嘱，用画标识，用文字写好走什么路线，乘什么汽车，转乘火车的时间时刻，到上海出口，儿子亲自接站等内容。在当时全心全意为人民服务的国营单位员工一路关照下，她起早带晚，十分顺利到达上海。儿子接到母亲，喜在心头，母亲见着儿子，笑逐颜开。儿子带着母亲开心地走出火车站，乘上了军用吉普小车。一路上，儿子为母亲介绍建筑高楼、有轨电车、黄包车、富人、洋人……小脚的母亲从未听到过这些，更从未见着过这些。她越听越欢喜，越看越觉得自己生的儿子了不起。

志远领着母亲到了工作单位，在传达室严格按规矩登记，在“来访者”与“事由”等栏目里工整地填上了“母亲”、“探亲”……在传达室负责安保的同志自然非常热情周到，按着惯例询问志远母亲来探亲的目的。老人家一五一十地把想见见志远恋爱同学的目的说了出来。军工一级保密单位，不能疏漏任何来访者进入军工重地之细节。一般进入必须持有一定等级的介绍信和身份证明。

志远带母亲到了供给制的招待所住下。这里住的人不多，干净又舒畅，并且离志远飞机场内的工作车间并不远。志远生怕母亲不懂起居三餐，便亲自陪着母亲领饭端菜、洗脸刷牙。那母子情，母子劲，真真切切！

两天后，志远带着大学同学，自己深恋的姑娘来见母亲。姑娘美丽大方，亭亭玉立。当一眼见着志远的母亲，她便亲热地叫着“妈妈”，一双嫩而白皙纤细的手一把抓住志远母亲那双粗糙的茧手。志远娘满面笑容，激动得一句话也讲不上来，心里似乎比灌了蜜还甜。志远端着凳子拉着母亲坐下，姑娘递上热茶，她告诉老人家，自己名叫陈芳，新中国成立前家就在上海，非常欣赏志远，喜欢他朴实、聪明、英俊。学校里不得恋爱，毕业后大家在上海工作，两人才走到一起。老人家觉得这姑娘怎么看都很漂亮，脸蛋白里透红，表情清纯率真，讲起话来，满脸的笑容，声音比歌声还美，自己打心眼里高兴。

母亲开心，母亲满意，志远自然知道。不知不觉，姑娘讲了很多话，母亲笑了无数回。快离开时，姑娘用脸贴近老人家轻声地讲：“妈妈，我听志远讲了，您两老不容易，拉扯大五个孩子，吃尽了苦，我会孝顺您两老的。枕头底下有一个信封，您千万收好，带着回家，是我孝敬您的一份心意。”老人家听着实在感动，不知所措，却又无法回应。再端详一下姑娘，陈芳拥抱着志远母亲：“再见！您老人家回去路上千万小心，我今后到乡下来看望您二老。”

志远母亲送走陈芳，便在招待所房间，从枕头底下摸出信封，小心地打开，里边是整齐而厚重的一叠五元人民币，足足有几十张啊！这是农村大娘第一次真正见到这么多的钱。这些钞票，不要说志远母亲，就是生产队会计见到了，也得吓一大跳。因为，当时生产队劳动力出一个工日挣一个工分才值 0.13 元啊！

志远母亲用一块布巾，小心翼翼地将厚信封包得个严实，并收藏在行李包的最最底层。见志远来陪同用餐，母亲便眉飞色舞，小步跑到儿子跟前，夸赞起陈芳，说能娶到这么个大富大贵、大美大方的好姑娘，真是庄氏修得的福气。“志远啊，这趟来上海，娘算见着了世面，享上了福。要是你爹知道这趟回去有这么个大礼，见着这么个好儿媳妇，一定会乐个半死。这样，你两个弟弟娶媳妇，你爹就不要再急白了头，急个半死了。”母子俩越讲越开心，不知不觉，当天晚上两人一直讲到深夜。

军用机场的领导知道志远母亲是来上海探望儿子的，也是来看志远女朋友的。领导们对志远母亲的生活照顾有加，老人家当然非常满意。志远是国家培养的重点人才，而且是在军工保密单位从事重要工作，组织上对志远的工作、生活、社交、恋爱、结婚必然得跟踪严管。

军用机场负责政工的曹德宽主任，搜集陈芳来访登记工作单位，上海市电报局，是国营单位。他便在暗地里利用军用介绍信外调陈芳的前世今生。陈芳，24 岁，大学文化，家住上海静安区，母亲是教师，父亲在香港从事金融工作。爷爷已故，以前是上海市某纺纱厂老板，在新中国成立前，曾带头帮助共产党在上海解放，并捐赠大批钱粮和物资。上海解放后，将剩余资本全部贡献给了上海市人民政府。外调结论，陈芳身世为资本家，并且父亲仍在资本主义的英国殖民地香港工作。不管她爷爷多么有功，共产党人将其列为进步人士，但终究还是剥削阶级，是旧社会剥削和欺压工人阶级和贫困大众的“刽子手”，这是两个阶级之间的长期而复杂的斗争。陈芳的父亲又仍然在香港，他那腐朽的资产阶级思想又与无产阶级革命的思想格格不入。他们会不会想复辟？会不会对共产党反功倒算？必须时刻保持高度警惕。

曹德宽主任召集政工科召开事关军用机场安保重要专题会议，商量庄志远同志恋爱婚姻中涉及社会关系新动向的事宜，通报外调情况，作出重大决定。

散会后，曹主任等三人亲自约机械师庄志远同志谈心谈话。谈话室气氛紧张，曹主任态度严肃，对着正面端坐着的庄志远，开门见山地说：“志远同志，你与之热恋的陈芳，经组织外调查实，家庭出身为资本家，毕业于北京航空学院通讯专业。父亲在香港……等项。组织认为，庄志远同志，你是国家重点选拔和培养的人才，现正在一级保密单位工作，并正在接受组织考验，将成为一名中国共产党员。对于正在恋爱中的陈芳，组织上要求你立即与她断绝一切往来，不得联系，更不能有继续恋爱乃至结婚的念头。请你马上向组织表态。”

谈话室内，马、恩、列、斯、毛五个伟人的标准像挂在中央。“帝国主义和一切反动派都是纸老虎”和“人民，只有人民，才是创造世界历史的动力”的语录赫然挂在墙上。曹主任一席教导，志远听得犹如晴天遭惊雷，狂风四起，乌云压阵。他痛哭，他没有主见。眼前晃动着的满是陈芳的身影；脑子里充斥着的是母亲的情绪和父母对他这个长子的指望。志远思想斗争异常激烈，忽然，他意识到曹主任是代表党在发指令，自己与他是没有任何讨价还价的余地的。

对党不忠诚，同组织讨价还价，自己必然是前途无望，后果将不堪设想。

此时正是“文革”刚刚开始，读过很多书的年轻人，志远必须向“左”转，记住毛主席的教导，譬如：“金钱，美女，在一个真正的无产阶级革命者面前算不了什么。”“富贵如浮云，必须视金钱为粪土。”“鲜花，毒草，美丽的外表，资产阶级腐朽思想……”

志远定得神来，按曹主任提示的要求，响亮地表了态。

谈话结束，志远头脑一片空白，踉踉跄跄回到招待所。他抱住母亲，压低哭声，心如刀割。“儿子，你是怎么了啊！儿子，别这样！”母亲不知所措。志远一时无法回答，母亲便跟着无名地流泪，流了很多很多的泪。母子连心，母亲见儿子难受的样子，心中比自己遭遇苦难还要痛苦。

志远缓过神来，将真相和委屈告诉了母亲。他含着泪说道：“儿子对不起娘，这媳妇是娶不成了，陈芳她送您老人家的信封咱们得退给人家，我对不起陈芳。我虽很爱陈芳，但现在已经不能再爱她了。我知道陈芳送咱家的礼，是救咱爹娘命的钱。”本是一次欢天喜地的探亲与团聚，却在当下，在人性服从党性的社会现实里，人性无奈地低下了头，人财落得精空。

母亲点头，又摇头。她帮儿子擦拭着眼角的泪，又从手提包的深处，取出巾布包严的信封，交给了志远。她深情地对儿子说：“志远，你一人在外，身体好就行，媳妇慢慢再找，咱家的家境，你也知道，爹娘帮不上你，我明天就得回山河乡下。”儿子点着头，无奈地盯着母亲，似乎想把母亲看个够。“妈，儿子从小把爹娘的心血都耗尽了，现在不孝，无力帮上家里一点忙，让儿子向您下跪。”志远扑通一声跪了下来。“傻儿子，你已在这村庄帮助家人争足了颜面，娘死也闭眼了。”

志远母亲回到山河。庄再勤听得婆娘上海之行的细节，暴跳如雷。他怪怨这不孝的儿子，放弃了这么个好媳妇。难道就不能离开

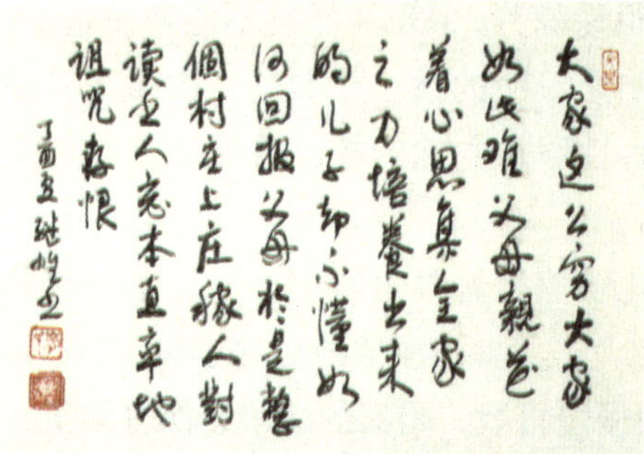

那个狗屁保密地方，有文化，有本事，还怕谁？陈芳这么一个好姑娘，共产党都给她工作，给她饭吃，你志远就没想想她就一定会坏你的事？你志远就不听听陈芳怎么想，愿不愿意跟着你？你庄志远是个逆子！杂种！狗东西！白眼狼！害了人家姑娘，你偏要在什么保密单位工作……庄再勤心中满是忿恨！恨那大儿子媳妇告吹，恨家中急着用钱，恨自己婆娘去了上海却没有个主见，只知道听这不孝之子的主张。

庄再勤情绪一天比一天差，他只活在庄氏的世界里。

山河边这么个小村庄，这件事的来龙去脉，很快便男女老少皆知。庄老汉从早晨端起饭碗，便开始大骂这个不孝顺的大儿子，连在生产队劳动时还骂。村庄上，生产队里，大家也觉得庄老汉骂得在理。大家这么穷，大家如此难，父母亲花着心思集全家之力培养出来的儿子，却不懂如何回报父母。如此好事，竟然黄了！于是，整个村庄上，庄稼人对读书人忘本，直率地诅咒、存恨。

（二）

“文革”时期，城乡间近乎隔绝无往。尤其是庄再勤和庄志远父子间。父恨子。子有苦难言，有口难辩，心中满是对父母无名的恐惧。志远与一个工人身份的女子成了家，婚后，为庄家添得儿孙。夫妻俩仅微薄的工薪，生活并不宽裕，志远也就更难见得父母。上海与山河之间，路途虽并不十分遥远，却只能任凭岁月自然流淌。

庄再勤参加集体化生产队劳动，他不再指望上海长子，而是艰难地为身边两个儿子拼死拼活地干。

志强和志平都慢慢长大成人，开始在生产队挣工分。全家能挣得粮草，年底还略有进项。

志强从小吃得了苦，他在农村断断续续地半耕半读，以耕为主。他识得些字，尚能看得些字，也能写得想讲的白话，在同龄人中算个有文化的青年。在生产队从仓库保管干到记工分，二十几岁，就当上了生产队长，算得上是年轻有为。志强被大队书记看得中，大队书记还将妻侄女介绍给了志强。这一门姻缘，让庄再勤一家在山河间又得气场。

志强婚后生得一子一女。长子名叫庄学军，出生于全国人民学习解放军的年代。志强在党的培育下，在姑爹书记的关照下，迅速成长。不久，就进得大队领导班子，从副书记直至接班担任大队书记。

庄志强既是“朝中”有人，当上书记，更是大公无私，吃苦耐劳，任劳任怨，是大家公认的好干部。他当干部并没有沾到光，反而是真正吃上了苦头。妻子是前任书记的内亲侄女，虽说五官端正，人品不错，但身患一疾，一根饿神经逐渐坏死。当儿子学军读三年级时，家庭中正是丈夫需要妻子帮衬、儿女需要母亲照料的关键时刻，志强的妻子却饿神经彻底坏死。她整日不知饥饱，不思茶饭，一日日消瘦。这种病，真鬼，全国罕见，并且无法医治。这真是急死全家，难死全家。

无奈。病无法医，妻无法舍。

志强必须舍小家，顾大家，公在先，家在后。他坚持一手抓革命，一手促生产。白天忙开会，抓革命，又忙于奔跑于田间促生产。回到家中，还得承担起照顾妻子儿女的责任，淘米洗菜，烧茶煮饭，喂猪喂鸡，安慰妻子，管教孩子……样样不落。在农村，一个大队书记，除了靠工分比正劳力高个几个百分点，其他没有任何收入来源。人民公社，人民生活是讲平均的，叫芦席上滚地上，几乎一个地平线。倒是志强这个家，苦的他是心里苦，日子苦，工作更辛苦。

志强书记称得上坚强，既顾里更顾外，百姓对他同情，认可。这书记的位置一时无人替代，无人与他争抢。百姓穷，大家穷，村里集体穷，当干部沾不了光，还得操许多操不完的心。这种境况一直延续到农村家庭联产承包制。

庄书记在工作和家庭的双重压力下，壮年变老，中年白发。他家分得近五亩责任田，在忙完公干后，还得亲力亲为耕种田地，收场季节脱粒扬晒。虽常有好心人义务帮忙，但家家户户都有特殊情况，有时他只能跟人合作、换工，加倍地用时间劳动。志强明白，自己是领导，必须以身作则，必须做关心他人的榜样，必须上顺父母，下教儿孙，照顾好妻子家人。

一双儿女，一天天长大。家中的境况，让儿女明白父亲太苦，母亲太悲。他俩无心读书，学业明显荒落。这让庄志强心中更为着急。全国恢复高考，自己这一辈子是认命了，可儿女们还有跳出农门万丈高的希望啊！在当时的农村，哪一家，哪一户不在为子女铺就读大学之路而拼死一搏啊！

庄志强急，急得是那样的无奈。他觉得小孩子是因为没有吃过苦，所以不知道种田人一生一世要承受的是何种苦难。于是他自作聪明，决定采取两全其美的教育方法。他思忖着，让儿女除了上学读书外，规定在家里干些力所能及的事，洗衣，喂猪，烧火做饭，打扫卫生……女儿慢慢便开始俭学勤家。而对儿子学军，他坚持亲自督阵，严加管教，让儿子知道，不好好读书，将来便只能是种田的命，只能整日地面朝黄土背朝天。儿子必须明白“一心专读圣贤书，跳出农门万丈高”的千古明理。

起初，逢星期日假，志强书记只是偶尔领着儿子学军走向自己的责任田，让儿子干些轻便农活，略作体验。他希望通过劳动让儿子能明白要好好读书的道理。经过一段时间，成效并不明显。

到了学军放得暑假，志强不再犹豫，他得下狠心。俗话说：子不教，父之过，严是爱，宽是害。烈日当空的时候，他领着初中即将毕业的稚嫩儿子，在田间，从锄地干到除草。儿子跟着父亲干，这些活没什么特殊技巧，唯有埋头苦干、一心无二用才能多干活。烈日炎炎似火烧，学军性格倔强，他恨着自己的爹，嘴上却又不肯服气服软服输，只能任凭汗流满面。学军不停地擦汗，不一会儿便到田埂边喝水，休息，几乎干不了农活。土没翻起，杂草没除掉。父亲要让儿子接着干，便开始大声吼叫：“你别想偷懒，不好好读书，又不会下地干活，难道要成为废物？”这对父与子，一个逼，一个忍，真是针尖对上了麦芒。“快点锄，别站着！”父亲又厉声喝道。学军再也不能忍受这烈日的炙烤和父亲的咆哮。“别啰嗦了，这日子没法过了，我还不如去死了算了！”父亲庄书记被噎住了。毕竟是这一声，让大队书记，马上缓过神来。这种父子较量，父亲必须赢。儿子小，可以犯晕，但凭身份、辈分、能力，自己必须较这个真。范进中举后，还不是老丈用一巴掌打醒了范进这个书呆子？这一闪念，在他头脑中显现得特别清晰。于是，志强一个箭步冲向儿子，毫不迟疑地给了儿子两记不轻不重的耳光。他一把抓住儿子的上臂，怒火三丈，两眼瞪大，直视儿子：“好啊！像我儿子。还知道种地日子不好受，还知道太阳晒着，热汗冒着难受啊！你爷爷我老子种了一辈子田，养活了你，还交公粮，养活了许多人。你不肯读书，到世上来一趟，又怕吃种田这个苦。现在居然敢用死来威胁你老子？好，我今天同意你去死！”父亲心痛地停下来，停了很长时间，又接着说，“好，儿子，你上初中，马上要考高中，如果在旧社会，你算得上是个读书识字的秀才了。你应该懂得人活着是做什么的，在你选择死之前，请先回答爷爷和我，你来到了这个世上，已经为谁做过事，在世上留下了点什么没有？爷爷拉大了五个孩子，我为你和村庄上的小朋友办了小学，也养了你这个逆子。你好好想想，等回答完了我的问题，我马上同意你选择去死。”学军一声不吭，既不回嘴，也不反抗，只是呆若木鸡地站着。

茫茫田野，强烈阳光，把一对父子炙烤得无处可避。父亲继续锄禾，一阵狂锄过后，儿子在一边不敢动弹，也不敢移动半步。父亲恨子，恨铁不成钢，恨他年幼无知，恨他应了自己那些让人觉得心痛的问题。想想也是，自己这一儿一女，没有母爱，缺少欢乐；忧愁家境，时常担心。当父亲的没能理解年少儿子的痛苦与焦虑。他毕竟还小啊！想着想着，硬汉志强的泪水突然如泉涌般淌了下来，汗水湿透了全身。志强跑向儿子，张开双臂，抱住儿子，开始痛哭。那男儿的哭，惊天动地，那男人的泪，如诉似泣。儿子也开始放声大哭，他边哭便说：“爹，您别伤心了，我听您的话，我读书，我一定好好读书。”

天地在作证。炙热的阳光和滚烫的泪水融化了一颗冰凉的心。志强悲喜交集，紧紧抱住儿子：“好儿子，你是我的好儿子，咱回家，回家歇会儿。”

学军考得高中，以学为主。星期天和假日里，只要一有空就帮着父亲干活，就算再苦再累，也从不吭声，他磨炼着意志，学习着农事。志强一家恢复了生机，志强继续当着村书记，妻子的身体也得到了儿女更好的照顾，状况有了好转。真是穷人的孩子早当家，一儿一女越来越明事理，慢慢开始为这个家庭分担更多的责任。

志强那恨，心头对儿子的恨，已经完全退去。这个家庭，见到的是越来越多的爱，真实而深深的满满的爱。

（三）

上世纪80年代，农村的改革带动了城市的改革。老汉庄再勤一家变化不小。农村四个子女均已成家立业。家家景况一年比一年好，大家吃饱穿暖，住也在讲求宽敞。在尊重知识、启用人才的时代，城里的大儿子志远当上了国营企业的厂长。城乡正在互动，农村开始兴办集体工业，志远在上海大城市能为家乡兄弟创办集体企业助得一臂之力。凭借着这些优势，他一方面该多回山河乡下看看父母长辈，另一方面要多帮家乡父老乡亲干点实事，以谢亲恩。志远必须努力，他想把“文革”中父亲的愤恨、无情的责骂声慢慢平息掉。他特别在乎父亲的真实感受，他希望父亲在他面前能发个话，就是让自己当一回牛、做一回马也无妨。只要兄弟公差来上海，志远必定是要帮父亲带上凭票供应的好烟好酒，帮母亲带上些衣料。

这时候的庄再勤，满喜满乐。他喜的是儿孙孝顺，他乐的是子孙满堂，人财两旺。他真心感谢党的好政策，使自己过上了好日子。

1988年，庄老汉已是73岁高龄，老伴70岁。二老商量，夫妻俩从前拖老带小，培养子女，经历了新中国成立前的兵荒马乱之苦难，新中国成立后又遇自然灾害和人祸 “文革”苦难，一家人算得大难不死之人，庄家算得大灾不灭之家。如今，生活一天比一天好，夫妻俩也该是享福安度晚年之时了。

秋收秋种刚过，庄再勤通知所有子女、儿孙外孙，将在山河乡下为自己老伴过70华诞。

庄老汉夫妻俩平日里与小儿志平一家生活，小儿媳妇也与二老特别贴心，大家相处和睦，两老好处自然也归小儿子、小儿孙。70岁生日自然也集中在小儿家那山水乡下故居故地。

约定吉日，儿孙陆续从四面八方赶来。大女儿领着一家人肩挑手拎，面条、喜团、鞭炮、新衣……大儿子儿媳一家家在城市，紧缺物资备得整齐；乡下三姑七姨，大辈后生，皆大欢喜；书记儿孙也穿上新衣，拎着鸡鸭鱼肉，来孝敬爷爷、奶奶，问候大姑、大伯、阿叔阿婶；小女儿家也是条件上等。老爹老娘整天欢欣。一大家口，三代同堂时，大小 23 人。大家欢聚一堂，好不热闹。

乡下狮子乡下调。按照农村习俗，老人庆生放鞭炮、喝酒，敬老爱小自有一番仪式。一切听庄老爹！

庄老爹，他不是为自己庆大生、过大节，他是为着老伴，是为着儿孙。

庄老爹自有主张，在放鞭炮敬大酒前，他将全体家庭老小集到堂前，满满两大桌人。庄老爹要求大家安静坐下，他二老上座中央。庄老爹情深地吐字清晰："孩子们啊，我二老高兴啊！真心开心。几十年风风雨雨不容易，大家活着，大家健康，是祖宗积德，才有我们积福。千万不能忘记！我们老两口 70 开外了，人生七十古来稀，年纪大了，帮不上你们的忙，真的什么也帮不了了！过去这么多年，你们喊爹喊娘，我们就得保证你们有吃有穿能活，我俩养活了你们五个，你们也培养着自己的孩子。我懂，父母恨孩子是爱，是为这个家。从今天起，我和你娘在这里想改口，想叫你们做爹、做娘，你们要答应。这样好，只要你们做爹娘了，才会记得五个人还有两个共同的子女，你们才不会为我俩计较。我二老一定像你们小时候一样，跟紧爹娘，听爹娘的话。"

一片寂静！21 个小辈一个都不吭声，但都听懂了庄老汉的话。

这时，两个女儿似乎有话想说，她们有些气愤，猜想是哪个儿子儿媳对爹娘不孝不顺。

过一会儿，上海的志远接上了话："爹，娘，是长子不孝，志远代表全家当着大家的面向您二老下跪叩头！"他跪在地上，继续说，"爹娘把爷爷他们留下的田产、祖屋、值钱的全用在了我身上，供我读书进城，不当农民。我知道，我听娘说的。爹，您恨我、骂我，骂了多少年，我也知道。我害怕，我害怕见您，害怕见到乡下比我过得苦的所有的长辈亲戚。我也知道，我恨自己，我自私，我胆小，我暗暗流过很多泪。这泪，是我自责的泪，那是时代无可奈何的泪。爹，我同意今天您说的话，我一定希望您和母亲像我儿子、女儿一样，年轻、活泼、开心，无忧无虑，健康、长寿！”

一片笑脸，掌声经久不息。志远不愧是有文化的领导，他有水平，他讲得真好。原本一本正经的父母亲，瞬间乐得像两个欢喜的孩童。

志强说：“爹，娘，我当这个书记，虽然家境困难，儿媳妇常年背病，但村书记的口碑大家认可，百姓拥护，选我当，我也算得为您二老长脸。您俩放心，学军、学芳已长大，他们都很懂事，我会带着全家孝敬您俩。”

志平不好意思地讲：“爹娘啊！您俩何必这样呢？说这些颠三倒四乱辈分的话，我和媳妇同您二老亲着呢，往后一屋子的人都孝敬您俩。放心了吧！以后啊，请你们不要下地，不要生气，不要操心，永远健康！”

女儿、女婿、外孙，也都笑了。屋子里的气氛变得轻松。庄老汉与老伴一边深思，一边微笑。

大门外，鞭炮声格外地响。这鞭炮声，响彻山河全村。

十九、“两国”缘友情

建国比卫国年长四岁，建国与卫国均出生于上世纪50年代。与绝大多数同时代的人一样，父母为他们起的名字留下了深深的时代烙印。建国与卫国，都是一介平民，都生长在乡村。他俩因缘相遇，是一双兄弟，亦是一对朋友。

（一）

建国的父母亲上辈，不知是何年月从何地逃难来到这个小村庄上的。黄渡村，聚居着近百户人家，300来人，历史并不久远。到新中国成立，这里几乎还见不着几间瓦房。千篇一律的低矮草房，显示不出谁高贵、谁低贱，谁为主、谁为次。之后土改，这里的哪一家都评不上地主、富农。没有哪一家能居高临下拥有特权，也没有哪一户愿委曲求全寄人篱下。新社会平等至上，劳苦大众是一家。在这里生活，没有妒忌，没有失落。

这个村庄与周边庄子有着明显的不同之处，竟然有好几户人家的成员特别喜爱看书。他们识的字并不多，但家中总会拿出些字书来。一到下雨或冬日，总会有几个热衷于书的“呆子”整日捧着书不放。他们虽上顿连不上下顿，有时甚至饿着肚皮，却捧着那发黄的书如饥似渴。大队干部和生产队干部，起早贪黑风雨无阻下地干活的勤劳农民，讥笑着这黄渡村上饿肚肠、住茅房、假正经，却仍在装模作样的另类人群。黄渡村上的这群另类，天生不勤劳，天生不怕穷，天生穷不怕。他们以小家庭为中心，穷开心，富作乐，真是“叫花子唱着莲花乐”！因着地理位置与风俗习惯，黄渡村与当地其他村近乎隔绝。

建国的父亲同样识得些字，在附近小学谋得个教书先生的差事。母亲持家，因不会下地事农，也挣不了集体工分。建国下有两个弟弟、一个妹妹，养家糊口的千斤重担全落在父亲一人肩上。

上世纪70年代初，刚从农中毕业的建国回到生产队劳动，成为全家第一个能帮家庭分担责任的孩子。20出头成为正劳力，拿得生产队前五名工分。黄渡农业生产一直落后，工分虽高却不值钱。生产队又缺乏“领头羊”，生产大呼隆，村民劳动出工不出力，如和尚撞钟；分配大锅饭，平均主义，大家捆在一起穷。于是，在23岁那年，建国被推选为黄新大队黄渡自然村第六生产队队长。

建国当生产队长完全出于无奈。他知道，在当时的人民公社，农村青年只有走集体化道路一条路子，只有参加集体生产队劳动才能谋生，再寻求出路。当时，从北京、上海、天津等大城市及周边中小城镇的知识青年，正一批一批往农村下放，要接受贫下中农再教育。现实让建国感到知足。年纪轻轻当得生产队长，就当着这个有男女老少百十号人的穷家。这是广大贫下中农、父老乡亲对自己的信任，也是大队领导和党对自己的关心、培养。他只能接受挑战，吃这个苦，挑这个担。

黄渡这个自然村，是一个思想落后、近乎僵化的地方，人们似乎不在乎如何战天斗地拔穷根。一批老是喜欢捧着些旧书的顽固分子，主导着年轻后人。农业学大寨掀不起高潮，从来没有一个生产队能搞成样板田，竞赛的流动红旗也永远转不到这个村庄。

建国当得第六生产队长，这个生产队正是黄渡村里的落后队。他23岁便当队长，总不能混同一般志向的人得过且过吧。凭借着年富力强，精力充沛的他新官上任“三把火”。早春伊始，建国便披星戴月、忙碌不歇。每日清晨，沿村吹哨催社员上工地；夜晚，定期组织社员讲革命形势无限好，贯彻上级精神。同时，还选读几篇“毛选”，进行政治宣教，试图提高生产队社员的思想觉悟。一年四季，从春到夏，从秋至冬，建国总是吃苦在前，处处带头。

大弟自小腿部落下残疾，小弟小妹年纪尚小，还在学校上学，建国是家庭中唯一的生产队劳力；他家又是小姓，无叔伯兄弟可依赖。真可谓“独木难成火，宗族无依靠”。建国凭着热情、志向和韧劲，无路可退。总说“自古华山一条路”，建国这个生产队长一干就是三年。他虽得到了大队干部及几次学“毛选”的表扬，可生产队农业学大寨的起色不明显，工分的分值仍然比较低。山河依旧，这让建国深感困惑，身心俱疲。

（二）

农业学大寨的运动，在全国广大农村开展得如火如荼。1977 年秋收秋种前，公社革命委员会决定必须把相对落后地区“抓革命、促生产”的运动推向纵深，以改变现状，摆脱长期落后的局面。公社副书记被抽调任组长，公社妇女主任任副组长，工作组正式进驻黄新大队。

工作组阵容不小，带着几个专案组人员，以“抓革命”为主、以“促生产”为中心，抽调七人定到落后生产队。工作组分工严密，责任明确。公社副书记负责抓全面，专案组长具体负责“抓革命”，妇联主任具体负责“促生产”。卫国是工作组成员之一，年龄最小，才刚过 20。

工作组进驻，召开第一次会议，全体成员共计 11 位全部参会。黄新大队参加对象为大队定员干部、副职以上干部和 11 个生产队队长。为突出政治，将抓革命放在首位，专案组长首先开腔。他说：“从全国形势分析，实践表明，只有沿着毛主席指引的革命路线继续前进，社会主义建设才能成功。只有领导班子坚强，才能把一个地区的农业学大寨运动抓出成效。”这些话，一下点燃了进驻落后村的火药味，与会者心知肚明。黄新村现在落后，才需要工作组进驻；黄新村的领导班子并不坚强有力；黄新村似乎深藏着某些方面的“大问题”。是政治？是生活？是作风？还是方法？……这一连串的联想，当场就令黄新村老书记十分尴尬；全体黄新村干部，顿时也没有了光彩。

轮到公社副书记作重要讲话时，他完整地讲清了来意，提出了正面要求，才多少挽回了些尴尬的局面。

建国和卫国，就是在这次见面会上有缘相识的。年长四岁的建国跟卫国坐在一起，他俩属最年轻的一拨，同时代，同经历，读过书。建国主动问了对方名姓，并介绍自己在第六生产队，已经任了三年队长。卫国记住了，他想：建国这么年轻就能当队长，绝非一般。

卫国被安排在离工作组驻地最远的第十一生产队，比黄渡村远一倍。十一队的自然村叫圩渡。圩渡与黄渡相同的是，这里也以茅草房为主；不同的是，圩渡是简单的穷，落后得简单。这里几乎找不着捧着书看的人，也几乎没有一家能找出一本书来。反倒是进村的卫国，是一个识字最多的人，算是个文化青年。

十一生产队队长姓孙，他40开外，平常讷口言少，只会实干、多干，因此也管不住多少社员。不过社员们倒也懂得不欺年少不骗忠厚老实人之理。在生产队真正能当家作主，并有点子、有号召力的是刘会计。刘属大姓，刘家是个大家族；刘会计年长，颇有族长的气场。听得孙队长传达会议精神，见得21岁的年轻人卫国来队蹲点，他显得重视而有些兴奋。

卫国第一天来到十一队，就下地和社员一起搞“三同”。秋日的上午，阳光温煦，凉风中透着阵阵清爽。金色的田野中，沉甸甸的稻穗低着头。社员们正在落叶的桑园旱地上，忙着拔油菜秧，运送往成块地上栽种。活不重，却零碎，一派来来往往、熙熙攘攘的景象。这是秋收大忙前，生产队将十边隙地谷豆、菜类安置先行布局周至。卫国紧跟在孙队长的后面，他跟着做，争着做，这种轻工，农村孩子都能插得上手，帮得上忙。十一队的社员们都偷偷地打量起了卫国，大家心想，咱生产队还多了一个劳动帮手，不错！

卫国同孙队长商量，征得刘会计同意，决定晚上召开秋收秋种动员会议，鼓励社员以积极的姿态，投身火热的秋收秋种促生产大潮。

夜晚，明月当空，星光闪烁，十一队的正副劳动力全部集中在刘会计这间村上最大茅草房的堂屋。大伙围着八仙大桌，济济一堂。经清点，与会人员到会率百分之百，没有迟到、缺席。紧接着，刘会计主持，动员会开始，他热情介绍着卫国，提议用热烈掌声欢迎工作队卫国同志蹲点十一队。卫国彬彬有礼，双手抱拳向大家行礼。社员拍手，一阵窃窃私语。孙队长也很激动，他提请大家安静。按着惯例，他背了几句毛主席最高指示“为人民服务”、“千万不要忘记阶级斗争”、“抓革命、促生产”、“农业学大寨、工业学大庆、全国学人民解放军”。以口号开场，既突出政治，又显示自己肚里装有许多毛主席语录。接着，孙队长传达了工作队全面进驻黄新村的会议精神，并随即表态：十一队一定要刹住歪风邪气，跟党走，秋收秋种不获全胜，决不收兵！废话不多，但措施内容也接不上十一队的地气。倒是社员们已经完全领会了孙队长有决心有信心的态度。

卫国在统一发放的笔记本上认真地作着记录，他边听边点头。刘会计注视着卫国的记录本，他见着那端正的字迹，流畅的用笔，高声惊叫起来：“哎呀！来咱生产队的工作队队员有才啊！字写得真不错么。”这一声响，把识字不识字的社员的注意力全集中到了一起，弄得卫国脸红耳赤地停下记录。刘会计并没有让卫国再讲话，而是告诉全队社员，要按照毛主席的教导，听公社工作队的意见，大家多出工，多出力，把秋收秋种任务高标准完成好。

“散会！”劳作一天的社员纷纷端着自带的坐凳离开了会场。

刘会计热情地邀请卫国留下来，并吩咐自家老伴，用竹柜里白天剩下的米饭，加上自家养鸡生的蛋，做成蛋炒饭给卫国端上。他说，年轻小伙肚皮容易饿，还喊上仍在上高中的“掌上明珠”独女刘娟来给卫国倒上开水。一家子把卫国当亲人，作后生，招待热情有加。卫国想推却，怕第一次来村开会犯纪律，可转念一想，推却怕是会得罪这族长，一时进退两难。刘会计接着说：“卫国，我看好你的将来。你放心，在十一队蹲点，我老刘说了算，这里没有人会为难你。十一队的秋收秋种，咱走在别的生产队前面，让你有脸面，成绩全记在你身上，让领导表扬你。”

刘会计是真心的，他说到做到，一言九鼎。蹲点定队的工作，很快打开局面。刘会计一支持，刘姓大家族一齐跟上，小姓社员也一呼百应。

十一队的秋收秋种进度、质量走在全大队前列，卫国受到领导表扬。根据工作需要，卫国被负责专案的领导临时抽调做审讯、外调与笔录。

黄新大队自工作队进驻，检举箱里一封封检举信直指大队主要领导，黄渡村上还时常有人直接跑到工作队驻地检举揭发。矛盾开始尖锐，情况异常复杂。这些相互的检举揭发，一时真真假假，是是非非，似是而非，似非而是，混淆在了一起。

黄新大队秋收秋种全面展开，场面热火朝天；阶级斗争新动向，歪风邪气多露头现象，更是针锋相对。卫国有时便有了与建国私里会面谈话的机会。

建国的第六生产队，是由公社妇联徐主任，也就是工作组副组长亲自蹲点。徐主任年轻貌美，朝气蓬勃，她快人快语，积极响应伟大领袖毛主席晚婚晚育的指示，芳龄27仍单身。提到谈情说爱，徐主任满脸泛红；分做革命工作，她却雷厉风行。

建国已是当了三年的队长，他见到面貌未变，山河依旧，心里着急，思绪难稳，意志被消磨殆尽，锐气即将全无。秋收秋种在即，工作组徐主任蹲点的来到,犹如一支兴奋针剂一下子让他缓得神来。建国再次警醒，自己必须尽职尽责地坚持下去。

黄渡村的复杂性，比圩渡要多出数倍。六队队长建国年轻单纯，正直有为，是工作队开展工作可依靠的中坚力量，徐主任这样认为。她十分清楚这次跟公社副书记搭班子蹲点的重要性，事关成败，事关前途。白天，徐主任赶到六队配合建国队长参加劳动，带头促生产；晚上，深入村队农户听情况。她与建国无话不谈。建国也常常在暗中搜得许多民情汇报工作组,有的直接汇报可以信赖的徐主任。徐主任对建国赞赏有加，建国也对貌美能干的领导暗里仰慕，以至于工作组里的其他领导也会在茶余饭后开得半真半假、半句进半句出的荤素公开玩笑。徐组长当听得是嘴上阻止，心里开心。

黄新村“抓革命、促生产”运动搞得风生水起，轰轰烈烈，影响并传播到了周边的大队、相邻的公社。那大队干部中存在严重的吃喝歪风，主要领导存在的任人唯亲、拉帮结派等问题以及生活作风等问题，得到革命群众的检举揭发，被专案组人员内查外调、攻心战术弄得一清二楚。公社革委会下了红头文件，查处了一批犯错误的干部，也教育了绝大多数干群。公社派驻工作队成果显著。

深秋的寒风，不停地从西伯利亚往南逼进，天气进入严冬。天寒地冻，工作组蹲点促生产搞秋种仍在继续，深开沟，薄翻土，积造肥，广积粮……

建国队长和卫国队员两个年轻人，侧着耳朵打听来自北京的消息，说是邓小平复出抓教育，将组织青年人以考试成绩公平竞赛，择优上大学。贫下中农推荐上大学的制度将取消。经求证确认，无疑！建国见着从父亲那里得到的报纸，激动不已，他攥紧着拳头，斩钉截铁地说：“我一定要考上大学！”还未等建国冷静下来，一旁的徐主任便泼了他一盆冷水：“建国，你是队长，秋收秋种还未结束，你不要太激动。考大学是个人私事，你做队长要大公无私，要把百姓群众放在第一位。”徐主任一番话让建国定下神来。

在怪村黄渡，来自北京的这一消息振奋了许多村民的精神。适龄青年纷纷交头接耳，他们毫无顾忌地丢掉锄头，丢下了秋种大忙的农活准备，开始准备起了复习迎考的资料与书本。建国的父亲忙着帮儿子寻找资料书本，那些常常喜欢手捧着书的人群也都在帮着子女忙碌。建国应酬着工作队徐组长，嘴上答应大公无私，服从组织，服从大局。

1977 年底恢复高考，当年冬季招录。建国暗地里还是报了名去参考，但农家孩子，生产队长，文化底子薄，加上第一年恢复高考，全国考生数量庞大，招收人数却十分有限，在海选竞赛中，建国名落孙山，只能落得个闷声不响。

一石激起千层浪，存心跳出农门的建国又何能甘心！

（三）

转眼已是 1978 年春节，建国告诉父母亲，自己此生不跳出农门决不罢休，考大学是跳出农门的唯一途径。“书中自有黄金屋”、“万般皆下品，惟有读书高”的观念，既是建国一家人的共识，也是黄渡穷村所有人的共识。学“范进中举”搏一回的念头不停地在建国的脑海里闪现着。

公社妇联徐主任圆满结束黄新村蹲点，将转战阵地，第六生产队队长建国给她留下了深刻的印象。徐主任忘不了建国，她向组织推荐其参加下一期公社蹲点工作队。这是走出生产队的重要一步，比起在生产队，地位要高出一截，劳动强度更是不可同日而语。

同道同村人觉得建国出息，是被公社徐主任看中推荐。建国接到报到的通知，心中觉得沉甸甸的；这与春节的自我盘算矛盾。父亲很坚决，他说：“这个队长别当，这次报到别去，你得安心复习参加高考。”母亲和弟妹却担心地说：“高考难，家境难，我们担心你会两头落空。”建国最后只得自己拿定主意，先去报到，否则对不起人家徐主任，考大学这件事要兼顾。一切从长计议，先顾眼下。

卫国作为工作队出色的队员之一，被公社决定留下，继续使用。建国、卫国因此被单分在公社最偏远的大队蹲点，他俩由相认识缘友，续写着相处的缘情。

公社革委会决定的这期驻点，是多点开花。驻点人员少而精，分阶段交流情况，抓落后，促平衡。建国和卫国这一组，组长由公社从信用社抽调来的专案组长担任。郑组长不住点，不“三同”。

“两国”驻在铁家。铁家大队位于公社西南方位高坑平原上。这个大队既不挨近南山，又缺大河与湖荡，想依靠山水是不可能的。这里土地瘠薄，村落零散，虽算不得穷山恶水，但多有人穷“民刁”，可算得一个远近闻名的穷村乱庄。

郑组长领着建国、卫国来到铁家大队。接收“两国”的谭书记是一位已当得八年大队书记的老书记，他清瘦干练，年纪 50 上下，政治上可靠，红得足可放心。不足之处是公社革委会觉得铁家大队是落后的“独立王国”，必须加强对民情的了解。见面相认，略作介绍，算是交接。

对于“两国”的日常起居，谭书记已亲自安排好。共产党员赤脚医生领着建国、卫国走向那片空旷高坡地，这里有刚建好的四间集体猪舍。最西头那两间，大队准备用来集体养猪；东面两间，临时让建国、卫国住着，作为工作队驻地。

四间新建的猪舍，坐落在空旷而最高的丘坡上，赫然醒目。舍圈本身并不高，中走道宽阔。最东面一间在地平线上，西三间南北有低于地平线一尺半的猪圈。建国高风亮节地先选在东二间北侧圈室，卫国住南侧圈室。在竹架凳上已经搁好了薄薄的竹片床，床上铺就着一层清亮的稻草和一床棉被，床单显得十分整洁。床顶上撩起的纱帐崭新雪白。床头柜上摆放着煤油灯。最东头一间显得十分宽敞，这里将是人猪合用的灶间，兼做临时堂屋，狭长的条凳和有点晃动的方桌、水缸、木桶都已摆放进来。木板搭建的平台上饭碗、竹筷和炊具一应俱全，这一切确信是经过谭书记精心安排好的。

工作队队部那房屋四周，东面出大门是一块空旷平地，几棵参天枫杨树，长在并不显眼的河沿上；北边离开一丈是一条自西向东流淌供灌溉用的田水沟渠道；西南部不远处旱地上种植着五花八门的旱作物，有油菜、冬麦、青菜、甜菜、蚕豆和一些未吐芽的红花药材……旱地上还有许多敞开的大小坟墓，坟墓边沿上，春节前那些村民焚烧纸钱、稻壳、稻草烧得黑土发焦的痕迹依稀可见。工作队队部，离最近的百姓农舍也得有好几百米。

建国、卫国听着赤脚医生一一吩咐。此时，特地来为“两国”烧饭煮茶的阿姆娘也匆匆赶来队部。赤脚医生交代汤婶阿姆娘，说是谭书记亲自安排，亲自点将，安排其为工作队服务，报酬是在生产队靠同等劳动力工分。

工作组郑组长安排建国、卫国的任务，是各蹲点一个生产队，与当地群众搞“三同”（即：同吃、同住、同劳动），参加大队干部会议，掌握实情，督促检查为主，一般不发表意见，定期向公社汇报“抓革命、促生产”，农业学大寨工作。

那汤婶，建国、卫国俩都尊称她“阿姆娘”。在这排前不靠村后不着店的圈舍里，阿姆娘为他俩开起小锅灶，“两国”朝夕相处。

建国在农村跌打滚爬，走过了艰难的岁月，他对农村、农民情况了然于胸。蹲点的第八生产队，大宗族骆氏为主，一户评上地主成分的人家也已经没有后人。第一次驻队开会，建国便把生产队情况掌握得七不离八。他抓生产，以“多栽花、少栽刺”、表扬干群为主。第一次会议，就把社员劳动竞赛的自信心、积极性调动了起来，他把 23 岁的女青年队会计骆惠称赞得脸比花红。骆姓皆大欢喜，先入为主。

卫国蹲点第二生产队，这队姓杂、序乱、民穷。他并没有急着开社员大会，而是悄悄地跟着生产队沙队长“三同”，少说多做，先调查再发言。社员远远地观察着来了个劳动力，这个年轻工作队员，只干活，不拿工分，这在以往未曾有过。这对于队长和社员而言，都没有排斥卫国的理由。沉默一个星期，卫国从劳动功效上并不输其他社员，大家便很快亲近熟识了起来。卫国与沙队长商量召开一次社员会议。形式上要学政治，内容上主要围绕高标准抓春耕生产。一年之计在于春，要为夺取全年粮食丰收抓早争主动。会议发言十分热烈，年长的原吴姓队长，终开得“金口”，他语重心长，直截了当地提出了三条建议：一是尽量少种“双季稻”，二四得八，不如一乘以八得八，同产量，却不同本，费工费力，劳民伤财；二是种田少积肥，等于白费劲，只会有劳无获，因此今后要多积肥料；三是他自己将带领老年人将十边隙地种上大头菜、豆谷等，通过栽桑养蚕、养猪、搞副业，多积肥，多打粮，添集体收入。他讲的和想的全都是为了百姓，一切以百姓吃饱饭为第一。在场的社员纷纷点头，卫国也十分支持。会议把大家想的集中到了一起。

建国、卫国各自沾沾自喜，觉得蹲点就是如此。

建国的心其实似天空，像海洋，如雄鹰，无比广阔，亟待翱翔。他来到了这荒凉的丘坡，边远的村队，这正是他内心的追求。他暗自盘算，参加工作组，能争脸面，得工分，还利于暗用功，精读书，待高考。这正是天高任鸟飞，路隔“皇帝远”啊！

建国将真实的想法毫无顾忌地告诉了卫国。卫国频频点头，以示赞成。身边有追求想高考的朋友，若是真的能成，能跟着沾光，这是何等的荣光！

卫国得知建国内心的秘密，他决定必须为朋友打好掩护。公社下达工作组任务，组长偶尔来检查、看望，许多应付着的、日常性的、具体化的工作，卫国都在暗中准备充分，有些特意让建国汇报。大队谭书记那里和参加会议几乎全由卫国包揽。连洗碗、洗衣、记账、改善伙食等，卫国也是一人担得。他尽自己的努力，让建国尽可能在大白天多驻守“阵地”，看家，值守，能多看书，多休息。

建国很得意。他蹲点生产队联系最多的是八队会计骆惠。年轻的骆惠，脸蛋红润，身材中等、身体结实丰满轻盈，进得了城镇，下得了田地。她大方热情，充满活力，在整个生产队骆家大村大户中，算得有地位、有权力、讲话挺算数的干部。她待建国好，支持建国来村蹲点说一不二。建国也需要骆惠支持蹲点工作。名正言顺，二人因工作关系，你来我往。建国是上情靠卫国，下情有骆惠，自己安心饱读书。

白天，连吃饭都在想着数理化的建国三餐午休按时作息。夜晚，万籁俱寂，静得只能听到风声和禽兽出入的响声。建国床头桌的那盏美孚灯，常常彻夜长明。为了确保计划供应给工作组的火油够用，“两国”在天黑以后，常围在一起。建国才是重点，卫国白天包揽整个具体工作，到了夜晚，很是疲惫，他陪着建国一会儿，便回南圈床上早早地休息。常常一觉醒来，发现北圈那盏美孚灯仍未熄灭，建国仍在孜孜不倦地学习。

卫国蹲点，精力十分投入，他成了沙队长家的常客。老队长带领的副业生产启动得很是顺利，有意推行的少种“双季稻”的夏种布局也在暗中安排，积肥造肥人人积极。切合实际的蹲点，得到了群众的支持和拥护。这第二生产队的生产进度、质量、效果，卫国紧紧盯着。沙队长大事小事倒也不隐瞒。只要卫国几天不上队，沙队长便让妹妹沙英捎口信，问原因。沙英才19岁，身材高挑，扎着粗辫，肤色微黑透着亮，见着生人，那微黑便变得通红。她在大队最西南边缘的小窑上制农舍小瓦土坯，制瓦筒，四片为一筒，容易晾干。这活在竹木搭建的简易茅房内完成，比生产队“露天工厂”劳作要高人一等。沙英年龄虽小，但穷人的孩子早当家，人勤熟早，心灵手巧，活已经干得二年。她每天很早便带上盒饭，从东往西沿着这条高垄的长田水沟渠，赶往窑场，直到天黑后才能返回。工作组驻地，是沙英每天的必经之路。

卫国的工作，依赖着沙英的联络。不管有事无事，他的眼光总是在天黑时候迎送着沙英。沙英也在经过那几间神圣的“殿堂”时，会想着卫国来事，见着面说上几句，打上个招呼，然后忐忑不安地离开。

环境幽静阴森，生活倒也丰富充实。建国开始调侃，当着卫国的面，他称赞沙英："这种姑娘，最最实惠，身体好，人勤劳，在生产队能挣得了集体工分；本分，善良，讷言，在家庭能持家过日子。谈谈怎么样？"卫国反击："沙英还小，你乱开玩笑！倒是你那个骆惠，你们才是郎才女貌，天生绝配，年龄都近晚婚，先帮你破这题，牵这线，如何？"建国这时才一本正经地说："要是考不成大学，我一定找骆惠！"其实，建国爱上骆惠，骆惠也仰慕着建国，只是建国考大学的心已是铁打铜铸。

汤婶那个阿姆娘，年龄 50 上下，农村人显老，阿姆娘老两口生得掌上明珠一颗，芳龄正23。阿姆娘对那"两国"后生，真是胜过亲儿。那个年月，米是自带，猪油、菜油、猪肉、猪肝等都得有公社干部批条子，到食品站才能买到。阿姆娘老是催促，常在卫国面前唠叨，说是年轻人不能少荤腥、缺营养。卫国便隔三差五请公社批猪板油、猪肉、猪肝，把两人每月 12 元的伙补全用上。阿姆娘又从集体的田地上，变换着弄些红花草、菜苔、冬菜来炒，还出动全家挖马兰，捕小鱼小虾、河蚌，改善伙食。她煮稀饭，换面食，包团子，变换着口味，追求着营养全价。阿姆娘一家，内心十分欢喜这"两国"后生，尤其是欢喜建国这种"书呆子"，他们断定他将来一定会有大出息。阿姆娘那种爱，那种喜欢，埋在心里，却无法开口表达。她尽心尽力地为"两国"后生服务。

充实催日月，快乐赛光阴。偏僻的蹲点，并没有孤寂。临近端阳节，正值夏收夏种时节。农民白昼辛忙，百虫黑夜欢唱。铁家大队的社员已无心顾及大事闲说，正忙着抢收种；第八、第二生产队社员再无意开骆惠和沙英的玩笑，他们正忙着赶农时。一天清晨，天刚蒙蒙亮，平日从未有人敲过门的四间新猪舍，忽听到敲门的声响。卫国赶紧披上衣裳，开门见着的是端庄的骆惠，她手里拎着小竹篮，急切地问："建国呢？""还在睡着呢！""那就不要吵醒他了，这是我刚煮的鸭蛋和粽子。端午节来了，你俩回不了家，这鸭蛋和粽子还热着呢！”骆惠低着头，红着脸，放下篮子，话未完整，扭头就翻越那流着清泉的田水沟渠，跑向北面八队。

卫国赶紧叫醒建国，并把篮子提上。建国却若无其事地说：“吃呗，人家真心一片，咱牢牢记住！”卫国被吓得吼道：“人家来真情了，你怎么办？”一个在傻笑，一个摸不着头脑。

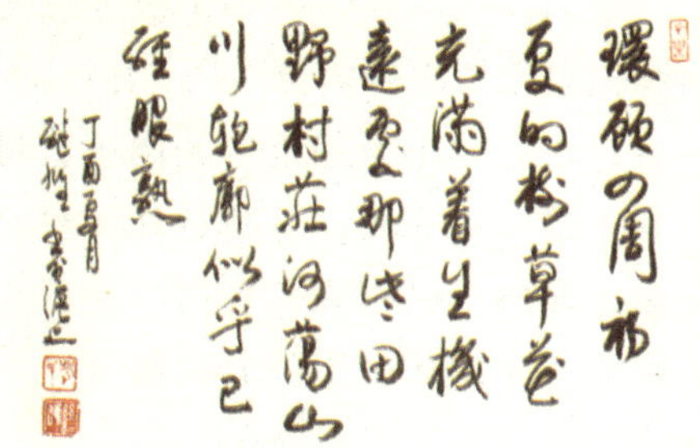

刚过一星期，公社专案组长、工作组郑组长亲自来电话通知，并转达铁家大队谭书记，工作组“两国”将结束驻村蹲点，另接受专案任务。

建国、卫国接到通知，唯以服从为天职，他们收拾起行囊、被褥，离开那刚建造尚未喂养猪的圈舍。环顾四周，初夏的树、草、花充满着生机，远处那些田野、村庄、河荡、山川轮廓似乎已经眼熟。脑海中深深地印刻着谭书记的关怀，阿姆娘的恩惠，生产队的田野、庄稼，骆惠、沙英年轻身影、笑脸、温情……

（四）

离开铁家大队是中午饭后，卫国一肩担着两床被褥和两只装满脸盆、毛巾、杯子等洗漱用品的网线袋。建国肩挎着并不轻的书包，里边满是厚厚的一叠叠写满四则混合运算、画着不规则甚至带尾巴符号的草稿纸，他像带着丰厚经文一样，和卫国赶往东边乡政府驻地。“两国”后生一前一后，虽汗流浃背，却有说有笑。

刚赶到公社，两人便接受郑组长和公安马干事下达的新任务：抓紧时间，尽快赶往公社往东走一里地外公社粮管所边上的养猪场，那里有临时设立的秘密审讯点。马干事领着他俩先安顿住下，下午三点半在公社会议室准时参会。

建国、卫国紧跟着马干事，急匆匆行走在一排猪舍的廊道里，猪圈里有母猪在喂猪崽吃奶，有够膘的肉猪三五只一圈躺着，站着，叫着，还有大小参差不等的肉猪、母猪。廊道很长，圈猪很多。直至到了最东头一段，算是有几间没有养过猪的新圈舍。空着的三间圈舍，显然早已有人打扫过。最东头，里面一间搁着两张竹床，配上蚊帐，中间圈舍里放着两张办公桌，一张条凳，几张方凳，两边一间也是一张竹床，配有蚊帐。“这是关押‘要犯’的秘密审讯点，你们两个抓紧在东西两间各铺好床帐，今晚开始，将在这里看押‘要犯’，配合审讯。”马干事吩咐完毕便急忙离开了。

建国、卫国先是相视无语，接着放声大笑起来。笑，真是无巧不成书，两人又将延续猪圈生活。笑，建国将仍在猪圈里读死书。这里比铁家大队先进，有明亮的电灯，不用点美孚灯照明。对此，建国尤其高兴，他主动要求住在东间，日夜看守“要犯”，这也显得更加安心，更有担当意识。其实，他内心只希望能安顿在这里，在日夜陪“要犯”的同时全力复习、积极迎考。

卫国也很高兴，毕竟与“要犯”面对面睡一圈责任更大，还存在安全风险。卫国喜欢多动，喜欢往外跑，常到外面透些新鲜空气，知晓公社专案组更多的事，似乎更有吸引力。

下午三点钟,从县里开来的客轮准时停靠在公社驻地轮船码头。公社党委第一书记在会议室恭候从轮船上来的领导。专案组郑组长、马干事早早地站在轮船码头迎候。县公、检、法各派一位领导，直奔公社会议室。专案组负责人是县法院的陈彬同志。

会议正点开始，公社党委第一书记对专案组来公社表示欢迎，并介绍配合县专案组的工作人员情况，当介绍到建国、卫国时，“两国”便学郑组长、马干事，并肩站起，点着头。陈彬组长说：“中央、省下达任务，你们公社有一蒋氏青年，在部队服役，现年28岁，初中文化,某大队某生产队人,有参与回乡人员‘5·6’反党集团的嫌疑,上级责成县里审查清楚,请你们尽快上报。”具体分工一一详尽布置。会场政治空气陡然紧张，与会人员面面相觑。

审查与封闭关押秘密展开。建国卫国二人朝夕看守“要犯”，配合审查,随时汇报“要犯”思想、行为,包括起居、身体状况、饮食、情绪变化，一切的一切。建国与“要犯”年龄相仿，他似乎很有经验，举重若轻，审讯时，建国一般都让卫国参与记录。为不影响自己读死书，建国常在私底里套“要犯”的话，与之拉家常，宽其心，绝对不同“要犯”形成敌对，自造紧张氛围。外部看似建国担子最重，日夜看守审讯对象,存在风险,而实际在那间猪圈里,建国把“要犯”调顺得作息很有规律，睡香吃饱。

审查工作在县委直接领导下，紧张严肃地进行着。那年月，中央与地方在空间和层级上非常遥远,可搞起运动来,却是贴得很近。县里每周要向省里汇报，直至向中央清查办直接汇报。

连续昼夜不间断地审查近半个月，专案组大致清楚了这位“要犯”的犯事由来。蒋氏，26岁，在北京部队服役五年，其叔父在北京解放军总参谋部任职，作为长辈的叔父，曾抽时间专门陪同他参观了毛主席纪念堂和故宫等一些开放性场馆，并给他讲了当时党内的路线斗争形势。结果“此犯”在回部队后，鬼使神差地写了一份谩骂朱德是朱骨精、坚决拥护江青的信寄了出去。这封信被江青办公室收存着。“四人帮”粉碎后，要求彻查此事。县专案组因此而不敢懈怠。天气一天比一天热，审查步步深入。近三个月的关押审查，这个“5·6”头目许多荒谬“一闪念”被审了个底朝天，这一“要犯”的有些蠢事干得让人啼笑皆非。最终，审查组将“此人患有间歇性狂躁症”的结论上报，终结了此案。建国抓着这看守“要犯”的契机，在敞亮而绝无人打扰的宁静空间，将带上的数、理、化、语、政、史、地课本翻了个遍，重点背个熟，难点理个透。天热气温升，复习更带劲，建国乐在其中。

七月，高考如期举行。考试一结束，建国就将卫国拉在一边，悄悄地贴耳说：“卫国啊！这些时日谢谢你了。不出差错的话，我半只脚已经跨进了大学的校门。”建国满心欢喜，很有把握。“噢，噢！这是你自己努力的结果，你不用谢我。”卫国接话。建国接着说：“接到正式通知，我一定请你客，就咱俩！”

大“专案”结束。公社小“专案”继续，主要是配合公社郑组长和马干事。

临近九月的一天，建国接到一封来自南方大学的挂号信，原来是录取通知书到了。他兴奋不已，一把拉上卫国直奔公社西街，挑了一只足足有十斤重的大西瓜，长刀现杀。那又大又圆的西瓜，沙瓤甘甜。两人各捧半只，兴高采烈回到住地。“两国”一边吃西瓜，一边畅想未来，两人一勺勺地往嘴里送着甘甜。建国请卫国大餐一顿，两人肚皮里装下了满满的情谊。

（五）

建国上得国内一流知名大学，没有忘记卫国，更没有忘记两人共同度过的那些岁月。

第一个寒假前，卫国早就收到了建国放假后执意要登门看望的来信。卫国想着：今非昔比，人家已是远近闻名的高材生，又是兄长，该谁看谁，有主次，切勿痴受，以免失礼。打定主意，卫国便捷足先登门，在建国回家后的第一天早晨，赶到五里开外看望兄长。建国还正睡着懒觉，听得卫国来访，便赶紧穿衣招呼，微笑致歉。两人拥抱，寒暄一番。正题是建国要求卫国陪同，一起去看望昔日的领导和难忘的阿姆娘。卫国当然愿意。

建国是真正意义上的文化人，心中还牵挂着那些过去的人，那些过往的事。在建国心中，这些人与事，丝毫未曾离开过他半步。他准备了些花生、糖果和熟牛肉，这些可都是乡下人眼中的稀罕之物。两人迈开匆匆的步伐，直奔公社妇联徐主任的办公室。徐主任见着高材生建国来访，那快人快语的连珠炮开始发个不停，她开心，她得意，她似乎判定建国的出息有自己的功劳。建国奉上一份上乘礼物，不好意思地递给徐主任。“又乱花钱了，读书人哪有钱买这些，你快拿回去孝敬你爹娘。你能来这里看我，我就心满意足了。”徐主任真诚地说。卫国站在一旁，“徐主任，建国第一站就来看您，内心感谢您，您就收下他的情意吧。”徐主任硬是留着二人在公社食堂吃饭，建国推脱说有安排了。两人趁机溜向了西街头的面馆里。

吃过面，两人迅速赶往西南角上的铁家大队。那片地方仍是初到时弥漫着凉风的景象，村庄萧瑟，田野荒凉，灌木叶落，坟头边上的冬青透着星星点点的绿。一眼扫视，马上便勾起那些往日回忆，泥泞的田水沟渠，熟悉的泥路，高坑地上的四间圈舍……那些当初的岁月。镇定下来，今非昔比的是，建国已金榜题名，带上威风来感恩。这让熟悉“两国”的人见着，谁都得惊讶，谁都得高看一眼。这样想着，建国心是暖暖的。实际上，他是以看阿姆娘为名由，来想见着骆惠的。

敲开阿姆娘家那扇熟悉的后门，开门的正是阿姆娘。阿姆娘眉开眼笑，高声地喊道：“建国来了，卫国来了！”刹那间，几乎小村庄上的人都听到了。建国拿出早已准备好的礼物，阿姆娘更像是招待上门的新女婿，忙着煮鸡蛋汤，送茶。建国心里乐着，他希望这动静越大越好，大到最好能让骆惠知道。“两国”在这农家小庄子，坐着，笑着，无拘无束。说着暗语，开着玩笑，想见骆惠，思遇沙英。

在离开铁家大队，建国还是提议，绕不远的路，走骆家八队，说不定能碰着骆惠，可惜未能如愿。回程的步子更快，二人想办的事和想说的话似乎已经全说完，埋头赶路，天黑前赶往各自回家的路。

后来，建国在大学里给骆惠写上了信，却杳无回音。一定是骆惠的第六感觉特别敏锐，知道这花儿结不了果。

卫国受建国兄的影响甚深，他真心佩服建国的雄心壮志、刻苦精神和志存高远。那猪舍里通宵亮着的美孚灯光，那积聚起的厚重的草稿纸，那以苦为乐的学习精神，那些婉言谢绝的电影、娱乐、交友、应酬……常常在卫国脑海中回想。卫国动起了学习的心思，也有了上大学的念头。他一有空，便学着建国以苦为乐坚持学习。

建国上得大学后，常常把勤奋学习、做实验同在生产队当队长比较，觉得读书就如同是小儿玩耍，不苦不累。他越学越带劲，从学士，硕士，一直攻读到博士。

正是建国考上博士那一年，卫国也拿到了同一城市南方农业大学带薪学习的入学通知。卫国的梦想，也终于成真。身教胜于言传，这真是建国兄身先士卒之功、率先垂范之效！

建国再一次肩负起长兄之责，以兄带弟，以名校带高校，以高学位带低学历，以先进城的文化人带刚进城的陈奂生……每到星期六夜晚，卫国总是早早赶往南方大学，建国在食堂打好饭菜，还用酒精灯自制灶炊，等待卫国。两人加菜添汤，吃吃讲讲，逛校园，讲奇闻，有滋有味，感慨万千。

建国自踏进南方大学后，就没有过想离开学校的念头，他后来到美国继续深造，还兼了国外好几所名校的客座教授，把青春献给了教书育人的事业。卫国读得几年大学后，回到家乡岗位，走上仕途，全心全意为家乡百姓服务，为党工作。

“两国”从有缘相识，到朝夕相处，再到缘情绵延，几十年如一日，互有联络，互助安顺。

建国与卫国，两人恩如山，情如海，胸襟广阔，追求无限。诚如那战国时期的齐国贵族孟尝君，广招人才，门下有食客三千，能容纳很多朋友。那友情，又如大地，能承载万物，普惠共享。决不似那花朵，花开而红极，花落而凋零；更不似那天平秤，彼重而此轻，你高而他低。

那在年轻时共患难、共帮衬、同追求的友谊，与山川共存，与日月同辉，天长地久，生生不息。

二十、新安泰俄斯

（一）

一个古希腊神话中的巨人，叫安泰俄斯。

一种气象学自然现象，叫风，即能量产生的气流。

一首儿时唱着的革命歌曲，歌词中的“干革命靠毛泽东思想”让人记忆深刻。

一句至理真言，每一个人都有父母亲，从血缘上只能是一个父亲，一个母亲。

西方神话传说,安泰俄斯是大地女神盖亚和海神波塞冬的儿子，居住于利比亚。他的妻子叫廷吉斯。安泰俄斯力大无穷，只要保持与大地的接触，他就可以从母亲那里持续获得无穷的力量，那就无人能够战胜他。所有经过他那片土地的人与他摔跤，都不是他对手，最后都将被他杀死。然而，安泰俄斯这一秘密被希腊神话中伟大的英雄赫拉克勒斯发现了。在两人的决斗中，赫拉克勒斯将安泰俄斯举到空中，使其无法从母亲盖亚那里获得力量，最后安泰俄斯被赫拉克勒斯扼死。作家但丁在《神曲》中引用了安泰俄斯形象，说他是守卫地域第九层的卫兵，诗人海涅曾在他的诗中引用了安泰俄斯的神话。东方也广为传颂着、运用着关于安泰俄斯的神话故事。

风，是气象学上的名词，是指通过获得能量产生的气流，风是一种很常见的自然现象。风吹水面会形成浪，人们常说“无风不起浪”。风，从日月星辰中获得能量，由大自然本身产生一定能量。风对生态环境的意义，十分重大；风对人类产生的威胁，不容小觑。

台风，由风升级而得，它生成于热带或副热带洋面，通过吸收阳光，积聚能量，气温升高，带动着形成气旋。源源不断形成的气旋，使带动力持续增强。中等级强度台风，所释放的能量相当于上百个氢弹或相当于十亿吨黄色炸药所释放的能量总和。

台风在海洋面上，能获得源源不断的气流，风势并因此逐渐增强。台风一旦登陆，热气流提供能量立即被中止，台风只能依赖于原有能量惯性，慢慢减弱，直至停歇。在季风时节，台风为陆地上带来丰沛的淡水；飓风所到之处，又给人类带来巨大破坏。

记得儿时曾唱着这样一首歌：毛泽东思想是不落的太阳。鱼儿离不开水，瓜儿离不开秧，革命群众离不开共产党……现在广为传唱的儿童歌曲有：世上只有妈妈好，没妈的孩子像根草，投进妈妈的怀抱，幸福享不了……

看来，安泰俄斯的故事传说在东方，在当今，同样有着深刻的现实意义。安泰俄斯离不开大地，安泰俄斯离不开母亲。

（二）

重复梳理一下，一个古希腊的神话故事，安泰俄斯的传说，被西方作家但丁引用，被诗人海涅应用，被东方人运用，这个神话故事被久久传颂，究竟说明了什么？

西方人大都完整描摹安泰俄斯，既说出他的强大，又强调了能让他强大的必要条件，指出他的动机是强迫所有经过他的土地的人与他摔跤，并将他们全部杀死，他这么做的目的是收集死者的头骨，为将来能给父亲波塞冬建一座神庙作准备。因此，安泰俄斯的形象，忠心而又自私、残暴，还带着无比的狭隘与兽性。他最终被智慧正义而又勇敢的英雄赫拉克勒斯扼死。

东方人传颂安泰俄斯是大力士，英勇无比。安泰俄斯与大地的不可分离，相当于鱼与水、瓜与秧、水与舟的关系，在有些场合还被引用来说明党群和干群关系。

而对风的理解，属于自然现象和自然科学的范畴，在东西方并无差异。无论在东方还是西方，处于何种社会制度下，人们都充分认识到了风这一自然现象，都清楚台风和飓风均是从热带海洋上获得能量，产生强气旋流。这种洋面上才具有不间断提供气旋强气流现象的条件是：热带低压（风速6—7级）→热带风暴（8—9级）→强热带风暴（10—11级）→台风（12—13级）→强台风（14—15级）→超强台风（大于等于16级）。这种强气流气旋形成后，只有登上陆地或不再继续有能量提供，强度才能减弱。这种科学常识，人们无可置否。

儿时唱的歌曲，引导人们形成信仰，在特定时代，让人懂得感恩、报恩。其重要程度，相当于儿童离开妈妈的怀抱，幸福难以找。

（三）

安泰俄斯的神话故事，也经常被东方人用来作比喻。其实，更多的安泰在不断地出现着。哪怕是只有某种特征，某个性格，某个结果，与安泰似是非象，在这里便经常被引喻为“新安泰俄斯”。

安泰俄斯，新安泰俄斯，本质上具备本领和能力，智慧过人，力大无比，追求卓越，世人公认，敢作为，能作为，有作为。而新安泰俄斯也不能忘记必要条件，那就是需要地域、环境、文化，就像安泰俄斯需要大地和母亲一样。离开了这些条件，安泰俄斯也就废了本领。

中国的神话故事《西游记》，影响深远。唐僧、孙悟空、猪八戒、沙和尚，都可称得上“安泰俄斯”。几千年封建社会，诸多帝皇，如秦始皇、武则天、康熙、乾隆等，是否都可称为“东方安泰俄斯”？《三国演义》、《水浒传》中的许多民间英雄豪杰，也曾似安泰俄斯，他们的故事被一代代人传颂。

A，周处。在宜兴这个小地方，阳羡第一人物周处（242—297）的故事至今仍被人广为传颂。周处年轻时常常与人斗殴闹事，乡亲们将他与古长桥下的独角蛟龙、南山上的白额老虎并称为“三害”。后来，周处射虎斩蛟，立志改过，入吴求学。后任吴国东观左丞、晋新平太守、楚郡内史、散骑常侍。他为官清正，不畏权贵，因而受到权臣排挤。西晋元康六年（296），被授建威将军，奉命率兵西征，于次年春在六陌（今陕西乾县）战死沙场，死后被追赠为平西将军，赐封孝侯。周处在史学、文学方面也颇有建树。著名画家钱松嵒过蛟桥画英雄周处，曾写下：“前非痛改是英雄，更战毒龙射大虫。千载蛟桥徵往史，为民除害颂周公。”近两千年过去了，宜兴人民还在继续传颂着这位周公。

B，大禹。《大禹治水》是中国古代有名的神话传说故事，源自著名的上古大洪水传说。在中国，只要说到治水，人们就会想起大禹，就会自然而然地把治水的英雄与大禹联系起来。《大禹治水》的传说发生在古代帝尧时期。那时，黄河流域经常发生洪水，尧帝召集部落首领会议，征求治水能手来平息水害。鲧得到了推荐，接受任务后，采用“提工障水”的办法，却九年也未能得到成功。最后，他被尧帝放逐羽山而死。尧帝继续任用鲧的儿子禹来治水，禹用“疏顺导治”之法一举获得成功。禹平息了水患，被后人尊称为“神禹”。直到春秋战国时期，《禹贡》一书仍以大禹治水的故事为依托，按“九州”地域，对中国的山脉、河川、疆界、贡献等作了较为详细的描述。因此，连太湖流域，乃至宜兴一带治水成功，被人们传颂的英雄，仍是大禹。

（四）

C，一位曾当过县令的老人，我曾听得他讲过 C 的故事。C 出生于松林毛竹茂密的山区，自幼家贫，衣不遮体，食难果腹，山草编鞋。

在 C 十几岁，抗战烽火烧进他家乡的山里。新四军告诉当地这些野孩子，愿意的话可以加入队伍，打日本人。他也很想加入队伍，可又舍不得离开母亲。母亲看着世道，明白儿子的活路并不多，她坚决地对C说：“儿子，跟着这些像你一样的人，能有饭吃，能活下去，打强盗，咱不怕！”就这样，C加入了队伍，参加了革命。

听得母亲的话，没有畏惧。山里的野孩子，天性就胆大、纯洁、灵活。C自小就站在穷苦人一边，帮着新四军跑腿送信。山里孩子壮实，一天到晚奔跑并无倦意，干重活，能顶得上成人。因此，才十几岁的C，就成为了新四军的一员。

宜兴的山区，抗日游击和解放江南，真正展开的激战并不多，C没有能用上枪杆子，这个地方就得到了解放。

土地改革，C便发得木壳枪支。他带上母亲，离开了并没有地，也没有房的山区。他坚信，有母亲就有一切。

C立场坚定，行动坚决，他无家居无定所，很快加入了中国共产党。共产党人，党好比娘亲。

娘亲让他高唱，“东方红，太阳升，中国出了个毛泽东……”“共产党，像太阳，照到哪里哪里亮……”严肃地让他记唱：“三大纪律八项注意，一切行动听指挥，不称霸道，不拿群众一针一线……”娘亲还让他识字学文化，教他爱憎分明，文武双全。

C在军管式的革命征途上，自然进入政府，在工作中坚持全心全意为人民服务。他对违背党之人和违背人民利益的事毫不容忍，他疾恶如仇，对自己高要求，严格再严格，从不逾矩。唯有母亲，他始终不敢离开。

进入上世纪60年代，许多地方因集体大锅饭、吃食堂，饿死了许多老百姓。他宁愿自己饿晕，也要保证让母亲不挨着饿。

上世纪六七十年代，他对“极左”恨之入骨，多次同毫无人性的造反派展开针锋相对的斗争，自己却被诬陷为革命队伍的“叛徒”、“走资派”、“右派”。他承受着酷刑拷打，钢铁一样的战士有着能与虎狼一斗的身躯，在“文革”中，两根肋骨被打断，左手臂落得骨折，多处皮肉破损。可就是这样，他也从不肯屈服，也从来没有停止过斗争。

“文革”结束，他更懂得共产党必须要让人民过上好日子。当上县长之后，按照党工作重心转移的要求，他跋山涉水，翻山越岭，常常徒步日行几十里，串村走巷，调查研究，制定符合地方实际的政策，指导当地百姓改善生产条件，彻底改善群众生活。他先是公开支持划分生产小组包干，又试点支持联产承包，还在全国第一家试点分山承包到户。在争论中，他挨过批评，在成功后，他却低调淡出，不争半点荣誉。

C这一生，没有接受过基层一次招待，也没有对党有半句怨言。

退休后，C开始偿还欠下母亲的债，他开始报母亲的养育之恩。老母亲在“文革”中受到儿子牵连，多次受到批斗，身体和精神所受的双重折磨，使得她年老终落得个半痴半呆，半瘫半痪。C待老母亲像老母亲过去待孩子一样，相伴相依，一日三餐，让母亲安享余生。

老母亲过世之后，C独自住进了深山林场。他修身养性，不是抄写《孙子兵法》，就是种地养花，或者修剪竹叶树枝。

新中国成立前后，还有许许多多的C，或跟着父母亲，或独自离开家乡，为新中国、为人类幸福，在同对手摔跤，展现着自身不凡的拳脚身手。D、E、F、G……潘氏三兄弟，周培源，蒋南翔，徐悲鸿……都是这成千上万的C中的一员。

（五）

H出生于饥荒年月，自幼家境贫寒，家里世代为农，他在家兄妹间行排最后。

这方水土，有山却不高，是田却高坑，注脚在小山头东南。山往西，是鹅溪，南北巨流，溪西又有石山、洮湖，这里算得上“万千气象”之地。这个地方离县城很远，小山头立在“喀斯特”地区，遍布石灰石岩石，间或长得一些松林杂木。小山下的一片高坑田本就贫瘠，遇上旱年，即使劳力苦作，也仍是作物歉收。

H 降落人间，是生不逢时，长不择地。

童年，正是新中国成立时期。H 未断奶，就在集体大食堂制度下生活。用“一穷二白”形容当时的生活一点不为过，娘难细粮饱，子无奶水足。H 饿得离死不远，哇哇直叫，长得又小又瘦。那年月，人命如鸡狗，水火灾难、地荒人饿、疾病无奈不停地折磨着百姓，死亡的人无计以数。H 在饥荒中饱受煎熬，坚强地活了下来，他瘦弱而精干，个小而脑清，办事果断利落。各种磨难锤炼了他，H 从小知恩懂孝。

感谢新社会，让每个人有书读，有学上。处在半耕半读和似读而非读、是学而非学的环境，对愿学想学、能学的 H 来说，还是能学得很多基础知识，用来应付识字读文、书写表达、记账算账、测算丈量等日常之用是足够的。对于电器机械、星球世界、历朝贵达、力学万物，聪慧过人的他也懂得理解。

正值青少年，便始得早爆发。十几岁，就能自食其力。他不惜力，拼命劳动；与人无计较，广积友缘。二十刚出头，当得乡官，进入地区行政干部学校。H 立业于先，成家在后，成为远近闻名的青年新秀。

靠流淌的汗水，在生产队挣得工分，养家糊口；靠奔放的热情，帮助乡里乡亲，结得人缘；靠夜深人静，灯下读书，求识天下事理。H 的生活艰苦而平静，在平静里脱颖而出，二十几岁，论官，已为“正八品”，论责，得管方圆几十平方公里、几万子民。

H 被周围的人惊羡。他无选择，无路可退。在上级颁布的道道命令下，只有遵命、拼命、玩命。他夜以继日，手忙，脚勤，上心，用脑。他整日地奔波在广袤的田野，只为粮油丰收；穿梭于阡陌村巷，为百姓解难排忧；飞跨在地球天南海北，为一方百姓致富引资招商；冥思苦索在办公桌旁，争论在决策会堂，较量在权力之间……H 通过努力，取得了一场场胜利，实现了一个个梦想。

H呕心沥血，为党为民更不惜力，延续着年月，近十年，他四地八品，从西北转中间，至东南。

磨炼着坚强的性格，守着不退的意志，H小官当得驾轻就熟，开始幕僚的生涯。伴着“正七品”君，虽不可说“伴君如伴虎”，但幕僚之位重身贵，是上百万人，几千平方公里运转的心脏，责任不轻于泰山。他既劳力，更需劳心，分配批件，调度八方，随时遵令，随尊喜怒，心无旁骛。每天，起得比任何人早，睡得比任何人迟，家近在咫尺的他时时以公为家，又是一季辛忙，一场辛劳。

从最高幕僚，转岗党民喉舌，至县衙“礼部”，查律“兵部”，轮岗站哨，哨哨注神。H在其家乡用尽其心，竭尽其力，驻足着神，直至当着“正八品”。

起初，他在这片零星散落的局部，始终遵守着《论语》中的古训，子曰：“父母在，不远游，游必有方。”不远游，不离开故土，不离开父母，因此，H始终有方向。

在经历作为“正七品”的一把手的六年间，没有离开生着、养着、长着的那山河水土，他脚踏实地，取得不凡业绩，赢得称颂口碑。他扬正气之风，抑邪恶之念，在那片自有大地的护法大神庇佑下，H终得功成名就。

H这一生，生未逢时，长难择地，成不由己，历经艰辛，终得提携，随升而迁，从本地转异地，从江南到江北，二度远游。

不屈不挠的性格，必然附着永不言败的追求。对于一个没有背景、难有靠山的农家子弟，一旦离开故地，离开母亲，随着位高权重，反而难施展才能，只得再次选择拼命。他用拼命、卖命，充实着每个白天，用拼命、疲倦，暂时忘却对故土和亲人的思念。

头脑清醒，胆识过人的人，最终将自身的能量逐渐用尽耗尽。本就弱瘦、微小的身躯，一旦离着家人的眷顾，便在不知不觉中，落下难以治愈的病根，这是心病。

小时候，H在苦难中挣扎，坚强地活了下来，经常挨饿让他早懂事理。长大后，在坚强坚持下取得成功，又在拼命舍身工作中落下严重的病痛。最终，他受病痛折磨，英年早逝，给社会留下许多的遗憾，给亲人留下无穷的痛苦，给同事朋友留下无尽的思念。

这个时代，人民当家作主人。这片水土，一批草根成长起来，堪当大任。

I、J、K、L、M……一批农家子弟，一群地地道道的农民，他们一样随升而迁。离开这片故土，离开母亲、家人，久而久之，他们自身那种固有魔力渐渐减弱。昔日那枝繁叶茂，到如今秋风未到，竟落得叶黄枝枯。

（六）

万事万物，不能千篇一律。有一般规律，有个性差别。有起因，必有果。顺应自然，顺乎天意，遵于天命，游必讲方。厚积为因，薄发成果。

在宜兴这片水土，离故土、近父母、传佳话的故事讲也讲不完。

N，十几岁就靠在芦荡放鸭放鹅养家糊口。然而，他从小就没有放弃苦学，视书如命的他如愿以偿考上一流学府。母亲见家境如此窘迫，左右为难，为儿含泪割舍，借得新债，减得家中劳力，送儿求学。N 自小记得家境，刻骨铭心。母亲那焦虑的表情，流淌不止的泪水，无时无刻不伴着他一生的奋斗。

N没有忘记自己的身世，学成后，不为官学，不求名利，正气凛然。他从不被金钱俘虏，从不向权贵低头，从不怕虎豹豺狼。

N 进入外交部工作，一个放鸭鹅的小孩，一个农民，关注的是国之太平、人类和平、人间公正。他常常深入内地基层，看到一辈子驻足于深山、荒漠、边疆，从事军事科研、军事试验的知识分子，开始不停地为他们呼吁，官方不能光用什么“思想”来武装这些知识分子，知识分子为国为民献青春、献子孙，政府应当切切实实在政治上给予地位，在生活上多予关心，在保护上多花成本。N 成为这些知识分子的良朋益友。

N同超级大国展开较量。他从不畏惧、从不退缩低头，他常常横眉冷对超级霸权，为维护国家的利益、中国人民的尊严付诸努力。他沉着应战，终捷报频传。

N进入联合国核心层，更是站在全人类的立场，用世界眼光看待整个地球。

N对家乡的情感，对亲人的报恩，也谱写得笔墨浓重。他为家乡争得荣光，为报恩家乡年长者，他用自己的薪金供应着村庄茶社，方便附近的老人喝茶、听书。为哺育后辈，他常与后辈通信、电话、长谈。他安慰母亲，下跪送茶。当母亲离世而去，N以草席着地铺，独守母亲房，为母亲守孝三日，以思少陪之过，量报恩之距。

N虽自小为农民，后远离着家乡，离开了父母亲，但始终脚未脱地，心未离母亲，最终愈战愈勇，战无不胜。

尚年轻的O，为国献力，正当午日。国家恢复高考，O离开宜兴，是一位学得朴素家教的农家子弟。他听母亲话，一番仕途顺风顺水。读大学回家，他总睡在母亲床前的地铺，听母亲讲话。工作在距家千里之外的地方，回得母亲家来，仍喜欢听母亲教诲。当他谋得官位，实权在握，八方围追堵截抢着接待时，他仍本色不变，喜欢睡在母亲的床前，听母亲讲话。他不会改变，永远喜欢倾听母亲的声音。

P，Q，R……一批将军。P从普通一兵，成长为智谋勇集于一身，50刚过，已是中将身份。

Q从农村青年，成为有文化的军人。在军医大院，他为无数百姓治疗疑难杂症。后来，他堪当大任，保国护家，直处军队核心，让主席放心、让首长放心。

R是一位将军，他从严治军，律己律人。

从农村走出，成长为一批京官，S，T……都是其中的一员。

S本为小小师范学生，改行从政，从县城，到市，到省城，直至京城，这全得益于他那朴实的母亲。母亲教儿，骑自行车回村，

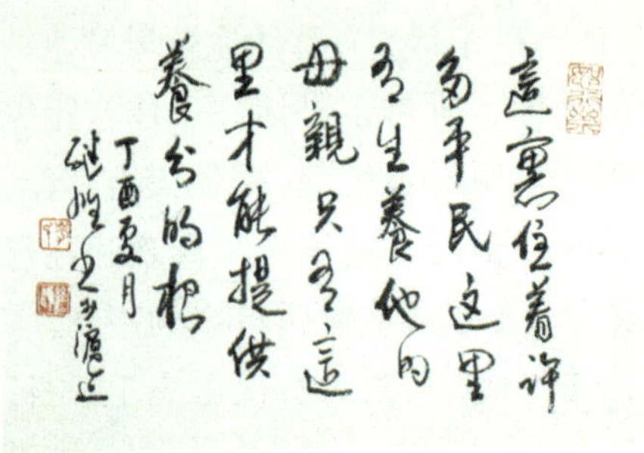

必须下车推行，坐汽车进村，须下车走行，见着上了年岁的长辈，若是大爷大叔，须躬身递烟点火，若是大娘阿婶，须亲热地打声招呼。这声声嘱托，S牢记在心，一路谦虚慎行。

T1、T2为强国富民，监管着股票发行，护佑着人民币。价值不能降温。

这一大批京官，春风吹又生。现在交通便捷，他们利用春节、清明等假日，悄无声息地回到故乡这片山河水土小憩。他们始终牢牢记住，这里住着许多平民，这里有生养他们的母亲，只有这里才是能提供养分的根。浪迹天涯的游子，只要能有机会回来看看，都会抽空回来。这里有着许许多多的动人孝道故事，延绵悠悠，难以数得清楚。

（七）

世代的农民，如今有的成为农民，有的成为工人，有的成为穷人，有的成为富人，有的成了智者，有的成了愚者，其中高贵低贱，是是非非，发生着混淆，让人难以分辨清楚。

U出生于农村，从农民变居民，从农村进城镇，又从普通平民，当得机关干部。任性让他失去干部身份，又变成一个地地道道的农民，闯市场，办工厂，头脑十分清醒。那盖了工厂的田地，面积比承包的责任田要大得多。他诚恳地告诉我，他这片“田地”，绝不能“荒芜”，一刻也不能停止“播种”，不能“劳作”而无获。U不忘初心，本色不变，同员工一起进车间，摸机器，扫尘地。他信念坚定，靠诚实守信，远离金融骗诈；他一丝不苟，工厂产品质量过得硬；他管理精细，企业成本优势比人强；他注重调研，生产结构优化走得活；工厂装备先进，生产效率高。

U总说：钱从哪里来？正道来！钱往哪里去？继续创业，回馈社会。一个星期前，他曾打电话邀约我，务必去看一看他厂里生产的新机器。我受邀走进工厂，沿着车间地上绿色地带，看生产线。我只能是“外行看热闹”，只听得机声轰鸣，近20分钟，纯正的中国制造、蕴含着中国创造的产品很快就生产了出来。

他“种着”百亩田地，资产几个亿。厂里的工人既耕种家里分得的责任田，又在工厂帮助U种“田地”。工与农、农与工，混淆着讲，混合着做，员工均为当地百姓。员工的年收入标准参照“吃皇粮”的公务员，一样计有工龄工资，拥有“七金”，住房金、养老金、医疗金……一样不少。这个企业的员工，稳定性好，个个有干劲，听指挥，有尊严，生活有盼头。

U听父母亲的话，顺父母的意思要修家谱。他四处奔走，集得许多历史资料，汇聚几千谱族成员。孝当先，顺父母，重亲情，百家成国啊！

U特意告诉我，他喜读书，乐意做收藏、做慈善。他已拥有自己的藏书书屋，在市博物馆内拥有馆藏品几个亿。帮穷人，能帮则帮，尽力而帮，慈善数额已近千万。

V1、V2亲兄弟二人，世代农民。改革开放，父辈为其选入环境保护之产业，从小立志承父辈开创基业，三十几年，未变初心。三十几年求索追赶，笨鸟先飞。从事的制造业从初级生活污水处理开始，通过创新，目前拥有自主发明专利、实用专利多项，公司拥有甲级总承包设计安装等国内顶级资质。历经体制机制改革，企业从集体办到民营，从民营转股份合作，从股份公司走向资本经营，并从国外上市成功到国内成功上市。通过兄弟俩的大胆尝试，积极探索，企业实现一步又一步的飞跃。按即将上市原值计算，公司拥有总资产40亿，净资产近30亿，经营模式，已从单纯制造业，向制造业、投资、资本、房地产、药业、农业、林业、渔业多领域方向发展。

V1、V2传承氏族训诫，四代同堂，大家庭生活。顺老母亲心意，紧密团结。一家二十人左右，仍同吃一锅饭，同创一家业，同乐一片天。

W、X、Y……动人的故事说也说不完。

（八）

一个古希腊神话，被人们从古代应用至今，被人们从西方传播到东方。许多传播者、引用者似乎想要告诉人们什么道理。愿意讲、愿意听者，当讲出来、听得进去后，似乎每个人对之都有着不同深浅、不同程度的理解。

安泰俄斯与大地，在西方是传说，在东方成颂歌。颂歌是赞美安泰俄斯的力量，哲理是必要条件，安泰俄斯不能离开大地。

我听得这则神话，于是把台风这一自然现象的起因与儿时唱着的那首歌都联系在了一起，自娱自乐，自想自痴。

当写完这些，我便自痴地想说：安泰俄斯，你虽然力大无比，但弱点是致命的；安泰俄斯，你要知道力大该用作何处；轻狂而强迫他人与你摔跤，必然产生危险；杀死那些无辜的生命，你又该得到何报？

这一神话主题告诉我们：安泰俄斯，不能离开大地母亲。安泰俄斯，只有安稳才能泰然。

引用台风现象，同理。风之力，需太阳给予温度，温度热量的气旋，这些才是产生能量的根源。万事万物，科学自然，有利有弊，唯顺应为上。

儿时的那些歌，总让人唱在嘴上，记在心上。历史、社会，因时代发展需要，从神话中获得道理，从自然中弄懂科学原理，在日常生活中一样需要。

写着这些 A、B、C、D……把西方的音符，标注在东方文化这根弦丝上。被歌颂着的那些新安泰俄斯，既力量无穷，又脚踏实地，他们弹奏出一曲曲有变化节律的悲欢乐章。

大地啊，母亲！请记得要不停地告诫你生养的儿子安泰俄斯，不要离开大地，不要忘记母亲的教诲，要用那力大无比的本能，去多帮助大地上善良的人们，为百姓多多造福。

安泰俄斯啊，新安泰俄斯，勇士们切切要记住，大地才能让你深深扎根。拥抱大地，紧贴大地，遵循自然，孝着父母，顺着娘亲，不烦唠叨，家庭、事业才会如意长青。

二十一、光鲜的前行

(一)

1968年初夏，陈富贵、邱秀芳又生了一个儿子，这是他们夫妻俩的第二个儿子了。陈富贵在祖先面前和庄子里都觉得脸上有光。这老二似乎是算准要生的，第一个儿子取名叫斌吉，刚生的老二很自然地取名为斌祥。

陈富贵是一位典型的中国农民，他为争一张脸面而生活。为了那一张光鲜的脸面，陈富贵任劳任怨，克勤克俭。他虽不识字，但传承就是文化、就是最光宗耀祖的事这一观念在他的心里根深蒂固。他请村子里的秀才为儿子起名，老大叫斌吉，文武双全，大吉大利。老二，虎头虎脑，叫斌祥。他更自信这一双兄弟，文武双全，吉祥如意。夫妻俩欢喜满满，在村庄上扬眉吐气，这一家也充满了生机。

大概是跟着逃难，上祖寻得这座偏僻的江南村庄落脚谋生。这没有通往外界的路，村舍、田野、河流、荡滩都在这约近万亩的一片低地上。村与村之间，地与地之间，间隔着许多小河，每块地都筑起高高的土堤，那些村舍和庄稼，都被遮蔽得严严实实。那片土地上的房屋，简陋得千篇一律，没有二层楼房，没有高墙大院、深宅古屋，尽是些草房茅舍和一些年代不长的白墙青瓦。从土堤外面看，那村庄就如半截子被埋在了土里的模样。

陈富贵一家住的村庄叫兴乐圩，门前田野往南的土堤外面是一条宽大而急湍的河流。河流上有早晨向西、下午向东鸣着汽笛的两班客轮往返。客轮在兴乐圩周边的几个村庄并不停靠，附近也没有码头，可这里的百姓每日听着那汽笛声，见着那一缕青烟每日由远及近再由近及远地定时往来，自然而然地觉得这里离热闹并不遥远，有客轮通达的地方并不偏僻，时常引以为豪。那准时的汽笛声，是免费的钟声，上午提醒着家庭主妇生火煮饭，下午提示着辛劳的庄稼人歇脚喝茶。这里离最近的公社小街镇，要往北走二里地，再用渡船蹚过河走三四里地。这里离着县城有几十里路，人们长年累月半封闭在这样一个“独立世界”里。祖祖辈辈从落驻这片低地上起，便一直固守着种粮种菜自给自足的生活，唯

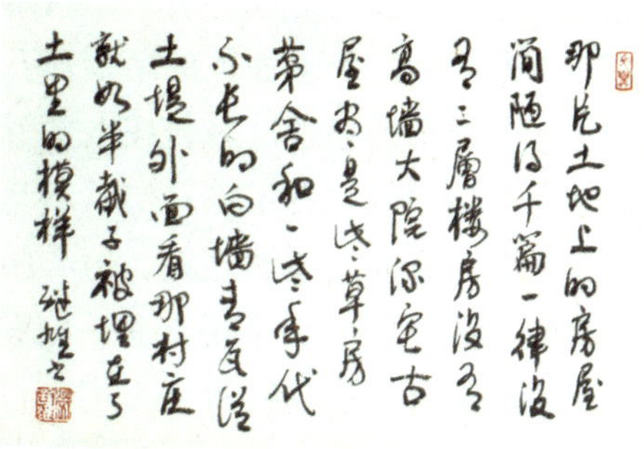

一的烦恼是这里雨水多，河水涨，常让人担心会连续荒、连年荒、空空忙。

1968年初夏，斌祥出生时日，出村庄往北，穿行二里田野的那条河流上建造起了一座水泥桩柱、水泥板的桥梁，桥梁的护栏两边挡板上有“忠”的字样。刚建的新桥便被大家称为“忠”字桥，这是一座通向公社驻地的桥梁。这座桥，是兴乐圩村百姓后院终于形成的路，这路既是通向公社、县、北京的路，也是通往罗马的路。这里五个大队三千多社员群众从此改写了“隔河千里远，一封一闭上千年”的历史。五个大队的百姓为此欢欣鼓舞，公社革命委员会筹备着隆重召开建桥通路庆典大会。在那片低地里生活着的百姓，第一次拥有公社聚集着的红旗招展、锣鼓喧天、人山人海。为此，公社革委会也是十分自豪。“建桥通路，隔着河岸的庄，党中央、毛主席的声音能够传达到社员群众，路桥一通，党民一心啊。”革委会主任如是说。

“忠”字桥的建成，给兴乐村带来了明显的生机。抓革命、促生产如火如荼。来来往往的陌生面孔也多了起来。对此，陈富贵并不觉得稀奇和感兴趣。对村庄上的标语、红旗、游行队伍，他从心到口皆不想评说。看不懂对错，不觉得社会主义集体生产队这些事有多严重，他并非漠然之人，但心中更多惦记的还是自己生存、永久生存的私利。“忠”字桥贯通，人民教师愿意调到兴乐小学来任教，这个消息倒着实让陈富贵兴奋不已，他觉得这比促生产、弄饭吃还重要。

兴乐小学，以前由本村一个初小毕业的村民任教师，他把村庄上的娃集在一个课堂里，一批一批轮着上课，挨着做作业。一开始的追求，只是多识些字，会算算钱粮。到如今，公社将派教师和领导到兴乐小学，大队也支持办学，从年龄段分年级，把教师分得各个班级，正正规规地上下课。陈富贵知道了还能不兴奋？斌吉正是背书包上学堂的年龄，世世代代轮到斌吉读书时，偏偏赶上了正规的人民教师来教书。陈富贵口口声声感谢共产党好、社会主义好，心里也暗暗在想：平时不间断给祖上烧着高香，还真是一代更比一代旺啊！陈富贵夫妻喜喜地期盼。

斌吉、斌祥兄弟二人背上书包不出庄就能上学堂，陈富贵一家自然添兴。

陈富贵、邱秀芬夫妻没日没夜地在生产队挣工分，方向和目标十分明确，只为那两只书包。工分与书包，将是划时代的希望。世世代代的庄稼人，希望能在斌吉斌祥这一代造化出读书人、文化人，那种美好的憧憬，希望能梦想成真，无时无刻不在提振着一家人的精气神。苦死累死，吃半饱干全活，穿补丁衣，光脚光手，磨得手脚流血，陈富贵夫妻俩都心甘情愿。

就在斌吉、斌祥刚上小学的年月，从村北那座“忠”字桥上，两户大城市人家走进了村子。这是“忠”字桥的作用，让闭塞的兴乐进得文化人和城市人家。文化人是一位20岁上下的上海知识青年。他身材魁梧，鼻直口方，大眼月眉，鼻子上戴着一副金边眼镜。这面貌，是兴乐庄上很少见到的神气。另一户人家，全家从常州来到这里，女主人带着二女一男安顿在了小学边上的一间集体空旧房舍里。女主人声音娇脆，那肤色、气质、嗓音、穿着，并不像实际年龄50上下，倒是同生产队三十几岁的人难分岁长。她骄傲地向当地队长社员介绍，老伴是国营厂的工程师，承担着国家重大项目任务，因此不随全家下放。自己的两个女儿大些能接受贫下中农再教育，一个老来得子得跟着母亲，干脆早一点感受贫下中农再教育。两个下放户，其实一户是一名知青而已，他同时在积极响应号召，庆幸没有去北大荒，也没有去云南西双版纳和陕甘宁，而是在长三角圈里接受再教育，预先大致知道兴乐穷虽穷，但民风纯朴，家底平衡，生活能自给自足。这两户因此内心早早接受，盲目地转型，在这里重新开始生存和生活。

文化人叫许大成，或许是上辈故地在江南，或许是编着由头奔着这鱼米之乡而来，抑或是一种对下放到农村后严酷现实的预判预知，是父母辈的先觉，许大成听得父母之命，又服从党的召唤，但没有像在同一所中学读书的同学那样热血澎湃，成群结队奔赴遥远的地方。他文质彬彬，独自住在江南僻静而半原始耕种着的兴乐村庄里。他被安排在生产队社场一间头仓库，隔出的后半间，前半间有南门通向社场，后半间开了个西门，形成独门独户，不见日出日落，不进东风西风。屋内西北角砌着独眼灶台，紧南墙两张竹马上架着疏竹的竹片床，进得当门口靠东墙，放着不带抽屉的课桌，配着一张摇晃的方凳。西墙留着靠床的地方，一块狭长木板离地面很近，课桌上压着一排随带的书本，可任意摆放碗筷、鞋帽、书籍、衣裳。还有可以站脚的地方，同样要摆放铁耙、扁担、锄头、镰刀、粪桶、水缸、竹框……生产与生活，一切从零开始，岁月将从这天地里开始延长。大成孤独无望，窘迫尴尬，却又无奈，许多许多的现实问题，靠革命精神和豪情短时间无法战胜。一个人做饭，是做一次吃数餐，冬天叫“连锅冻”，夏日叫“早煮一锅，连吃三顿”。他能做什么菜，又有什么菜可做？农村中最强壮的男人，气力经集体生产队十几个小时劳动的磨耗，很快也会精疲力尽。白天体力的大量消耗，三餐越来越将就的应付，大成很快便支撑不住。他倒在了半间阴湿仓库里的那张竹床上，生产劳动和自行的生活安排都将无法正常。只有大队的干部才能登得门来体贴地问候几声、叮嘱几句，大部分社员只能从田间劳作时看看那一间仓库上烟囱里冒出不太规律的一团团烟雾，在猜想着上海人的起居冷暖。

那女主人一家本姓赵，女主人叫钱玉英。一家人轰轰烈烈，动静不小，搬进了学堂边上的旧屋。屋有些漏雨，这对江南小庄上的人来说，并不觉得有啥奇怪，漏雨是家家户户几乎都有的常事。热情的钱玉英，被有懂事理的女人称呼为“钱大姐”、“钱阿姨”。女主人领着赵家的后人挤进那一边紧挨着学校、一边毗邻着田野的房子里。日日月月，里里外外，她总是强颜欢笑，不紧不慢，安分地守在家，为两个蓓蕾初放的女儿和一个背着书包赶六七里路到公社驻地中学读书的儿子烧茶煮饭、洗衣缝补。从城里带来的有限的糖果、糕点，总是给登门健谈的老少一道分享。一家人苦在心里，甜在嘴上，凑合过着日子。

上世纪70年代，“读书无用论”笼罩着现实。大批知识分子被打成右派，大批知识青年下放，大成成了成千上万下放的知识青年中的一员。农村农业学大寨，上山下乡；学校半天开课，半天支农。眼前的情景，被陈富贵看得一清二楚。特别是大成的境遇更是让人唏嘘，虽则能坚守兴乐，昔日飘逸的头发，和悦的脸色，健壮的身体，如今再难找到。真是今非昔比。大成是个好青年，只要能腾出时间、体存气力，必定跟社员一起下地，直到气力耗弱，再度回到社场的那半间屋子里。他上工的不规律，让队长既心痛又无奈。大成回到半间屋里，有时一边煮饭，一边仍手捧《钢铁是怎样炼成的》和《红岩》等公开发行的革命书籍，孜孜不倦地阅读。他是咬紧牙关在过日子。傍晚，大成一个人孤零零地躺在床上，开始吹起心爱的口琴曲调，尽是那些悲凉的声调，《苦菜花》《不忘那一年》《北风吹》……还有一些如泣如诉不知歌名的曲调。

十几岁的斌吉不知何因，偏偏被那口琴声给拽住了。村庄上辛劳忙碌的劳力，无心倾听那些貌似与己搭不边的音调。那些活着只为挣利的人，根本看不起也听不进一介潦倒的上海文人吹弄出的那些曲调，在那些人看来，那种曲调根本填不饱肚子。唯有斌吉，傍晚就往那社场半间屋跑。他常轻轻地推敲小西门，大成问：“有事？”“我想听口琴。”“好！吹口琴。”斌吉进得门来，低着头，既不欢叫，也不鼓掌，在大成哥那里仿佛就是一只乖巧的羊羔。大成很喜欢斌吉。有斌吉，他无孤独感；有斌吉，他可以传播知识、音乐；他和斌吉，仿佛成为了一对师生。他告诉斌吉：“每个人要多读书，要懂音乐。在这半间阴冷的屋子里，如果没有书读，没有口琴，也许我早就倒下起不来了，也许早就逃跑了，也许留一口气只能等死了。”“正因为有书、有琴，才转得过神，顶得住寒、抗得过热、挨得了饿，才有筋骨之强健，意志之坚定。”大成虽一贫如洗，狼狈至极，但雄心未曾丝毫有所泯灭啊！一颗年轻的心，正在呐喊；一颗幼小的心，正在聆听。斌吉完全听懂了，他把大成的话铭记在心！

陈富贵拼着命在集体生产队实现粮食丰收、五谷丰登，拼命地在家里养着猪、兔、羊、鸡、鹅、鸭，祈求六畜兴旺。来自上海的大成、来自常州的赵家算是有文化、体面的城里人，但他们并不是走遍天下有福享。大成看上村上清纯的姑娘玉娟，死追活追，玉娟怕过不下日子，照样另嫁他人，并没有买读书人的账。赵家一户低声细气过的啥日子，两个女儿白白嫩嫩，种田人敢追吗？城里姑娘肩压不了担，手握不住锄，中看不中用，在兴乐一样的没有气场。陈富贵亲眼目睹读书无用就在身边，他决意让两个儿子能读些书识些字，练活才是真。斌吉、斌祥被赶到田头地间割草、栽秧，开始半耕半读。

斌吉上得初中，他牢记着大成的话语，大成的声音仿佛始终盖过了愚蠢父亲的声音。他的心思全被学校收住了，每课必到，贪婪地听讲，有书多读，铭记在心。有些时候学校放假，斌吉还偷偷地争取机会留校协助老师写文字、出板报。斌祥顽皮，既厌倦读书，更抗拒那些枯燥的农活，那些和着泥水下地、无休无止割草喂兔喂羊的农活。

不久，知青许大成百般熬炼终得见天日，独自无声息地离开了兴乐，回到了上海。赵氏一家再次兴师动众，村东村西地告别，以机帆船将那些用以“筑巢”的“燕泥”满满一船装回常州。

不久，那兴乐村上集体的耕地，也按人劳比例划到每家每户联产承包，农村正开启着另一番景象。

（二）

陈富贵、邱秀芬正值年富力强，联产承包全由自主，安排着种植时节和品种。大田二熟，食边隙地五谷菜绿，两三年时间，丰产丰收，余粮满满，一家人喜气洋洋。那时候，陈富贵想起了许大成，想起了斌吉常跑社场听口琴吹奏的声音。许大成式的城里人又受到了尊重，尊重知识、尊重人才蔚然成风，大学凭真才实学考，考试公开、公平、公正。村上的人几乎同时又想起了那架着的金丝眼镜，那低沉悲凉的口琴声，那毫无规律的烟囱冒烟，一回想心又不由地酸痛起来。个个自觉过去鼠目寸光，一时太看轻有文化的人了。如今的政策，是有文化的人再度光鲜，恢复了经考试上中学、读大学，机会面前人人平等。富贵和秀芬理当全力支持两个儿子读书，并且加以严管，督促他们赶紧恢复元气，多读书，争取上大学，再也不可动摇念头。

斌吉得到父母亲极大的支持、鼓励和鞭策，刚上初中时，大成哥桌子上厚厚的书，大成哥发自肺腑的叮嘱、动情的呐喊，常让他暗暗下决心一定要好好读书。他思念着大成，敬仰着已离开兴乐的大成。高中三年，斌吉发奋用功，读书如饥似渴。1982 年，他如愿以偿，被南京大学物理系录取。整个兴乐村沸腾了，盘古开天地，这里的孩子能考上大学是绝无仅有的事，陈富贵、邱秀芬梦想的光鲜如期而至。

斌祥一边分享着哥哥的荣耀、全家的喜悦，一边面临着期望的压力。在家庭、在学校，全在用哥哥的榜样对他说事，他感到被压得有点喘不上气来，倒不是智商不及，他的情商甚至超过阿哥。可是，从小学到初中，他从来没有想着要靠念书去谋求到什么，他见到的是历代种田的艰辛，见到的是读着书却没有几个能考上大学，而眼前到来的是另一种光辉景象的开始。他见到公社周围在星星点点招收工人，新创办的工厂如雨后春笋，他早就动摇了读书的念头，甚至他早就盯上初三那个叫尹旖的姑娘。他思想并不集中，虽考进中心镇上那所高中学校，其实并没有读书的心思。父母感到懊恼，兄弟二人在高中读书的成绩有天壤之别，陈富贵夫妻时常发火大骂二儿子，骂他不知道种田的辛苦，他们逼着斌祥大热天下地干重活，斌祥同父母软硬对抗，父子间矛盾升级。斌祥听不见父母的训诫，他独立行事，完完全全被社会上刚刚改革开放的热闹吸引住了，最后勉强拿到高中文凭，后报名学习驾驶技术。他有自己的梦想，他耐不住寂寞，不想呆在兴乐那片田地上，他对一年四季为口饱饭辛劳忙碌的时日感到厌倦。他将要沿着自己认为光鲜的道路前行。

斌祥在公社集体耐火材料厂开卡车，在上个世纪80年代能握上方向盘奔离田野，将一批一批满载的产品送上海钢铁厂以及河北、山东等地，这是绝对的风光无限。20岁，风华正茂，意气风发，他从上海带回尼龙丝袜、针织内衣，偷偷地送给并没能转户口继续上学的尹旖，沉醉于高于父母种田人一等的驾驶职业里。他辛苦地奔跑，每趟总是有工厂里的供销员在那些钢铁厂接车，他提上的供货清单，总是交到那有着油光雪亮头型、穿着白衬衣和西装、打着领带、腆着大肚子的曹姓供销科长手里。那位科长常常拉着斌祥一起招待国营钢铁厂实权人物。这种场合让斌祥大开眼界，又让斌祥觉得自己同曹科长相比矮了一截。他观察思考，完完全全任凭曹科长摆布。空车放回来，曹科长让他拉带什么他都言听计从。他参与到了城乡间的物资运送中，这些物资涵盖大上海与江南鱼米之乡的各种需求。上海人看见斌祥来到，欢喜得脚步轻快；卡车回到乡村，厂里厂外相关人员开开心心。日久月长，上海人不光欢喜曹科长，更喜欢上了年轻的斌祥。曹科长得着外快，斌祥更清楚这外快的来方。将在外，不受于人制，斌祥出公家的差，送集体的货，私交了不少朋友，很是活络。

斌祥如意称心，十分顺利地追求到了读初中时的梦中佳丽——尹旖，并与之相识、相处、相爱。他在那个兴乐半封闭的村庄里金屋藏着娇，结婚的当年，新夫妻，便添着了一个白白胖胖的儿子。他不再满足于那种有货送才跑、无货送就歇的日子。跑的线路有时又是那么的遥远，个中艰辛只有斌祥自己知道。斌祥觉得自己就像一枚任人摆布的棋卒，常常是思念尹旖和儿子却回不来，他做不了真正的自己。斌祥不甘于这种摆布，他有把握超出曹科长，也有把握在城乡间自由闯荡得外快，于是便在政策允许的年月，领取了无所不包无所不能的经营范围之工商执照，法定代表人陈斌祥。他在悄悄地开始建立自己。

在沿海，允许一部分人先富起来，政策在鼓励创办私营企业，但经历了强大长期的公有制社会，在人们的意识形态中，剥削、投机倒把、资本主义概念根深蒂固，在社会主义市场经济的交往中，人们还得小心翼翼，担心着“极左”批资本主义卷土重来。然而初生牛犊不怕虎，斌祥并没有那么多的顾忌，在许多光鲜的梦想在向他招手时，他憧憬着能早日出人头地。

曹科长的那老一套供销人际关系，斌祥全都掌握，新的人际关系也正在上海开始建立，他投其所好地接触有信息有实权的人物，无所不能地在乡间工厂找代加工。手提包里随时备有介绍信、公章、合同文本和现金。他用现金开道，寻销售渠道，用合同签约后再找供。供与销之间，他尽在手提包里的公章上演变。上海的大型企业，原先熟识的领导知道斌祥是公社办企业的，还是集体企业，介绍他定些劳务加工、土特产供应类的业务并不介意，而上海偏偏又是潮流的先锋，相关的朋友更希望嘴上抬着“公”，私里支持邓公说的允许一部分人先富的私营经济。斌祥完全迎合上了乡村与城市、国营与个体、传统与现代的转换潮流。

斌祥悄无生息地挖得了第一桶金。公有制的乡镇集体企业出现负盈不负亏、“穷庙富方丈。”新一轮改革呼唤着集体企业改制，从租赁承包制，到股份合作制、民营私有制；从强烈反对到半公开支持，到完全放开。当时的口号是：“不管黑猫白猫，能抓老鼠就是好猫。”“发展是硬道理，投入是硬着子。”“私营办企业，盈亏自负，风险自担。”“你发展我高兴，你亏损我同情，你贡献（税收上缴款）我鼓励！”斌祥乘着这席卷整个江南的鼓励发展的东风，毫无顾忌地展开了手脚。

他开始圈占田地30亩，用自由的有限资金，让建筑公司以分期付款的工程合同，始建围墙，开始造厂房。以供销和排场成功的经验，他对办公大楼的建造尤其夸张，总高三层的办公楼，三楼全由他一人作用，五分之三是莫大的办公桌和房，五分之一是私密的库房，楼梯口是女秘书接待倒茶招待来客的前厅。

市场放开，政策放宽，原先那些土特产经营和劳务密集型产品，用手提包来供销的利益空间越来越小。他听从了大城市上海朋友的建议，准备超前进入环保水处理产品设备制造，兼做些金属件、玻璃钢加工制作。于是，30亩厂区的大门口便挂上了环保设备加工厂的招牌，招工、添置设备，斌祥张罗着里里外外。

钢铁企业的废水池建设和废水处理，成为第一笔生产合同。正所谓“开门大吉”，良好的开端是成功的一半。过去跟着干过的那批壮汉、工匠便进得上海，忙着挖土砌池，通管接水。新的工程电焊条喷出的火花，四处飞溅，亮得耀眼。切割机和铁锤敲打钢板的声响，封盖住了整个厂区。好一派繁忙的兴旺景象！斌祥满喜地忙，里里外外奔忙；满喜地赚钱，满喜地奔跑于业务。推杯换盏，一场接着一场；歌厅舞厅，他不知疲倦地陪着客户。跟着灯红酒绿，从国外到国内，大上海到内地，城市到乡村，人们思想大解放，观念大转换，市场变得活跃，经济大发展成为时代主流。

建筑公司分期付工程款如期履约，征地款、欠款一律就先偿清，斌祥的企业并没有背着债过日子。斌祥自信十足，开始规划到兴乐半封闭的村上翻新旧房。那前两间旧房，决定推倒重建；那后院茅草房虽前几年刚翻新成瓦房，他也决意全部推倒重建。如今毕竟是开过眼界的人，斌祥是有厂房有资产有现金的老板，况且那整个邻近一万亩田三四千人的各村各户，还没有能让他觉得眼前一亮的光鲜楼房。斌祥骄傲地对父母说：“爹，娘，我在责任田里没尽义务，在读书方面又不争气，总是让您俩操劳着，对不起！如今你们知道今非昔比，我获得了成功！我想让这光鲜永远贴到咱家脸上。我要在围着的那片田舍里竖起楼房，我要让父老乡亲天天看到这种光鲜，你俩高兴吗？”父母亲没人接话，恬静的尹旖在一旁也默不作声，只有那将背起书包的小儿子不停地跳跃着。

传统的父母既是心喜，也有担心：虽然暴发了，但如此张扬，人家会怎么看？很难判断，反正住在这样的新楼房里面，会怪不自在的。斌祥顾不得父母会想那么多。他趁着早秋气爽，开始按图纸前两层后三层，留个大天井，由正规建筑公司单包，不要省料，只要质量进度，开始兴建楼房。新建成的二进高楼，窗明几净，白墙青瓦，显耀地矗立在围着大堤的中央。由于面积过大，一下子使楼内显得空寂而高静。乔迁新居的当天，村上的老老少少都来道贺，五亲六戚也全从四面八方赶来欢聚。陈富贵夫妇感觉到了从未有过的热闹，也体会到了从未有过的光鲜。

读得大学、硕士毕业的斌吉，同等高学历的妻子，带着儿子春节回到兴乐，他俩看着父母亲兴致，见着楼房兴叹：“小弟着实不易，让家里面貌大变样。文化、学历，与企业、金钱，在对家庭的贡献上比较，自己自愧不如。”当着父母亲，直说自己寒碜了！父母倒是另一番思绪，斌祥为家造的楼房固然光鲜，但斌吉一家回到兴乐家中，才配称得上真正的光鲜。斌吉是早有的光鲜，而这种光鲜不会褪色，不会破旧过时，是将被永远记印在陈富贵整个家族沾着光彩的光鲜。人们不光赞叹富，更会赞叹贵。

陈斌祥沉浸在兴乐建起楼房的满足里，沉浸在工厂中大权独揽的满足里，沉浸在来回上海、北京，灯红酒绿的满足里。小轿车、女秘书，呼风唤雨，名表、名烟、名酒、品牌服装，物质生活极大丰富。斌祥跟着时代，参加组团出国招商、观光旅游。他春风得意。

斌祥在城市里买下了商品房，将尹旖和儿子陈益顺从兴乐接到县城，让儿子从小就在一流的实验小学起步。他对家庭未来的规划是赢在起跑线上，从娃娃抓起。

（三）

斌祥的重心随着眼界的开阔、朋友层次的提高、家庭的进城，一步一步往上走。陈家在兴乐算是独树一帜，在小镇私营企业也有一席之地，可在县城里，在千帆竞发、百舸争流的市场竞争面前，与人相比，他算不了什么，姑且只能算是在小进也是退的景况里前行。他的业务订单，在各类招投标和一次次来厂现场考察的竞争中面临挑战，有些订单能拿下，全凭几张老脸在硬顶着，花了不小的代价才勉强拿下来。但是原始的工厂面积小，难见气魄，设备陈旧，加工手段欠先进，技术力量不足，传统工艺单一落后，外观形态和内在要求都在落伍。特别是投入少，产出小，规模小，政府年终表彰大会，斌祥已经失去了初创的地位和辉煌，他感到失落，他心有不甘。在职场竞争的道路上，斌祥走不到书记们的面前，他在同行面前也不敢再声如洪钟。他纠结着，他彷徨着。

大投入的年代，到处建工业园区、开发区，整个中国就是一个大工地。各地开发区招商引资工作如火如荼，当地的开发区也是内资外资一起招，外商内商一并引，建设场面轰轰烈烈，尘土飞扬。时代在召唤，开发区招商人员来到斌祥面前宣传优惠土地政策，信贷员、银行行长也一次次鼓动他抢抓机遇，大干快上。终于，他在彷徨中作出果断决策，决定在开发区征圈地一百亩。主开户银行支持项目贷款五千万，小银行承诺流动资金做配套，斌祥向着宏伟目标迈进的步伐，不再犹豫，他大步向前。

刚跨入新世纪不久，他便在开发区一块十分显目的地段征地一百亩，厂大门正对一条黑色油亮的马路，左侧是一条并不通航的活水河流，从西南的山丘上流向太湖，河水清澈见底，流向与东风相遇。右边是从外地引进同时征地的一起开建的工厂，正在日夜不停地施工。每个厂区的门面靠得很紧，从大门往里看，显得有点距离。每个工厂觉得深藏在围墙深处，埋头苦干抓投入，争分夺秒抢建设。两万平方米的厂房分得五个车间，一幢六层楼高的办公大楼一次规划，同时建成，厂区道路、绿化、厕所、食堂、员工宿舍篮球架、活动场地一应俱全，气魄不小。工程决算分期付款，总投资近九千万元，银行主项支持的五千万元贷款，加上自有积蓄远远够不到投资总额的需要。斌祥已被大投入大产出的大干快上形势绑架上了大轿。他开始游说于各家银行，用流动金额挪作急付的工程款项，用厂房抵押争取多贷，用企业间相互担保获得更多的银行贷款，甚至用原始积累将城里买下的商品房产抵押贷款，强行周转。

斌祥老总用游说走在开发区驻地政企之间，繁忙地奔跑于老客户老朋友市场竞争的风尖浪口。他向政府、银行汇报着大投入带来园区建设过程的贡献，得到园区领导的表彰肯定，得到银行作为客户服务跟进的关注眼光。向老客户关键人物炫耀一流工厂，谋求订单支持。他已无法回到原先多少年无债一身轻滚动发展的岁月，他用空忙的苦恼和忘老丢少的窘境，换得了外在的光鲜。

政府支持企业抓投入，得到的肯定表彰荣誉是阶段性的，短暂的光鲜之后，民营企业你发展我高兴，你亏损我同情，你贡献我鼓励，是所有制性质早决定的。银行一向是跟着政府的指引支持，坚持锦上添花，少有雪中送炭，对出现贷款逾期、信用风险的企业，不光会停止支持，常会落井下石，这是风控的法定手段。厂房的光鲜，从一方面说明具有生产场地条件，并不反映着实际科技、工艺、技术、质量、成本竞争力。原先的客户和订单可以稳定一部分，但所形成的实际产出和效益不足以覆盖和弥补高额借款的财务成本。系统的工厂生产销售，里里外外，一件件，一桩桩，一批批来厂催逼的事项，只能头痛医头，脚痛医脚，手忙脚乱，章法全无。

跨进新世纪的十几年，东南亚金融风暴后的中国，在政府放松银根，“鼓励投入、带动消费、刺激出口”的三驾马车一齐上后，独树一帜，经济保持中高速快速增长。各地新建开发区内一批民营企业，沿袭初创期的经验胆识，误认为永久不变的卖方市场，在市场竞争不断加剧中越显真相。政府、金融、社会和投资人预计和准备极不充分。一大批像斌祥这种企业正面临市场竞争加剧、资金链断裂所带来的巨大风险，尤其是企业与企业间的信贷相互担保、联保，更是一家企业有难，连累数家，从第一链风险圈，向第二、第三圈扩散，经济金融面临着前所未有的挑战困难。

斌祥奔走在应付八方的职道上，他没有半点时间照顾到妻儿家庭，没有半点脸面回兴乐村庄看望父母双亲，他最担心的是营造多年那全家人的脸面，极有可能因自己一时头脑发热而闯下的大祸丢光。

无路可退的斌祥，无奈只得闯进了斌吉长兄所在大学的门槛，他叹息歇脚，为谋生求招。斌祥心想，若是兄弟这方也指望不上，那就像已被提起公诉，作为失信人员，自己也只得破罐子破摔，抓紧转移和隐匿资金资产，早准备好退路，寻求若干年后的活路、全家人的活路。

斌吉听得着急，无奈地从学问中被绑架到兄弟谋求活力的谋略里，他本具有物理研发和教育的经验，倒是这些年在全社会普遍尊重知识、尊重人才过程中结识些过去的学生、朋友精英，知道学校承担着许多国家重大科技和产学研项目，就是物理学科也在紧扣着世界前沿的动力学、气流、电流、光能等，进行着引领人类迈向文明的研究、实验。

斌吉告诫斌祥，一定要振作起来，不能有不讲诚信的念头，作为陈家人，万万不可生出不诚信的念头。他同意豁出力气帮助弟弟寻求出路，他带领着弟弟在学校科研项目组寻求合作，走出校门，来到与节能环保企业相关联的大学，用尽有限的人脉资源，腾出足够的时间，帮助问道合作。他甚至利用学校资材和名誉，利用仅有的职权职能，在亲弟的工厂里挂起了“校企研发合作基地”和“大学生实习基地”的牌子。他鼓励弟弟将工厂的空置办公楼和厂房无偿地支持给学校进行试验和中试，这些举措扩展到相关的学校。

斌祥巩固着一些业务单位，尽力让业务支撑起现金流，这样的日子，仿若逆水行舟。在得到长兄的全力支持后，他一方面将那些校企合作挂钩、研发成果项目应用编成许多精彩故事，不动声色地讲给当地官员、银行行长听。外行看热闹，外行紧跟着愿意听得转型发展中的精彩故事，正是时尚，更是必由之路的选择。斌祥的那些奔东走西，虽然辛苦，却富有成效。年复一年的银行利息虽在加速着企业的亏损，但一场又一场故事的讲述，也申请到了一笔又一笔银行贷款的支持。一项项既是故事又确是技术成果的试验、推广、应用，对项目招投标和赢得客户信任，果真起到了作用。

斌吉的大学身份是真实的，那些铜牌和科研中的概念、试验、理论，是前沿的、美好的，虽不托底，但受人尊重，令人向往。斌祥占地不小的厂房、宽敞一流的厂房，是真实存在的，外观成气势，内涵待丰富。他有着多年游说市场的能力，压力变为动力，调动起了团队的一切积极因子，满足和配合着大学在作高与低、虚实之间的互动。项目涉及风能机械、环保设备制造、工艺流程改造、水处理、大气治理、添加药剂……

那既成事实的厂区、厂房，人在增加，内容在增加，银行债务也在增加。斌祥再一次体验到不肯读书时，硬着头皮走出兴乐故土，初生牛犊何惧虎的情形。这一次，不再那么简单，压力也非一人能顶得住。技术应用并不成熟，银行支持是明显的被绑架一般的无奈违心，市场竞争利润下滑，劳动力成本上升，多种复杂因素构成了巨大的压力。

斌吉学问扎实，严谨的原理推论支撑，控制着弟弟不让他过分盲目决策。斌祥的不懂才无畏、无畏才无惧的胆魄，逼着他前行。时有真心时有违心的善意，内外扮演谎言。而恰恰是那些故事，常常能拿到技术推广应用鉴定证书，随之也会带来一些订单。一旦拿到订单，对国有央企来说，需要做工程项目与做工程项目者便合在了一起，出些过程意外，在客观原因中并不会伤害双方利益和信誉。这种合作、开拓，正孕育新的市场和新的希望。

当本地同类企业无力承受亏损，出现金融风险、资金断裂，受到互担保影响时，斌祥的的企业已止住亏损，并赢得稳定的现金流，还在大浪淘沙中谈成了几个校企合作开发项目，留得两个经市场检验的成熟工艺和产品，终为未来发展迎来了春天。

岁月在忙碌的挑战中奔跑。一百多亩的厂区，两万多平方米厂房的工厂进行升级转型，才让斌祥定得神来。斌吉为胞弟守得光鲜兴奋不已，这一过程，他作出了上告慰祖宗、下惠及儿孙的不小贡献。他正教授的身份丝毫没受影响，反倒是校门内的科研，引起了他的兴趣，对校门外的社会，也看深了一层。自然科学的进度依赖于社会推动，自然科学的应用，依赖于社会发展，理论成立依赖于实践检验。那原理，虽简单，却能丰富和教育他，并能启迪他走向人生更高目标的方向。

斌祥因盲目发展招致虽有惊最后未出险，也被打磨得逐渐成熟起来。他回顾昔日投身社会，从掌握方向盘，到小本经营买卖，到闯下市场投资办厂的经历。那近十几年为争虚荣脸面而落难的过程，让斌祥直觉得大难不死，幸亏兄长。他不敢再轻易懈怠，不敢再忘乎所以。

陈家兄弟，一个在为院士申报奠基理论，大胆实践，另一个在放大科技成果应用，规范财务制度，搭建现代企业构架，向资本市场、公众企业的最终目标迈进。

陈家兄弟里，斌吉的儿子已在美国伯克利大学经济专业即将毕业，斌祥的儿子在澳大利亚墨尔本大学攻读经济法学。

陈富贵、邱秀芬夫妻守着那兴乐村上两座高楼农舍，原先分得的责任田已经调整为宜渔则渔，老夫妻俩仅种着鱼池高埂上的一小块旱地，黄豆、蚕豆、乌豆、青菜、萝卜、大蒜……品种倒是非常丰富，家养着猫、狗、鸡、鸭。那些餐桌上环保生态的副产品，全是为儿孙来到兴乐时，显示着自给自足的荣耀。

穿行时空（跋）

时空，漫长又漫长，阔大又阔大。漫长的是岁月，阔大的叫宇宙。岁月的长河无穷无尽，浩淼的宇宙广阔无垠。

清风吹拂，朗月辉耀，时空漫长却无影、无踪、无痕；人类穿行过的时空，短暂却总能留下忽隐忽现、连绵不断的痕迹。

人类穿行的岁月并不漫长，人类社会占据着的地域和空间极小。

我和父老乡亲生活在极小的一片水土山河之上，新中国成立至今仅仅几十载春秋。周围生活的人群和我的祖先，无论是千年定论，还是文人笔下的形象，都被定格为底层人群。过去千百年，他们依赖着这一片水土山河，在刀耕火种里与风霜搏击，与命运抗争，累代生存、繁衍，变化却极小极小。

农民的命运，是一个时代命运的缩影。农村改革、全面开放，使农业、农村、农民有了翻天覆地的变化。吾辈现在穿行着的时空，正是一个幸福的时代。

站在高处，我时常抬头仰望浩瀚的苍穹、无边的星空，又时常低头俯视自己曾在此生活过几十年的这片水土山河，万千感慨，奔涌而来，一任思绪延展、神游。面对着星空、大地、山脉、村舍、桥梁、河流，我一次次地向那吹过这段岁月里的风、走过这片土地的月发问：请告诉我，那些岁月里人间之春夏秋冬；请告诉我，那个时代中的风霜雪雨；请告诉我，那许许多多底层人群的喜怒哀乐……风和月，正在慢慢地诉说。

夜深人静之际，我端坐于那张书桌前，沏上一壶浓浓的于红茶，霎时，空气中充盈着浓香，一派幸福的时光。我开始搜集、整理自我生活在那一片水土山河上的往事。往事并不如烟。风告诉我，山还是那座山，水还是那片水，千百年来水土山河亘古不变，唯独这年月日新月异；月告诉我，人们赖以生存的那些基础产业，在这年月里又有了新的生产方式和组织方式，颠覆了传统意义上的刀耕火种；风月告诉我，那些质朴醇厚、本色难移的躬耕农民，一样在挑战着甘愿作底层的千年定论，一代新型农民的群体正在崛起。

的确，几十年来，我亲眼目睹了那片水土上昨日的恒定不变与今日的日新月异；我凝神聆听了那片山河上许许多多的精彩故事；我也一一领略了那片水土山河上无法计数的难料的悲喜场景。

向风月借问，作答十分有限，个人的经历又是那样的简单而又平凡。因此，我只能竭尽全力将散落在农村里的那些平常人和平常事重新捡拾，饱含深情地一颗一颗串接起来，纵向排列，横向连接。在自己的那段生命历程中，居然，那段岁月映照过的那片水土山河，正在发生着惊人的巨变。农村在变，变得亦城亦乡；农业在变，人力畜力变为机械化、电器化、化学化；农民在变，变得四季不一样，异地换模样。

仅仅是眼前这几十年，那片水土山河上的城镇，已经变得街道整洁，车水马龙，一片繁华；那一幢幢高楼，鳞次栉比、错落有致；那一盏盏路灯，如点缀在夜色中的串串珍珠，熠熠闪光。还有那些村庄、农舍，那些道路、桥梁，都变得如此美丽、端庄。我苦苦寻觅祖祖辈辈们曾经住过的那些茅草房和窝棚，还有那些在风雨中飘摇的独木桥，还有那些蜿蜒泥泞的羊肠小道……它们早已了无踪迹。

几十年工夫，世代农民那刀耕火种、整日面朝黄土背朝天的日子，那看天活命、靠天吃饭，经常愁容满面的表情，在时代大潮的冲刷下，早已没有了踪影。我走向村庄，那农舍边、田野里，再也无法找到那些疲惫、无牙、口嚼白沫为民犁地的老水牛；昔日的小河边，那些破陋甚至裸露着锈铁钉的木船，那些伏着壮劳力车水的槽车，同样再也难觅行踪。

几十年工夫，那片水土山河上祖先留下的儿孙们，开始悄无生息地改变着祖先命运的轨迹，相当一批后生离开了那片祖辈生活过的水土山河。他们住进了繁华的都市，有的在学府殿堂孜孜不倦地攀登学术高峰，有的在机关单位勤勤恳恳地服务百姓，有的在自动化工厂不辞辛劳地研发新技术、推广新产品，还有的漂洋过海、远赴重洋，在异国他乡施展才华、服务社会……那些无论是永远离开还是间歇性短暂离开的游子，每当再次来到那祖辈曾经生活的地方，总是满含深情，久久凝望，不忍离去。

一瞬间，却巨变。那片水土山河，被穿行的风月记载，被穿行的人类改变。一个不朽的时代，伟大的人类，从祖辈到现代，勤劳未变，朴实未变，平凡未变，智慧未变。这些，正是中国农民的本色。随着时间的推移，这些中国农民的本色，连同他们的情感、呼吸、命运，早已深深地融入了这片深情的江南大地，成为一片土地的烙印、一个时代的印记、一代农民的心灵史，在长长的时光隧道里，映照出农村、农业的兴衰变迁和农民的喜怒哀乐。

六十年一甲子，中国农业经历了一大二公、统分统收、围湖造田、联产承包、责任到田、新型产业化等诸多阶段，现在的农村愈加秀美，现在的农业愈加增效，现在的农民愈加富裕，天地人间，早已换了模样。但是，山还是那座山，水还是那片水，而我也始终在这里，从未离开。

作为祖祖辈辈劳作耕耘在那一片水土山河上的后生，为能在这一伟大时代生活而倍感自豪。农村、农业是我们的天地，农民是我们的生民。为天地立心，为生民立命，我虽无“为往圣继绝学、为万世开太平”之才能，但位卑不敢忘忧国，我愿以绵薄的一己之能，为这不平凡的岁月高唱一曲，为新农村、新农业、新农民引吭高歌；我愿将新时代里的那些微小人物和平凡故事，虔诚地填进那高唱的词曲里，讴歌时代，讴歌“三农”，为它们点赞，为它们祈盼。

之所以能鼓起勇气，写下《那一片水土山河》，是因为同年兄徐风先生的鼓励和支持，同时得到了市政协领导的鼓励和周晓东等朋友的热心支持和协助，在此一并致谢！

（2017年9月10日）